Unsterbliches
Verlangen

Rosemary Laurey

Unsterbliches Verlangen

Deutsch von Christian Kennerknecht

Weltbild

Originaltitel: *Keep Me Forever*
Originalverlag: Zebra Books/Kensington Publishing Corp., New York

Published by Arrangement with
KENSINGTON PUBLISHING CORP., New York, NY, USA

Besuchen Sie uns im Internet:
www.weltbild.de

Die Autorin

Rosemary Laurey wurde in Großbritannien geboren und lebt heute im US-Bundesstaat Ohio. Bis zu ihrer Pensionierung arbeitete sie als Sonderschullehrerin. Heute stürmt die begeisterte Großmutter mit ihren Romanen regelmäßig die amerikanischen Bestsellerlisten. Als Weltbild Taschenbuch erschienen bereits ihre Vampirromane *Unsterbliche Küsse, Unsterbliche Liebe* und *Unsterbliche Leidenschaft*.

Weltbild Taschenbuch

1

»Das ist es!«, verkündete Antonia Stonewright und öffnete die großzügige Eingangstür. »Gefällt's dir?«

Elizabeth Connor sah sich in der wunderbar proportionierten Vorhalle um und bewunderte die breite, geschwungene Treppe mit ihren flachen Stufen und das lichtdurchflutete Wohnzimmer, in das sie durch die halb geöffnete Tür zu ihrer Rechten einen Blick werfen konnte. »Herrlich. Kein Wunder, dass Dixie sich nicht davon trennen konnte.«

»Eigentlich ist es ja eine Schande, es nur für schnöde Geschäftszwecke zu nutzen, aber wir haben ja, verflixt, ein ganzes Jahr lang versucht, es zu vermieten. Man könnte meinen, die Einheimischen machen einen Bogen um das Haus.«

»Dieser lästige Makler sagt das auch.«

Antonia runzelte die hohe Stirn. Sie hatte von Mike Jenkins ebenso wenig gehalten wie Elizabeth. »Ein widerlicher Wicht, nicht wahr? Er war allerdings eine große Hilfe – was den Umgang mit Malern, Elektrikern und so weiter betraf. Ein schönes Stückchen Arbeit, aber es ist geschafft.« Sie schritt über die gebohnerten Dielen und öffnete die große Doppeltür zum Wohnzimmer. »Das hier wird einer der Hauptverkaufsräume.«

Es gab keine Möbel außer den eingebauten Eckschränken. »Wann kommen denn die Tische und Vitrinen?«

»In den nächsten Wochen, aber mit ein bisschen Glück schon früher. Dafür gibt es draußen noch jede Menge zu tun. Ein paar alte Gebäude wollen wir ganz abreißen, der Luftschutzbunker, ein Relikt aus dem Zweiten Weltkrieg, muss weg, und die Stallungen wollen wir zu einer Cafeteria ausbauen.«

»Und wann soll's losgehen?« – »So bald wie möglich. Jetzt bin ich ja hier.«

Elizabeth hatte keinen Zweifel. Vampire wussten genau, was sie wollten. »Sollen wir die Computer und die anderen Sachen ins Haus bringen?«

»Warum nicht. Wir haben keine Zuschauer und können mit Vampirgeschwindigkeit arbeiten. Ich schlage vor, das Büro richten wir im Frühstückszimmer ein.«

Elizabeth öffnete die Hecktür des Vans. Er war bis unters Dach voll mit Schreibtischen, Computern, einem Drucker und einem Aktenschrank, einfach allem, was man Antonia zufolge für ein Büro auf Zeit brauchte. »Wir hätten das Angebot von diesem schmierigen Jenkins annehmen sollen, uns zu begleiten. Dann hätten wir jetzt Hilfe beim Schleppen. Er hat sich doch sowieso regelrecht aufgedrängt, oder nicht?« Elizabeth musste grinsen. Der Typ war ein richtiger Schleimer. »Wir können ihn ja holen. Für dich zum Abendessen.«

»Hör bloß auf! Meine Fangzähne sind wählerisch.«

Antonia war in jeder Hinsicht wählerisch, auch was die exakte Position von Schreibtischen betraf, um direktes Sonnenlicht von den Terrassentüren zu vermeiden. Und sie war wenig erfreut darüber, dass der versprochene Telefonanschluss noch nicht freigeschaltet war. »Du musst dich gleich morgen früh darum kümmern«, sagte sie zu Elizabeth. »Telefon und Internet. Ich will endlich loslegen, und wenn ich die halbe Bevölkerung mit einem Zauber belegen muss.«

Alles stand so schnell an Ort und Stelle, dass sich Sterbliche nur verwundert die Augen gerieben hätten. Antonia warf einen halbwegs zufriedenen Blick in die Runde. »Sieht zumindest schon sehr nach Arbeit aus. Ich setz dich an der Autovermietung ab, und wir treffen uns im Hotel wieder.«

»Zuerst will ich noch den Speicher sehen, von dem Dixie gesprochen hat.« Antonia schien die Idee gar nicht zu gefallen. Pech gehabt! Immerhin war die ganze Vampirkolonie noch vor nicht allzu langer Zeit mehr als froh darüber gewesen, eine Hexe an ihrer Seite zu haben.

Antonia folgte ihr in die Küche und von dort aus über eine schmale, hinter einer Tür verborgenen Treppe nach oben. Auf den ersten Blick befanden sie sich in zwei Speichern mit Dachschrägen und kleinen Fenstern mit Blick auf den Garten, aber ... Elizabeth sah sich um. Die Regale waren leer, aber mitten auf dem Boden standen drei an sie adressierte Kartons. Sie öffnete einen von ihnen und zog ein Gefäß mit dunkler, krakeliger Handschrift auf einem gelben Etikett heraus. Ein Krug mit Alraunwurzel! Die gute Dixie! Hatte wie versprochen alles einpacken lassen. Elizabeth zog ein halbes Dutzend Gefäße hervor – einige waren fast leer, andere enthielten getrocknete Substanzen, zu Pulver zermahlen oder in Form von Blüten oder Blättern –, bis sie bemerkte, dass Antonia ihr dabei mit einem merkwürdig verzogenen Gesicht zusah. »Für mich ist es das erste Mal, dass ich die Schätze einer alten Kräuterspezialistin zu sehen bekomme.«

»Vergiss nicht, dass die Vorbesitzer dieser Hinterlassenschaft alles andere waren als harmlose alte Kräuterweiblein.«

»Schon klar, aber nicht alles davon ist Teufelszeug. Allein die Arnika hier. Wirkt wundheilend und schmerzlindernd.« Sie stellte das Gefäß auf den Tisch und sah Antonia lächelnd an. »Jetzt wirst du mir wohl gleich sagen, dass deine Mutter das alles auf ihren Küchenregalen stehen hatte.«

Antonia lächelte. »Nein, Ghul. Mein Vater hatte eine erfahrene Kräuterfrau in Diensten. Meine Mutter war damit beschäftigt, ihren Gatten zum neuen Christenglauben zu bekehren.«

Das war nun ein Thema, das man ein andermal fortsetzen würde. »Ich frage mich, was ich nun mit den Sachen machen soll. Ich werde sie wohl zu Tom schicken lassen, oder?« Schließlich wollten sie den Speicher und die Küche zu einer Wohnung für den Hausmeister ausbauen lassen.

Antonia lachte selten, aber jetzt konnte sie sich nicht beherrschen. »Du solltest ihn vorwarnen. Andererseits, da er ja mit einer Hexe schläft, wird er wohl keinen Anstoß an …«

»Schluss jetzt!« Nicht die vornehme Art, zugegeben, aber Vampire neigten wirklich dazu, sich in Dinge einzumischen, die sie nichts angingen.

»Heißt das, du schläfst gar nicht mit ihm?« Dafür hätte Antonia einen Rippenstoß verdient, aber wer bricht sich schon gern den Ellbogen? »Eigentlich kommen wir kaum zum Schlafen«, erwiderte Elizabeth grinsend. »Ich brauche sowieso nur ein paar Stunden pro Nacht, vorausgesetzt, ich esse ausreichend. Ach ja, ich muss übrigens unbedingt noch was futtern, ehe wir zur Autovermietung Collins fahren. Sonst wird mir hinterher noch schwindlig am Steuer.«

»Glaubst du, es geht noch, bis wir alle Räume durch sind?«

Es ging.

Sie besichtigten das Haus bis in den letzten Winkel: Das lang gestreckte Wohnzimmer mit der Schiebetür zum Salon, der zum Garten hinausging und Morgensonne hatte. Das edle, birnenholzgetäfelte Speisezimmer mit seinen schönen Einbauschränken für Porzellan und dem riesigen Spiegel im Kaminaufsatz, den Antonia tunlichst mied. Oben gab es fünf weitere Zimmer und die alte, noch mit Regalen vollgestellte Bibliothek. »Bei Bedarf können wir die rausnehmen«, sagte Antonia, »aber ich hoffe noch immer, wir finden einen Buchhändler, der bei uns einsteigt.«

Sie beendeten ihren Rundgang in der Küche mit dem monströsen Aga, einem Herd britischer Bauart, und dem Kamin mit seinen Fliesen in Delfter Blau. »Die Fliesen behalten wir, oder nicht?«, fragte Elizabeth. »Wäre eine Schande, sie rauszureißen.«

»Auf alle Fälle behalten wir sie, aber nicht hier. Der Aga ergibt einen schönen Blickfang in der Cafeteria, und was mit den Keramikfliesen passiert, weiß ich noch nicht.« Sie runzelte leicht die Stirn, als ginge ihr was durch den Kopf. »Ich kannte mal einen Keramiker, einen Flüchtling aus Holland. Komisches Völkchen, diese Töpfer.« Elizabeth wollte schon fragen, wann das gewesen war und vor dem Hintergrund welchen Krieges. Antonia aber fuhr sich mit der Hand durch ihr kurzes Haar und sagte: »Lass uns Fleisch für dich besorgen, und dann kümmern wir uns um deinen fahrbaren Untersatz.«

Sie wollten gerade los, als es klingelte. Antonia öffnete, und vor der Tür stand eine hochschwangere junge Frau mit strahlendem Lächeln. »Ich bin Emma Gordon«, sagte sie. »Eine Nachbarin. Ich wollte nur schnell guten Tag sagen und was Kleines zum Essen vorbeibringen. Ich dachte mir, eine Stärkung zum Einzug wäre nicht schlecht.«

Mit ein bisschen Glück würde der Fresskorb vielleicht sogar Fleischliches enthalten. »Wie nett von Ihnen«, sagte Elizabeth. »Sie wohnen in der Nähe?« Das musste diese Emma sein, von der Dixie gesprochen hatte.

»Im übernächsten Haus. Gleich hinter dem neuen Doppelhaus. Das sind wir. Ich dachte mir, eine Tasse Tee würde Ihnen guttun. Im Korb sind Tassen und eine Thermosflasche. Ich weiß doch, was es heißt, umzuziehen. Wir haben nur die Hälfte unseres Hausrats nach nebenan verfrachtet, und ich musste ewig suchen, bis ich Teelöffel oder frische Socken fand.«

»Wollen Sie nicht reinkommen und uns Gesellschaft leisten?«, fragte Antonia. »Wir haben fast keine Möbel, aber Schreibtische und Stühle sind da.«

Es dauerte nicht lange, und schon war Emmas Korb ausgepackt und der Tee eingeschenkt.

»Sie sind ein Haus weitergezogen?«, fragte Elizabeth. Reichlich seltsam.

»Wir brauchten den Platz. Wir haben die zweite Hälfte eines Doppelhauses dazugekauft, als Peter geboren wurde. Da drin« – sie klopfte sich auf ihren Bauch – »sind die Nummern vier und fünf. Nebenbei betreibe ich noch einen Partyservice – hier sehen Sie eine kleine Auswahl.« Sie wies auf den Korb. »Als dann also unser Nachbar von nebenan ausgezogen war, haben wir eine schwindelerregende Hypothek aufgenommen und die andere Hälfte dazugekauft. Es ist ein Traum. Wir haben so viele Zimmer jetzt und eine herrlich geräumige Küche für meine Geschäfte.« Sie lächelte, und ihre Augen blitzten. »Ian sagt, ich hätte den kürzesten Weg zur Arbeit, den man sich vorstellen kann: die Treppe hinunter und dann links herum.«

Elizabeth nahm einen Schluck Tee. »Das mit dem Partyservice klingt fantastisch, aber auch nach verdammt viel Arbeit. Wie alt sind denn Ihre Kinder?«

»Das älteste schon geht zur Schule. Die anderen sind nachmittags in einer Spielgruppe, und wenn nicht, dann habe ich ein nettes Au-pair-Mädchen, Nina aus Schweden.« Das Fleisch in dem Korb duftete immer unwiderstehlicher. Steak, der Nase nach zu urteilen. »Sie ist fantastisch, und die kleinen Rangen lieben sie, und, was noch besser ist, sie hören auch auf sie.« Sie hielt inne. »Genug geredet jetzt. Sollten Sie mal Unterstützung für eine Party oder ein Abendessen brauchen, meine Telefonnummer und die Preisliste sind im Korb.«

»Ich habe schon die tollsten Sachen von Ihrem Essen gehört«, sagte Elizabeth.

Emma erstarrte. »Von Mike Jenkins?«

»Nein.« War vielleicht nicht der geeignete Augenblick, aber woher sollte sie das wissen? »Von Dixie.« Emma war sichtlich schockiert, aber Elizabeth redete trotzdem weiter. »Dixie LePage.«

»Sie kennen Dixie!«

Elizabeth kämpfte gegen ihre Schuldgefühle an. Wie konnte sie eine schwangere Frau nur so vor den Kopf stoßen. »Wir haben uns zufällig in den USA kennengelernt.« Das stimmte immerhin. »Wir kamen ins Gespräch, und sie erzählte von ihrem Haus in Südengland, das sie verkaufen wollte. Ich wusste, dass Antonia hier in der Gegend was suchte, und so sind wir jetzt hier. Sie hat uns viel von Bringham erzählt und auch ein paar Namen erwähnt, darunter auch Ihren.« Hoffentlich schadete diese Art Dauerschock Schwangeren nicht allzu sehr.

»Ich bin platt!« Emma schnaubte leicht. »Sie sind auch Amerikanerin, nicht wahr?« Elizabeth nickte, worauf Emma fortfuhr. »Wie klein die Welt doch ist. Ich bin so neugierig, dass ich gar weiß nicht, wo ich anfangen soll ... Geht es ihr gut?«

Mehr als gut, aber die Einzelheiten gingen Emma nichts an. »Wunderbar. Sie lebt in Ohio und ist beruflich selbstständig. Von ihr haben wir viele nützliche Informationen über Bringham. Ich glaube, ihr war nicht ganz wohl bei dem Verkauf. Immerhin ist es alter Familienbesitz.«

Emma reagierte prompt. »Das überrascht mich nicht. Sie hat dieses Gemäuer geliebt, aber nach allem, was war ...« Sie unterbrach sich. »Ich will ja nicht tratschen, aber ...«

»Ja?« Antonia half ihr auf die Sprünge. »Sie hat gewisse Unannehmlichkeiten erwähnt.«

Emma rollte mit den Augen. »›Unannehmlichkeiten‹ ist leicht untertrieben. Tatsache ist, dass wir, während Dixie hier war, die größten Turbulenzen in Bringham seit dem Zweiten Weltkrieg hatten. Damals war ein deutscher Bomberpilot mit dem Fallschirm auf der Dorfwiese gelandet.« Sie hielt inne, um einen Schluck Tee zu trinken. »Kurz gesagt, wir hatten hier Brandstiftung und einen Mordfall, und dann ist noch jemand unter mysteriösen Umständen verschwunden. Einer von den örtlichen Honoratioren drehte komplett durch und hat sich selbst und dem halben Dorf Gott weiß was alles vorgeworfen. Manches davon erwies sich als wahr, aber das meiste wurde als Spinnerei abgetan. Sie können sich gar nicht vorstellen, was da alles ans Tageslicht kam. Geschichten von Hexen, Vampiren ...«

Elizabeth' Blicke schweiften zu Antonia. Sie beide glaubten alles sofort. »Aber jetzt hat sich die Lage wieder beruhigt?«, fragte Antonia.

Emma nickte. »Einigermaßen. Trotzdem wurde viel Staub aufgewirbelt und so manches Leben aus der Bahn geworfen. Meine Nachbarin Sally ist weggezogen, nachdem Sebastian, der verrückt gewordene Anwalt, sie und noch ein paar andere bezichtigt hat, an einem Mord beteiligt gewesen zu sein. So richtig geklärt wurde die Sache nie, aber sie hielt das ganze Dorf neun Tage lang in Atem.«

»Kann ich mir denken«, sagte Elizabeth. »Ist sonst was Interessantes passiert inzwischen?«

»Nicht viel«, erwiderte Emma. »Eine Schullehrerin hat sich im letzten Winter, als es so glatt war, ein Bein gebrochen. Es gab eine Riesendebatte über das neue Pubschild des *Barley Mow,* und ein paar Leute behaupteten, sie hätten den Puma von Surrey gesehen.«

»Den Puma von Surrey?«, fragte Antonia.

Emma lachte. »Die Wildkatze, die sich in unseren Wäldern herumtreibt. Ehrlich gesagt, ich glaube ja, es ist ein streunender Hund oder ein Schaf. Das Vieh geisterte, verflixt noch mal, den Leuten hier schon durch den Kopf, als meine Mum noch klein war. Ich glaube kaum, dass ein wilder Puma so lange lebt. Von Zeit zu Zeit läuft jemandem ein streunender Hund oder ein Schaf über den Weg, meistens bei schlechter Sicht in der Dämmerung, und schon haben wir's. Alles gräbt diese alten Geschichten aus, und es geht wieder von vorn los.«

Sie stand auf. »Ich muss los. Wollte nur kurz vorbeischauen, um hallo zu sagen. Und lassen Sie sich das Essen gut schmecken.«

»Vielen Dank noch mal«, sagte Elizabeth. »Das können wir jetzt wirklich gut gebrauchen.« Mehr als es sich diese Sterbliche jemals vorstellen konnte.

»Na denn. War wirklich nur als kleine Reklame für meinen Laden gedacht. Oh, stimmt es eigentlich, dass Sie hier ein Zentrum für Kunsthandwerk aufmachen wollen?«

»Richtig. Wir wollen im September eröffnen, damit zu Weihnachten alles läuft. Zwar streben wir eine gewisse Exklusivität an, aber wenn Sie hier in der Gegend Künstler kennen, dürfen Sie uns ruhig weiterempfehlen.«

»Gerne.« Sie runzelte nachdenklich die Stirn. »Die Schwiegermutter des Pfarrers malt kleine Kätzchen und Hunde, Aquarelle, aber wahrscheinlich stellen Sie sich was anderes vor.« Antonia nickte taktvoll.

»Dann gibt's noch die Misses Black. Sehr, sehr alte Damen – eine ist fast blind, aber sie stricken, und einiges davon ist ganz nett. Möglicherweise wären Sie auch an Michael Langton interessiert. Seine Sachen waren schon in Galerien und Ausstellungen in der Stadt.«

»Ein Maler?«, fragte Antonia, da sie den Namen nicht kannte.

»Ein Töpfer. Er wohnt draußen am Rand der Wiese. Ein rechter Eigenbrötler, macht aber wirklich schöne Sachen. Eine seiner Lampen haben wir als Hochzeitsgeschenk bekommen.«

»Wir werden ihn uns mal ansehen«, sagte Elizabeth.

»Tschüs.«

Kaum war die Tür hinter Emma zugegangen, stürzte sich Elizabeth auf den Fresskorb. Ein Steak, englisch gebraten, und ein ganzes Päckchen Hähnchenbruststreifen waren im Nu verschlungen. »Tschuldigung«, sagte sie und wischte sich den Mund an einer der säuberlich gefalteten Servietten ab, die seitlich im Korb steckten. »Der Geruch hat mich ganz wahnsinnig gemacht. Dass ich aber auch so ausgehungert war.«

Antonia sah sie von der Seite an. »Zumindest konntest du dich beherrschen. Die Essgewohnheiten ihrer netten neuen Nachbarn hätten Emma vielleicht doch ein bisschen irritiert.«

»Verdammt lecker – für gekochtes Essen. Du musst allerdings reden. Zum Glück hat sie keinen Blick in die Kühlbox geworfen, die du in der Küche stehen hast.«

»Das stimmt«, pflichtete Antonia ihr bei. »Bei dem Betrieb, den wir hier bald haben, sollten wir lieber einen Kühlschrank anschaffen. Wir können ihn im Speicher über der Küche abstellen. Den lassen wir ja noch eine Weile so, wie er ist.«

Elizabeth nickte, während sie die Reste des Fresskorbs zusammenpackte: Obsttörtchen, eine Art von Pâté, Cracker und eine großzügige Schüssel Salat. »Viel zu schade zum Wegwerfen. Wenn Sam hier wäre, würde er kurzen Prozess damit machen.«

»Aber da er und Stella erst in einer Woche kommen …«

»Ich weiß, ich weiß. Aber Adela hat mir nun mal wieder und wieder eingeschärft, bloß nichts wegzuwerfen.« Elizabeth seufzte bei dem Gedanken daran, wie sehr sie doch ihre Stiefmutter vermisste.

»Aus reiner Neugierde«, fragte Antonia, »war das Essen gut?«

»Ja! Sehr gut sogar. Ich bin ja normalerweise kein Freund von Würstchen in Blätterteig, aber die hier waren echt lecker, und das Hühnchen war ein Traum.«

»Gut genug, um es vielleicht in unserer Cafeteria anzubieten?«

Warum nicht? »Auf alle Fälle. Sie betreibt ja diesen Partyservice, und von daher wäre es verdammt praktisch für sie.«

»Dann sollten wir sie mal im Auge behalten.« Antonia sah zur Terrassentür hinaus. »Vorausgesetzt, die Cafeteria wird je gebaut.«

»Sicher doch! Als Vampirin kannst du den Leuten ja mittels Bewusstseinskontrolle Beine machen.«

Das brachte ihr eine hochgezogene Augenbraue ein. »Höchste Zeit, in unser Hotel einzuchecken. Los, komm schon, und dann müssen wir zur Autovermietung Collins. Du brauchst einen fahrbaren Untersatz.«

»Monica holt gerade die Jungs von der Schule ab«, sagte die grauhaarige Frau und beobachtete Elizabeth mit scharfen, intelligenten Augen. »Aber die Schlüssel und der unterschriftsfertige Vertrag liegen schon bereit. Ich kann mich drum kümmern, wenn Sie mir Ihren Führerschein geben.«

Elizabeth legte ihren Führerschein und die Kreditkarte auf den Tresen – nach langer Zeit endlich wieder die auf ihren eigenen Namen ausgestellten Originale – und winkte Antonia durch die offene Tür zu. Sollte sie ihren Kühlschrank doch gleich kaufen, und vielleicht hätte ja Ida, wenn sie alleine wären, ein wenig Lust zu plaudern.

»Sie müssen Ida Collins sein.«

Die Frau hob ihren Blick vom Führerschein, zog eine graue Augenbraue hoch und nickte. »Richtig. Das Geschäft gehörte früher meinem Sohn, und jetzt helfe ich meiner Schwiegertochter darin aus. Sie sind Amerikanerin, nicht wahr?« Elizabeth bestätigte das. »Haben Sie Orchard House gekauft?«

»Nein, aber meine Chefin. Ich habe vor, hier unten zu arbeiten und deshalb brauche ich ein Auto.«

»Ist Ihre Chefin Amerikanerin?«

»Antonia? Nein, die ist Britin.« Man musste ja nicht dazusagen, seit welchen Urzeiten sie schon Britin war.

Ida schrieb die Führerscheinnummer ab. »Ich dachte nur so, nach der Vorbesitzerin. Sie war Amerikanerin, wussten Sie das?«

»Ja, ich wusste es. Von Dixie habe ich erfahren, dass das Haus zum Verkauf steht.«

»Ich wünsche Ihrer Chefin mehr Glück, als es der letzten Besitzerin beschieden war.« Ida schob den Führerschein zurück über den Tresen. Elizabeth legte die Hand auf die Plastikkarte und zögerte in der Hoffnung, Ida würde weitererzählen. Tat sie aber nicht.

»Viel hat Dixie von Bringham nicht erzählt. Nur dass sie das Haus von entfernten Verwandten geerbt hat. Müssen wohl Originale gewesen sein.«

»Originale!« Ida spuckte diese Worte beinahe aus. »Das waren widerliche, geldgierige, durch und durch böse alte Vetteln.« Sie hielt inne, als wollte sie noch mehr sagen. Elizabeth wartete, aber Ida schwieg.

»Dixie sagte mal, sie hätte alte Schmöker über Kräuter und den Wiccakult in dem Haus gefunden.«

Das brachte das Gespräch nicht weiter. Ida nickte. »Die beiden führten immer was im Schilde.«

»Und Dixie zufolge sollen sie die alte Wicca-Regel, die da lautet, nie jemandem Schaden zuzufügen, mit Füßen getreten haben.«

Das brachte ihr einen scharfen Blick ein, aber nicht mehr. Ida füllte die Vordrucke fertig aus und griff nach einem Haken, an dem ein Satz Schlüssel hing.

»Meine Stiefmutter ist praktizierende Wicca-Anhängerin. Sie hat mir so manches erzählt, und ich habe mich gefragt, ob hier noch jemand die alten Riten vollzieht.«

Die Schlüssel klirrten, als Ida sie auf den Tresen knallte. »Sie sind neu hier. Sollten Sie vorhaben, ein Weilchen zu bleiben, dann hören Sie auf, von Hexen oder von Wicca-Anhängern zu sprechen, oder wie Sie sie sonst noch nennen mögen. Davon will hier keiner was hören!« Sie schob das Formular zu Elizabeth. »Unterschreiben Sie hier und hier und zeichnen Sie diese drei Felder mit Ihrem Kürzel ab. Sie haben das Auto für drei Monate. Wenn Sie es länger brauchen, lassen Sie es uns rechtzeitig wissen.«

Sie hatte ihr eine Antwort entlocken wollen, und die hatte sie auch bekommen. Interessant. »Danke.«

Ida trennte den Durchschlag ab und händigte ihn Elizabeth zusammen mit dem Schlüssel aus. »Ihr Auto ist das rote. Fred zeigt es Ihnen.« Vom Kundencenter aus rief sie nach hinten: »Fred, die Kundin für den roten Fiat wäre so weit.«

»Danke«, sagte Elizabeth. »Tut mir leid, wenn ich Ihnen zu nahe getreten bin.«

Ida akzeptierte das Versöhnungsangebot. »Sie konnten es ja nicht wissen. Vermutlich hat Dixie Ihnen gar nicht alles erzählt, was hier passiert ist. Konnte sie eigentlich gar nicht. So richtig los ging es ja erst, nachdem sie weg war, und ich kann es ihr nicht einmal verübeln, dass sie Hals über Kopf das Weite gesucht hat. Sie muss sich schrecklich gefürchtet haben. Jemand wollte sie ermorden.«

Was ihm auch gelungen war, aber das nur nebenbei gesagt. »Wie schrecklich! Was ist passiert?« Tom und Dixie hatten ihr letztlich alles erzählt, aber Idas Sicht der Ereignisse wäre vielleicht erhellend.

»Statt ihrer hat der Schurke meinen eigenen Sohn erwischt. Deshalb stehe ich jetzt hier im Laden. Ich bin nach Horsley gezogen, um Monica nach Kräften zu unterstützen. Sie wollte das Geschäft wegen der Kinder weiterführen, aber sie alleine ist damit überfordert, und dieser nutzlose Mechaniker …«

Sie brach ab. »Fred! Die Kundin für den Fiat wartet!« Für eine Dame in den Siebzigern hatte ihre Stimme eine erstaunliche Durchschlagskraft.

»Ja-ha!«, rief eine Stimme von draußen.

»Danke«, sagte Elizabeth zu Ida. »Und Entschuldigung noch mal, sollte ich was Falsches gesagt haben. Ida lächelte und winkte ab, und Elizabeth ging zusammen mit Fred in die Junisonne hinaus.

Das gemietete Auto entpuppte sich als wendiger kleiner Flitzer mit Heckklappe. Könnte sich als nützlich erweisen. Nachdem sie Freds Belehrungen über Scheibenwischer und automatische Fensterheber geduldig hingenommen hatte, fuhr sie zurück in Richtung Bringham.

Das Auto war gerade abgefahren, da griff Ida sofort zum Telefon und tippte mit zittrigen Fingern die Nummer ein.

»Emily Reade. Es ist wichtig.« Während sie darauf wartete, durchgestellt zu werden, klopfte sie mit den Fingern ihrer freien Hand auf den Tresen. Das waren denkbar schlechte Neuigkeiten. Diese Amerikaner machten nichts als Ärger. Nicht dass man dieser hier irgendetwas vorwerfen konnte, aber Ida vertraute ihren Instinkten, und sie roch geradezu, dass es Ärger geben würde.

»Emily«, keifte sie, als diese sich schließlich meldete. »Wir müssen uns sehen. Und zwar bald. Gerade war die Lady bei mir, die Orchard House gekauft hat. Sie ist eine Freundin von Dixie und weiß viel, zu viel. Dixie hat ihr alles über das Haus, ihre Tanten und weiß Gott was noch alles erzählt! Auch wir wurden nicht verschont. Die steckt ihre Nase in Sachen, die sie, verdammt noch mal, nichts angehen, und wir können uns unter keinen Umständen noch ein Risiko leisten.«

Dem hatte Emily nichts entgegenzusetzen. Beiden war klar, dass Emily ihren Job bei der Bank um Haaresbreite verloren hätte. »Dann müssen wir Mildred auch warnen«, erwiderte sie. »Wir treffen uns morgen Abend um sechs Uhr bei mir zu Hause. Richte ihr das bitte aus.«

Nachdem Emily aufgelegt hatte, wählte Ida die nächste Nummer und traf Mildred Rowan zu Hause an. »Mildred«, sagte Ida mit noch zittriger Stimme als sonst. »Es gibt ein Problem.«

2

Als Elizabeth ihr aus dem kleinen Ladenbüro heraus zuwinkte, deutete Antonia die Geste als ein »alles in Ordnung«, winkte zurück und fuhr los. Elizabeth wollte offenbar bleiben und würde eine kleine Plauderei von Hexe zu Hexe sicher sehr genießen. Der Gedanke bereitete Antonia weniger Unbehagen als den meisten anderen Koloniemitgliedern, zumindest was die neueren betraf. Sie erinnerte sich noch an die Zeiten, als sie dem alten Kult noch in Wäldern und um einsame Lagerfeuer herum huldigten. Trotzdem fragte sie sich, wie Tom, der ja aufgewachsen war, als Hexen verfolgt und öffentlich verbrannt wurden, eigentlich damit zurechtkam, mit einer intim zu sein. Nicht dass es sie wirklich was anginge, aber man machte sich halt trotzdem seine Gedanken.

Dennoch, wenn Gwyltha als Führerin der Kolonie Elizabeth akzeptierte, wie käme sie dann dazu zu zweifeln? Außerdem mochte sie Elizabeth, und sie brauchte ihre Fähigkeiten für ihr Geschäft, und die Aussicht, mit jemandem zusammenzuarbeiten, ohne die eigene Natur ständig verleugnen zu müssen, war mehr als verlockend.

Und in der Zwischenzeit ...

Die paar Meilen von der Autovermietung Collins in Horsley bis an den Ortsrand von Bringham hatte Antonia schnell zurückgelegt. Nachdem sie am Straßenrand kurz haltgemacht hatte, um Dixies Listen und Karten zu konsultieren, fuhr sie in das Dorf hinein, bog an der Kirche rechts ab und dann gleich wieder links und parkte schließlich vor einem Neubau. Das alte viktorianische Pfarrhaus, das in früheren Zeiten den Pfarrer und seine Familie samt Dienerschaft beherbergt hatte, war jetzt ein Altersheim. Der gegenwärtige Amtsinhaber musste sich mit einer bescheideneren, dafür aber komfortableren Behausung begnügen.

Ein Blick auf die makellosen Rosenbeete und die üppig bepflanzten Ampeln ließ vermuten, dass einer der Hausbewohner wohl einen grünen Daumen hatte – oder sie ließen einen Gärtner kommen. Vielleicht sollte sie sich den Namen geben lassen und ihrer Liste hinzufügen, denn die Wildnis um Orchard herum konnten sie unmöglich alleine in den Griff bekommen, und der Rasenservice beinhaltete nun mal kein Unkrautjäten oder Heckenschneiden.

In der Hoffnung, es wäre jemand zu Hause – immerhin war es das Pfarramt –, läutete Antonia.

Das elegante Ding-Dong der Türglocke übertönte ein Geräusch, das wie das Bellen eines Wolfshunds klang, und die graue Gestalt, die sodann durch das Riffelglas der Haustür zu sehen war, bestätigte den Eindruck.

»Pscht, Pansy! Pscht!«, rief eine weibliche Stimme, und nachdem sich der Hund beruhigt hatte, öffnete eine junge Frau mit frischem Teint die Tür. »Ja, bitte? Kann ich was für Sie tun?«

»Hoffentlich, sofern ich nicht gerade allzu ungelegen komme.«

»Das spielt keine Rolle. Leider ist meine Mum gerade nicht da, falls Sie sie sprechen wollten.«

»Wenn Ihre Mutter die Frau des Pfarrers ist, hätte ich sie in der Tat gerne gesprochen. Ich bin eben erst hier im Dorf zugezogen. Mein Name ist Antonia Stonewright.«

»Oh! Sie haben Orchard House gekauft und richten dort ein *Bed and Breakfast* ein.« Sie zog den Hund mit einem Ruck zurück, als er Antonia beschnüffeln wollte. »Benimm dich, Pansy!« Sie lächelte und hielt ihr ihre freie Hand entgegen. »Entschuldigen Sie mein schlechtes Benehmen. Ich bin Judy Abbott. Dad ist Pfarrer hier am Ort, und ich habe gerade die Uni abgeschlossen. Kommen Sie rein.«

Antonia trat über die Schwelle. Pansy hatte offenbar beschlossen, sie zu mögen, und fing an, ihre Hände zu beschnüffeln und abzulecken.

»Wie wär's mit einer Tasse Tee?«, fragte Judy und betrat eine sonnendurchflutete Küche, deren Fenster auf einen Garten hinausgingen, der ebenso makellos gepflegt war wie der Vorgarten. »Oh, Pansy, lass sie doch in Ruhe!« Judy verpasste dem Hund einen Stubser, worauf Antonia bemerkte, dass dieses Kalb von einem Hund nicht nur dick und fett war, sondern obendrein guter Hoffnung. Bringham schien ja, nach Emily an diesem Morgen, wirklich ein fruchtbares Pflaster zu sein.

Pansy wälzte ihre Körpermassen in ein gigantisches Hundebett, und nachdem sie sich ein paar Mal im Kreis gedreht und auf dem Kissen gescharrt hatte, ließ sie sich nieder, ohne jedoch Antonia aus den Augen zu verlieren.

Verdammt gut, dass Tiere nicht so auf Vampire reagierten, wie es in manchen abstrusen Romanen vorkam. »Ein wunderschöner Hund«, sagte Antonia. »Mein Vater hatte auch mehrere Wolfshunde.«

»Mehrere?« Judy, die gerade den Kessel füllte, drehte sich um. »Na hoffentlich war das Haus größer als dieses!«

Es war ein Herrenhaus gewesen: weitläufig, zugig, finster und mit genügend Platz zum Übernachten für hundert Leute. »Ein bisschen.«

Judy stellte den Kessel auf den Herd und griff nach der Teekanne. Antonia hätte laut geseufzt, wenn sie es denn noch gekonnt hätte. Schon wieder Tee! Sie sollte sich besser daran gewöhnen, wenn sie wie geplant tatsächlich auf Vorstellungsrunde gehen wollte. Dabei konnte sie ganze Gallonen von Tee problemlos wegschlucken. Nun denn. »Mum sollte bald zurück sein«, sagte Judy. »Sie können gerne noch warten, aber vielleicht kann ich ja ...« Sie ging an den Tisch, um einen Berg Nähzeug und das Nähkästchen wegzuräumen. Als das Wasser kochte, nahm sie zwei

Becher von einer Leiste unter dem Hängeschrank. »Sind Teebeutel recht?«

»Perfekt.« Die Becher fielen Antonia sofort ins Auge – Souvenirs aus dem Londoner Gruselkabinett, dem *London Dungeon,* und dem *All England Tennis and Croquet Club* schienen so gar nicht zusammenzupassen. Aber wer wusste schon, wie Sterbliche diese Dinge sahen.

Judy füllte beide Becher und schwenkte die Teebeutel darin herum. »Ich vermute, es geht um das *Bed and Breakfast?* Wenn Sie Personal brauchen, wird Mum gerne die Werbetrommel rühren, aber eine Anzeige im Lokalblatt wäre vielleicht sinnvoller.« Sie drückte die Teebeutel aus, goss, ohne zu fragen, Milch dazu und schob Antonia den *London-Dungeon*-Becher zu. »Zucker?« Sie stellte eine kleine Zuckerdose aus Keramik auf den Tisch.

»Nein, danke.« Der Tee war sehr heiß, es empfahl sich also, ihn stehen zu lassen. Das Risiko aufzufallen wäre zu groß gewesen. »Es ist überhaupt kein *Bed and Breakfast.* Ich eröffne eine kleine Galerie für Kunst und Handwerk. Im September soll es losgehen und zu Weihnachten so richtig laufen. Ich suche jemand ganz Bestimmten, und vielleicht könnte mir ja Ihre Mutter helfen. Mir wurde ein Name genannt, aber er steht nicht im Telefonbuch.«

»Vielleicht kann ich Ihnen ja weiterhelfen. Wenn nicht, gibt es immer noch Mum und Dad. Wer ist es denn?«

»Er ist Töpfer. Ein gewisser Michael Langton.«

»Oh! Der eigenbrötlerische Langton!« Judy schüttelte lächelnd den Kopf. »Er ist schwer zu finden, steht nicht im Telefonbuch und zieht sich auch sonst auf ganzer Linie zurück. Ein Rätsel, wie er geschäftlich über die Runden kommt, aber er scheint zu verkaufen noch und noch. Ich selbst hab ihn nie kennengelernt, nur mein Vater. Für eine Wohltätigkeitsauktion zur Renovierung unserer Kirche hat Michael Langton eine wirklich sehr schöne Suppenterrine und mehrere Teller beigesteuert. Zu Dad hat er gesagt, er würde gerne seinen

Beitrag leisten, solange er nicht zu erscheinen brauche. Seltsamer Vogel, aber seine Sachen waren hübsch.«

»Haben Sie welche hier?«

Judy schüttelte den Kopf. »Sind alle weggegangen, und zu einem guten Preis. Der Käufer, jemand aus Effingham, sah darin trotzdem ein wahres Schnäppchen. Anscheinend ist Langton im ganzen Land bekannt. Aber was nun seine Adresse angeht«, sie hielt inne, »lassen Sie mich Sylvie anrufen, die Herausgeberin des Pfarrblatts.«

Judy griff zum Telefon und wählte blitzschnell eine gespeicherte Nummer. Nach Erkundungen über den Gesundheitszustand ihres Vaters, der sich offenbar schon sehr auf einen zweiwöchigen Urlaub in der Bretagne zu freuen schien, notierte sie sich entweder eine scheinbar sehr lange Adresse, oder aber eine höchst komplizierte Wegbeschreibung. »Die Adresse lautet *Manor Farm Cottages*, aber von der Manor Farm Road aus kommen Sie nicht hin.« Sie gab Antonia ein Stück Papier. »Das ist wortwörtlich der Anfahrtsweg, wie ihn Sylvie beschrieben hat. Für den Fall, dass Sie sich nicht zurechtfinden, hab ich unten noch Sylvies Nummer notiert. Rufen Sie sie an. Sie hat da schon das Pfarrblatt ausgetragen.«

Der Zettel war voller großer kringeliger Buchstaben, aber halbwegs leserlich. Antonia steckte ihn ein. »Vielen Dank. Sie haben mir wirklich sehr geholfen.«

»Freut mich. Sie hatten Glück, da ich selten hier bin, aber mir ist zufällig eingefallen, dass sich ja Mum und Dad mal über ihn unterhalten haben.« Sie hielt inne. »Möchten Sie, dass sich Mum noch ein bisschen umhört im Dorf? Oder haben Sie besondere Ansprüche und sind vielleicht an Amateurware nicht interessiert?«

»Sicher werde ich sehr stark auswählen.« Bei Abel, das würde sie auch müssen. »Aber ich habe nichts gegen Amateure. Letztlich zählen Qualität und Originalität. Trotzdem würde ich mich freuen, überwiegend mit Leuten aus der Gegend zusammenzuarbeiten. Kennen Sie vielleicht noch jemanden?«

»Nur zwei alte Ladys, die Misses Black. Zwei Schwestern, die in den Gemeindewohnungen an der oberen Hauptstraße wohnen. Sie stricken, und das schon seit Jahren. Zu Weihnachten ließ Mum bei ihnen einen wunderschönen Poncho für mich machen. Ihre Arbeiten können sich echt sehen lassen und sind eine ganze Ecke besser als das Zeug, das man uns für die Kirchenbasare zur Verfügung stellt.«

»Die beiden hat schon jemand erwähnt. Hätten Sie vielleicht die Adresse oder die Telefonnummer?« Beides hatte Judy. Antonia nahm einen Schluck Tee. »Leider muss ich schon gehen, aber ich würde gerne noch versuchen, den schwer greifbaren Töpfer ausfindig zu machen, ehe ich nach Hause fahre.«

»Ich selbst«, fuhr Judy zögernd fort, »mache Stickereien und Collagen. Ein paar Kissen hab ich schon an einen Inneneinrichter in Oxford verkauft. Damit konnte ich mein Stipendium ein wenig aufbessern.«

Schreckliches Zeug unter Umständen, aber man wusste ja nie. »Haben Sie vielleicht gerade eines da?« Antonia schielte auf den Berg Nähzeug, den Judy zuvor weggeräumt hatte.

»Ich bin noch mitten in der Planungsphase«, erwiderte sie, während sie Antonias Blick folgte, »aber letztes Jahr habe ich Mum und Dad zwei zu Weihnachten geschenkt. Ich hol sie schnell.«

Während sie nach oben lief, nutzte Antonia die Gelegenheit, den Inhalt ihrer Tasse in den Ausguss zu schütten. Sie nahm gerade wieder Platz, als Judy mit zwei großen Kissen im Arm zurückkam.

Antonia wären beinahe die Augen aus dem Kopf gefallen. Beide hatten die Größe eines veritablen Kopfkissens und stellten eine atemberaubende Mischung aus Farben, Stoffen und Stickmustern dar. Auf beiden standen im Vordergrund winterlich kahle Bäume. Bei dem einen leuchtete der Hintergrund in hellen Orange-, Gelb- und Rottönen, beim anderen war es eine Mischung aus Hellblau und Weiß mit rosafarbenen und violetten Streifen. »Sonnenaufgang und Sonnenuntergang.«

»Genau. Dad ist eine richtige Nachteule, Mum dagegen ein Morgenmensch. Als wir klein waren, gaben mein Bruder und ich ihnen die Spitznamen Sonnenaufgang und Sonnenuntergang. Diese beiden Kissen habe ich zu ihrer Silberhochzeit gemacht.«

»Sie sind unglaublich schön, aber sicher kaum bezahlbar. Da stecken doch unzählige Arbeitsstunden drin.«

»Eigentlich Wochen und Monate. Diejenigen, die ich verkauft habe, waren nicht annähernd so aufwendig.«

»Ein paar davon würde ich Ihnen gerne abnehmen. Ich meine, sie müssten sich als Hochzeits- oder Weihnachtsgeschenke gut verkaufen lassen. Vielleicht stellen Sie auch Sonderanfertigungen nach Wunsch her.« Antonia drehte die Kissen um und besah sich die Verarbeitung. »Ich würde Ihnen gern ein paar abnehmen. Nur der Preis sollte stimmen, damit Sie auch auf Ihre Kosten kommen.«

»Das kriegen wir hin.« Judy nahm die Kissen zurück, während Antonia aufstand. »Wir wissen ja, wo wir uns finden. Geben Sie mir Ihre Handynummer, dann ruf ich Sie an, sobald ich Ihnen was zeigen kann.«

Antonia ließ das Pfarrhaus hinter sich und bog auf die Straße in Richtung Bahnhof ein. Sie wollte den beiden Misses Black noch einen Besuch abstatten. Nun, da sie Judys Arbeiten gesehen hatte, vertraute sie ihr voll und ganz. Vielleicht würden diese beiden Strickschwestern ja wirklich in ihr Sortiment passen. Eigentlich jedoch wünschte sie sich ein paar überregional bekannte Künstler, und sollte Michael Langton tatsächlich so berühmt sein, wie sie hier alle vorgaben, dann wäre er ein guter Anfang.

Am Bahnhof machte die Straße einen Bogen; Antonia

warf einen Blick auf die Wegbeschreibung und bog nach rechts auf eine kleinere Straße ab, die an der Wiese entlangführte. Sie fuhr so weit, bis die Straße immer enger wurde und nach wenigen Minuten nur mehr eine holprige Schotterpiste war, mit einem Grasstreifen in der Mitte und wild wuchernden Hecken, deren Äste an beiden Seiten gegen das Auto schlugen. Keine Frage, der Mann wohnte am Ende der Welt.

Mittlerweile verstärkten Schlaglöcher und tief ausgefahrene Spuren im Wechsel mit hohen Grasnarben den Reiz der Szenerie. Ganz so schlimm wie die Straßen von vor Jahrhunderten war es zwar nicht, aber zu Pferde wäre man sicher besser vorangekommen. Antonia war drauf und dran umzukehren – was sie auch getan hätte, wenn ihr eine Einfahrt oder ein Feldweg die Möglichkeit dazu geboten hätte –, da endete die Straße abrupt an einer freien Kiesfläche, auf der man bequem wenden konnte. Als sie scharf rechts einschlug, bereit, umzukehren, entdeckte sie einen klapprigen Lieferwagen, der unter den überhängenden Ästen eines Baums neben einer schmalen Brücke geparkt war.

Mehr ein Steg, verbesserte sie sich. Ein paar dicke Planken, um ganz genau zu sein, vorne und hinten mit etlichen Felsbrocken beschwert. Dahinter führte ein schmaler Trampelpfad zu einem Sammelsurium von Bauten, die wie verfallene Lagerhäuser aussahen.

Hier konnte er unmöglich wohnen. Sicher hatte sie noch irgendwo eine Abzweigung verpasst. Wie sollte man, Einsiedler hin oder her, hier einen Betrieb unterhalten? Hier kam doch kein Lieferfahrzeug durch, und als Töpfer brauchte man große Mengen Ton und Mineralien für Glasuren. Und was war mit Essen? Selbst wer völlig autark im Einklang mit der Natur lebte, brauchte doch seine tägliche Ration Milch. Und wie, bei Abel, beheizte er die Brennöfen? Hier draußen gab es doch sicher weder Strom noch Gas, oder? Und welcher mit Kohle oder Koks beladene Laster wagte sich auf diese Straße? Sie war sich nicht einmal sicher, ob ihr Auto den Weg zurück schaffen würde.

Antonia sperrte ihr Auto ab. Verrückt eigentlich. Hier draußen trieben sich doch keine Diebe herum, aber sie war nun mal durch und durch Städterin. Sie überquerte den schmalen Steg. Darunter floss ein kleiner Fluss – ungefähr drei Meter breit und mit kräftiger Strömung. Das Wasser glänzte klar und blitzsauber in seinem Bett aus Kieselsteinen und Sand. Darin schossen Schwärme von Elritzen im Licht der funkelnden Nachmittagssonne hin und her. Sam hätte sicher großen Spaß, hier zu fischen. Nun könnte sie auch gleich gucken, ob der Töpfer zu Hause war.

Der Sterbliche hauste scheinbar tatsächlich in diesem Wirrwarr von Baracken – roh zusammengezimmerte Hütten, manche davon gedrungene Schuppen, die sich um einen gepflasterten Hof herum duckten. Antonia streifte daran entlang, bis sie auf menschliche Herzgeräusche stieß, sehr langsame zugegebenermaßen, die aus einem langgezogenen Bau kamen.

Als auf ihr Klopfen hin keine Antwort kam, pochte sie stärker, ehe sie die Holztür aufstieß und laut vernehmlich »Hallo« rief.

»Was, zur Hölle, wollen Sie?« Mit so einer Reaktion hätte sie nicht gerechnet, aber sie war immerhin klar und eindeutig.

»Mein Name ist Antonia Stonewright. Ich bin an einem Kauf Ihrer Arbeiten für meine Galerie interessiert und würde mich gerne mit Ihnen darüber unterhalten.« Das sollte funktionieren. Welcher Künstler hätte schon was gegen eine kleine Einkommensaufbesserung einzuwenden?

»Mein Agent ist Robbie Peterson. Wenden Sie sich an ihn.«

Blöde Sterbliche! Sie sah, wie er sich nach vorne beugte, um breitschultrig und mit kräftigen Armen lagenweise ungebrannte Gefäße in den offenen Brennofen zu schichten.

»Kann ich machen, aber ich würde trotzdem schon mal eine kleine Auswahl vorab sehen.«

Er hob den Blick, richtete sich auf und drehte sich zu ihr.

Etwas in ihr machte einen kleinen Sprung.

Süßer Abel! Sie war eigentlich viel zu alt und abgeklärt, um einem Gemeinsterblichen zu verfallen, aber wenn dieser Gemeinsterbliche ein so göttliches Wesen war ... Zwischen ihnen lagen gut drei, vier Meter Abstand, aber wem wären die dunkel strahlenden Augen entgangen, die lässigen, strohblonden Haare, die breiten Schultern und der dünne Film von Schweiß auf dem Gesicht?

Ihr Zahnfleisch um die Fangzähne herum begann zu kitzeln, und sie fuhr sich unwillkürlich mit der Zunge über die Oberlippe.

»Meine Arbeiten sind in der *Sewell Gallery* in Guildford zu sehen.«

Hätte sie auch nur ein Quäntchen gesunden Vampirverstands besessen, säße sie längst in ihrem Auto, unterwegs nach Guildford. »Schön, aber ich glaube nicht, dass die an einem Dienstagabend noch geöffnet ist, und ich würde so gerne sehen, was Sie machen. Es macht mir auch gar nichts aus zu warten, bis Sie den Ofen bestückt haben.« Sie hätte auch nicht das Geringste dagegen, in der Zwischenzeit dem Spiel seiner Schultermuskulatur zuzusehen. Hier hatte sie einen Sterblichen gefunden, bei dem sich ein nächtlicher Besuch sicher lohnen würde.

Er zog eine buschige Augenbraue hoch. »Kann aber ein Weilchen dauern.«

»Macht gar nichts. Vielleicht hätte ich ja zuvor anrufen sollen, aber ich war auf dem Nachhauseweg und ...«

»Sie sind nur zufällig hier vorbeigekommen?« Seine Mundwinkel zuckten.

»Nein. Ich dachte bloß, es wäre vielleicht nur ein Abstecher von einer halben Meile, und bis ich meinen Irrtum bemerkt habe, konnte ich nicht mehr umkehren.«

Aus dem Zucken wurde ein ziemlich verschmitztes Lächeln. »Sie hätten auf der freien Fläche drüben hinter dem Fluss umkehren können.«

»Das ja, aber da ich schon mal so weit gekommen war ... und ich bin wirklich sehr an Ihrer Arbeit interessiert. Ich eröffne im Dorf nebenan eine Galerie und ein Zentrum für Kunsthandwerk.«

»Ich mache keine Souvenirs wie Aschenbecher oder Milchkrüge mit der Aufschrift ›Gruß aus Bringham‹.«

»Das hoffe ich. Ich ruiniere mir doch nicht den Lack und die Stoßdämpfer für billigen Touristenkram.«

Seine dunklen Augen erhellten sich etwas und sein Lächeln wurde immer breiter. Er wies mit dem Kopf auf die Stellagen hinter ihm. »Ich habe noch zwei Lagen einzuschichten. Gehen Sie doch inzwischen in das Cottage nach nebenan und warten dort auf mich. In den Regalen stehen ein paar unverkäufliche Stücke, die dürfen Sie sich gerne ansehen. Ich komme in einer halben Stunde nach, sobald ich hier fertig bin.«

Er hatte sie nicht rausgeschmissen, was sie nach seinen ersten Worten zum Empfang fast erwartet hätte. Anscheinend war er bei allem Hang zur Einsiedelei doch so klug, eine potenzielle Kundin nicht einfach abzuweisen.

Antonia konnte sich kaum losreißen und genoss noch schnell den Anblick, als er die nächste Lage hochwuchtete, dann aber verließ sie den Brennraum und trat in den Hof hinaus. Das erste Gebäude zu ihrer Rechten glich eher einem Hühnerstall denn einer menschlichen Behausung. Das nächste, obwohl genauso klapprig wie der Rest, hatte zumindest Fenster und eine frisch gestrichene Eingangstür. Ein Blick durch den Vorhang hindurch auf ein Sofa, einen Tisch und Regale mit Keramiken bestätigte ihren Eindruck. Hier war sie richtig.

Sie fasste nach der Klinke – die aufgrund einer fehlenden Schraube lose war. Reparaturen am Haus standen bei ihm offenbar nicht an erster Stelle. Sie öffnete die Tür und sah die Töpfereien auf den Regalen, konnte aber die Schwelle nicht überschreiten. Sein beiläufiges »Gehen Sie rein und warten Sie auf mich« reichte nicht als Einladung.

Verdammt! Nun hieß es warten. Er musste sie ausdrücklich und in aller Form einladen, und danach könnte sie kommen und gehen, wie sie wollte. Antonia Stonewright war sich sicher, dass sie genau das tun würde.

Es war schon ein Weilchen her – gut ein paar Jahrzehnte –, seit sie sich von einem Sterblichen so stark angezogen gefühlt hatte. Dennoch hatte sie die Geschichte nicht vergessen und schon allein der Gedanke an den Geschmack seiner Haut auf ihrer Zunge kitzelte ihr Zahnfleisch aufs Neue.

Sie setzte sich auf die Treppe, streckte die Beine aus und dachte, während sie die Sonne hinter den Bäumen untergehen sah, an den Töpfer.

Sie hörte, wie er in dem Gebäude nebenan herumkramte, Paletten hochhob, Krüge herumschob und dabei vor sich hinmurmelte und das eine oder andere Mal leise fluchte. Abgesehen jedoch vom Rauschen des ein paar Meter entfernten Flusses waren das die einzigen Geräusche. Sehr merkwürdig, dass sie keine Vögel hörte. Sie konnten unmöglich schon schlafen. Vielleicht verscheuchte sie der Qualm der Brennöfen. Merkwürdig war auch, dass er keinen Hund hatte. Einsiedler wie er oder Naturfreaks hielten sich meistens Katzen oder Hunde zur Gesellschaft, aber allem Anschein nach lebte der begehrenswerte Michael komplett alleine.

Was auch gut war. Hätte er eine Frau oder eine Freundin gehabt, dann hätte sie hier nichts verloren. In der Hinsicht kannte sie keinen Spaß und sie würde, nach eigenen schmerzlichen Erfahrungen, einer anderen Frau niemals in die Quere kommen.

Verdammt! Selbst inmitten der weiten, bewaldeten Hügel von Surrey musste sie an Etienne Larouslière denken. Dieser verdammte Typ aber auch! Dennoch hatte seine Untreue auch ihr Gutes gehabt. Seit der Zeit hatte sie gelernt, ihr Herz nie wieder zu verlieren. Freunde hatte sie unter den Vampiren ihrer Kolonie gefunden, Sex und Nahrung holte sie sich bei Sterblichen. Und es ging ihr dabei so viel besser. Wenn sie ein Sterblicher betrog, dann würde der Tod seinen falschen Machenschaften ein Ende setzen. Ein bisschen Geduld ihrerseits genügte.

Antonia lehnte sich gegen die Tür, schloss die Augen und fragte sich, ob Elizabeth wohl etwas von Ida gehört hatte. Hoffentlich nicht. Was sollte schon Gutes dabei herauskommen, wenn man Hexen in ihrem Treiben bestärkte? Sicher, Elizabeth hatte nur ehrenwerte Absichten und man konnte sich auf sie verlassen, aber sie war eine Ausnahme.

»Haben Sie sich schon umgesehen?«

Seine Stimme berührte sie stärker, als das, was er sagte. Dieser Sterbliche hatte es in sich. Sie lächelte. »Nein. Ich sehe mir Ihre Stücke lieber mit Ihnen zusammen an. Ist doch besser, man hört gleich, was Sie dazu zu sagen haben.« Das war nicht einmal ganz gelogen.

»Und warum sollte es mir auch nur im Traum einfallen, mich mit Ihnen zu unterhalten, wo ich doch einen sehr guten Agenten habe, der mir diese lästigen Pflichten abnimmt?«

»Vielleicht haben Sie ja wirklich keine Lust dazu.« Sie selbst vielleicht auch nicht mehr, aber sie hatte, nachdem sie so weit gefahren war und so lange gewartet hatte, zumindest ein Recht darauf, einen kleinen Blick auf seine Arbeiten zu werfen. Sie stand auf und lächelte. Ihrem Lächeln konnten die meisten Sterblichen nicht widerstehen. »Aber das wissen Sie wohl erst dann, wenn wir ins Plaudern gekommen sind?«

Er sank ihr nicht gerade vor die Füße, nickte aber und öffnete die Tür. »Na dann kommen Sie halt in Gottes Namen rein.«

Eine herzliche Einladung klang anders, aber ihr genügte

es. Sekunden später betrat Antonia das Haus und staunte nur noch. So verfallen es von außen ausgesehen haben mochte, drinnen war alles äußerst komfortabel und praktisch. Einschließlich des hochmodernen Sicherheitssystems. Das Tastenfeld neben der Tür konnte niemandem entgehen. Offensichtlich wollte er seine Keramiksammlung vor Einbrechern schützen.

Was von außen durch das Fenster interessant gewirkt hatte, war aus der Nähe besehen schlichtweg umwerfend. Antonia durchquerte das großzügige Wohnzimmer mit offenem Küchenbereich bis zu den dunklen Holzregalen an der hinteren Wand. Kaum war sie dort, musste Michael einen Schalter angeknipst haben. Die Regale erstrahlten in indirekter Beleuchtung.

Seine Keramiken waren nicht gut, sondern phänomenal! »Das ist alles von Ihnen?«

»Vom ersten bis zum letzten Stück.«

Was für ein stolzer Ton. Für sie war es völlig in Ordnung. Ein Künstler seines Kalibers konnte sich dieses Selbstbewusstsein leisten.

Antonia näherte sich den Regalen bis auf Armeslänge. Wie gern hätte sie die Gefäße berührt, ihre Finger über die vollen Rundungen gleiten lassen, die mattfarbigen Glasuren mit den Fingerspitzen befühlt, aber sie begnügte sich damit, alles nur anzusehen: die geschlossenen Formen, die ausladenden, flachen Schalen, die wunderbar subtilen Blau- und Grüntöne und die weichen Grautöne. »Sie verwenden ausschließlich Ascheglasuren?« Während sie das sagte, drehte sie sich um und bemerkte seinen erstaunten Blick. Mm-hmm, das hatte er ihr also nicht zugetraut. Michael Langton könnte noch die eine oder andere Überraschung ins Haus stehen.

Er nickte. »Für meine besten Stücke spare ich die Asche den ganzen Winter über auf. Trotzdem reicht es nicht für die gesamte Produktion. Für eine Serie mit flachen Tellern und Schalen verwende ich Emailglasuren.« Er hielt inne. »Hätten Sie Lust auf eine Tasse Tee? Danach könnten wir noch ins Lager gehen, und ich zeige Ihnen meine Serienproduktion, wenn Sie möchten.« Er lächelte und seine Augen funkelten. Für eine Sekunde vergaß sie fast, dass er ein Sterblicher war.

»Tee wäre großartig.« Das war geschummelt, aber so ein Angebot hätte sie doch niemals ausschlagen können. Manche Dinge hatten sich auch in fünfzehnhundert Jahren nicht verändert. Außerdem war er wirklich hinreißend ... warum eigentlich nicht ein bisschen nachhelfen? Sie wandte sich wieder den penibel arrangierten Gefäßen zu. »Sie verlangen geradezu danach, berührt zu werden.«

»Dazu wurden sie gemacht.«

Sie hörte Wasser laufen und das Pling eines Deckels, der auf einen Kessel aufgesetzt wurde, aber Teekochen war was für Sterbliche. Sie hatte andere Sachen im Kopf. Mit beiden Händen griff sie nach der bauchigen Basis eines hohen Gefäßes, das einer gigantischen Seerosenknospe glich, streichelte über die festen Rundungen und glitt mit den Fingern hoch an den schlanken Hals und über den glatten Rand. Daneben stand ein bauchiger Krug mit einem weiten Hals sowie Tülle und Henkel. Offenbar als Wasserkrug gedacht. Was sie jedoch anzog, war die blutrot leuchtende Glasur. Unter all den gedämpften Tönen, blau, grün und grau, stach sie heraus wie ein Blitz aus Hitze und Leidenschaft.

»Wie wunder-, wunderschön!«, sagte sie bloß im Flüsterton, aber Michael Langton schien Ohren zu haben wie ein Luchs.

»Ein absolutes Einzelstück«, erwiderte er und näherte sich mit fast lautlosen Schritten. »Und eigentlich ein Zufallstreffer. Vor Jahren hab ich mit der Raku-Methode experimentiert – die Sachen werden in Sägemehl reduziert«, fügte er nach einer kurzen Pause hinzu. »Meistens entstehen dadurch interessante Glasureffekte, aber in dem Fall ...« Er streckte die Hand nach dem Krug aus und berührte ihn, seine Finger waren nur wenige Zentimeter von ihren entfernt. »Diesen Krug hatte ich genau in der Mitte des Ofens platziert, und irgendwie hatte er nach dem Brennen diese einzigartige Farbe. Ich habe mindestens ein Dutzend Mal versucht, diesen Glücksfall zu wiederholen, aber es hat nicht funktioniert.« Seine kräftigen Finger glitten hinauf zur Tülle. Die Spitze seines Zeigefingers kreiste am Rand entlang, ehe er wieder nach unten fuhr. Sie ertappte sich dabei, wie sie auf seine abgearbeiteten Hände starrte. »Ich beschloss, ein Geschenk der Götter darin zu sehen und keine Wiederholung zu verlangen.« Er zuckte mit den Schultern. »Aber den hier hab ich behalten. Ich werde mich nie und nimmer von ihm trennen.« In ihrer Entschiedenheit enthielten seine letzten Worte fast eine sanfte Drohung.

»Das kann ich verstehen.« Sie zog ihre Hand zurück. Für eine Beinahe-Berührung an den Fingerspitzen war es noch zu früh. Ab und zu eine Vene anknabbern, das ja – schließlich war das Nahrungsaufnahme –, aber von Intimitäten jedweder Art ließ sie lieber die Finger. »Ich fühle mich geschmeichelt, dass ich den Krug und alles andere sehen durfte.« Ihr Blick glitt über die schönen Formen hinweg, die flachen Schalen und die hohen, schlanken Vasen. Dann drehte sie sich zu ihm um. Er war nahe. Viel zu nahe. Sie bemerkte, wie er roch: ein gesunder männlicher Duft mit einer dezenten Note von frischem Schweiß und noch etwas anderem, etwas ungezähmt Wildem.

Sie riss sich am Riemen. Meine Güte! Die ländlichen Weiten bekamen ihr wohl nicht. »Nun kenne ich Ihre unverkäuflichen Sachen. Wie steht's mit dem Rest?«

Dieses Lächeln war kein Sterbliches. Er neigte den Kopf nach rechts, und ein paar blonde Strähnen fielen über sein rechtes Auge. Sie räumte einem sterblichen Menschenmann viel zu viel Macht über sie ein. Sicher, er war attraktiv, ein Bild von einem Mann, aber dass in seiner Nähe ihr Blut in den Adern in Wallung geriet, das war absolut lächerlich.

»Die für den Verkauf bestimmten Sachen hab ich im Lager. Wollen Sie sie vor oder nach dem Tee anschauen?«

Obwohl sie ahnte, dass sie von Michael Langton lieber ganz die Finger lassen und nicht einmal Tee mit ihm trinken sollte, lächelte sie zurück. »Ich schlage vor, Sie zeigen mir die Sachen gleich. Alles Weitere besprechen wir dann bei einer Tasse Tee.«

Drängte sie zu sehr? Er hatte doch gezögert, zuckte aber letztlich mit den Achseln. »Hier lang.« Er öffnete eine massive Tür und überließ ihr den Vortritt.

Die auf den ersten Blick baufällige Holzbaracke zwischen der Töpferei und dem Cottage entpuppte sich als ultramoderne Metallkonstruktion, beinahe klinisch sauber, in der sich die fertigen Töpferwaren in endlosen Regalreihen und einigen versandfertig verpackten Kisten stapelten.

Während sie die langen Reihen flacher Schalen, all die Lampenfüße und Becher begutachtete, musste sie daran denken, wie widersprüchlich doch, im Vergleich zur Fassade, das Innere von Michaels Behausung war. Seltsam. Zum Teufel aber auch. Er war immerhin Künstler, und sie hatte im Lauf der Jahrhunderte genügend Künstler gekannt, sodass sie nichts mehr aus der Fassung brachte.

Im Moment genügte es schon, wenn sie, was Michael Langton anbelangte, am Ball blieb.

Aber sie war ja auch geschäftlich dort. »Wie sieht es bei Ihnen mit Lieferzeiten aus?« Sie nahm eine ovale Schale in der Farbe eines Vogeleis, wie von einem Rotkehlchen, in die Hand.

»Kommt drauf an. Eilaufträge kann ich in einer Woche erledigen, aber in der Regel gehe ich von vier bis sechs Wochen aus. Ich teile meine Kräfte lieber ein und arbeite vorhandene Aufträge kontinuierlich ab.«

»Haben Sie eine Preisliste?«

»Natürlich.« Auch ohne ihn anzusehen, wusste sie, wie sich seine Mundwinkel kräuselten und wie amüsiert seine dunklen Augen dreinblickten. »Ich kann Ihnen eine ausdrucken. Haben Sie spezielle Interessen?«

»Kommt auf die Preise an. Ich hätte gern einiges von den kleinen Schalen, Bechern und Tellern. Am besten mit verschiedenen Glasuren. Und sagen wir mal drei, nein vier von den hohen Lampenschirmen und Vasen.« Sie sah auf, und er nickte. »Ich habe festgestellt, dass sich die kleineren Sachen meist besser verkaufen, wenn ein großes, teureres Exemplar danebensteht.«

Er grinste. Bewundernde Blicke waren ein großer Fehler. »Verstehe. Hinterhältige Verkaufstaktik, hm? Dem Kunden zuerst den Mund wässrig machen, damit er sich am Ende, wenn er sich die teuren Sachen nicht leisten kann, zum Trost was Billigeres kauft.«

Sie grinste zurück. Zum Teufel! Er hatte doch angefangen. »Klappt nicht immer, aber meistens.«

Michael griff über ihre Schulter nach einer flachen, türkisfarbenen Schale. »Nehmen Sie die als Muster«, sagte er, indem er ihr das Teil in die Hand drückte. »Gehen wir doch in die Küche zurück und trinken Tee, während die Preisliste ausgedruckt wird.«

Sie legte die Hände um die glatte, kühle Glasur, und nachdem er die Tür des Warenlagers abgeschlossen hatte, machten sie sich gemeinsam auf den Weg zurück ins Haus. Dafür dass er weit ab von jeglicher Zivilisation lebte, war er sehr auf Sicherheit bedacht, aber andererseits hing ja von diesen Waren sein ganzer Lebensunterhalt ab.

Sie stellte die Schale neben sich auf die Küchentheke und nahm auf dem angebotenen Stuhl Platz; dann sah sie ihm zu, wie er zwei Becher von den Haken unter dem Regal nahm.

Die Becher hatte er selbst angefertigt, dessen war sie sich sicher – man erkannte noch die Abdrücke seiner Finger. Innen und außen waren die Becher weiß glasiert, wobei an manchen Partien der Ton dunkel durchschimmerte. »Milch?«, fragte er höflich.

Sie nickte. »Bitte, aber keinen Zucker.« Geschmacklich stellte das keinen Unterschied für sie dar, aber warum sollte sie ihrem Körper Zucker zuführen, wenn er ohnehin keine Verwendung dafür hatte?

Er goss Tee ein, reichte einen Becher an sie weiter und bot ihr Kekse an. Sie lehnte ab, er selbst aber nahm sich vier Vollkornkekse mit Schokoladenüberzug aus der Dose, in die er mit auffallend weißen und kräftig wirkenden Zähnen kräftig und genießerisch hineinbiss. Er schluckte und sah sie an. »Wie sieht's eigentlich mit der Provision aus?«

Lieber verhandeln, als in diesen fantastischen dunklen Augen zu versinken. Lieber über Liefertermine und Rückgabeoptionen sprechen, als sich zu fragen, wie sich seine blonden Locken an ihrem Gesicht anfühlen würden, oder wie sein schweres Blut auf ihrer Zunge schmecken würde.

Später. Sie würde wiederkommen, aber jetzt galt es, einen Deal zu machen.

Es dämmerte bereits, als sie zum Aufbruch bereit war.

Er begleitete sie über den schmalen Steg zu ihrem Auto, zögerte aber leicht, als er ihr die Hand entgegenstreckte. »Tschüs«, sagte er. »Wir hören sicher voneinander.«

Ihre Finger schlossen sich um seine, und seine Augen blitzten erstaunt, als er ihren starken Händedruck bemerkte.

Sie lächelte. »Wir bleiben in Kontakt. Sobald ich mit meinen Räumen so weit bin, bringen wir den Handel unter Dach und Fach.« Sie ließ seine Hand los und trat zurück, trotz der Versuchung, ihm näherzutreten. Er war ein Sterblicher. Sie würde ihn besuchen, ja, aber ... »Auf Wiedersehen!«

»Wiedersehen, Antonia«, erwiderte er. »Seien Sie vorsichtig beim Wenden.«

Auf der Rückfahrt im Auto beschäftigte sie der Gedanke, wiederzukommen und zu saugen und Michael Langton eine Nacht voller unvergesslicher Träume zu bescheren, während sie ihr Instinkt gleichzeitig warnte, sich an diesem Mann allzu sehr festzubeißen. Ihr Mund zuckte ob dieses unbeabsichtigten Wortspiels. Bei Abel! Was spielte das schon für eine Rolle? Sie würde ihm niemals wehtun. Das konnte und wollte sie nicht. Doch sie würde auf jeden Fall zurückkommen. Bald.

Michael Langton stand da und lauschte, bis das Motorengeräusch ihres Autos verklungen war und der Geruch von Motoröl und Benzin sich ganz verflüchtigt hatte.

Er hätte sie sofort, gleich als sie aufgekreuzt war, rausschmeißen sollen. Ja, ganz genau! Aber das hätte er niemals tun können, so wie er seine Natur ja auch nicht ändern konnte. Antonia Stonewright faszinierte ihn. Die meisten Frauen waren gefährlich und brachten nichts als Ärger, nicht jedoch Antonia. Sie war anders. Das roch er geradezu. Sicher, ihr Hauptinteresse galt dem Geschäftlichen, aber bei ihm müssten alle fünf Sinne ausgefallen sein, wenn er ein gewisses, darüber hinausgehendes Interesse nicht wahrgenommen hätte: der Glanz in ihren Augen, der Geruch ihrer Haut. Seltsamerweise hatte er keinen beschleunigten Herzschlag vernommen, aber ihr Lächeln und ihre Stimme hatten schon gereicht.

Sie empfand dasselbe wie er.

Bei diesen Aussichten war ein Desaster vorprogrammiert. Er war nicht in die Rolle des einsam und zurückgezogen lebenden Künstlers geschlüpft, um sich alles von einer gut aussehenden Lady aus Yorkshire zunichte machen zu lassen.

Töpferwaren – ja, die würde er ihr auf Kommissionsbasis zur Verfügung stellen. Aber nie und nimmer dürfte ihr Kontakt über das rein Geschäftliche hinausgehen.

Er blickte zum Himmel hinauf. Zwei, drei Stunden vor Einbruch der Dunkelheit, bei Mondschein ein paar Stunden später.

Er ging ins Haus zurück, spülte die benutzten Becher aus und ging zur Töpferei hinüber, um zu sehen, was der neue Brand machte. Der Ofen würde seine Temperatur beim Morgengrauen erreicht haben, und er wäre lange davor zurück. Er trennte einen mehrere Pfund schweren Tonklumpen ab, schnitt ihn mit einer Drahtschlinge in Scheiben, ehe er die einzelnen Teile wieder zusammenknetete, erneut in Scheiben schnitt und wieder knetete, bis der Ton geschmeidig und frei von Luftblasen war. Zufrieden wickelte er alles in ein feuchtes Tuch und eine schwere Plastikfolie ein.

Er wusch sich die Hände, legte seinen Töpferkittel ab und hängte ihn auf den Haken an der Tür. Im Wohnhaus öffnete er den Reißverschluss seiner Jeans und ließ sie mit allen anderen Sachen, die er angehabt hatte, im Bad zurück. Dann schaltete er die Alarmanlage ein und machte die Tür hinter sich zu. Nackt trat er hinaus in den Mondschein. Geschützt durch eine Baumgruppe sah er zum Vollmond hinauf, legte den Kopf in den Nacken und stieß einen tiefen, katzenartigen Heulton aus. Minuten später bewegte sich eine lang gezogene dunkle Gestalt auf allen Vieren in Richtung der offenen Felder.

3

James Chadwick starrte auf die Papiere auf der ledernen Schreibunterlage seines Schreibtisches aus Satinholz. Dreimal hatte er die Urkundenkassette Blatt für Blatt durchgesehen. Mehr war nicht da. In dem Stapel vor ihm lagen seine eigene Geburtsurkunde und die seiner Mutter, seines Onkels und seiner Großeltern. Dazu die Heirats- und Sterbeurkunden seiner Großeltern sowie die Heiratsurkunde seiner Urgroßeltern. Zum Teufel aber auch, sogar ein Stapel abgelaufener Pässe und Führerscheine sowie die Heiratsurkunde seiner Eltern waren darunter, ausgestellt sechs Monate vor seiner Geburt. Interessant! Aber noch interessanter war es, die Namen seiner Eltern zu lesen: Rachel Stephanie Amy Caughleigh und Roger Alexander Chadwick. Amy, Spinnerin, siebzehn Jahre alt, und Roger, ehemaliger Rechtsanwalt, sechsundsechzig Jahre alt. Heiliger Bimbam! Was für ein Altersunterschied. Würde ihn ja schon interessieren, wie das zustande kam. Hatte vielleicht Sebastian Druck auf seine jüngere Schwester ausgeübt? Oder steckten seine Großeltern dahinter? Damals hatten sie noch gelebt, waren aber ein Jahr nach der Blitzheirat bei einem Autounfall ums Leben gekommen.

James stieß einen leisen Pfeifton aus. Die Caughleighs hatten wirklich ein paar turbulente Jahre durchlebt. Die Heirat seiner Eltern, der Herztod seines Vaters fünf Monate nach seiner Geburt, der Autounfall seiner Großeltern und schließlich der Tod seiner Mutter.

Jedoch fehlte, bei aller pingeligen Genauigkeit, mit der Onkel Sebastian seine Unterlagen zusammenhielt, Amy Chadwicks Sterbeurkunde. Seltsam. Höchst seltsam.

James rief sich die wenigen Erinnerungen zurück, die er an seine Mutter hatte. Sie war ein fröhlicher Mensch gewesen, lachte gern und spielte mit ihm. Warum auch nicht? Sie war keine achtzehn Jahre gewesen, als er geboren wurde, vierundzwanzig bei ihrem plötzlichen Verschwinden. Erst Monate später hatte man ihm gesagt, dass sie tot war, und Onkel Sebastian hatte ihn mit der alten Sarah Wallace alleine zurückgelassen, als er zur Beerdigung nach …

Verdammt! Er konnte sich nicht mehr an den Namen des Ortes erinnern. Aber man hatte es ihm doch sicher gesagt, oder nicht? Mit sechs hingegen hatte er wohl kaum begriffen, was es bedeutete, dass seine Mutter tot war. Und nie mehr zurückkommen würde. Niemals.

Seltsam, so zurückzudenken, aber Onkel Sebby hatte es immer tunlichst vermieden, von seiner Schwester zu sprechen. Die paar Male, als James gefragt hatte, war er abgeblockt worden. Eigentlich nicht weiter erstaunlich. Sebastian pflegte in der Regel alles abzublocken, womit er nicht belästigt werden wollte. Und dann, nur ein Jahr später, hatte er ihn aus der Dorfschule herausgerissen und in ein weit entferntes Internat gesteckt.

James lachte trocken auf. In den ersten Wochen hatte er sich so einsam und verlassen gefühlt, dass er sogar diese nichtswürdige alte Sarah und ihren Oberlippenbart vermisst hatte, der immer so kitzelte, wenn sie ihm einen Gutenachtkuss gab. Seine halbe Kindheit hatte er damit zugebracht, Geschichten darüber zu erfinden, seine Mutter würde wieder zurückkommen. Sie war von Feen geschnappt worden oder zu Besuch beim König von Siam gewesen, oder Piraten hatten sie entführt und gefangen gehalten.

Hoffnungen und wirre Träume eines Kindes.

Aber warum gab es keine Sterbeurkunde?

War sie vielleicht gar nicht tot? War sie davongelaufen und nie wieder zurückgekommen? Ein Leben mit Sebastian musste für eine junge Frau ziemlich einengend gewesen sein, aber warum, verflixt, sollte sie ihn verlassen? Er hatte sie noch so deutlich vor Augen. Wie sie ihn geküsst hatte, ihm zur Belohnung, weil er so brav war, einen Penguin-Schokoriegel zugesteckt hatte. Sie hatte ihm stets versprochen da zu sein, wenn er von der Schule nach Hause kam, und an jedem zweiten Tag erwartete sie ihn sogar am Gartentor. Nur an jenem Tag war sie nicht da gewesen. Wohin war sie nur verschwunden? Und warum?

James drehte den Stuhl hin und her und zermarterte sich schier das Hirn. Es hätte gereicht, ihn wieder zur Flasche greifen zu lassen, aber er hatte dem Zeug vor einem Jahr abgeschworen, als er mitten auf irgendeinem Acker auf dem Rücken liegend und mit den schlimmsten Kopfschmerzen seines Lebens aufgewacht war, ohne zu wissen, wie er überhaupt dorthin gekommen war. Seine plötzliche Trockenheit brachte ihm im *Barley Mow* anfangs eine Menge Sticheleien ein, aber, zum Teufel, dieses hübsche kleine Erlebnis hatte ihm den Alkohol gehörig verleidet.

Und nun ... Was war mit seiner Mutter geschehen? Wäre fast einen Besuch bei seinem alten Onkel Sebby wert gewesen, aber James war von vornherein klar, dass Sebastian selbst in einem seiner wenigen hellen Momente ihm gegenüber nie auch nur das Geringste hätte verlauten lassen.

Aber man konnte der Sache doch nachgehen ...

Ob es wohl klug wäre, eine der Agenturen zu kontaktieren, deren Dienste Sebastian gelegentlich in Anspruch genommen hatte? Aber nun, da er seine Anwaltszulassung in der Tasche hatte, hatte er eine bessere Verwendung für Sebastians Gelder. In dem Moment klingelte das Telefon.

»James?« Er erkannte den panischen Tonfall von John Rowan, einem Mitglied des vormaligen Zirkels, dem auch sein Onkel angehört hatte. »Wir müssen uns treffen. Wir haben Feuer unterm Dach. Diese verdammten Weiber.«

»Welche verdammten Weiber denn?« Da er soeben zu dem Schluss gekommen war, dass seine Mutter ihn im Stich gelassen hatte, schien es gerechtfertigt, das ganze Geschlecht in den Orkus zu schicken.

»Emily, Ida und Mildred!« Ah, John hatte wieder mal Eheprobleme. Der dumme Kerl sollte ihr Geld fürs Bingo geben und sie in den nächstbesten Bus nach Leatherhead setzen.

»Und du erwartest, ich soll was unternehmen?« Nicht die Bohne scherte ihn das alles. Diese alten Schachteln!

»Hör zu, James, die Sache ist ernst. Ida hat sie alle alarmiert. Es geht um die neuen Bewohner von Orchard House.«

»Und ...«

»Ida sagt, die, mit der sie gesprochen hat, ist eine Hexe, und Ida glaubt, sie ist hier, um den Zirkel zu übernehmen. Lächerlich, ich weiß, aber bei all dem Ärger, den wir im letzten Jahr hatten, müssen wir ...«

»John, mit ist es so was von egal, was du oder der Rest des Zirkels anstellt. Ich will mit euch nichts zu tun haben. Verstanden?« Er begann zu brüllen, und seine Stimme hallte ihm in den Ohren, aber das war ihm egal. »Euch kann passieren, was will. Mich interessiert das nicht. Ich will mit der ganzen Bande nichts mehr zu tun haben! Ruf mich nie wieder an! Verstanden?«

Er knallte den Hörer mit zitternden Händen auf das Telefon. Diese alten Bastarde! Er wollte nichts mehr mit ihnen zu haben. Ein für allemal. Schließlich verdankte er es Sebastians Verbindung mit diesem Zirkel, angefangen mit diesen alten Vetteln von Orchard House, die ihm diese Versessenheit auf Macht und Magie eingebracht hatte. Eine Obsession, die ihn letztendlich in den Wahnsinn getrieben hatte.

Und ach ja, seine Mutter hatte ja auch viele Stunden dort oben zugebracht. Scheinbar ging alles Ungemach dieser Welt von diesem Haus und diesem Zirkel aus.

James stand auf. Vielleicht wäre es besser, aus dem Haus zu gehen – falls John noch einmal anrufen würde – oder, noch schlimmer, gleich selbst hier aufkreuzen würde, um ihn für den Zirkel zurückzugewinnen. Niemals!

Nachdem er abgesperrt hatte, bummelte James die Einfahrt entlang und bog nach rechts zum Dorf ab. Bei einem Spaziergang und ein wenig frischer Luft bekäme er vielleicht einen klaren Kopf.

»Hi« – Elizabeth sah vom Computer auf, als Antonia die Küchentür öffnete –, »du hast wohl das ganze *Mole Valley* durchwandert?«

»Bin aus dem Dorf gar nicht rausgekommen.« Antonia zog den anderen Stuhl heraus und setzte sich. »Dafür habe ich zwei potentielle Lieferanten gefunden. Beide sind spitze.«

Elizabeth hörte gespannt zu, musste aber unweigerlich grinsen, als Antonia bei ihrem Bericht über diesen Töpfer immer mehr ins Schwärmen geriet.

»Scheint ja ein leckerer Typ zu sein, in jeder Hinsicht.«

»Bei Abel! Er ist nicht nur eine schnell verfügbare Vene! Er ist ein einzigartiger Künstler, und wir können uns mehr als glücklich schätzen, ihn zu vertreten. Er ist ein ...«

»Schnittchen? Nicht zu verachten?« Elizabeth ignorierte die hochgezogenen Brauen und den strengen Blick. »Begehrenswert?«

»Du lebst wohl gerne gefährlich, Ghul?« – »Nein, ich bin nur nicht blind. Und mit Vampiren habe ich in den letzten Monaten so meine Erfahrungen gesammelt.« Antonia rollte mit den Augen. Sie hätte geseufzt, wenn ihre Lungen es noch zugelassen hätten. »Er ist ... interessant und, ich muss zugeben, attraktiv. Ein hübscher, gesunder sterblicher Mann, der schon mal ein, zwei Pint entbehren kann.«

Warum sollte sie zimperlich sein? Sie war ein Ghul, selbst hoffnungslos verknallt in einen anderen Vampir, und ihre Essgewohnheiten waren auch nicht gerade so, dass sie damit eine Einladung in den Buckinghampalast bekommen würde. »Meinst du das wirklich ernst?«

Antonia nickte. »Warum nicht? Die Blutbeutel sollte ich mir lieber für Notfälle aufbewahren. Außerdem lebt er am

Ende der Welt, wo mich niemand sieht, und wie du weißt, Elizabeth, werde ich ihm garantiert nicht schaden.«

Das wusste sie. Warum gefiel es ihr dann nicht? Vielleicht weil in Antonias Augen so ein Leuchten lag, das darauf schließen ließ, dass dieser Michael so und so mehr sein könnte als nur Nahrungsquelle. Und wenn schon. Warum nicht? Antonia war nun wirklich alt genug, um auf sich selbst aufzupassen. »Das weiß ich, ja. Nun, also während du dich auf der Dorfwiese herumgetrieben hast, habe ich gearbeitet. Tom hat angerufen und mich mit wunderbaren Ratschlägen beglückt, an die ich mich halte, oder auch nicht.« So sehr sie diesen Vampir auch liebte, aber er musste sich an den Gedanken gewöhnen, dass sie keine siamesischen Zwillinge waren. »Und was das Allerbeste ist, Stella hat angerufen. Scheinbar hat sich Sams Crickettrainer ein Bein gebrochen und kann Sam nun doch nicht trainieren. Sie sind also schon so gut wie unterwegs.«

»Ich hab schon einen Job für sie – Personalakquise. Kann es kaum erwarten, sie zu sehen.« Elizabeth ging es ähnlich, zumal sie seit ihrem Umzug zu Tom nach London Sam viel zu selten sah. Sie hatte nun mal eine ziemliche Schwäche für den zehnjährigen Burschen entwickelt. »Sonst noch was?«, fragte Antonia.

»Ich muss was essen. Unsere Vorräte sind komplett aufgebraucht bis auf deine Blutbeutel, und mit Flüssignahrung kann ich nicht allzu viel anfangen. Lass uns doch ins *Barley Mow* gehen. Ich hab den ganzen Nachmittag auf diesem Stuhl verbracht und hätte gegen einen kleinen Fußmarsch nichts einzuwenden.« Sie schaltete den Computer aus und stand auf. »Hast du Lust mitzukommen?«

»Brauchst du Gesellschaft?«

»Damit wir zwei große blutige Steaks für mich bestellen können.«

***

Das *Barley Mow* sah weitgehend so aus, wie Dixie es beschrieben hatte – ein betagter Klinkerbau mit Balken an der niedrigen Decke, Pferdemedaillons, wohin man sah, und einem großen Kamin in der Ecke. Der Tresen verlief über Eck, die Speisekarte bestand aus einer feinsäuberlich beschrifteten Schiefertafel und ein stattlicher Mann mit graumelierten Haaren polierte Gläser hinter der Bar.

»N'Abend«, sagte er mit einem Kopfnicken. »Was kann ich für die Damen tun?«

»Sie sind sicher Alf«, sagte Elizabeth.

»Ganz recht.« Er neigte den Kopf und lächelte. »Und mit wem habe ich das Vergnügen?«

»Ich bin Elizabeth Connor.« Sie hielt ihm ihre Hand entgegen. »Ich kenne dieses Pub über Dixie LePage.«

Sein rosiges Gesicht verzog sich zu einem Grinsen. »Nein, so was! Dann sind Sie wohl auch Amerikanerin.«

»Na klar.« Wozu lange fackeln. »Dixie sagte, ich soll mal vorbeischauen. Angeblich kann man hier wunderbar essen.«

Er sah sie kritisch an. »Die Damen sind doch wohl nicht auch Vegetarierinnen, oder?«

Wenn Alfred wüsste ... »Ganz und gar nicht.«

»Ich auch nicht.« Antonia meinte offenbar, es sei Zeit, ein Wörtchen mitzureden. »Ich bin Antonia Stonewright. Ich habe das Haus vor Kurzem von Dixie gekauft.«

Alf schüttelte ihr die Hand. »Nein, so was. Sie sind also die beiden Damen, die den Krimskramsladen aufmachen.«

Sie merkte, wie Antonia zusammenzuckte. »Es ist eine Galerie für Kunst und Handwerk. Wir stecken noch mitten in den Vorbereitungen.«

Alf lachte auf. »War auch höchste Zeit, dass mal was passiert mit dem alten Kasten. Dixie hat ein wenig aufgeräumt, und im Frühjahr wurde das Dach neu gedeckt, und Sie waren es dann wohl, die in den letzten Wochen den Anstrich erneuern ließen. Nun denn, willkommen in Bringham, meine Damen! Und was kann ich nun für Sie tun?«

»Ein schönes Steak vielleicht?« Warum nicht gleich klarmachen, dass Fleisch für sie das Größte war.

»Wir hätten ein schönes Porterhouse oder, wenn Sie es gern 'ne Nummer kleiner hätten, ein schönes Filetsteak.«

»Ich denke mal, ich nehm das Filet. Englisch gebraten.« Elizabeth zog das Wort wie Alf bedächtig in die Länge: Fileehhh. »Und ...« – sie linste auf die Tafel an der Wand – »dazu vielleicht ein kleiner Salat und eine Ofenkartoffel.«

»Sehr wohl.« Alf wandte sich Antonia zu. »Und Sie, Madam?«

»Das Gleiche, bitte.«

Er gab die Bestellung nach hinten durch und fragte sie dann nach den Getränken. Auf die Enttäuschung hin, dass sie nur Mineralwasser wollten, versuchte er sie zu einer Flasche Wein zu ermuntern. »Wir haben eine hübsche Auswahl an kalifornischen Weinen. Wie wär's denn damit?«

Bei Weinen aus Oregon hätte Elizabeth es sich vielleicht noch überlegt, aber der schwere Kopf, den sie von Alkohol bekam, war die ganze Sache nicht wert. »Wir bleiben bei Wasser. *Maldon.*« Sie nahmen ihre Gläser mit und steuerten einen Ecktisch in Kaminnähe an, wobei sie einem alten Mann auf der anderen Seite des Kamins zunickten. Er saß tief in einem Schaukelstuhl, und man hatte den Eindruck, er würde immer dort sitzen. Vor ihm stand ein halb leeres Glas Bier auf dem Tisch, neben dem eine geöffnete Packung Chips lag. Zu seinen Füßen lag ein struppiger schwarzer Spaniel, der, als sie vorbeigingen, den Kopf hob und leise knurrte.

»Schon gut, Parsnip, sei still«, sagte er und tätschelte ihm den Kopf. »Nur zwei Ladys. Kein Grund zur Beunruhigung.« Er sah auf, erwiderte ihr »Guten Abend« und widmete sich dann wieder seinem Bier und den Chips.

Antonia nahm einen Schluck von ihrem Wasser, bevor sie das Glas auf der polierten Tischplatte abstellte. »Es ist mir ein Rätsel, warum man für das bisschen Blubbern so ein Heidengeld bezahlt.«

»Man nennt das ›mit der Zeit gehen‹. Tom hat mir darüber endlose Vorträge gehalten. Wer, bitteschön, trinkt heutzutage noch normales Brunnenwasser?«

»Ich weiß, ich weiß. In York habe ich jeden Monat Unsummen für die Zwanzig-Liter-Großbehälter bezahlt, die ich mir in die Galerie liefern ließ. Aber man muss ihnen nun mal was bieten.«

Mit »ihnen« meinte Antonia die Sterblichen. Oh Mann, ab und an konnten Vampire furchtbare Snobs sein. »Aber zuweilen sind sie ganz nützlich, oder?« Dieser Seitenhieb musste sein. »Ich denke da an einen gewissen Töpfer.«

»Jetzt aber! Benimm dich, oder ich behalt mein Essen für mich.«

Elizabeth grinste. »Was willst du dann damit machen? Es an Parsnip verfüttern?«

Antonia lachte gackernd, worauf einige Gäste neugierig guckten, bevor sie schnell zu ihren Getränken und Gesprächen zurückkehrten. »Und so sollen wir nicht auffallen! Ghul, was haben wir uns mit dir bloß eingehandelt?«

»Tut mir leid.« Das war glatt gelogen. Man musste Antonia zwischendurch auch mal zum Lachen bringen. Sonst war sie immer viel zu ernst. »Erzähl mehr von diesem Töpfer.«

»Seine Arbeiten sind gut. Sehr gut sogar. Ich bin mir nur nicht sicher, ob ich ihn so ganz überzeugen konnte, dass wir der richtige Laden für ihn sind, aber ich gebe nicht auf. Mit seinen Sachen und den unglaublichen Kissen von Judy, der Tochter des Pfarrers, haben wir einen guten Start in punkto Qualität. Meine große Furcht ist nämlich die, dass alle möglichen Bastler uns ihre gehäkelten Klorollenhauben oder Kerzenhalter aus hölzernen Garnrollen aufdrehen wollen.«

Letztere waren heutzutage natürlich längst aus Plastik, aber das wusste sie nicht. »Das kriegst du sicher hin, Antonia. Wir dürfen nur nichts überstürzen. Mit Emma sollten wir uns mal darüber unterhalten, ob sie die Cafeteria übernehmen möchte, wenn es so weit ist. Wie lange, glaubst du, wird es denn noch dauern?«

»Wenn ich an die Galerie in York denke – doppelt so lang wie die Handwerker sagen. Der Abriss ist ein Klecks. So richtig los geht die Arbeit erst, wenn alles weggeräumt ist. Aber wir eröffnen trotzdem und hoffen mal, dass bis Oktober oder November alles steht. Wir müssen uns auch noch überlegen, was wir mit dem Garten machen. Wo soll der Parkplatz hin? Und was hältst du von einer Picknickecke mit Tischen?«

Elizabeth hatte klare Pläne für einen bestimmten Teil des Gartens, wartete aber auf den richtigen Zeitpunkt, um sie mitzuteilen. »Internetanschluss haben wir auch noch keinen. Wenn der steht, kann ich die Website einrichten.«

»Kümmerst du dich darum?«

»Sicher! Gleich morgen.« Ein Internetanschluss wäre echt toll. Noch toller aber wäre es, wenn Tom hier wäre und mit ihr zusammenarbeiten könnte. Sie vermisste ihn schon, obwohl sie noch keine vierundzwanzig Stunden getrennt waren. Vampire konnten einem ganz schön den Kopf verdrehen. »Möglicherweise muss ich Tom zurate ziehen …«

Antonia gab ein glucksendes Lachen von sich. »Du vermisst ihn schon, nicht wahr? Und ich dachte, du wolltest ein wenig Abstand gewinnen.«

»Wollte ich ja auch.«

Antonia hatte mit ihrer Andeutung mehr ausgelöst, als sie wollte. »Wenn er dir so viel bedeutet, warum bist du dann alleine weggefahren?«

Verdammt gute Frage. Sie nahm einen Schluck Mineralwasser. »Wenn ich mit ihm zusammen bin, habe ich das Gefühl, ich werde von ihm aufgesogen. Ich kann es nicht beschreiben. Wir lieben uns, und ich bin ganz und gar glücklich, aber dann will ich plötzlich für mich sein, wieder allein und unabhängig. Und wenn ich alleine bin, so wie jetzt, vermisse ich ihn sofort.«

Antonia verzog einen Mundwinkel zu einem ironischen Lächeln. »Ich glaube, das nennt man Verliebtsein.«

»Klar bin ich verliebt! Ich hab nur nie gedacht, dass es so kompliziert werden könnte.«

»Oh, doch, Elizabeth, glaub mir, es ist kompliziert.« Sie grinste. »Aber dafür hast du einen wunderbaren Mann. Er treibt dich vielleicht in den Wahnsinn, aber betrügen würde er dich nie.«

Litt Antonia immer noch? Offenbar! Dumme Frage. Gut, dass sie diesen Gedanken für sich behalten hatte. »Und wenn, würde ich das Corpus Delicti kurzerhand abschneiden.«

»Funktioniert bei Vampiren nicht. Es wächst einfach nach.«

Elizabeth spritzte teures Tafelwasser aus der Nase. Total daneben, aber Antonia reichte ihr eine Serviette, und nachdem sie sich die Augen abgetupft hatte und wieder zu Atem gekommen war, fragte sie: »Du sprichst wohl aus Erfahrung?«

»Oh, ja! Als ich Etienne mit dieser Schickse erwischt habe, schnappte ich mir sein eigenes Messer vom Nachttisch und schritt zur Tat. Wenn er nur gesaugt hätte, wär's mir egal gewesen, aber was da passierte, war weit mehr als bloße Nahrungsaufnahme.«

Es lohnte sich also nicht, gegen Vampire körperlich vorzugehen, und sie hatte in der nächsten Zeit auch keine Pläne in dieser Richtung. Trotzdem musste sie fragen ... »Hat er sich denn nicht gewehrt?« Sie stellte sich gerade vor, wie zwei Vampire zornentbrannt aufeinander losgingen, die eine wild entschlossen zur Rache, der andere seine Männlichkeit verteidigend – wortwörtlich!

»Er hat es versucht, aber der Morgen graute bereits, und er schlief schon fast – bei ihm verhält es sich anders als bei uns – seine Sippschaft schläft untertags. Außerdem bin ich ein paar Hundert Jährchen älter und viel, viel stärker als er.«

Sie unterbrach für einen Schluck. »Ein Vergessen oder Verzeihen gibt's, glaub ich, nie.«

»Ich bin ihm mal begegnet, erinnerst du dich?«

»Und Tom wäre fast ausgerastet, habe ich gehört.«

»Unnötigerweise. Offen gesagt, ich steh nicht auf diesen Typ des glatten Charmeurs.« Eigentlich auf gar niemand anders mehr, seit sie Tom hatte.

»Ich auch nicht mehr, aber ...« Sie zuckte mit den Schultern. »Damals war ich noch jünger. Erstaunlich, was ein Jahrhundert so ausmacht.«

Sie sah auf, und Elizabeth folgte ihrem Blick. Eine junge dunkelhäutige Frau mit geschorenem Kopf und Augenbrauenpiercing stand vor ihrem Tisch. »Sie sind die Damen, die das Filetsteak bestellt haben?« Sie stellte zwei Teller auf den Tisch und holte aus der Schürzentasche das Besteck, in Leinenservietten eingewickelt, sowie Salz und Pfeffer. »Kann ich Ihnen sonst noch was bringen? Worcestersauce? Ketchup?«

An eine Antwort war kaum zu denken, angesichts der schweren Fleischdüfte, die ihr das Gehirn vernebelten, aber Elizabeth sagte trotzdem: »Nein, danke. Es ist wunderbar.« Für sie kaum hörbar sagte Antonia: »Danke, sieht großartig aus.« Glatterdings eine Lüge.

»Freut mich. Ich bin Vickie. Rufen Sie mich, wenn Sie noch eine Nachspeise haben möchten.«

Sie hatte sich gerade umgedreht, da griff Elizabeth zu Messer und Gabel und stürzte sich auf ihr Steak; sie teilte es in acht Stücke, wovon sie gleich drei auf einmal verschlang. Das Fleisch war zart und schön blutig. Nachdem der erste Hunger gestillt war, verspeiste sie den Rest in einem eher menschlichen Tempo und sah dann zu Antonia, die ihr fasziniert zugesehen hatte.

»Erstaunlich«, sagte sie, »es riecht fast so wie immer, aber ich kann mich beileibe nicht mehr daran erinnern, wie so ein Rindvieh schmeckt. Zu lange her.«

»Vermisst du was?« Tom behauptete immer, er würde feste Nahrung nicht vermissen, während Stella sich ja schon nach Schoko-Cookies mit einer dicken Portion Eiscreme sehnte.

Antonia schüttelte den Kopf. »Eigentlich nicht. Ich kann nicht sagen, dass ich sterbliches Essen jemals so genossen hätte wie warmes Blut aus einer willigen Ader.«

Und gehörte sie noch zu den Sterblichen, dann hätte sie jetzt bald keinen Appetit mehr! Anscheinend hatte sich das Interesse, das ihr Erscheinen im Pub anfangs ausgelöst hatte, bald wieder gelegt, und man spielte wieder Darts oder sah Snooker im Fernsehen. Elizabeth griff über den Tisch, spießte Antonias Steak mit der Gabel auf und beförderte es auf ihren eigenen Teller.

Die Bewegung rief Parsnip auf den Plan. Der Hund setzte sich auf, drehte den Kopf erwartungsvoll zur Seite und ließ, wahrscheinlich, um den Eindruck zu erwecken, er sei halb verhungert, die rosafarbene Zunge seitlich raushängen. Jedoch strafte das glatte Fell und der wohlgenährte Körper sein Ansinnen lügen.

»Oh, Parsnip! Hör auf!«, sagte sein Herrchen. »Lass sie in Ruhe. Entschuldigung«, sagte er zu Elizabeth, »er kann ziemlich lästig werden, wenn man ihn nicht zurückpfeift.«

»Trotzdem ist er wunderhübsch.« Elizabeth legte die Gabel beiseite und streichelte Parsnips seidigen Kopf. »Darf ich ihm nicht doch nur ein kleines Stückchen geben?«

»Damit verziehen Sie ihn bloß, aber ...« Über sein runzeliges Gesicht huschte ein Lächeln. »Er wird's Ihnen danken, aber eins sag ich Ihnen, er vergisst nichts. Er will dann jedes Mal was haben, wenn er Sie sieht.«

»Einen Bissen kann ich entbehren. Da, Parsnip.«

Elizabeth schnitt ein Stückchen vom Fettrand ab und hielt es dem Hund hin. Parsnip schnappte gierig danach und schlang es hinunter. Die dunklen Augen strahlten.

»Nun ist genug, Parsnip. Leg dich wieder hin.« Von einem

hundetypischen Seufzen begleitet, legte sich Parsnip hin, die Nase auf den Schuhen seines Herrchens.

Elizabeth widmete sich dem übrigen Steak.

»Besser du deckst dich im örtlichen Metzgerladen ein«, sagte Antonia. »Du bringst uns in jeder Hinsicht in die Bredouille, wenn wir hier dreimal täglich essen.«

Wie wahr. »Hatte ich sowieso vorgehabt, aber nach diesem merkwürdigen Erlebnis, als ich das Auto abgeholt hatte, wollte ich schnellstmöglich nach Hause, um darüber nachzudenken.«

»Wieso? Was war denn?«

Elizabeth berichtete in aller Kürze von ihrem Gespräch mit Ida.

»Sie ist vielleicht nur vorsichtig. Die hatten doch sicher eine Flut von Reportern hier im letzten Jahr.«

»Sie wusste, ich war keine Reporterin. Ich habe Dixie erwähnt, und dass du das Haus von ihr gekauft hast. Und ich hab doch, verdammt, das Auto schon vor ein paar Wochen telefonisch bestellt. Es war, als ob ...« – sie hielt inne – »als ob sie vor was Angst hätte, etwas befürchtete. Aber warum sie vor mir Angst haben sollte, weiß ich nicht.«

»Sie hat zweifelsohne ihre Gründe.«

Antonia hatte recht, aber ... »Schon klar. Es ist nur ...«

»Du wolltest von ihr in den Zirkel eingeführt werden.«

Elizabeth nickte. »Ich weiß, ihr versteht das nicht so richtig, aber ich will nun mal andere Hexen kennenlernen. Meg Merchant und ihr Zirkel haben mich herzlich aufgenommen, nachdem sie darüber hinweg waren, dass Tom ein Vampir ist. Sie hat uns zu sich nach Hause eingeladen. Der Zirkel war zwar klein, aber nur mit ihrer Hilfe konnte ich Laran besiegen. Wir haben einfach zusammengeholfen, gestützt auf unseren Glauben. Ida hingegen war nur abweisend. Ich könnte versuchen, Kontakt zu Emily Reade aufzunehmen, die mir Dixie noch genannt hat, aber ich weiß nicht einmal, ob sie noch in Bringham wohnt. Ich muss mich mal umhören.«

»Kann sein, dass sich der Zirkel in alle Winde zerstreut hat. Vielleicht musst du deine Fühler etwas weiter ausstrecken.«

»Wenigstens sagst du mir nicht wie Tom, ich soll die Sache lieber gleich ganz vergessen.«

»Ich bemühe mich um Aufgeschlossenheit. Außerdem reichen meine Anfänge weiter zurück als Toms. In meiner Kindheit waren die überkommenen Gebräuche noch lebendig, oft Seite an Seite mit dem neu aufgekommenen Christentum.«

»Aber sagte nicht Gwyltha, alle Hexen wären gen Westen geflohen? Und du bist doch im Süden groß geworden, oder nicht?«

»Die Druiden sind nach Westen gezogen, vor allem nach Wales, und haben ihre Zauberkünste mitgenommen, aber bestimmte alte Bräuche überlebten, und fahrende Druiden und Zauberer bewahrten sie vor dem Aussterben. Letztendlich wurden auch die vertrieben, aber Gwyltha gehörte zu einem kleinen Häuflein Standhafter – sie war Teil einer Gesandtschaft im Auftrag von König Aramaugh, die eine Vereinbarung aushandeln sollte, wie man die Sachsen bekämpfen könnte.«

Mit Tom und seinen Leuten an ihrer Seite hatte sie mehr über Geschichte erfahren, als in den zwölf Jahren gesetzlicher Schulpflicht, vier College-Jahren und noch ein paar Jahren auf der Uni zusammen. »War sie schon immer so gebieterisch?«

Antonia nickte. »Schon, ja, aber das hatte sich so ergeben: Sie war Sprecherin des Königs und bald als notorische Powerfrau bekannt. Wenige Tage nach Beginn der Verhandlungen erfuhr ich, dass ich gewissermaßen Teil der Vereinbarungen war.« Elizabeth wartete gespannt. »Ich war als Gattin für Aramaughs zweiten Sohn auserkoren.«

»Hast du zugestimmt? Oder wurdest du nicht gefragt?«

»Ich hätte Nein sagen können. Vortax, mein Vater, hätte mich niemals zwangsverheiratet. Zumindest glaube ich das.

Ich war gerade mal sechzehn, hatte die Pubertät schon hinter mir und wusste, dass ich über kurz oder lang heiraten sollte, und mit meinem Einverständnis konnte ich die Verteidigungskraft meines Vaterlands erheblich stärken. Noch dazu wusste ich, dass das Bündnis die Zustimmung unseres großmächtigen Königs hatte, König Artus.«

»Du hast also den Sohn von König Aramaugh geheiratet?«

Antonia nickte und nahm einen Schluck Wasser. »Die Hochzeit mit Bram fand zwei Wochen später statt, und nicht einmal ein Jahr darauf brachte ich Zwillinge, zwei Jungs, zur Welt.« Sie hielt inne, der Blick umflort, als würde sie über Jahrhunderte zurückschauen. »Sie galten als glückliches Vorzeichen, da die Frau des älteren Königssohns keine Kinder bekommen konnte. Meine kleinen Jungs waren die große Hoffnung für das Königreich. Und dann, sie waren noch keine zwei Jahre alt und konnten erst wenige Monate laufen – ich stillte sie noch –, wurden sie bei einem Angriff der Sachsen hingemetzelt. Ich wollte sie noch verstecken, aber ein paar Krieger rissen sie mir vom Leib und zerschmetterten ihre Schädel auf dem Boden. Dann schnitten sie mir die Kehle durch, als könnten sie mich damit noch treffen. Gwyltha schlug die Bande in die Flucht, tötete noch ein paar, glaube ich, und schleppte mich in die Wälder, wo sie mich verwandelte. Als ich wieder zu mir kam, sagte sie, ich hätte nun die Chance und auch die Kraft, meine Kinder und meinen Gatten zu rächen. Da hatte ich die Gewissheit, dass Bram tot war, aber geahnt hatte ich es längst. Du kannst dir sicher vorstellen, welche Verwüstungen ein frisch gemachter, rachelüsterner Vampir anrichten kann. Unter uns gesagt, Gwyltha und ich sowie noch zwei andere, die ich nie im Traum für Vampire gehalten hätte, beförderten ein hübsches Quäntchen Sachsen in die Hölle. Darauf hielten sie sich ein paar Jahre lang von diesem Teil der Küste fern, angeblich wegen böser Geister, die dort hausten. In unserem Hass waren wir so gut wie unbesiegbar.«

»Entschuldigung, möchten Sie noch ’ne Nachspeise oder was anderes?«

Beide starrten sie die Kellnerin an wie ein Wesen von einem anderen Stern, das sie nicht verstanden. In gewisser Weise war sie das auch. Elizabeth war ins Britannien des fünften Jahrhunderts zurückbefördert worden, durch das Antonia sie, auf einer Art Höllentrip durch die eigene Vergangenheit, begleitete.

»Danke«, sagte Elizabeth trotzdem, als die junge Frau die Teller abräumte. »Nachtisch gibt’s bei uns heute keinen.«

»Völlig in Ordnung.« Sie grinste, als sie das Trinkgeld einsteckte, das Elizabeth ihr gegeben hatte. »Hoffentlich bis zum nächsten Mal, ja?«

Sie trippelte zurück in die Küche, und Elizabeth hoffte, Antonia würde ihre Geschichte weitererzählen. Doch sie beließ es dabei, und man konnte es ihr auch nicht verübeln. Schließlich hatte Elizabeth selbst genügend schlimme Dinge erlebt, an die sie lieber nicht rühren wollte, aber das war nichts im Vergleich zu dem, was Antonia durchgemacht hatte. Schweigend trank sie ihr Wasser aus und wollte Antonia gerade fragen, ob sie aufbrechen sollten, als ein großer Mann auf sie zugestürzt kam, die Tischkante packte und Antonias Wasser auf den Boden stieß.

4

Elizabeth erstarrte und wusste einen Moment lang überhaupt nicht, was da vorging. Antonia reagierte schneller, stellte das ungekippte Glas wieder hin und fasste den Mann ins Auge. »Entschuldigung«, rief sie, indem sie versuchte, Kontakt zu Alf an der Bar aufzunehmen. »Wir bräuchten mal was zum Aufwischen.«

»Ihnen rate ich, aus Bringham zu verschwinden!«, fuhr sie der Mann an, nicht ohne auch Elizabeth böse anzufunkeln. »Sehen Sie zu, dass Sie wegkommen, dorthin, von wo Sie gekommen sind, und lassen Sie uns in Ruhe.«

»Wer sind Sie überhaupt?«, brachte Elizabeth zustande.

»Das würden Sie wohl gerne wissen«, blaffte er zurück, wobei sie in den vollen Genuss seiner Alkoholfahne kam. »Aber ich weiß, wozu Ihre Bande gut ist: Ihr bringt nichts als Ärger und macht anderen Leuten das Leben schwer. Ihresgleichen wollen wir hier nicht haben!«

»Lass gut sein, John!« Alf war neben dem Mann erschienen, während eine Anzahl von Gästen in gebührendem Abstand zusah. Was hier auch vor sich ging – und sie hätten zu gerne gewusst, was genau es war –, war sehr viel interessanter als Darts oder Snooker. »Du lässt diese beiden Ladys jetzt sofort in Ruhe.« Er sah Antonia an. »Tut mir schrecklich leid.«

»Mir nicht!« Der Mann, ein gewisser John offenbar, befreite seinen Arm aus der Umklammerung. »Sag Ihnen lieber, Sie sollen uns in Ruhe lassen. Kreuzen hier einfach auf und machen einen Riesenwirbel.«

»Ich glaube definitiv«, sagte Antonia in bester Hauptmannstochtermanier, »dass Sie uns verwechseln.«

»Garantiert nicht! Ich habe gehört, wie Sie Alf gesagt haben, Sie hätten Orchard House gekauft. Ich weiß genau, wer Sie sind.«

»Genug, John Rowan.« Alf packte ihn am Arm und zog ihn zurück. »Raus jetzt. Du kriegst hier heute keinen Tropfen mehr. Von wegen, meine Gäste einfach anpöbeln.«

»Sie!« John Rowan machte einen Satz nach vorne und zog Elizabeth am Arm. Ihr Blut geriet in Wallung, und sie verbat ihrem Gesicht und den Händen jegliche Veränderung. Dies war nicht der richtige Zeitpunkt, sich in einen Ghul zu verwandeln.

Sie konnte ganz beruhigt sein. Parsnip war längst zur Stelle und hatte sich tief in Johns Wade verbissen.

Er schrie laut auf, schlug wild um sich und warf den Tisch um. Ein anderer Gast war Alf beigesprungen, und gemeinsam zogen sie John weg, während Parsnips Herrchen an dessen Leine zerrte. So schnell gab der nämlich nicht auf. Nachdem er Elizabeth als Freundin akzeptiert hatte, verteidigte er seine Quelle von Leckerbissen.

In der Zwischenzeit kippte ein weiterer Tisch um, ein Stuhl flog durch die Luft, Parsnips Herrchen schrie unablässig »Loslassen, Parsnip, loslassen!« und Alf redete besänftigend auf John Rowan ein. Da ging die Tür auf und ein stämmiger, grauhaariger Polizist kam herein, gefolgt von einem jüngeren, dunklen Polizisten.

»Was ist denn hier los?«, fragte der ältere, wobei seine Augen die Situation blitzschnell und mit einer gewissen Resignation erfassten, die zweifelsohne auf Erfahrung beruhte. »Ach, John Rowan! Der schon wieder.« Er kam heran. »Du kommst jetzt schön mit, und wir bringen dich nach Hause.«

Das Auftauchen der Gesetzeshüter entspannte die Situation beträchtlich. John stand da und schaute grimmig in die Runde, ließ aber den Rest der Einrichtung unangetastet. Die Gaffer zogen sich zurück, und das Snooker-Halbfinale stand wieder im Mittelpunkt der Aufmerksamkeit. Als die Tür hinter den Polizisten und einem noch immer grummelnden John Rowan zuging, brachten Alf und ein Helfer das Mobiliar wieder in Ordnung, während Vickie mit Lappen und Eimer erschien, um aufzuwischen.

»Ich bringe Ihnen beiden noch ein *Maldon*«, sagte sie. »Das geht aber dann aufs Haus.«

»Machen Sie sich keine Mühe –«, begann Antonia.

»Was sein muss, muss sein. Alf hätte sonst sicher ein schlechtes Gewissen. Das erste Mal hier und dann so was«, fuhr sie fort. »Ich weiß auch nicht, was in John Rowan gefahren ist. Er kriegt den Moralischen und beklagt sich über alles Mögliche, aber dass er so auf jemanden losgeht, hab ich noch nie gesehen. Die Menschen hier am Ort denken nicht so wie er, ehrlich. Die meisten sind froh, dass Sie den Laden aufmachen und den Leuten Arbeit geben.«

»Vickie, Liebes. Hol doch noch zwei *Maldons.*« Alf wandte sich zu Antonia und Elizabeth. »Wie wär's mit 'nem Nachtisch? Aufs Haus. Zur Wiedergutmachung gewissermaßen. Es tut mir so leid, wirklich.«

»Noch was zum Trinken wäre schön«, sagte Antonia, »aber zum Essen für mich nichts mehr.«

»Ich muss auch passen, danke«, sagte Elizabeth. Sie war drauf und dran, zu fragen, wer denn dieser John Rowan überhaupt war, als einer der Polizisten, der jüngere, zurückkam und schnurstracks auf ihren Tisch zukam. »Wieder alles in Ordnung?«, fragte er. Auf ihre Bestätigung nickte er. »Niemand verletzt? Will eine der Damen vielleicht Anzeige erstatten?«

Dem Anschein nach waren alle Augen auf den Fernsehschirm gerichtet, aber Elizabeth spürte förmlich, wie alle die Ohren spitzten und gespannt auf ihre Antwort warteten. Sogar Parsnip verdrehte neugierig den Kopf. »Natürlich nicht«, antwortete Antonia. »Der Mann war völlig besoffen. Was will man da machen?«

»Mit ihm ist alles okay, oder?«, fragte Elizabeth. »Es gibt

hoffentlich keinen Ärger wegen Parsnip. Er wollte mich ja nur beschützen.«

Der Polizist lächelte. »Was? Ärger wegen Parsnip?« Der Hund hob ein Ohr, als er seinen Namen hörte, und pochte mit dem Schwanz auf den Teppichboden. »Wie ein Kampfhund sieht er doch nicht gerade aus, oder?« Er schüttelte den Kopf. »Wir bringen John jetzt nach Hause, damit er keinen Unsinn mehr macht.« Er zuckte die Achseln und ging zur Tür.

Durch die offenen Fenster drangen die Geräusche des abfahrenden Autos, woraufhin die Gäste, da die Showeinlage nun wohl definitiv vorbei war, sich wieder dem Darts-Spiel zuwandten. Alf kam mit zwei neuen Getränken an den Tisch, entschuldigte sich noch mal umständlich und versicherte ihnen, dass John Rowan nicht für Bringham sprach.

»Haben Sie eine Idee, warum er uns so anfeindet?«, fragte Antonia.

Alf wartete ab, als überlegte, wie viel er sagen sollte. »Also ganz genau weiß ich es nicht, aber da Sie ja Dixie kennen, haben Sie sicher gehört, was hier letztes Jahr los war.«

Beide nickten.

»Dixie hat uns von der Verhaftung und dem Bombenattentat erzählt«, sagte Antonia. »Sie hat sich furchtbar aufgeregt, da sie ahnte, dass das der Grund war, warum sie das Haus weder verkaufen noch vermieten konnte. Sie war da ganz offen und hat mir einen sehr guten Preis gemacht. Eine Schande eigentlich, wenn man bedenkt, welche Preise sonst in dieser Region für Immobilien erzielt werden.«

Alf nahm den Faden auf. »Das stimmt in der Tat. Nun, ich tratsche ja ungern, aber nach dem, was gerade passiert ist, haben Sie, glaube ich, ein Recht darauf, das zu wissen. John Rowan stand im Lauf der Jahre ständig auf Kriegsfuß mit dem Gesetz, und er und seine Frau gehörten zu rund einem Dutzend Leuten, die Sebastian Caughleigh als Komplizen angab. Sie wurden verhört und wieder auf freien Fuß gesetzt.

Da war nichts zu machen. Caughleigh hatte den Verstand verloren. Er hat jedoch meine Aushilfskraft, Vernon, auf dem Gewissen – so viel konnten sie ihm nachweisen – und vielleicht noch ein paar andere, aber er hat gestanden, und allem Anschein nach hat er wohl auch die beiden alten Damen, Dixies Tanten, um die Ecke gebracht. Soviel ich weiß, hat er aber auch behauptet, er hätte Dixie ermordet. Dabei ist sie quicklebendig. Stimmt doch, oder?«

Beide nickten. Dixie war gesund und munter, wenn auch nicht unbedingt »lebendig«.

»Zweifellos hat Ihr Auftauchen John in Rage gebracht. Zuvor hatte sich das halbe Lokal über Ihre Pläne für Orchard House unterhalten. Da sind alte Wunden aufgerissen, wenn Sie mich fragen, denn normalerweise passt das wirklich nicht zu ihm – er ist eher der stille, verschlagene Typ –, aber es wird nie wieder vorkommen. Das verspreche ich Ihnen.«

Er schlenderte zurück an seinen Platz hinter dem Tresen, und einige Minuten später fragte Antonia Elizabeth: »Fertig? Vielleicht solltest du lieber gehen, ehe du noch Gefahr läufst, dich in einen Ghul zu verwandeln.«

»Ich bin okay, aber ja, lass uns gehen.« Elizabeth tätschelte Parsnip noch den Kopf. Sein Besitzer nickte über sein Bier hinweg. »Braver Hund«, sagte Elizabeth halb vor sich hin.

»Ja, das ist er«, erwiderte sein Herrchen. »Kann gut zwischen Freund und Feind unterscheiden.« Er sah sie mit altersträben Augen an. »So mancher hier am Ort hätte gerne, dass es wieder so wird wie früher. Hüten Sie sich vor denen, meine Damen. Gute Nacht.«

Die frische Abendluft tat gut. »Ich bin froh, dass wir zu Fuß gegangen sind«, sagte Antonia. »Ich begleite dich noch, und dann will ich rennen.«

Elizabeth konnte sich schon denken, wo Antonia hinrennen wollte. »Kannst du dir vorstellen, was dieser alte Mann gemeint haben könnte? Unheimlich, alte Männer, die rätselhafte Warnungen ausstoßen. Wie in einem Gruselroman.«

»Ich glaube«, erwiderte Antonia im Gehen, »es hatte mit dem zu tun, was Alf gesagt hatte. Der Alte muss das mitbekommen haben.«

»Du meinst, dieser John soundso gehörte zu Sebastians Kreis?«

»Rowan war, glaub ich, sein Nachname, und, ja, das glaube ich tatsächlich. Wir sollten mal die Ohren offen halten, um zu hören, was man sich über ihn und seine Frau Mildred so alles erzählt. Vorsicht ist die Mutter der Porzellankiste.«

»Vielleicht sollten wir Dixie anrufen. Mal fragen, ob sie sich an den Namen erinnert.«

»Dann hast du ja gleich was zu tun, während ich auf Jagd gehe.«

»Kann man das Jagd nennen, wenn das Opfer schon feststeht?«

»Es ist immer Jagd, Elizabeth.«

Stimmte nicht ganz. Das hatte sie aus eigener Erfahrung gelernt. »Es ist nicht immer Jagd. Verführung kann es auch sein.«

Während Antonia also auf Jagd war, blieb Elizabeth in Orchard House zurück, durchschritt die hallenden Räume, hörte den Stimmen und dem Geist des Hauses nach. Es gab viel Böses und Unerfreuliches – das spürte sie, unabhängig davon, was Dixie ihr alles erzählt hatte –, aber darunter war mehr: Glück, Geburten, Liebe, Tränen und Trauer, alles Teil der Atmosphäre des Hauses und seiner früheren Bewohner. In der Küche waren diese Stimmungen am stärksten. »Die ist sicher fünf- bis sechshundert Jahre alt«, hatte der Architekt gleich gesagt. »Ich vermute mal, das Haus wurde über einem alten Bauernhaus errichtet.«

Kaum vorstellbar, wie alt hier alles war. Der »neue« Teil

war »erst« ein paar Hundert Jahre alt. Im alten Teil schien das Leben endlos weit zurückzureichen: Die Luft war erfüllt von Geheimnissen, Glück und Leid, Kommen und Gehen.

Und sie beide, sie und Antonia, fügten dem gerade eine neue Schicht hinzuzu.

Genug sinniert. Elizabeth zog ihr Handy aus der Tasche und drückte Dixies Nummer. In Anbetracht der absurd hohen Gebühren für transatlantische Handygespräche wollte sie sich kurz fassen. Zu Hause erreichte sie Dixies Voicemail, da fiel ihr erst ein, dass sie ja diese fünf Stunden Zeitunterschied trennten. Im Laden antwortete Dixie mit ihrem nach wie vor unverwechselbaren Südstaatenakzent. »Vampirparadies.«

»Hier ist Elizabeth. Hast du kurz Zeit?«

»Elizabeth? Natürlich. Moment.«

Das leise Pling des Telefons, das weggelegt wurde, eine kurze Pause und ...

»So, jetzt. Hab nur schnell abgesperrt und das Schild draußen auf ›closed‹ umgedreht. Jetzt stört uns keiner.«

»War aber nicht meine Absicht, dass du extra absperrst.«

»Es war eh niemand da, und eine kleine Abwechslung kommt mir gerade recht. Christopher ist für ein paar Tage zum Einkaufen unterwegs, und wenn er zurückkommt, gibt es bergeweise Neuware, also los. Wie geht es euch in Bringham?«

Wie ging es ihnen? Angesichts des Minutenpreises sollte man besser zur Sache kommen. »Gut, viel zu tun, aber es läuft. Antonia hat schon Kontakte zu Kunsthandwerkern, aber ich wollte was ganz anderes wissen ... Ist dir hier mal ein gewisser John Rowan oder seine Frau Mildred über den Weg gelaufen?«

»Nein.« Sie klang ziemlich sicher. »Behaupten die, mich zu kennen?«

»Nicht direkt.« In einer Kurzfassung berichtete sie Dixie, was geschehen war.

»Merkwürdig.« Dixie schwieg, und Elizabeth konnte fast hören, wie sie nachdachte. Sogar die Falte zwischen ihren Augenbrauen konnte sie genau sehen. »Frag Ida Collins, wenn du sie siehst.«

Die nächste Erklärung, die fällig war. »Patzig ist ein gelinder Ausdruck für ihre Reaktion.«

»Ehrlich gesagt, Elizabeth, ich weiß es nicht, aber ich wäre vorsichtig. Für mich klingt das entweder so, als hätte sich dieser Zirkel aufgelöst, oder aber er existiert weiter und niemand soll davon wissen. Du könntest versuchen, mit Emily zu sprechen, aber ich fand immer, aus Ida war mehr rauszukriegen.« Sie schwieg einen Moment. »Hat er euch tatsächlich bedroht?«

»Versucht hat er es, aber, um ehrlich zu sein, was kann ein Sterblicher einer Ghul- und einer Vampirfrau schon anhaben?«

»Unterschätz diese Leute nicht. Christopher hätten sie beinahe den Garaus bereitet. Zwar ist Sebastian jetzt ausgeschaltet, aber die anderen gibt es ja noch. Ich wäre vorsichtig. Wo ist denn Antonia?«

»Streunt durch die Gegend einem Töpfer hinterher, den sie anhimmelt.«

»Du lieber Gott, erzähl.«

Elizabeth erzählte alles. Die Abwechslung tat ihr gut, und nachdem sie sich total verplaudert hatte, rief sie noch Tom an, um ihm zu sagen, es sei alles in Ordnung, erwähnte aber John Rowan nicht. Der Zwischenfall hätte Tom nur beunruhigt. Ja, sie versprach ihm auch noch, sie würde am Freitag mit dem Zug übers Wochenende zurück nach Hause fahren.

Nachdem sie aufgelegt hatte, fiel ihr auch wieder ein, was sie eigentlich vorgehabt hatte, sobald Antonia aus dem Haus war.

Sie kramte in ihrem Gepäck, bis sie ein in dunkelblaue Seide eingeschlagenes Päckchen fand. Sie nahm eine Bienenwachskerze heraus, und aus einem anderen Beutel holte sie ein Fläschchen Duftöl. Sie hatte es selbst vor ein paar Tagen angesetzt, eine Mixtur aus Zimt, Patschulikraut, Weihrauch und Wacholder in Traubenkernöl. Mit dem Fläschchen, der Kerze und einer Schachtel Streichhölzer ging sie in den Garten.

Verfallene Wirtschaftsgebäude und Ställe ohne Dach bildeten keinen passenden Rahmen, dachte sie. Sie ging um das Haus herum auf die Rückseite und blieb an der Stelle stehen, wo das Licht aus den Küchenfenstern unregelmäßige Vierecke auf den frisch gemähten Rasen warf.

Sie setzte sich in den Schneidersitz, tupfte etwas Öl auf die Kerze und verrieb es. Danach steckte sie sie in eine kleine Vertiefung ins Gras und zündete sie an. Die Kerze zischte und flackerte in der nächtlichen Brise, brannte aber bald gleichmäßig fort. Während Elizabeth sich auf den Lichtkegel in dem ansonsten dunklen Garten konzentrierte, betete sie für den Erfolg ihres Vorhabens. Sie genoss die friedliche Stille und betete nun darum, dass Tom nichts passieren möge.

Nachdem ein paar Minuten lang alles ruhig geblieben war, brachte eine Böe die Flamme plötzlich knisternd zum Erlöschen. Elizabeth packte alles zusammen und stand auf. Und bemerkte, dass sie nicht allein war. In zwei, drei Metern Entfernung lauerte eine dunkle Gestalt. Ein großer Hund. Ein sehr großer Hund. Eine Sekunde lang dachte sie an Wölfe, rief sich aber in Erinnerung, dass sie sich hier vor den Toren Londons und nicht in der Wildnis befand. Und waren Wölfe auf den britischen Inseln nicht schon im Mittelalter ausgestorben?

War das ein Hund? Die merkwürdige Kreatur bewegte sich gleichzeitig mit ihr, wandte sich ab und schlich geräuschlos wie eine Katze davon, setzte geschmeidig über die niedere Hecke hinweg, die den Rasen vom Rosengarten trennte, und verschwand in der Nacht.

So viel zum Thema heimische Tierwelt. Wirklich merkwürdig. Ihr musste das Licht einen Streich gespielt haben, dass eine gewöhnliche Hauskatze diese ungemein anmutige Gestalt von der Größe eines Labradors annehmen konnte. Sie zögerte einen Moment. Die warme Julinacht verlockte dazu, sich im Garten weiter umzusehen. Im Zaubergarten war sie noch gar nicht gewesen, aber die Nacht war dunkel, und das Licht aus dem Haus reichte nur bis hierher. Zu dumm, dass sie keine Taschenlampe bei sich hatte.

Sie sollte wohl lieber zum Hotel hinuntergehen, eine Dusche nehmen und sich mit einem Buch ins Bett kuscheln. Im Koffer wartete der neueste Roman von Anita Burgh.

Antonia rannte durch die Nacht. Für sterbliche Augen würde sie bei ihrem Tempo nur schemenhaft erkennbar sein, sollte gerade jemand aus dem Fenster sehen oder vom *Barley Mow* nach Hause gehen. Mit dem Weg vertraut, behielt sie ihr Tempo bei, als die Straße sich verengte, brauste weiter voran, getrieben von Hunger und dem tiefen, brennenden Verlangen, Michael Langton wiederzusehen. Total verrückt, was sie da machte. Sie war viel zu alt, um von einem Sterblichen mehr zu erwarten, als ein bisschen Intimität und Nahrung, aber sie konnte seine dunklen Augen und dieses verschmitzte Lächeln nicht vergessen.

Vielleicht würde sie ihm im Schlaf ein Lächeln abringen.

Wenn er denn schlief.

Wenn nicht, würde sie sich in Geduld üben. Etwas sagte ihr, es würde sich lohnen, zu warten, bis Michael Langton sich im Land der Träume befand.

Als sie die letzte Wegbiegung und den Steg über den Fluss erreichte, bremste sie auf beinahe menschliche Geschwindigkeit ab. Sein Laster stand unter den Bäumen, aber weder im Haus noch in der Werkstatt brannte Licht. Er gehörte zu der Sorte hart arbeitender Menschen, die früh zu Bett gingen und früh aufstanden.

Lässig sprang sie mit einem Satz über den Fluss und legte die letzten paar Meter innerhalb von Sekunden zurück. An der Tür zögerte sie, lauschte, und ging dann mit geschärften Sinnen langsam um das Haus herum. Zurück an der Haustür runzelte sie irritiert die Stirn und versuchte das bohrende Gefühl tiefer Enttäuschung zu unterdrücken. Er war nicht zu Hause, ohne Zweifel, denn da war kein Herzschlag.

Er war wohl kaum gestorben seit ihrem letzten Besuch. Dazu hatte er einen viel zu gesunden Eindruck auf sie gemacht. Ein gewaltsamer Tod? Darauf gab es keinerlei Hinweise, aber sie musste trotzdem saugen. Kit hatte sich, als er hier lebte, jahrelang mithilfe des Viehbestands der Gegend über Wasser gehalten. Vielleicht sollte sie seinem Beispiel folgen.

Nach einer halben Meile querfeldein stieß sie auf einen Reitstall. Dort schlummerten hinter hübschen Stalltüren zwölf penibel gepflegte Pferde und Ponys. Antonia stürzte sich gleich auf das erste, eine Schimmelstute, die sie mit Worten beruhigte und deren Hals sie zärtlich streichelte, während sie mit der anderen Hand eine Vene zu ertasten suchte. Nicht unbedingt was sie sich erhofft hatte, aber das volle Blut der Stute floss reichlich. Nachdem sie sich gerade ausreichend gestärkt hatte, ließ Antonia von ihr ab und verschloss die Wunde. Die Stute wirkte überaus zufrieden, wieherte sogar und beknabberte Antonias Schulter, als sie wegging. »Sei unbesorgt«, flüsterte Antonia, als die Stute die Ohren aufstellte. »Vielleicht komme ich ja schon an einem der nächsten Abende wieder.« Als sie die Stalltür hinter sich zuzog, sah sie, dass darüber der Name »Madam« geschrieben stand.

Gut möglich, dass sie und Madam gute Freunde werden würden.

Die Nacht war zu schön, um nach Hause zu gehen. Frisch gestärkt rannte Antonia gemächlich in Richtung Dorfwiese zurück. Sie überlegte, ob sie eine Abkürzung über das Grundstück eines großen Anwesens rechts von ihr nehmen sollte, schlug aber stattdessen den Weg links über die Felder ein. Nach einigen Hundert Metern sah sie das Tier vor sich. Es hatte die Größe eines stattlichen Hundes, bewegte sich aber mit der geschmeidigen Anmut einer Katze. Sie lief langsamer, um auf Distanz zu bleiben und das Tier nicht zu erschrecken. Hören würde es sie nicht, aber wenn es sie witterte …

Offenbar war das nicht der Fall, oder aber der Wind stand günstig. Sie tastete sich näher heran, fasziniert von der Kraft in den Schultern des Tieres und der samtweichen Anmut seiner Schritte. Als sie versuchte sich seitlich heranzupirschen, schien das Tier schneller zu werden. Aber zum Glück hatte sie keinerlei Mühe, mit ihm Schritt zu halten. Es sprang über eine Hecke, und sie folgte ihm mühelos, ohne sichtlich aus dem Takt zu geraten.

Da drehte sich das Tier um und sah in ihre Richtung. Sie erstarrte, beobachtete es genau, um zu sehen, wie es reagierte. Falls es angreifen würde, könnte sie mit Leichtigkeit davonlaufen oder nötigenfalls den Angriff auch erwidern. Scheinbar wollte es aber gar nicht angreifen. Es stand nur da und starrte wie gebannt in ihre Richtung. Gegenseitige Risikoabschätzung, dachte Antonia und musste lächeln.

Was zum Teufel war das für eine Kreatur? In ihrer Jugend hatte sie Wölfe gesehen und später auch Füchse und Wildkatzen, aber diese Kreatur war dafür viel zu groß. Und, Abel stehe ihr bei, das fabelhafte Wesen beobachtete sie. Schaute ihr sogar mitten in die Augen. So etwas tat kein Wildtier aus freien Stücken. Aber was war dann der Grund? Sie übte keinerlei Macht aus, außer dass sie stocksteif dastand.

Plötzlich drehte es den Kopf nach beiden Seiten, wie um Witterung mit dem Wind oder ihrem Geruch aufzunehmen, und rannte querfeldein mit rasender Geschwindigkeit los.

Antonias Neugierde siegte und sie warf jegliche Vorsicht über Bord und nahm die Verfolgung auf.

5

Sie musste, um es mit Sams Worten auszudrücken, total plemplem sein. Sie, Antonia Stonewright, Vampirin und Tochter von König Vortax, einem Ritter des großen Artus, die Gattin von König Aramaughs jüngerem Sohn, verfolgte quer über eine Kuhweide eine überdimensionale Katze. Plemplem war überhaupt kein Ausdruck, aber etwas drängte sie, und in fünfzehn Jahrhunderten hatte sie gelernt, ihren Instinkten zu folgen.

Die Katze bewegte sich lautlos und rasch und hielt sich, wenn sie nicht gerade ein Feld überquerte, im Schutz der Hecken. Wirklich sehr erstaunlich, dass es so nahe an London so viel freies Land gab. Eine gute Viertelstunde lang verfolgte sie das Tier, in überwiegend menschlichem Tempo. Es schaute sich niemals um, rannte einfach beständig voran, als würde es eine unsichtbare Beute jagen, bis es verschwand.

Gerade war es noch da gewesen, lief lautlos an einem Feld gelb blühender Senfsaat entlang, dann war es verschwunden.

Süßer Abel! Sie war geschockt wie schon lange nicht mehr. Das Tier konnte sich doch nicht in Luft aufgelöst haben. Wie konnte es die zehn Meter bis zu den Bäumen hin so schnell zurückgelegt haben? Sonst konnte es sich nirgendwo verborgen halten. Antonia rannte auf den Waldsaum zu. Sie war schneller als jede Katze und würde ihn in Windeseile eingeholt haben.

Wenige Minuten später hatte sie das Wäldchen durchquert und befand sich auf einer schmalen Straße. Einer Straße, die jener Straße verdammt ähnelte, die zu Michael Langtons Behausung führte. Aber wahrscheinlich gab es zwischen hier und Guildford vierzig bis fünfzig Meilen solcher Wege. Sie sah sich um und nahm rechts von ihr Leben wahr und rannte los. Nach wenigen Sekunden sah sie Michaels Lastwagen am Fluss stehen und gelangte mit einem Satz wieder in den Wald. Vorsichtig hielt sie Ausschau und tastete sich im Schutz der Bäume langsam voran.

Dann entdeckte sie ihn.

Michael Langton. Er stand im gleißend hellen Lichtschein aus seiner weit offenen Haustür. Groß wie immer. Nackt bis auf seine Jeans, die aussah, als hätte er sie eilig angezogen. Der Reißverschluss war zu, aber der Knopf stand offen.

Manchmal war die Sehkraft von Vampiren nicht unbedingt von Vorteil.

Michael so zu sehen – groß, schön, der nackte Oberkörper im Dunkel strahlend – vergrößerte ihre Enttäuschung von vorhin und steigerte ihr Verlangen. Madam hatte ihre Bedürfnisse nicht einmal ansatzweise befriedigt.

Er hob den Kopf, als schnupperte er, sah langsam von einer Seite auf die andere und dann, als er direkt in ihre Richtung sah, fragte er: »Was sind Sie?«

Sie zitterte, eine Reaktion, die sie seit Jahrhunderten nicht mehr erlebt hatte. Fast fürchtete sie schon, sie könnte erröten, wenn das denn noch möglich gewesen wäre. Etwas zumindest ahnte er.

Sie trat unter den Bäumen hervor, gemächlich wie ein Mensch. »Ich bin eine Vampirin.«

Ehe sie Zeit hatte, über ihre möglicherweise ziemlich törichte Reaktion nachzudenken, kam er einen Schritt auf sie zu. »Was?«

Sie machte ebenfalls einen Schritt auf ihn zu. »Und was sind Sie?« Ihre Frage schien rein akademisch.

Er lächelte, während seine dunklen Augen im Mondlicht leuchteten. »Ich bin die örtliche Legende.«

Ihr fiel ein weiterer Ausdruck von Sam ein: klar wie dicke Tinte. Warum um alles in der Welt hatte sie ihre Natur preisgegeben? Warum stand sie mit einer Armeslänge Abstand vor ihm? Warum wollte sie von diesen Armen umschlungen werden?

»Sie waren eben schon mal hier?«

»Sie aber nicht.« Wenn sie so weitermachten, würde es bald dämmern, und sie würden immer noch Banalitäten austauschen.

Er nickte, während sie überlegte, ob es einen vernünftigen Grund gäbe, nicht auf der Stelle abzuhauen. Am besten gleich zurück nach Yorkshire. Aber allein der Gedanke, ein so perfektes Exemplar von Mann, diese warme Haut, die verführerischen Muskeln und die kräftige Brust, hier alleine zurückzulassen, schien eine Sünde.

Ob sie wollte oder nicht, Michael Langton hatte sie in seinen Bann geschlagen.

»Wenn Sie schon mal da sind, wollen Sie nicht auf eine Tasse Tee hereinkommen?«

Sie musste lächeln. »Nicht gerade das Getränk meiner Wahl.«

Darauf lachte er aus voller Brust, ein Lachen, das vor Sicherheit und Selbstvertrauen geradezu strotzte. Scheinbar brachte ihn die Begegnung mit einer Vampirin nicht im Geringsten aus der Fassung, und sie wäre zweifelsohne gut beraten, sich aus dem Staub zu machen. Und zwar schleunigst.

Sie trat näher.

»Also kommen Sie rein.«

Ein Blick in seine Augen genügte, um zu erkennen, dass er sie nicht nur auf ein kleines Tässchen Tee einlud. Sein ganzer Körper schien gespannt vor Begehren, Verlangen und Erregung.

Darin waren sie eins.

»Warum?«

Sein Grinsen überzeugte sie. Das Grinsen und das wilde Leuchten in seinen Augen. »Warum waren Sie vorhin schon mal hier?«

»Ich hatte Hunger.« Wenn sie schon unvorsichtig war, dann gleich richtig.

Mit einer anmutigen Geste forderte er sie auf einzutreten. Sein nackter, muskulöser Arm war mit einem goldenen Flaum bedeckt, der im Licht glänzte.

Antonia blieb im Gehen noch einmal kurz stehen, sah in seine beinahe wilden Augen und lächelte, die Brust gespannt und die Nerven bis in die Spitzen erwartungsvoll aufgeladen. Mit drei Schritten war sie eingetreten, drehte sich zu ihm um, als er die Tür hinter sich zuzog. Er grinste und lehnte sich mit einer seiner breiten Schultern gegen den Türstock, während er die Arme auf seiner grandiosen Brust verschränkte.

Er konnte von Glück sagen, dass sie ihn nicht am Kragen packte und kurzerhand zu Boden warf. Welcher Mann wollte es sich leisten, mit einer Vampirin zu spielen? Es sei denn natürlich, er hielt sie für nicht ganz bei Verstand oder er selbst war ein durchgedrehter Fanatiker.

Seine Augen waren nicht die eines Fanatikers.

Kein Fanatiker hatte volle Lippen, die sich am Mundwinkel kräuselten, sodass in der linken Wange ein Grübchen entstand. »Sie haben mit mir als Abendessen geliebäugelt?«

»Ich hatte nur Sie als Mensch im Auge, wirklich.«

Wieder dieses herrliche Lachen. Eine pralle Mischung aus Lust an der Freude, Erregtheit, aufkeimendem Leben und einem Schuss Fremdheit.

Worauf, bei Abel, wartete sie? Ihr Zahnfleisch, das eben noch leicht gekitzelt hatte, brannte mittlerweile. Hunger und Verlangen verzehrten sie. Wie, bei Abel, war sie auf die Idee gekommen, ein Pferd könnte sie befriedigen? Ihr Mund bebte bei der Erinnerung an Madam, die so brav mitgespielt hatte. Dieser Mann, nach dem sie sich verzehrte, hatte etwas Wildes.

Sie trat näher, spürte seinen lebendigen Atem in ihrem Haar, hörte seinen Herzschlag und den beständigen Rhythmus fließenden Lebensbluts. Sie bemerkte den süßen Duft von frischem männlichen Schweiß und das unterdrückte Verlangen, das in Wellen von ihm ausstrahlte. Ein Verlangen, das ihre eigene Erregung anstachelte.

Das war der reine Irrsinn, aber vielleicht war sie schon viel zu lange vernünftig gewesen. Stark, souverän, selbstbeherrscht und immer kontrolliert.

Seine Hand legte sich um ihre, und die Finger ihrer beider Hände verschränkten sich. Wäre sie sterblich gewesen, würde ihr Herz rasen und der Blutdruck steigen. Ihr Herz mochte vielleicht nicht schlagen, aber ihre Brust war dennoch gespannt, als wäre sie in eines dieser verdammten Korsetts eingeschnürt gewesen, die sie vor hundert Jahren hatte tragen müssen.

Als er ihre Hand zu seinem Mund hob, zog sie sich zurück, unsicher, irritiert von seinem Ansinnen. Auch wenn er damit genau richtig lag. Er drückte kräftiger und zog ihre Hand nach oben. Während er sie nicht aus den Augen ließ, flüsterte er: »Oh, ja.« Und berührte mit den Lippen einen Fingerknöchel.

Wenn es nach ihr ging, konnte er jeden einzelnen ihrer Knochen so berühren! Einen nach dem anderen. Langsam, sehr langsam. Seine Berührung sandte wilde Botschaften in ihr Gehirn und andere, weitaus sinnlichere Regionen. Seine Lippen schienen auf ihrer Haut zu brennen. Als er sie zu sich heranzog, legte sie die freie Hand auf seine Brust, aber er zog sie fest an sich, lachte leise, als er seinen Arm um sie legte, sodass ihre Hand auf seiner harten Brustmuskulatur gefangen lag. Er lächelte und glitt mit seinen Lippen über ihre.

Süße Nächte und Fledermausflügel! Was war er? Wer war er? Ein Sterblicher? Welche Rolle spielte das?

Als sein Mund sich sanft, fast zögerlich auf ihren legte, öffnete sie die Lippen. Ihr wurde heiß und kalt, als sie seinen Kuss erwiderte und sich an ihn presste.

Darauf drückte er ihr sein Becken entgegen. An seinen Absichten bestand kein Zweifel. Er begehrte sie, wie sie ihn begehrte. Oh, und wie! Sie lächelte, überwältigt von der fordernden Kraft seines Mundes. Als er nachließ, wahrscheinlich um Atem zu holen, wie Sterbliche es zu tun pflegen, presste sie seinen Kopf mit der Hand auf ihre Lippen und drang mit der Zunge in seinen Mund.

Er beklagte sich nicht.

Nicht im Geringsten!

Er glitt an ihrem Rücken nach unten, fasste unter ihr Top und streichelte mit seinen warmen Händen über ihre Haut, worauf sie erzitterte.

»Kalt?«, fragte er mit leicht glasigem Blick, als er seine Lippen für eine Atempause von ihren hob.

»Nicht im Geringsten.«

Darauf hakte er ihren BH auf, glitt zu ihrem Nacken hoch und wieder nach unten, um mit den Fingern unter den Hosenbund zu gehen. Sie hatte es einfacher – nichts als heiße, männliche Haut vorne und hinten –, und folgte seinen Bewegungen spiegelbildlich.

»Du hast kalte Hände«, murmelte er.

Warum wohl. »Ich hab dich gewarnt.«

»Du hast nicht einmal die Hälfte erzählt.«

Für ihn mochte sie sich vielleicht kalt anfühlen, aber seine Wärme durchdrang sie bis auf die Knochen. Zwischen ihnen flirrte die Glut ihrer Leidenschaft. Er hielt sie mit einer Hand umfasst, während die andere nach vorne zu ihrer Brust glitt und sie lustvoll erschauern ließ.

Zum Teufel mit aller Vernunft! Zur Hölle mit aller Vorsicht! Sie hielt sich an seinen Schultern fest und schlang die Beine um seine Hüften. Nun trafen sich ihre Blicke auf Augenhöhe. Seine Hände ließen alles Streicheln sein und umfassten ihren Po, um sie noch fester heranzuziehen. Sie wollte ihn tief in sich spüren.

»Sicher?«, fragt er. Eine Sekunde lang glaubte sie schon, er hätte ihre Gedanken gelesen. »Du willst es doch, oder?« Er drückte sie an sich. »Ich bin nämlich bald so weit.«

Sie war beeindruckt. Wie viele Sterbliche hatten ihr so lange widerstanden? »Ich will es, ja.« Sie lächelte. »Ich hoffe nur, du auch?«

»Und wie«, murmelte er, seine Stimme so unruhig wie die ruckartigen Bewegungen seines Oberkörpers. Er presste seinen Mund auf ihren und trug sie quer durch den Raum. Mit dem Rücken voraus trug er sie durch eine offene Tür, bis er sie herunterließ und sie beide schaukelnd auf der Matratze lagen. »Endlich«, flüsterte er. »Jetzt muss ich dich nur noch ausziehen.«

Er stand auf und spreizte mit seinen kräftigen Händen ihre Beine.

»Ich will aber nicht alleine nackt sein«, sagte sie, setzte sich auf und griff an seinen Reißverschluss. Er war schneller. Unglaublich, aber wahr. An den Knien hob er ihre Beine hoch und, indem er ein Stück zurücktrat, zog er ihre Schuhe und die Strümpfe aus, um sie dann mit fester Hand an den Fußgelenken zu umfassen und ihre Füße bis zu seiner Brust hochzuziehen.

Sie zog die Knie an, um ihn von sich zu drücken und um klar zu machen, wer hier die Stärkere war, aber er machte sich die Situation zunutze. Als sie die Knie anzog, beugte er sich über sie, öffnete ihre Bluse, schob ihren BH beiseite und griff an ihre Brüste.

Verdammt noch mal! Dieses Pferd musste gedopt gewesen sein. Unmöglich, dass Michael so stark war wie sie. Das war gegen alle Natur und Vernunft, aber was zählten schon Natur und Vernunft, als er mit den Lippen ihre Brüste zu liebkosen anfing. Sie ließ ihre Beine sinken und stöhnte auf, als er sich gegen sie presste.

Beide hatten sie entschieden zu viele Kleider an.

Er widmete sich gerade ihrer anderen Brust, als sie nach seiner Jeans griff und am Reißverschluss herumnestelte. Er jedoch rückte genau so weit von ihr ab, dass er sie an der Taille zu fassen bekam, worauf er ihren Reißverschluss öffnete und ihre Hose und die Unterhose bis zu den Knien herunterzog. Dann wartete er ab und sah auf sie hinunter. Sie lächelte. Bei aller Bescheidenheit, sie war verdammt gut in Form … für ihr Alter.

»Zufrieden?«, fragte er grinsend.

»Noch nicht. Ich habe noch nicht alles gesehen, was ich will.«

»Da wirst du noch etwas Geduld haben müssen!«

Als sie sich überlegte, ob sie ihre Hose nicht gleich ganz ausziehen sollte, beugte er sich nach unten und ging mit dem Gesicht zwischen ihre Beine.

Sie hätte beinahe abgehoben, als sie seinen heißen Mund spürte. Es war wunderbar, unglaublich, aber nicht genug. Hatte er vielleicht vor, sie auf die Folter zu spannen, sie warten zu lassen, damit sie danach bettelte? Er sollte betteln!

Sein Mund war der reine Wahnsinn, aber sie wollte und brauchte mehr. Viel mehr. Und das wusste er. Ruckartig streifte sie die Hose ab. Das irritierte ihn eher leicht. »Was war das denn? Gerade wollte ich mich darum kümmern!«

»Ich hab keine Lust zu warten«, erwiderte sie und setzte sich gerade so weit auf, um ihre Hose ganz von sich zu werfen und ihr Top auszuziehen.

Er stand da, offenbar glücklich, ihr dabei zuzusehen. Sehr glücklich, der Beule an seiner Jeans nach zu urteilen. Darauf warf sie die letzten Reste von Kleidung von sich, stand auf und stellte sich neben ihn. »Du hast genug gesehen. Jetzt bin ich dran.« Sie drehte ihn um, warf ihn rücklings aufs Bett und riss ihm die Jeans vom Leib, noch ehe er auch nur mit einem Wort protestieren konnte. Wäre sowieso höchst unwahrscheinlich gewesen.

»Bei allen Heiligen im Himmel!«, keuchte er. »Was bist du nur für ein Wesen?«

»Ich hab's dir doch gesagt!« Sie lachte, hob ihren Körper gerade so weit, dass sie ihn zur Hälfte freigab, und ging dann wieder nach unten, wobei sie ihn nicht aus der Umklammerung entließ. Wunderbar war gar kein Ausdruck. Glorreich war völlig unzureichend. Er war … Michael! Das war das einzige Wort zur Beschreibung des Wunders tief in ihr.

Sie murmelte seinen Namen. Immer wieder. Im Einklang mit dem Rhythmus ihres Körpers. Dabei hielt sie seine Augen mit ihren fest, nicht willentlich, sondern getragen von gegenseitigem Verlangen.

Als sie sich dem Höhepunkt näherte, regte sich tief in ihr der Gedanke, dass sie noch nie einen so starken, männlichen Mann gehabt hatte. Er war ihresgleichen. Musste mit dem Pferdeblut zu tun haben, dass sie etwas langsamer wurde, aber nun war nicht die Zeit, darüber nachzudenken.

Als sie spürte, dass er auch kurz davor war, beugte sie sich nach unten und berührte ihn mit den Lippen. Er roch nach Mann, Leben und Sinnlichkeit, und gehörte in diesem Moment ganz ihr. Ihr Verlangen brandete auf, als sie die Lippen an seinen Hals legte und seine ganze Lebenskraft an ihrer Zunge pulsierte. Sie spürte, wie seine Arme sie umschlossen.

Ihre Fangzähne glitten über seine Vene. Sie spürte, wie es heiß unter der Haut pulsierte, und biss zu.

Sein Körper bäumte sich auf, so gewaltig war sein Orgasmus. Ein wildes, kehliges Stöhnen entstieg seinen Eingeweiden. Sein Oberkörper bäumte sich auf, und nach einer einzigen geschmeidigen Drehung lag sie unter ihm. Er ließ sich ganz fallen, sodass sich durch das Gewicht ihrer beider Körper seine Nägel tief in ihren Rücken gruben, während ihre Fangzähne ihn weiter festhielten. Sie verlor sich ganz in der Tiefe ihrer Empfindung, ertrank in ihrer Lust, während ihr Körper mit seinem verschmolz und ihr ganzes Wesen die Gewalt seines Höhepunkts in sich aufnahm, seine Kraft aufsog in ihrem eigenen, die Seele erschütternden Höhepunkt.

Sie schienen eine Ewigkeit eng umschlungen dazuliegen, vereint in den letzten ekstatischen Nachwehen ihrer Lust.

Er keuchte, tiefe Atemzüge, die seine kräftige Brust weiteten und ihre Brüste eng zusammendrückten. Er war heiß und über und über schweißnass. Ihre Körper verschmolzen miteinander, so wie noch kurz zuvor ihr Geist und ihre Gefühle eins waren.

Mit Bedauern spürte sie, wie er langsam erschlaffte und schließlich aus ihr herausglitt. Sie unterdrückte einen enttäuschten Seufzer. Schließlich war sie Vampirin und zeigte keinerlei sterbliche Schwäche. Stattdessen rollte sie zur Seite und hob den Kopf etwas an, um über die Wunde an seinem Hals zu lecken und den bereits nachlassenden Blutfluss zu stillen. Allein sein Geschmack auf ihrer Zungenspitze ließ sie unter neuen Wellen der Lust erzittern. Aber sie musste sich beherrschen. Schließlich wollte sie ihn nicht hilflos zurücklassen.

Sie kuschelte sich an ihn an, genoss seine Nähe und seine Männlichkeit. Sie war zufrieden, und ihr fielen beinahe die Augen zu, als er ihr etwas ins Ohr flüsterte. »Das mit dem Vampir, das war kein Witz, oder?«

Verdammt! Süßer Abel, zu Hilfe! Wie hatte sie so indiskret sein können. Aber es war keine Katastrophe. Sie brauchte ihm nur die Erinnerung daran wegzunehmen.

Die Hand auf seiner Brust direkt über dem Herzen, glitt Antonia mit den Lippen über seinen Hals, wobei sie gerade lange genug verweilte, um die Sehnen und Muskeln unter der Haut zu würdigen; dann legte sie die Lippen auf seine Stirn und konzentrierte sich auf sein Bewusstsein. Aber da war nichts. Lautloses Schweigen. Wie ein verriegelter Raum oder eine verlassene Landschaft. Sie hob den Kopf und sah in seine Augen. Oh, die waren normal und durchaus intelligent. Ein wenig trüb nach dem Sex, aber wach und zufrieden.

Hatte er möglicherweise einen schweren Gehirnschaden? Nein, in dem Fall könnte er kaum funktionieren, und Michael Langton funktionierte nicht schlecht. »Was bist du?«

Er lächelte zu ihr auf und strich ihr die Haare aus der Stirn. »Hab ich dir doch gesagt. Die örtliche Legende.«

Verfluchter Typ! Er war also der Dorfgigolo, und sie war

ihm auf den Leim gegangen wie ein dummes sterbliches Ding. »Schon klar«, gab sie zurück. So schnell sie nur konnte, stieg sie aus dem Bett und suchte ihre Klamotten zusammen.

»He!«, sagte Michael, während er ebenfalls aus dem Bett sprang und sie am Arm packte. »Wo willst du hin?«

»Nach Hause!« Oder der nächstliegenden Entsprechung – in ein hübsches, gemütliches Landhotel.

»Noch nicht«, sagte er. »Bleib hier. Du kannst nicht einfach so wegrennen. Nicht nach dem, was zwischen uns passiert ist.«

Ob sie konnte oder nicht, sie ging. »Ich muss los.«

»Bleib hier. Dann mach ich auch das Frühstück für dich. Du kannst immer noch früh genug nach Hause gehen, sodass niemand weiß, dass du weg gewesen bist.«

Als ob das ihre größte Sorge wäre! »Ich glaube in meinem Alter verkraftet es mein Ruf, wenn ich mal länger ausbleibe.«

»Warum also dann gehen?« Er stand wenige Zentimeter von ihr entfernt, berührte sie nicht, aber die Hitze seines Körpers schlug ihr in Wellen entgegen. Und er hatte wieder einen stehen. Nackte Frauen hatten diese Wirkung auf Sterbliche.

Sie ging ein Stückchen nach vorne und küsste seine Stirn. Darauf küsste er sie auf den Mund und umfasste ihren Kopf. Zum Teufel aber auch! Er markierte sie fast als sein eigen – öffnete ihre Lippen mit seinen, nahm ihre Zunge tief in seinen Mund, entfachte abermals die wildesten Empfindungen in ihr, sandte mit seinen Fingern Schauder über ihre Haut und ließ sie mit wirrem, vernebeltem Kopf zurück. Aber nicht ganz.

»Siehst du?«, sagte er. »Willst du nicht doch lieber bleiben?«

Was sie lieber tun würde und was sie vorhatte zu tun, waren zwei völlig verschiedene Dinge. »Niemals.«

Seine dunklen Augen wirkten plötzlich verletzt. »Niemals ist eine sehr lange Zeit.«

Als könnte sich ein Sterblicher unter einer »sehr langen Zeit« tatsächlich was vorstellen. Aber sie konnte doch nicht einfach so verschwinden, nicht nach … nicht nach dem besten Sex, den sie seit Jahrhunderten gehabt hatte, wenn nicht überhaupt. »Michael, ich muss gehen. Hat nichts zu tun mit dir oder …« – sie hielt inne – »dem, was wir gerade erlebt haben. Ich bleibe einfach nie über Nacht.«

Er nickte, sagte aber nichts, als schluckte er die Worte hinunter. Sie warf ihre zerrissene Unterwäsche beiseite, zog aber die ebenfalls zerrissene Hose an und suchte vage nach etwas, das sie durch die Gürtelschlaufen ziehen könnte, um die Einzelteile zusammenzuhalten.

»Du willst doch nicht wirklich so das Haus verlassen?«

»Da ich nun mal nichts zum Wechseln dabei habe, ja.«

Er gab ein genervtes Geräusch von sich. »Warte. Wenn's denn sein muss« – er kramte in seinen Schubladen – »zieh das an.« Er gab ihr ein gefaltetes T-Shirt und einen recht abgetragenen, aber sauberen Arbeitsoverall. Viel zu groß, aber rutschen konnte er nicht. »Zieh das an, und ich bring ich dich nach Hause.«

»Das ist nicht nötig.«

»Zieh das an, verdammt noch mal, und ich bring dich nach Hause!« Er warf die Sachen auf das zerwühlte Bett und packte sie an der Schulter. »Dreh dich um.«

»Vielleicht denkst du mal dran, bitte zu sagen.«

Er atmete tief durch. »Bitte dreh dich um.«

»Warum?«

Er gab einen langen, genervt klingenden Ton von sich. »Ich will deinen Rücken sehen. Ich glaube, ich hab dich zerkratzt.«

Sie erinnerte sich dran, dass seine Fingernägel ihr arg zugesetzt hatten, aber alle Spuren waren längst verheilt. »Alles in Ordnung.«

Ohne noch einmal zu fragen, packte er sie und drehte sie kurzerhand um. Während seine Hand sie an der Schulter festhielt, leckte er über ihren Rücken. Seine Zunge fühlte sich warm an, aber rau. Was sie aber am meisten schockierte, war die Tatsache, dass ihr Rücken wirklich zerkratzt war, die Kratzspuren unverheilt. Sie spürte, dass sie sich unter den Strichen seiner Zunge schlossen. Drei- bis viermal leckte er auf und ab, um sich dann ein paar kleineren Stellen zu widmen.

Sie hatte Halluzinationen! Konnte gar nicht anders sein. Sie war Vampirin und Selbstheilerin. Woher hatte ein Normalsterblicher derartige Kräfte?

»Zieh dich lieber an«, sagte er und trat zur Seite, nahm aber seine Wärme mit. »Ehe ich dich wieder aufs Bett werfe.«

Er ließ sie alleine, während sie seine Sachen anzog. Dann sah sie sich nach ihren Schuhen um. Als sie förmlich darüberfiel, bemerkte sie, dass sie voller Erde waren. War auch kaum ein Wunder, wenn man bedachte, wo sie sich überall herumgetrieben hatte.

Michael Langton wollte sie also nach Hause bringen. Süß, diese Sterblichen! Sie hatte andere Pläne. Sie machte das Schlafzimmerfenster groß auf, sprang hinaus und rannte innerhalb weniger Sekunden in Vampirgeschwindigkeit in Richtung Dorf.

6

Antonia saß bequem auf dem Dach von Orchard House und dachte darüber nach, wie unvorsichtig und dumm sie eigentlich gewesen war und wie sehr sie sich, was ganz ungewohnt war, in ihrer Lust gehen lassen konnte, als Michael vorfuhr. Er stellte seinen Kleinlaster direkt vor dem schmiedeeisernen Tor ab, stieg aus und starrte mehrere Minuten lang auf das dunkle Haus. Dann stieg er wieder ein und fuhr ein Stück weiter, um im Schatten unter den Platanen an der Ecke zu parken.

Er meinte wohl, auf sie warten zu können, oder? Armer Kerl! Da würde er sehr, sehr lange warten. Sie überlegte, ob sie schnell zum Hotel laufen und sich umziehen sollte, um dann die Sachen, wenn er vielleicht eingeschlafen war, mit einem kleinen Dankeschön-Zettel auf den Beifahrersitz zu legen. Aber um fair zu sein, sollte sie sie doch lieber zuvor waschen.

Nein! Jetzt keine Gedanken an Waschgänge und Pulver. Schließlich atmete aus jeder Pore ihres Körpers noch Michael Langton. Wenn sie aufseufzen könnte, würde sie das jetzt tun, und vielleicht mit einem Stoßgebet zum Himmel um Wiederherstellung ihres Verstandes bitten. Da war zu viel, das sie sich nicht erklären konnte. Es konnte nicht sein, dass er so stark war. Es war absolut unverständlich, aber er hatte sie unter seinen Körper gewälzt, und er hatte sie mit eigener Kraft umgedreht. Jahrelanges Training durch das Schleppen von Tonsäcken und stundenlanges Arbeiten an der Töpferscheibe bot dafür keine hinreichende Erklärung. Und auch ihre Befürchtung, dass etwas im Blut dieser Stute sie geschwächt haben könnte, hatte sich nach den ersten Versuchen zu rennen zerstreut. Sie war so schnell wie eh und je – der Weg nach Hause hatte ihr das bestätigt. Wie hatte er sie dann überwältigen können?

Darüber konnte sie sich das Gehirn noch und noch zermartern. Lieber sollte sie sich Gedanken darüber machen, wie sie sich bei ihrer nächsten Begegnung verhalten sollte. Sie blickte sich nach ihm um, wie er da wartete, eine dunkle, über dem Steuerrad zusammengesunkene Gestalt. Er sollte ruhig warten, wenn er wollte. Auf sie wartete ein Stück weit die Straße hinunter ein schönes bequemes Bett.

Dieses verdammte Vogelkonzert weckte ihn. Ohne verspannten Nacken, eingeschlafene Beine und steife Schultern hätte er es vielleicht mehr genossen. Michael Langton lockerte seine verkrampften Glieder, so gut es ging, und stieg dann aus, um sich richtig durchzustrecken. Er hatte gar nicht so lange geschlafen und erinnerte sich noch genau daran, als die Kirchturmuhr drei geschlagen hatte. Warum er überhaupt so lange hier gewartet hatte, war ihm ein Rätsel. Sie musste querfeldein und durch private Gärten nach Hause gelaufen und dann durch den Hintereingang ins Haus gehuscht sein. Er war doch über die einzige Straße, die es gab, gekommen.

Warum war er nur so bitter enttäuscht? Warum wollte er sie dringend wiedersehen? Warum war er so am Boden zerstört gewesen, weil sie nicht über Nacht bei ihm bleiben wollte?

Letztlich alles kein Problem für ihn. Nach all den Jahren würde er damit fertig werden. Eine Frau in seinem Leben wäre sowieso viel zu kompliziert. Wenn er sich mit ihr anfreunden würde, würde sie über kurz oder lang seine zweite Natur entdecken. Trotzdem war es dumm von ihm gewesen, ihr zu sagen, er sei die »örtliche Legende«. Jetzt hielt sie ihn sicher für einen angeberischen Sexprotz.

Normalerweise würde er jetzt diese Einfahrt entlangmarschieren, gegen die Tür hämmern und sie fragen.

Aber da er nicht normal war, würde er in seinen Laster steigen und nach Hause fahren. Auf ihn wartete ein Brennofen, denn er ausräumen musste, wenn nicht der Inhalt längst Schrott war. Früher oder später würde er ihr wieder begegnen. In einem Kaff wie diesem war das kein Problem. Das größere Problem war im Moment seine Hose, die immer mehr spannte.

»Mir reicht's.« Elizabeth fuhr sich mit der Hand durch die Haare. »Ich halt das nicht mehr aus. Wo bleiben da Ruhe und Frieden des Landlebens?«

»Das ist der Fortschritt«, sagte Antonia, wobei ihre Stimme von einem kolossalen Knall draußen beinahe übertönt wurde. »Außerdem war es doch deine brillante Idee, die Wirtschaftsgebäude abzureißen und die alten Ställe zu einer Cafeteria ausbauen zu lassen.«

Sie musste der Wahnsinn geritten haben! »Wenn nur vorher schon alles andere erledigt worden wäre.«

»Die Baufirma musste erst die Genehmigung abwarten.«

Das stimmte, aber ... Elizabeth zuckte mit den Schultern. »Der Lärm macht mich verrückt. Ich will den ummauerten Garten bei Tageslicht inspizieren, und auch sonst gibt's einiges zu erledigen.« Zum Beispiel einen weiteren Besuch bei Ida Collins.

Antonia sah vom Computer auf. »Tu dir keinen Zwang an.«

Sie war den ganzen Tag schon ein bisschen knatschig gewesen und hatte auch Elizabeth mit ihren Fragen über den Töpfer abblitzen lassen. Die Zufuhr von frischem Blut hatte sie offenbar gestärkt, aber erfrischt sah anders aus. »Vergiss nicht, dass Stella und Sam bald hier sind.«

Zwischen Antonias Augenbrauen erschien eine Furche. »Kommen sie direkt hierher?«

»Nein, Stella sagte, dass sie erst ihre Sachen ins Hotel schaffen und dann anrufen will. Bis dahin bin ich wieder zurück.«

»Gut.« Antonia wirkte irgendwie daneben. Fast wäre Elizabeth bei ihr geblieben, aber sie wollte doch den Garten erkunden.

Der Rasen sah bei Tag ganz anders aus. Es gab auch keine Spuren von großen Tatzen. Wahrscheinlich hatte sie im Zwielicht eine normale Hauskatze ins Überdimensionale vergrößert.

Sie wollte sich den Zaubergarten noch etwas genauer ansehen und dann Ida ihren Besuch abstatten. Elizabeth zog die alte Tür auf – man sollte vielleicht einen von den Arbeitern mit etwas Öl oder neuen Türangeln vorbeischicken, solange sie hier waren – und betrat den umfriedeten Raum. Der Kamillenrasen in der Mitte zeigte keinerlei Spuren von Dixies schmählicher Benzinattacke, im Gegenteil, die Natur hatte den Garten zur Gänze zurückerobert. Der verschwiegene Ort gemahnte an uralte Rituale und hatte etwas Geheimnisvolles und nichts Bedrohliches, wie Dixie es empfunden hatte. Allerdings konnte man die vier bemoosten Obelisken, welche die Eckpunkte des heiligen Kreises markierten, leicht mit Penissen aus Granit verwechseln, und auch die in die Mauerplatten eingemeißelten Symbole waren für Dixie unverständlich. Elizabeth schritt die unebenen Wege bedächtig ab; über die zahllosen Risse und Aufwerfungen stieg sie einfach hinweg. In jeder Ecke stand ein Baum: eine Eberesche, eine Eibe, eine Stechpalme und eine Eiche, deren Wurzeln weite Teile des Weges zu sprengen drohten. Die Bäume galten allesamt als heilig, und in dem Wildwuchs auf den Beeten verbargen sich mit Sicherheit allerlei wunderbare Kräuter und Heilpflanzen. Wenn doch nur Adela, ihre Stiefmutter und Lehrerin, das alles sehen könnte. Aber Adela befand sich im Haus von Elizabeth' Vater in Oregon, dessen Pflege sie übernommen hatte.

Es musste einzelne Mitglieder des Zirkels geben, die diese Pflanzen und ihre Bedeutung kannten. Dieses Mal würde sie es nicht zulassen, dass Ida sich wieder herauswand.

Elizabeth brachte fast eine Stunde damit zu, die Pfade abzuschreiten und die gemeißelten Inschriften zu begutachten. Demnächst einmal würde sie Abpausungen anfertigen, um sie Adela zu schicken. Wie alt war dieser Ort? Auf alle Fälle viel älter als das Haus. Seine Mauern bestanden aus grauem Naturstein und nicht wie die übrigen Mauern des Gartens aus Backstein. Die Statuen und Bildwerke, die einmal die Nischen in der Nord- und der Südmauer gefüllt hatten, waren längst verschwunden. Wohin? Waren die langen Simse in der Ost- und der Westmauer ehemals Altäre gewesen? Dies war zweifelsohne ein heiliger Ort, und umso schlimmer war die Blasphemie, dass man ihn in böser Absicht missbraucht hatte. Musste wohl auf eine direkte Eingebung der Göttin zurückzuführen sein, dass Dixie aufgestanden war, um Kit zu retten.

Aber so sehr sie der Garten auch faszinierte, musste sie nun doch los, wenn sie Ida noch sprechen wollte. Nur noch eine Runde an den alten Mauern entlang und ... aber als Elizabeth am westlichen Altar Halt machte, fiel ihr an einer über den Pfad reichenden Wildrosenranke ein Büschel Haare auf. Sie zog das weiche, gelbbraune Gespinst von dem Dorn, rieb es zwischen den Fingern und rätselte. Das waren keine menschlichen Haare. Die fühlten sich anders an. Es waren eindeutig Tierhaare.

»So ganz gefällt mir diese Sache nicht, Justin!«

Justin lächelte süffisant. Das konnte er ungestraft tun, wenn sich Tom am anderen Ende der Leitung und nicht ihm gegenüber im Zimmer befand. »Aber du hast sie ziehen lassen.«

Interessant, wie sich so ein Wortschwall anhörte, wenn er durch eine Glasfaserverbindung verzerrt wurde. »Als ob ich sie an irgendetwas hindern könnte! Das weiß du so gut wie ich!«

Tom lernte dazu. Was für ein Fortschritt. Justin verkniff

sich jeglichen Sarkasmus. »Stimmt, und Elizabeth hat nun wirklich genug gesunden Menschenverstand.«

Justin stellte sich vor, wie Tom zustimmend nickte. »Mag sein, aber sie hat auch genug Sturköpfigkeit und Draufgängertum. Mich verfolgt die Vorstellung, dass sie in diese Hexenkreise gerät und ihr was zustößt.«

»Tom, denk doch mal ein bisschen nach. Wir alle wissen, wie stark Elizabeth ist. Du hast es selbst gesehen. Sogar Gwyltha war beeindruckt, und wir wissen doch beide zur Genüge, dass kaum etwas unserer furchtlosen Führerin Respekt abnötigt. Von daher habe ich meine Zweifel, ob jemand Elizabeth ernsthaft bedrohen kann. Dazu kommt, dass dieser Zirkel in Bringham wenig Erfahrung hat. Ihr einziger Versuch, sich die Magie zunutze zu machen, wurde von Dixie durchkreuzt. Und die hatte, außer ihrem Instinkt, keine Ahnung, wie man ihnen beikommen könnte. Wirklich geschadet haben sie ihren Mitmenschen nur mit normalen Methoden. Egal welche Tricks der Rest der Bande noch in petto hat, ich bin mir sicher, Elizabeth weiß sich dagegen zu wehren. Und der Urheber allen Übels scheint ja sowieso dingfest gemacht zu sein.«

»Du hast recht.« Justin hatte Toms Kopfschütteln vor Augen und wie er dabei lächelte. »Aber Sorgen mach ich mir trotzdem.«

»Natürlich musst du das, alter Junge. Du bist verliebt. Da macht man sich immer Sorgen – gehört dazu.«

»Wenigstens sehen wir uns am Wochenende. Das hat sie versprochen, und wehe, sie kommt nicht, dann fahr ich persönlich runter, um sie zu holen.«

»Stella und Sam fahren übrigens auch runter. Sie sind schon unterwegs.«

»Und du machst dir deshalb keine Sorgen?«

»Natürlich! Aber ich weiß, dass Stella nichts unternimmt, womit sie Sam in Gefahr bringen könnte, und ...« – Er hielt inne und gab ein leises Lachen von sich – »Wenn sie da unten sind, habe ich einen guten Grund, sie zu besuchen, wann immer ich Lust dazu habe … wie du auch.«

Die Stille deutete darauf hin, dass Tom darauf noch nicht gekommen war. »Du hast recht, das machen wir, ja?« Er lachte. »Da mache ich mir hier Sorgen ohne Ende, und dabei stecken Elizabeth und Antonia wahrscheinlich sowieso bis über beide Ohren in Arbeit und haben gar keine Zeit für Dummheiten.«

Elizabeth stellte das Auto auf dem Parkplatz in Horsley ab und machte sich auf dem Weg zur Autovermietung Collins. Sie wollte unangekündigt hereinplatzen, wenn das Büro leer war. Sie kam sich zwar ein bisschen doof vor, sagte sich aber, es sei für eine gute Sache, und lauerte also an der Bushaltestelle, das eine Auge auf dem Fahrplan, das andere auf dem Platz vor dem Büro der Autovermietung Collins.

Soweit war alles ruhig. Keine Kunden zu dieser nachmittäglichen Stunde. Ein Kombiwagen kam aus der Einfahrt gefahren – Monica, die die Buben von der Schule abholen wollte. Jetzt war Ida allein im Büro.

Ganz wohl war ihr nicht bei dem Gedanken, eine einsame alte Frau zu überrumpeln, aber Elizabeth überquerte die Straße.

Ida hob den Blick, als die Tür aufging. »Gibt's Probleme mit dem Auto?«, fragte sie.

»Ganz und gar nicht. Das Auto läuft wunderbar. Ich bin hier, um mit Ihnen zu reden.«

»Oh!« Ida nahm die Schultern zurück und sah Elizabeth in die Augen. »Und was genau wollen Sie mit mir besprechen?«

Als ob sie das nicht beide wüssten. Elizabeth lächelte. Im Gegensatz zu Ida. »Ich will Kontakt zu anderen Hexen aufnehmen. Warum haben Sie gestern behauptet, Sie würden keine kennen?«

Ida wurde bleich, dann rot. Oh je, bei aller Direktheit, einen Herzinfarkt sollte die alte Dame wegen ihr nicht bekommen. »Das geht Sie gar nichts an.« Ihre alte Stimme wurde scharf und bitter. »Sie sind mit dieser Dixie befreundet. Und die hat uns nichts als Ärger gebracht.«

Ja! Genau! Dixie ist schuld daran, dass sie nach Bringham gekommen ist und fast umgebracht worden wäre. Aber lassen wir das. »Meine Stiefmutter hat mir die Grundlagen der Magie beigebracht, und ich bin selbst nicht ganz unbegabt. Also hatte ich die Idee, hier vor Ort Kontakte mit Gleichgesinnten knüpfen.« Sie hielt inne ... warum nicht gleich sämtliches Pulver auf einmal verschießen. »Dixie hat mir die Notizbücher ihrer Großtanten geliehen.«

Das nannte man Aufmerksamkeit erregen! Ida war wie magnetisiert. »Alle?« Ihre Augen funkelten geradezu vor Aufregung und Neugierde.

»Ein Teil davon wurde vernichtet.« Und so gut wie alles andere gleich mit, das schlimmen Schaden anrichten konnte.

»Wer hat das getan?« Nicht auf den Mund gefallen, die Alte, aber zumindest stritt sie nichts ab ... bis jetzt.

»Dixie, glaube ich. Ich bin nicht sicher, ob sie wusste, was sie da vor sich hatte.«

»Sie war eine Zweiflerin, eine Ungläubige.«

Das tat jetzt nichts zur Sache. »Sie wusste, dass ich mich mit Kräuterkunde beschäftigt habe, und sie dachte, ich hätte Interesse dran.«

»Und Sie leben nach unseren Regeln?«

Vielleicht eine Fangfrage. Mit Erpressung oder Vampiropfern hatte sie aber sicher nichts zu schaffen. »Ich lebe nach den Regeln der Göttin und tue niemandem was zuleide.«

Ida schwieg ein paar Sekunden lang. Draußen wechselte ein Auto in der Kurve den Gang und beschleunigte im Vorbeifahren.

Im hinteren Raum klingelte ein Telefon, bis sich der Anrufbeantworter einschaltete.

Elizabeth wartete.

Schließlich fragte Ida: »Was wollen Sie wirklich von uns?« – »Ich will lediglich andere Gläubige finden.«

Wieder folgte eine Pause, aber keine ganz so lange wie zuvor. »Es sind nicht mehr viele übrig. Wir hatten Ärger. Schrecklichen Ärger, und der Zirkel ging auseinander.« Sie musste ja nicht sagen, dass sie über jedes einzelne Detail dieses sogenannten »Ärgers« Bescheid wusste. »Ich ruf Sie an. Nachdem ich mit den anderen gesprochen habe. Sie wohnen in Orchard House?«

»Ich arbeite dort.« Elizabeth zog eine Visitenkarte aus der Tasche. »Ich wohne im *Bringham Manor Hotel.* Hier ist meine Handynummer.«

Die alten Augen richteten sich auf das kleine Kärtchen. »Orchard House Center«, las sie laut vor. »Kunst und Handwerk aus der Region. Sonderanfertigungen möglich.« Sie legte die Karte auf den Tresen. »Das steckt also hinter dem ganzen Aufwand.«

»Ja. Wir eröffnen Anfang Herbst, wenn nicht früher.«

»Bringen Sie nicht allzu viel Unruhe in das alte Gemäuer. Es gibt Geheimnisse, an die man nicht rühren sollte.«

Nach dem dritten Papierstau gestand sich Antonia ein, dass sie mit ihren Gedanken nicht bei der Sache war. Der Kompass ihrer Wahrnehmung war ganz auf sterblichen Sex gerichtet – oder, um genau zu sein, auf Sex mit einem bestimmten Sterblichen. Jahrhundertelang hatte sie sich über das Getue der Sterblichen mit der »Nacht davor« amüsiert. Jetzt wusste sie, was es damit auf sich hatte.

Nicht dass sie es bedauert hätte. Nicht im Geringsten! Die Begegnung war unglaublich und sein Blut voll und süß gewesen – und, wie sie immer mehr glaubte, süchtig machend. Sie sehnte sich nach ihm, brauchte nur an ihn zu denken, und schon spürte sie ein Pulsieren zwischen den Beinen, und bei der Erinnerung an die Berührung seiner warmen, merkwürdig rauen Zunge auf ihrer Haut erschauderte sie.

Erschauderte? Lächerlich. Sie war Vampirin. Vampire bekamen keine Gänsehaut. Waren auf keinen Normalsterblichen angewiesen. Sie hatte keinen Grund, sich nach der Umarmung durch zwei warme sterbliche Arme zu sehnen. Hatte es nicht nötig, Zeit zu verschwenden mit der Erinnerung an den Geschmack seines süßen Blutes auf ihrer Zunge oder der Erinnerung an das Gefühl seines Wahnsinnsteils tief in ihr.

Dieses Kreisen nur um das Eine war das Letzte.

Sie brauchte eine Pause. Szenenwechsel. Elizabeth hatte recht gehabt. Bei dem Lärm draußen konnte man nicht arbeiten. Sie würde sich lieber ein paar Stunden freinehmen und nach Leatherhead fahren, um einen hübschen kleinen Artikel in der Lokalpresse zu lancieren.

Mit diesem Plan im Kopf steuerte sie den Van die Einfahrt entlang und wäre beinahe mit einem roten BMW zusammengestoßen, der eben durch das Tor fuhr.

7

Antonia riss das Steuer scharf nach links und kam mit quietschenden Bremsen zum Stehen. Sterbliche! Dieser hielt sich offenbar für unverwundbar. Oder vielleicht auch nicht, dem bleichen Gesicht nach zu urteilen, das aus der offenen Tür auftauchte. Ein bisschen wackelig auf den Beinen war er auch. Beinahezusammenstöße bekamen ihm offenbar nicht.

Aber er kam trotzdem auf sie zu und tat sogar besorgt. »Tut mir wirklich leid. Dass Sie aber auch just in dem Moment hier rauskommen müssen.«

»Es ist mein Haus!«

Mit dieser Antwort hatte er nicht gerechnet, seinem Kinn nach zu urteilen, das ihm prompt herunterfiel. »Sie haben es gekauft?«

Als ob ihn das etwas anginge. »Richtig. Aber da wusste ich noch nichts von den Gefahren, die mir hier drohen!«

Immerhin tat er so, als wäre es ihm peinlich. »Tut mir leid. Es ist doch nichts passiert, oder?«

»Nein.« Wäre sie eine Sterbliche gewesen, sähe es vielleicht anders aus, aber in ihrem Fall ... »Alles in Ordnung.« Aber was wollte er überhaupt in ihrer Einfahrt? »Sie wollten mich sprechen?«

Er schüttelte den Kopf. »Eigentlich wollte ich Jeff Wallow sprechen. Der soll heute hier zu tun haben.« Er unterbrach. »Ich bin James Chadwick.«

»Ich bin Antonia Stonewright.« Sie gab ihm die Hand, was sie aber angesichts seines laschen Händedrucks sofort bedauerte.

»Kann ich kurz reinkommen, um ein paar Takte mit Jeff zu sprechen?«

Dass dieser Jeff ein Fantasieprodukt war, wusste sie auch ohne vampirische Kräfte. Sie lächelte gespielt freundlich. »Sparen Sie sich die Mühe. Er ist, nachdem er was ausgemessen hat, wieder gegangen und wollte morgen früh wiederkommen. Wenn Sie um acht Uhr vorbeischauen, müssten Sie ihn erwischen.« James Gesichtsausdruck amüsierte sie. Ging doch nichts darüber, jemanden mit seinen eigenen Waffen zu schlagen.

»Oh!« Seine Stirn runzelte sich über seinen blassen Augen, während er sich eine passende Antwort ausdachte. »Nun dann, also morgen. Früh, sagten Sie?«

Er gab schnell auf. Antonia lächelte süß – ein Gesichtsausdruck, den sie im Lauf der Jahre perfektioniert hatte und der garantiert ätzte. »Soll ich Sie hinauswinken? Damit Sie sich keinen Kratzer ins Auto fahren?«

Wohl oder übel musste er ihr Angebot annehmen, stieg wieder ein und ließ sich von ihr aus der Einfahrt lotsen. Sobald sein Auto nicht mehr zu sehen war, stieg Antonia stirnrunzelnd in ihren Van. Sie hatte ja schon erwartet, über kurz oder lang seine Bekanntschaft zu machen, und er entsprach so ziemlich genau Dixies Beschreibungen, aber wozu, bei Abel, schlich er um das Haus herum? Immer vorausgesetzt natürlich, dass es nicht vielleicht doch einen Jeff Wellow unter den Bauarbeitern gab, die gerade die alten Kohleschuppen und die alte Garage abrissen.

Aber was waren das für Gedanken. Unwahrscheinlich. James war ein Schurke, wie er im Buche steht, und konnte einfach nichts Gutes im Schilde führen, aber was auch immer er vorhatte, fürs Erste hatte sie dem einen Riegel vorgeschoben. Höchste Zeit, nach Leatherhead zu fahren, um mit der Lokalpresse zu sprechen.

* * *

James ließ ihr zehn Minuten Zeit und kehrte dann um. Dieses Mal nahm er den schmalen, ungepflasterten Fahrweg neben Orchard House und parkte zwanzig Meter dahinter. Sogar den Weg um das Haus herum konnte er sich sparen. Wozu gab es die Tür in der Mauer und die Schlupflöcher in der alten Hecke? So verwildert wie der Garten zurzeit war, würde er ohne Probleme hineingelangen. Aber verflixt und zugenäht, diese Lady hatte es faustdick hinter den Ohren! Ließ ihn eiskalt auflaufen mit seinem Jeff Wellow. Okay, der Einfall war mehr als seicht, aber die meisten wären darauf hereingefallen. Wer wusste denn schon, wie seine Arbeiter hießen?

Miss Stonewright hatte jede Menge Grips in ihrem hübschen Köpfchen. James grinste. Sein lieber Onkel hätte sie ebenso sehr verachtet wie er Dixie verachtet hatte. James konnte nicht umhin, sie vorübergehend zu bewundern. Aber jetzt im Moment musste er die alte Tür oder eine Lücke in der Hecke finden.

Die Lücke fand er zuerst. Schmäler als er gehofft hatte, aber trotzdem quetschte er sich durch, nachdem er zum Auto zurückgegangen war und sein Jackett dortgelassen hatte. Er durchquerte den verwachsenen Küchengarten und das knöchelhohe Gras im Obstgarten, bis er schließlich vor der halb geöffneten Tür des ummauerten Gartens stand. Wer war hier drin gewesen? Diese Stonewright? Oder vielleicht die andere? Zur Hölle, er hatte ihren Namen vergessen, wenn er ihn denn je gewusst hatte. Diejenige, auf die Mildred und John so schlecht zu sprechen waren.

Na und wenn schon! Jetzt gerade war sie nicht da. Die Arbeiter würden sich nicht so weit von der Baustelle entfernen, und er war alleine und konnte sich frei bewegen.

Er ging durch die Tür und beugte sich hinunter, um mit den Händen über den ungepflegten Kamillenrasen zu streifen. Der Duft führte ihn in seine Kindheit zurück. Das gestrige Nachdenken über seine Mutter hatte ihn veranlasst, heute hierherzukommen. Er konnte ihre Anwesenheit beinahe spüren, war wieder sechs Jahre alt, und ihre Hand hielt zärtlich die seine.

»Es gibt so viel zu lernen, Jimmie«, sagte sie. »Die Misses Underwood bringen mir alles bei. Aus dem Grund komme ich hierher, wenn du in der Schule bist. Ich werde alles lernen, was nur möglich ist, und wenn du groß bist, gebe ich mein Wissen an dich weiter.«

»Welches Wissen denn, Mummy?«, hatte er gefragt.

»Das geheime Wissen der Alten. Wie man zu Macht und Erkenntnis gelangt«, hatte sie geantwortet. Wenige Monate später sollte sie sterben.

Und er sollte nie etwas von ihrem Wissen erfahren. Die Underwood-Damen waren senile Greisinnen, als er alt genug dafür gewesen wäre; die anderen alten Schachteln des Zirkels hatten ihm nie vertraut und sein Onkel hatte ihn immer nur herumkommandiert und beschimpft.

Und seine Mutter gab es nicht mehr. Sie war tot und hatte ihr Wissen mit ins Grab genommen.

Er ging auf die nächstliegende Mauer zu und strich mit den Fingern über das verwitterte Steinrelief, eine Abbildung des Siegels Salomons. Er konnte seine Mutter regelrecht hören, wie sie ihm erklärte, dass die obere Spitze das Element Feuer repräsentierte, die untere das Element Wasser. Seltsam, dass er sich nach all der Zeit daran erinnerte. Seltsam auch, dass er den fünfzackigen Stern an der nächsten Wand als Druidenfuß identifizierte und dass die Gravur an der gegenüberliegenden Wand den grünen Mann darstellte.

Es gab so viel hier, was Sebastian einfach ignoriert hatte. James schritt die unebenen Pfade ab, vermied aber den Mittelpunkt des Rasens. Dieser Zwischenfall war der sichere Beweis dafür, dass der gute alte Sebastian nicht mehr richtig tickte. Auf die Idee zu kommen, ausgerechnet einen Vampir zu opfern, um dessen Macht zu übernehmen! Vom heutigen Standpunkt aus war das der reine Irrsinn, aber alle waren sie dem alten Spinner bedingungslos gefolgt.

Und er auch, wie er zu seiner Schande gestehen musste. Wenn er gewusst hätte, was genau Sebastian mit Marlowe und diesem Krüppel Vernon vorgehabt hatte, hätte er ihm dann widerstanden? Diese Frage hatte ihm schon einige schlaflose Nächte eingebracht. Gut, Marlowe war es irgendwie gelungen, zu entkommen. Wer glaubte schon diesen Vampirunsinn? Aber Vernon war bei dem Brand ums Leben gekommen, und den armen Tropf Marlowe hatte man dafür verantwortlich gemacht. Wenigstens hatte Onkel Sebastian seine wohlverdiente Strafe bekommen.

Er schüttelte den Kopf. Und nun?

Zum Teufel, wenn er das wüsste! John war wie besessen von dem Gedanken, diese neue Besitzerin könnte Ärger machen, wohingegen er, James, einfach nur seine Ruhe haben wollte. Er ging die Wege entlang, wich den ausgewachsenen Ranken einer Wildrose aus und setzte sich schließlich auf einen der Mauersimse. Es war still hier und vollkommen friedlich. Er schloss die Augen und versuchte sich an die Stimme seiner Mutter zu erinnern.

»Alles klar, Mum?«, fragte Sam auf gut Britisch.

Stella war sich nicht sicher, ob sie seufzen oder lachen sollte. Sam wurde wirklich immer mehr britisiert. Oder hieß es britannisiert? Sie wusste es nicht. Dabei sollte sie froh sein, dass er sich so problemlos eingewöhnte angesichts ihrer Bedenken, die sie anfangs wegen des Umzugs von Ohio nach Yorkshire gehabt hatte. Sam jedoch war so schnell angekommen in Havering, als wäre er dort geboren. Sie war diejenige, die Heimweh hatte und immer noch leicht fremdelte.

Der Himmel wusste warum. Sie hatte ein wunderbares Leben, einen guten Ehemann und einen traumhaften Liebhaber. Und sie war, dank Justin, lebendig und keine vermodernde Leiche. Sie war insgesamt glücklich und zufrieden. Nur manchmal überfielen sie Gelüste nach knusprig gebratenem Speck und oder einer dicken Portion Eiscreme, und dass man hier auf der »falschen« Straßenseite fuhr, war ihr noch immer nicht geheuer. Heute lief es nicht schlecht. Wenn man erst auf der Autobahn war, schwamm man einfach mit dem Verkehr in Richtung Süden mit, aber es hatte doch ein paar Situationen auf verlassenen Landstraßen gegeben, in denen sie auf die rechte Seite geraten war, bis ihr ein rumpelnder Traktor oder ein wütender Autofahrer entgegenkamen.

»Alles klar, Sam. Dürfte nicht mehr weit sein, wenn wir von der Autobahn runter sind.« Und dann würde der Spaß richtig losgehen, denn sie musste durch eine Kleinstadt und mehrere Dörfer – und alle, soviel sie wusste, voll mit verwinkelten Gassen, verstopften Hauptstraßen und Kreiseln. Überhaupt diese Kreisel! Würde sie sich je daran gewöhnen?

»Ich kann's kaum noch erwarten, Mum. Hoffentlich gefällt Angela gefällt das Geschenk, das wir für sie gekauft haben.«

»Bestimmt. Aber Angela heißt jetzt Elizabeth. Denk dran, Sam.«

»Mach ich, Mum. Ich vergess es nur immer wieder, weil ich sie so lange als Angela gekannt habe.«

Die paar Monate! Stella lächelte. Als Kind und als Sterblicher hatte er ein anderes Verhältnis zur Zeit. Aber als Kind mit Vampireltern? Darüber konnte sie sich jetzt beim Fahren keine Gedanken machen.

»Schau, Mum.« Sam deutete auf den Wegweiser vor ihnen. »Leatherhead. Hier müssen wir runter von der Autobahn.«

»Alles klar, Sam.« Sie setzte den Blinker und wechselte auf die Abbiegespur.

»Warum heißt es eigentlich Leatherhead?«

Gute Frage. »Keine Ahnung, Sam. Vielleicht kriegen wir das ja demnächst raus.«

»Alle Ortsnamen sind komisch – Leatherhead, Bringham oder womöglich Dorking?« Er lachte dreckig. »Für mich spinnen die hier ein bisschen!«

»Und Havering ist nicht komisch? Oder Pickering? Oder Scagglethorpe?«

Ganz war er nicht ihrer Meinung. »An die Namen hab ich mich doch gewöhnt.«

Beim Verlassen der Autobahn bremste sie ab und folgte Sams Richtungsanweisungen. So weit, so gut. Sie kamen an Leatherhead vorbei, was hieß, dass die Richtung stimmte, und die Straße verlief sogar einigermaßen gerade. Gerade im richtigen Moment tauchte eine Tankstelle vor ihnen auf. Sie hielt an, füllte den Tank und ging hinein, um zu zahlen. Sam blieb im Auto sitzen. Sie hatte wieder mal Glück. An der Kasse stand eine Schlange von mehreren Leuten. Zeit genug, um noch schnell ein paar Penguin-Riegel für Sam mitzunehmen – danach war er fast süchtig geworden. Sie konnte es ihm kaum verübeln, denn auch sie selbst fand diesen Snack aus Schokoladenkeks, gefüllt mit Schokoladencreme und überzogen mit Schokolade, nahezu unwiderstehlich.

Es musste gut fünf Minuten gedauert haben, bis sie wieder hinausging, den Bon und die Snacks in der Hand, um gerade noch rechtzeitig zu sehen, wie ihr Auto von der Tankstelle abfuhr.

Zum Teufel mit Justins Ermahnungen, ihre Kräfte vor Sterblichen zu verbergen! Ein Blick in Sams ängstliches Gesicht genügte, und Stella rannte los. So schnell, dass ihr kein menschliches Auge folgen konnte. Schnell wie ein gestohlener Jaguar auf einer Landstraße. Nein, schneller. Der Wagen hatte sich an den Straßenverlauf zu halten. Sie konnte Hecken überspringen, Kurven abschneiden und den Wagen überholen und auf die Kühlerhaube aufspringen. Der Fahrer geriet vor Schreck ins Schlingern. Stella presste die Knie gegen die Windschutzscheibe und fasste an die Seite, um die Tür zu öffnen. Der Wagen schlingerte abermals und schleuderte gegen eine Hecke; sie hielt das Gleichgewicht, sprang herunter, riss die Tür auf und schnappte sich den Fahrer.

Er war kreidebleich und zitterte. Geschah ihm recht. Sie

zerrte ihn heraus und schüttelte ihn. »Was fällt Ihnen ein? Wie können Sie es wagen, mein Kind in meinem Auto zu entführen? Wagen Sie das nicht noch einmal!«

»Mum! Mum!«, rief Sam. »Hinter uns kommt jemand.«

Verdammt! Was nun? Das Auto war keine fünfzig Meter entfernt. Stella warf den Möchtegerndieb über die Hecke und sprang zurück in den Wagen. Der Schlüssel steckte noch im Zündschloss – wie dumm und leichtsinnig. Diesen Fehler würde sie nicht noch einmal machen. Es war eine Sache von Sekunden, den Wagen neu zu starten, zurückzustoßen und weiterzufahren.

Sie zitterte, aber ihr war klar, dass sie auf Distanz gehen musste. Ohne Orientierung fuhr sie einfach drauflos, rief Sam zu, es sei alles in Ordnung und er solle sich gut festhalten. Sie bog mal hier, mal dort ab, nahm im Eiltempo Haarnadelkurven, rumpelte über einen Bahnübergang und machte schließlich an einem Feldweg halt. Sam sprang über den Sitz nach vorne direkt in ihre Arme. Er war ein wenig zu groß für eine Umarmung auf dem Vordersitz, aber die beiden schafften auch das.

»Ich hatte solche Angst, Mum. Er hat gesagt, wenn ich nicht still bin, bringt er mich um, aber ich wusste, dass du kommst und mich rettest.«

Genau das hatte sie getan, oder nicht? Vielleicht hatte sie dem verhinderten Dieb ein Härchen gekrümmt, aber das scherte sie nicht im Geringsten. Er hatte immerhin versucht, ihr Kind zu entführen. Der Dreckskerl hatte eine Strafe verdient. Hoffentlich war er mitten im Kuhmist gelandet.

»Mum, müssen wir nicht weiter?«, fragte Sam schließlich.

In der Tat. Sobald sie sich orientiert hatte und … »Ich seh mir noch schnell das Auto an, Sammy, ja?«

»Okay.« Er stieg mit aus. »Wow, Mum! Du hast es zu Schrott gefahren!«

»Das war nicht ich, Schatz, sondern der Autodieb.«

»Klar! Aber seine Versicherung kommt nicht dafür auf.«

Ehrlich gesagt, scherte sie sich darum herzlich wenig, als sie aber um das Auto herumging, musste sie doch einräumen, dass Sam nicht ganz danebenlag. Der rechte Kotflügel war zerbeult, beide Scheinwerfer zerschmettert. Bloß gut, dass es Sommer war und bis zum späten Abend hell. Und sie mussten doch fast da sein. Das hoffte sie zumindest. Sie war schätzungsweise acht, vielleicht auch fünfzehn Kilometer vom Unfallort entfernt und noch ein paar mehr von der Tankstelle. Mithilfe der Wegweiser müsste sie doch auf Nebenstraßen sicher nach Bringham kommen?

Sie erreichten Bringham fast eine Stunde später, nachdem sie mehrmals nach dem Weg gefragt hatten – ihre wilde Verfolgungsjagd und die darauffolgende Flucht war genau entgegengesetzt verlaufen – und so manche spitze Bemerkung über den Zustand ihres Fahrzeugs hatten einstecken müssen. Sie würde Justin und die Versicherung anrufen müssen, um den Schaden beheben zu lassen. Morgen. Im Moment sehnte sie sich nach nichts mehr, als endlich im *Bringham Manor Hotel* anzukommen, ihre Freunde wiederzusehen und Sam fest in die Arme zu schließen.

Um mit ihrem Fleischkonsum nicht zu sehr aufzufallen, hatte sich Elizabeth in verschiedenen Läden in Horsley, Effingham und Bringham eingedeckt, und auch einem Treffen mit Mitgliedern des ehemaligen Zirkels stand so gut wie nichts mehr im Weg. Sie war ganz zufrieden mit dem Vormittag.

Die Arbeiter waren noch eifrig mit ihren Pickeln und Schaufeln zugange und schafften Unmengen Schutt in einen an der Seitengasse bereitgestellten Container. Antonia hatte, einer Nachricht auf dem Schreibtisch zufolge, den Krach auch nicht mehr ausgehalten und war ebenfalls geflüchtet. Was nun? Ins Hotel zurückfahren und dort auf Stella warten? Nicht ohne einen schnellen Abstecher in ihren Garten. Sie betrachtete den Garten als ihren eigenen, und warum auch nicht? Antonia würde ihr niemals in die Quere kommen, und wenn sie ihn neu herrichten ließe, wäre der Garten sicher eine weitere Besucherattraktion.

Aber konnte sie es sich andererseits vorstellen, dass Touristen auf diesem für sie heiligen Boden herumtrampelten? Gute Frage, aber dazu später.

Der Garten war friedvoll wie immer: Außer Vogelgezwitscher und dem leisen Rascheln der Zweige war nichts zu hören; nur gelegentlich wurde die Stille von den Rufen der Arbeiter unterbrochen, die gerade die letzten Schuttreste wegschafften. Sie entschied sich für den Pfad rechts von ihr und war schon fast an seinem Ende angelangt, als sie einen Mann im Schatten der Eibe sitzen sah.

Wer war er? Kamen andere Dorfbewohner hierher wie in einen Park? Er saß reglos und still mit geschlossenen Augen da. Sie wollte schon umkehren, um ihn nicht beim Meditieren zu stören, aber etwas ließ sie doch nähertreten. »Entschuldigen Sie ...« Er öffnete sofort die Augen. »Ich will Sie ja nicht stören, aber ...« Aber was? Schleichen Sie öfter hier herum? Waren Sie an dem Mordversuch an Kit beteiligt? »Kommen Sie öfter hierher, um zu beten?«

Er war in etwa so alt wie sie und wirkte müde und nervös. Verständlich, hatte sie ihn doch geradezu überfallen.

»Nein«, erwiderte er und schüttelte den Kopf. Seine Augen waren glasig und seine graublonden Haare zerzaust, aber er war mit Sporthemd und Tuchhose sehr adrett gekleidet. »Nein, oft komme ich nicht.« Er hielt inne. »Mit meiner Mutter war ich vor vielen Jahren öfter mal hier.«

Merkwürdig. Dixies einzige Verwandte waren doch diese alten Damen? »Hat sie hier gewohnt? In Orchard House?«

Er schüttelte den Kopf und stand auf. »Nein. Sie ist gestorben, als ich noch ein Kind war.«

»Oh!« Sie verstand. »Wir werden hier in nächster Zeit ein wenig aufräumen, Unkraut jäten und die Sträucher zurechtstutzen, aber wenn Sie später mal wiederkommen wollen, lassen Sie es mich wissen, okay?«

Warum zum Teufel hatte sie ihm das angeboten? Er machte keinen bösen oder gefährlichen Eindruck. Eher wirkte er mitleiderregend und hilflos. »Kommen Sie nicht, ohne vorher anzurufen, okay?«

Er nickte. Offenbar hatte er kapiert, dass er jetzt besser gehen sollte. »Ich werd mich dran halten. Und danke.« Er trat etwas zurück und sah auf den Schatten der Bäume auf dem Rasen. »Es war alles so anders, als ich klein war. Wirkte auch viel größer. Wie eine verborgene Welt.« Er nickte und wandte sich zum Gehen um.

Nach ein paar Minuten folgte ihm Elizabeth. Er verließ das Grundstück durch das Seitentor. Höchst seltsam, dachte sie, als sie das Haus absperrte und wegfuhr. Ein merkwürdiger junger Mann – er wirkte beinahe verletzlich. Vielleicht war sie aber auch hoffnungslos gutgläubig.

Zehn Minuten später fuhr Elizabeth vor dem *Bringham Manor Hotel* vor. Sie hatte den Motor noch nicht abgestellt, als Sam schon die Fahrertür aufriss. »Hallo! Endlich bin ich da. Ich hab dich so vermisst, Angela!« Er klammerte sich so fest an sie, dass sie beinahe umfiel, als sie versuchte auszusteigen.

Sie umarmte ihn auch. Fest. In ein paar Jahren würde er seine ehemalige Babysitterin sicher längst vergessen haben. Bis dahin, nahm sie sich vor, wollte sie seine stürmischen Umarmungen einfach genießen.

»Sam, es ist großartig, dich zu sehen. Ist deine Mutter auch da?«

»Klar! Sie ist beim Einchecken. Wir sind gerade erst angekommen.«

Was für ein perfektes Timing. »Habt ihr eine gute Fahrt gehabt?«

»Du kannst es dir nicht vorstellen! Ehrlich! Angela – ääh Elizabeth. Wir sind entführt worden! Oder eigentlich ich. Mum war in der Tankstelle beim Zahlen, und ich saß hinten im Auto und habe gelesen und –«

»Pscht, Sam!« Stella kam herausgelaufen. »Wir erzählen Elizabeth später alles, nicht jetzt.«

Musste wohl was sein, von dem sie nicht wollte, dass es gleich im ganzen Dorf die Runde machte. Interessant.

»Okay, Mum, aber ich bin mir sicher, sie will wissen, was passiert ist, sobald sie das Auto sieht.«

Darauf wagte sie einen Blick auf die Nobelkarosse. Sam hatte recht! »Jesus! Was ist denn passiert?«

»Später«, sagte Stella. »Ich musste schon genügend Kommentare einstecken, wenn ich mal stehen blieb, um nach dem Weg zu fragen. Also bitte nicht jetzt. Tragen wir erst mal das Gepäck rein.«

»Ich hab ein wahnsinnig tolles Zimmer«, sagte Sam. »Gleich neben dem von Mum, und unten an der Straße gibt es einen Reitstall, und wenn ich will, kann ich Reitstunden nehmen. Wir werden hier sicher viel Spaß haben. Verflixt ...« Er kicherte. »Ein Abenteuer hatten wir ja schon.«

»Sieht so aus, als ob das Auto auch eins hatte!«

»Das«, sagte Stella, »ist das geringste Übel. Ich schwör dir, nach dem Tag könnte ich graue Haare kriegen, wäre das nicht gegen meine Natur.«

Elizabeth hielt es nun kaum mehr aus, aber wenn Stella mit der Wahrheit noch nicht rausrücken wollte, war das ihre Sache. »Wo willst du das Auto denn reparieren lassen?«

»Das hat noch Zeit.« Sie sperrte den Kofferraum auf. »Hilfst du mir mal?« Elizabeth schnappte sich einen Koffer. »Sam«, sagte Stella, »hol du bitte deine Bücher vorne raus!«

Stella und Elizabeth waren vor dem verglasten Eingangsbereich angekommen, als Sam rief: »Mum! Schau doch mal!«

Ghule reagierten fast genauso schnell wie Vampire. Elizabeth war nur eine Schrittlänge hinter Stella, als sie zum Auto zurückrannten. Sam stand mit großen Augen vor der offenen Beifahrertür. »Was ist das, Mum?«, fragte er und zeigte auf eine Ledertasche auf dem Boden.

»Verflixt, wenn ich das wüsste, Sam.«

Das brachte ihr ein strenges »Mum, du hast geflucht« von ihrem Sohn ein.

»Tut mir leid, Sam, aber das macht die Aufregung.«

»Meinst du, sie könnte von dem Dieb sein, Mum?«

Elizabeth wurde bewusst, dass sie den entscheidenden ersten Teil verpasst hatte. »Was geht hier eigentlich vor?«

»So ganz verstehe ich das auch nicht«, antwortete Stella, »aber ein Blick da hinein könnte uns vielleicht weiterhelfen.« Sie griff nach der Tasche. »Schwer.« Sie wuchtete sie aus dem Auto. »Wir nehmen sie mit den anderen Sachen mit nach oben und sehen nach, was drin ist.«

Elizabeth bewunderte Stellas Selbstdisziplin. Sie ließ Sam tatsächlich so lange warten, bis alles oben war. Dann schloss sie die Tür ab und widmete sich der Tasche.

»Wir sollten Elizabeth doch besser erzählen, was passiert ist, Mum«, schlug Sam vor.

Stella nickte und erklärte, unterstützt von Sam, mit wenigen Sätzen, wie es dazu gekommen war, dass beide Frontscheinwerfer ihres Autos kaputt und die vordere Stoßstange demoliert waren.

Elizabeth schluckte. »Jesus! Hattest du denn keine Angst, Sam?«

»Natürlich! Aber als ich gesehen habe, dass Mum hinterherkommt, wusste ich, dass alles gut wird.« Er grinste. »Als hätte man Superwoman zur Mutter.«

Stellas Miene ließ eine andere, ernstere Sicht erahnen. »Ich muss mir nun wohl den Kopf wegen Verletzung eines Sterblichen zerbrechen, aber sollte Gwyltha es wagen, mir deswegen Vorwürfe zu machen, dann kriegt sie was zu hören.«

»Wir können die Geschichte auch für uns behalten«, sagte Elizabeth. »Der Typ wird wohl kaum damit hausieren gehen, dass eine Frau das Auto, das er stehlen wollte, bei voller Fahrt eingeholt, ihn rausgezogen und über eine Hecke geschmissen hat, oder?«

»Wahrscheinlich weiß er noch immer nicht so recht, was da eigentlich passiert ist!«

Sam unterbrach die beiden. »Wann sehen wir endlich nach, was da drin ist? Vielleicht ein Schatz?«

»Könnte auch 'ne Bombe sein«, meinte Elizabeth.

»Bitte!«, flehte Stella. »Mir reichen schon Sams wilde Fantasien. Da musst du nicht noch eins draufsetzen.«

»Wenn du die Tasche einfach aufmachst, ist das Rätsel gelöst«, stellte Sam klar.

Stella zog den Reißverschluss auf, worauf sich die Tasche wie von alleine öffnete. Darin befanden sich mehrere in Stoff eingewickelte Päckchen sowie ein Lederetui. Stella nahm das Etui und wickelte die Bänder auf. Es ließ sich auseinanderrollen wie ein altmodisches Nähetui, enthielt aber weder Nadeln noch Scheren.

»Was ist das?«, fragte Sam.

»Einbruchswerkzeuge, wenn mich nicht alles täuscht«, erwiderte Elizabeth.

»Woher weißt du das?«, fragte Stella.

»Ich hab mich mal ausgesperrt und musste den Schlüsseldienst rufen. Er hatte einen Satz mit Dietrichen dabei. Und arbeiten Tresorknacker nicht mit Stethoskopen? In Filmen jedenfalls schon.«

»Hey« – Sams Stimme überschlug sich fast vor Aufregung – »glaubt ihr wirklich, das war ein Dieb?«

»Mein Auto hat er jedenfalls gestohlen!«, sagte Stella.

»Und was ist eigentlich das?« Elizabeth legte die Dietriche beiseite und wickelte eins von den Päckchen auf.

Auf das Bett ergoss sich ein ganzer Berg von Juwelen, geschliffenes Geschmeide und edle Metalle, die im Licht funkelten.

Sam gab einen lang gezogenen Pfiff von sich.

Elizabeth und Stella konnten nur mehr staunen.

»Ein Dieb, ein richtiger Dieb!« Sam jubelte schier vor Freude darüber, dass er recht hatte. Er griff nach einer Kette voller glitzernder Brillanten und Rubine. »Ist die wirklich echt?«

»Das lässt sich leicht feststellen.« Elizabeth nahm eine Diamantbrosche zur Hand. »Mal sehen, ob sich Glas damit schneiden lässt.«

Tatsächlich.

Alle drei starrten auf den kleinen Kratzer in der Ecke des Badezimmerfensters.

»Es funktioniert wirklich«, sagte Sam.

»Ja.« Stella klang weitaus weniger begeistert.

Sie ging ins Zimmer zurück und starrte einen Moment lang auf den Berg von Preziosen auf dem Bett, ehe sie noch ein Päckchen aufrollte. Es enthielt noch mehr Zeug als das erste.

»Da haben wir wohl jemandem die Beute weggeschnappt.«

»Was machen wir denn jetzt?«, fragte Elizabeth.

»Ich glaube, wir sollten die Polizei anrufen«, sagte Sam. »Die Sachen sind sowieso alle gestohlen.«

»Du hast völlig recht, Sohnemann, bis auf einen Punkt – wie um alles in der Welt soll ich denen erklären, dass ich das Auto verfolgt und den Fahrer rausgeschmissen habe?«

»Scheiße!«, murmelte Elizabeth. »Tschuldigung, Stella. Ist mir nur so rausgerutscht.«

»Ich kenn das Wort. Hab's oft genug gehört«, erwiderte Sam. »Und ich weiß auch genau, was es heißt.«

»Kein Grund, es zu verwenden«, entgegnete ihm Stella.

»Was machst du denn jetzt, Mum?«

»Ich werde Justin anrufen.«

»Und was passiert damit?«, fragte Sam und zeigte auf den glitzernden Berg auf dem Bett.

»Wir decken es zu«, sagte Stella und warf die Bettdecke darüber. »So. Jetzt sieht es niemand mehr. Lass uns nach unten gehen. Sam, du darfst dir was aussuchen. Cola oder Fanta. Wir nehmen … etwas anderes, und ich werde Justin anrufen.«

»Dann kann ich ja auch gleich Tom anrufen«, sagte Elizabeth. »Erfahren wird er es sowieso.«

»Schade, dass Antonia nicht hier ist. Die hätte sicher eine Idee, was wir machen sollen. Wo ist sie überhaupt?«, fragte Stella.

»Sie will mit den Pressefritzen reden, und dann ... nun ja. Sie wird bald zurück sein oder vielleicht nicht so bald. Sie hat jemanden ...« Sie zögerte mit einem Blick auf Sam. »... jemanden kennengelernt. *Un bel ami.*« Sie nahm an, Sam würde kein Französisch verstehen.

Das war ein Trugschluss. »Heißt das, sie hat sich einen Kerl angelacht?«

»Es heißt, du steckst deine Nase in Dinge, die dich nichts angehen«, sagte Stella. »Beschäftige du dich mal lieber mit gestohlenen Juwelen. Damit bist du beschäftigt genug.« Ihr fiel auf, was für einen Unsinn sie da eben gesagt hatte, und sie und Elizabeth mussten beide laut auflachen.

8

Antonias Besuch bei der Lokalpresse war ein voller Erfolg gewesen. Eine kleine Bewusstseinsmanipulation hatte genügt, und schon hatte sie das Versprechen in der Tasche, dass jemand zu einem Interview vorbeikommen und bei der Gelegenheit gleich ein paar Fotos vom Haus machen würde. Auf den Vorschlag des Reporters hin, einige Namen und die Werke von Künstlern aus der Region würden das Interesse der Leser steigern, rief Antonia Judy an und fragte, ob sie vielleicht zu einem Interview bereit wäre. Sie hätte auch Michael angerufen, aber auf Details wie etwa Telefonnummern hatte er ausweichend reagiert.

Ihr würde nichts anderes übrig bleiben, als noch einmal persönlich bei ihm vorbeizuschauen.

Wem sollte sie schon was vormachen.

Es waren mitnichten der Lärm und die einstürzenden Wände draußen gewesen, was sie von der Arbeit abgehalten hatte, sondern vielmehr die wilden Erinnerungen ihres Körpers. Irgendwie hatte sich das schlichte Bedürfnis zu saugen in eine Obsession verwandelt.

Sie hatte es versucht. Wirklich. Sie war eine Vampirin und den Reizen Sterblicher gegenüber eigentlich immun. Sie konnten noch so begehrenswert und zum Anbeißen lecker sein. Unterwegs in ihrem Van nach Bringham jedoch gestand sie sich die Wahrheit ein. Sie begehrte Michael Langton, war ausgehungert nach ihm, und jeder Hunger verlangte danach, gestillt werden.

Auf halber Strecke fuhr sie auf einen Parkplatz neben einer auf alt getrimmten Teestube und fragte sich, was eigentlich mit ihr vorging.

Die Frage war schnell beantwortet – sie rannte einem Sterblichen hinterher. Aber was für einem Sterblichen! Seit Jahrhunderten hatte sie nicht mehr solche Gefühle gehabt. Dabei war es eine angenehme Erfahrung, bei aller Verwirrung und allem Kuddelmuddel. Sie grinste und gluckste laut. Bloß gut, dass sie gerade niemand sehen konnte. Sie ließ den Motor an und fuhr in Richtung Dorfwiese – zu dem Mann, der ihr nicht aus dem Kopf gehen wollte.

Er war nicht zu Hause!

Auch recht. Sie konnte nicht von ihm erwarten, dass er zu Hause saß und Däumchen drehte und auf sie wartete. Aber eine Vampirfrau durfte doch träumen, oder nicht? Seine Behausung war leer, und das schon seit Stunden. Aus dem Schuppen mit dem Brennofen drang Wärme herüber, aber mehr war da nicht.

Sicher? Es war heller Tag, und sie stand im gleißenden Licht der Sonne, aber in ihrem Alter und auf heimatlichem Boden dürfte ihr das nichts ausmachen. Woher kam dann dieses Gefühl von Unsicherheit? Das war das falsche Wort. Es lag was in der Luft, und sie spürte eine Kraft in ihrer Nähe. Seit Jahrhunderten hatte sie nicht mehr erlebt, dass die Natur sich wandelte. Es regte sich ein alter Zauber. Die Wälder und der Boden unter ihren Füßen waren von einer Kraft durchwirkt. Dasselbe hatte sie schon letzte Nacht gespürt, aber nicht richtig erkannt.

Eine magische Kraft. Wie war das zu erklären?

Verfügten diese Hexen über mehr Kräfte, als sie es geahnt hatten? Nein. Das war keine sterbliche Magie. Das waren urzeitliche Kräfte. Sie spürte es, und dann war es vorbei, verflogen wie eine Brise voller Blütenduft.

Sie lächelte grimmig. Michael Langton spielte mit der Gefahr. Oder vielleicht spielte die Gefahr auch mit ihm.

Sie drehte sich ruckartig um, als sie Leben hinter sich spürte. Da war er, kam einfach so, mir nichts, dir nichts aus dem Wald geschritten. »Du bist also wiedergekommen.«

Sehr scharfsinnig! Oh, sie wurde schnippisch. »Ich habe keine Telefonnummer von dir.«

Er hob eine Augenbraue und grinste. »Wie konnte ich nur. Nur gut, dass du wusstest, wo du mich findest.«

Nun ging er ihr auf die Nerven. »Ich wollte mit dir reden.«

»Reden?« Bei diesem selbstgefälligen, arroganten Machogrinsen hätte sie am liebsten auf dem Absatz kehrtgemacht. Machte sie aber nicht. Abel allein wusste, warum nicht. Aber warum sollte sie auch einen Rückzieher machen? Sie war eine Vampirin. Mächtig. Stark und, verflixt noch mal, von einem so schlimmen körperlichen Verlangen getrieben, dass sie ihn am liebsten mit einem Zauber belegt und ins Haus geschleppt hätte – oder vielleicht hätte sie auf letzteren Schritt lieber gleich ganz verzichtet. Nichts gegen Sex unter freiem Himmel. »Wir müssen uns darüber unterhalten, was du mir bieten kannst, und was ich gerne hätte.« Abel hole sie! Hatte sie das wirklich gesagt?

Ja! Er zog eine hellblonde Augenbraue hoch, indem er einen Schritt näher trat. »Vasen und Töpferwaren mit Engobenmalerei vielleicht.«

Plötzlich sah sie, dass seine Füße nackt waren, und war geschockt. Dieser Mann ging barfuß im Wald spazieren! »Nein. Keine Vasen und auch keine Töpfereien mit Engobenmalerei. Ich bin letzte Nacht zu früh gegangen.«

Seine Augen leuchteten. Beide Brauen gingen hoch. »Ich habe dich gebeten zu bleiben.«

»Mein Fehler, dass ich nicht geblieben bin.«

»Und mein Fehler, dass ich dich gehen ließ.« Michael kam näher. Warum war er nur so dumm gewesen? Er hätte sie nicht gehen lassen dürfen, hätte sie festhalten, ans Bett binden müssen. Sie hatte den ganzen Tag seine Gedanken besetzt gehalten, ihn abgelenkt. Diese Wahnsinnsfrau, die darüber witzelte, ein Vampir zu sein. Dann schon eher eine Sirene! Die seinen Verstand benebelt, ihn besessen macht. »Ich bin dir bis nach Hause gefolgt.«

»Ich weiß.« – »Wo bist du hingegangen?« – »Nach Hause. Ich kenne einen schnellen Weg.«

Dieser blöde Laster! Er hätte sie in Pumagestalt verfolgen müssen. »Beim nächsten Mal denk ich dran. Aber wo du jetzt schon mal da bist.« Er nahm ihre Hand. Sie war so kühl, aber er würde sie in kürzester Zeit wärmen und erregen. Er konnte ihr Verlangen riechen. Komplett verrückt, was er da machte. All die Jahre hatte er nur in der Zurückgezogenheit überlebt. Aber zum Teufel mit aller Vorsicht! Er verschränkte seine Finger mit ihren und gab seinem Verlangen nach, nahm sie in die Arme und trug sie ins Haus.

Sie zeigte keinerlei Widerstand.

Gut.

Hätte sie protestiert, wäre es ihm sehr schwer gefallen, sie gehen zu lassen.

Bei dem Gedanken musste er grinsen. Er ließ sie an seinem Körper entlang nach unten gleiten; sie sollte ruhig spüren, wie sehr er nach ihr verlangte.

Sie schmiegte sich an ihn, und er spürte ihr Verlangen mit jeder Faser seines Wesens. Diese ungezügelte Begierde, dieses brennende Verlangen ergaben keinen Sinn. Es war gefährlich, dumm und leichtsinnig, aber nicht nur er brannte vor Verlangen.

Er strich ihre dunklen Locken aus der Stirn und küsste ihre kühle Haut. »Ich werde dich jetzt ausziehen«, flüsterte er, »und dich ins Schlafzimmer tragen, wo wir uns lieben werden bis zum Umfallen.«

Ihre Hand fasste an den Knopf an seinen Shorts. »Wer wird hier wen ausziehen?«

Wer würde sich dem widersetzen? Ihre kühlen Finger hatten seine Shorts in Sekundenschnelle geöffnet und den Reißverschluss heruntergezogen. Ein kurzer Hüftschwung, und sie landeten unten bei den Füßen, und er ließ Antonia sehen, wie sehr er sich freute.

Ihre Berührung ließ ihn aufstöhnen. Zeit, sie auszuziehen,

aber als er zu den zierlichen Perlmuttknöpfen an ihrer Bluse griff, wich sie aus.

Verflixt! Die Frau war schnell, aber er wollte sich nicht beschweren. Sie kniete vor ihm und glitt mit den Lippen über die Spitze seines Glieds. Er holte tief Luft, umklammerte ihre dunklen Haare mit seinen Händen, warf den Kopf zurück und gab einen tiefen Heulton von sich. Was machte sie da nur mit ihm? Sie liebkoste ihn mit der Zunge, mit ihren Lippen, die sich darum schlossen. Er war kurz davor, die Kontrolle zu verlieren, spürte, wie das Tier in ihm sich regte und wie sein Katzenfell unter der menschlichen Haut spross. Nicht jetzt! Nein!

Keuchend befreite er sich aus ihrem Mund. Er hasste es, diesen Moment zu zerstören, aber er hatte noch nie in Katzengestalt Liebe gemacht und hatte das so schnell auch nicht vor. Mit den Händen umfasste er zärtlich ihre Arme und zog sie hoch. »Der Boden ist hart und eiskalt«, sagte er mit den Lippen an ihren. »Dafür kann ich mir ein wärmeres und weicheres Plätzchen vorstellen.« Ohne ihre Antwort abzuwarten, nahm er sie auf die Arme und trug sie ins Schlafzimmer.

Er legte sie aufs Bett und setzte sich rittlings auf sie, falls sie vorhaben sollte, wieder die Führung zu übernehmen. Er grinste zu ihr hinunter. »Ich nehme an, das hattest du doch vor, oder?«

»Eigentlich wollte ich oben sein.«

»Keine Chance, Liebes. Für mich liegst du genau richtig.« Er öffnete zwei Knöpfe an ihrer Bluse. »Das bleibst du so lange, bis du zu erschöpft bist« – er öffnete einen weiteren Knopf – »mir zu entkommen.« Nach dem letzten Knopf war nun ihre Bluse bis zur Taille offen. Er zog sie weit auseinander.

Er lächelte. Ein hübscher Büstenhalter, aber er war ihm im Weg. Er glitt flugs mit der Hand unter ihren Rücken und hakte ihn auf. Hellblaue Spitze lag lose auf ihren vollen Brüsten, aber nicht mehr lange. Sie landete neben der Bluse auf dem Teppich. Er knetete ausgiebig ihre vollen Brüste, glitt mit den Daumen über die Brustwarzen, bis sie hart wurden und bereit für seinen Mund, aber er ließ sie warten, ignorierte ihre Seufzer voller Verlangen, während er ihre Hose, den Slip und die Schuhe abstreifte.

Nun hatte er sie so, wie er sie haben wollte. Wie er sie sich den ganzen Tag über vorgestellt hatte: nackt in seinem Bett. Nackt und heiß auf ihn. Nackt und nach ihm verlangend, aber dieses Mal würde er sie nicht so einfach gehen lassen. Vielleicht niemals mehr.

Seine Hände glitten von den Schenkeln über die üppigen Rundungen ihrer Hüften und den weichen weiblichen Bauch nach oben, die gespreizten Finger fuhren über die Rippen hinweg, bis er ihre schweren Brüste umfasst hielt. Sie lächelte ihm entgegen, verschränkte die Hände im Nacken und drückte den Oberkörper nach oben, um die Brüste in seine Hände zu pressen.

Er hätte schwören können, dass sie nicht einmal atmete. Sie machte sich einen Spaß mit ihm, oder nicht? Er wusste genau, wie er Bewegung ins Spiel bringen konnte, und zwar indem er sich nach vorne beugte, eine Brustwarze zwischen die Lippen nahm und sie mit der Zunge reizte, ehe er sie fest umfasste, daran zog, gerade so fest, dass sie den Rücken durchdrückte. »Bitte …«

Da sie so nett gefragt hatte, wiederholte er das Spiel mit der anderen Brustwarze.

Sie stöhnte. »Das tut guuut.«

Er hob den Mund gerade so weit, um zu flüstern: »Du bist gut, Liebes, aber das ist erst der Anfang.«

Er küsste sich bis zu ihrem Nabel nach unten, nur wegen des süßen Dufts, wobei ihr Stöhnen und ihre spitzen Seufzer wie Musik in seinen Ohren klangen. Seltsam, ihr Körper fühlte sich so kalt an, dabei war sie voller heißer Leidenschaft. Er konnte ihre Erregung riechen, süß und sexy, als er tiefer mit dem Mund ging.

Ihr ganzer Körper reagierte auf seine Zunge. Das Zittern und Beben und die Wellen der Lust spürte er tief in seinen Eingeweiden. Noch nie in seinem hundert Jahre währenden Leben hatte er eine so aktive und fordernde Frau kennengelernt. Während sein Mund sie liebkoste, bewegte sie schließlich die Arme, glitt mit den Händen nach unten, um mit den Fingern durch sein Haar zu streichen und seinen Kopf festzuhalten. Sie war stark. So stark wie er. Er fragte sich, wie sie sich wohl ernährte und wo sie trainierte, aber der Gedanke verflüchtigte sich mit seinem zunehmenden Verlangen.

Aber er konnte warten, wollte zuerst noch, dass sie keuchte und ihn anflehte, wollte sie an ihn fesseln.

Er hob den Kopf, und sie legte murmelnd Beschwerde ein. »Geduld, Antonia«, sagte er, wobei er seine Stimme mit einem kleinen katzenhaften Knurren unterlegte. »Ich bin noch nicht fertig.«

Sein Mund senkte sich, während er mit zwei Fingern tief in sie eintauchte und dann nach ihrer empfindlichsten Stelle suchte. Es dauerte nicht lange, und er fand sie.

Ihr ganzer Körper erbebte unter der Berührung, zitterte, als er stärker drückte und mit den Lippen an ihrer Lustperle sog. Sie wand sich und keuchte immer mehr, warf die Schultern und die Hüften hoch, ihr ganzer Körper bäumte sich auf, als sich der Höhepunkt anbahnte.

Sein Herz machte einen Freudensprung, so stolz machte ihn diese Eroberung. Dass die Frau seiner Träume unter seinen Bemühungen bebte und stöhnte, entlockte ihm einen Aufschrei. Jedweder Laut aber verlor sich in den süßen Tiefen ihrer Lustgrotte und den weichen Locken, die sich gegen sein Gesicht pressten.

Viel länger ging es nicht mehr! Er spürte ihr wachsendes Verlangen, ihre sich aufgipfelnde Lust. Sie schrie auf, rief immer wieder laut seinen Namen und erreichte mit einem letzten Hüftstoß den Höhepunkt.

Sie war die Seine. Fast! Während sie noch bebend und keuchend in den Nachwehen des Höhepunkts dalag, kniete er sich hin und spreizte ihre Beine. Lächelnd drang er tief in sie ein.

Sie stöhnte, rief, es sei zu viel und zu früh. Sie musste warten, und sie brauchte mehr, viel, viel mehr. Sie wollte ihn tiefer spüren. Sie hielt es nicht aus. Es war einzigartig. Er war einzigartig. Sie konnte nie genug kriegen von ihrem großartigen Liebhaber. Er ging tiefer, bis er sich kaum mehr zurückhalten konnte. Sie hielt sich an seinen Armen fest und verlangte flehend nach mehr, wollte es noch härter haben. Ihr Haar war zerzaust, ihre Augen feucht vor Erregung und Leidenschaft, ihr Gesicht gerötet vor Lust.

Nun schrie er auf, getragen von ihrer Lust, während er dem Höhepunkt zudriftete. Während ihr Körper sich hin und her warf, gab er sich seiner eigenen Leidenschaft ungezügelt und hemmungslos hin.

Wilde Kaskaden der Lust überfluteten sein Bewusstsein. Jede Faser seines Wesens und sein ganzes Dasein konzentrierten sich auf diese unglaubliche Frau, dieses großartige, leidenschaftliche Geschöpf, das nun die Beine auf seinem Rücken verschränkte und ihn noch tiefer zog. Als er nach unten sank, stützte er sich mit seinen Armen ab, aber sie umschlang ihn mit den Armen und zog ihn zu sich herunter.

»Ich will dich nahe spüren«, sagte sie. »Ich will dich tief in mir spüren und dein ganzes Gewicht auf mir.«

»Mich bewegen keine zehn Pferde mehr weg«, sagte er. »Wenn ich so auf dir liegen bleibe, kannst du nirgendwo hin entfliehen.« Lange konnte er aber nicht liegen bleiben. Sie war zwar stark, aber er würde sie dennoch zerdrücken. Nicht dass sie sich beschwerte, solange es ihr gut dabei ging, ging es ihm auch gut.

Es mochten zehn Minuten gewesen sein, zwanzig, dreißig, eine Stunde, zehn Stunden. Er verlor jeglichen Zeitbezug, aber allmählich glitt er aus ihr heraus. Auf ihre befriedigt gemurmelte Beschwerde hin flüsterte er: »Ich gehe nirgendwo hin, und du auch nicht.«

Sie widersprach nicht. Immerhin ein Fortschritt! Damit sie nicht wegrannte, schnappte er sich die Decke und zog sie über sie. Sie schmiegte sich an ihn und sagte seinen Namen. Er bekam Herzflattern, so sexy klang ihr Flüstern an seiner Brust, aber als sie so dalagen, ein Knäuel aus zwei Leibern, fiel ihm auf, dass sie keine Spur von warm war. Dabei sollte sie doch schwitzen und glühen nach dieser athletischen Nummer. Sie war aber so kühl wie immer.

Sie hatte auch keinen Herzschlag.

Unmöglich! Er rückte näher, legte den Kopf zwischen ihre Brüste. Was er im Sturm seiner Leidenschaft schon vermisst hatte, war auch jetzt nicht vorhanden – entweder verlor er sein Gehör, oder aber sie hatte ihr Herz an einer anderen Stelle als links unter der Brust!

Er dachte gerade über diese Unmöglichkeit nach, als er sie flüstern hörte: »Du bist unglaublich, Michael. Ich bin wirklich versucht, über Nacht zu bleiben.«

Er stützte sich auf und sah ihr in die Augen: »Versucht?«

»Ja«, sagte sie, »sehr versucht.«

»Ich dachte, darauf hätten wir uns von vornherein geeinigt.«

»Wenn ich bleibe, wäre das zum ersten Mal seit langer Zeit.«

»Höchste Zeit also, Antonia, Liebes.«

Sie lächelte ihn an, ihr Gesicht gerötet und die schönen blauen Augen von gestillter Leidenschaft umflort. Sie hatte noch nicht zugestimmt, stand kurz davor, zuerst jedoch ... »Du bleibst, Liebes. Du hast dich schon entschlossen, aber sag mir doch bitte, Darling, was bist du?«

Hätte sie ein funktionierendes Herz gehabt, es wäre auf der Stelle stehen geblieben! Antonia sah in seine dunklen, fragenden Augen und in das Gesicht des Geliebten, der sie soeben in höchste Höhen der Ekstase und zurückgeführt hatte. Ein Gesicht, das angesichts der nackten Wahrheit erbleichen würde. Sicher? Sie mochte vielleicht keine Sterbliche sein, aber er verbarg doch auch mehr, als er zu enthüllen bereit war. Warum also nicht etwas Zeit gewinnen und ihn ein bisschen an der Nase herumführen? »Was meinst du damit? Ich bin Galeristin und versuche gerade, mich geschäftlich zu verändern.«

Er schnaubte verächtlich. »Galeristin? Hm?« Er zog eine seiner sexy Augenbrauen hoch, aber dieses Mal wurde dadurch ihr ganzer Überlebensinstinkt alarmiert, den sie sich im Lauf von fünfzehnhundert Jahren zugelegt hatte. »Warum hast du dann keinen Herzschlag?«

Verdammt! Sie hätte es ein paar Mal an seinem Ohr schlagen lassen sollen. Diese Möglichkeit stand ihr zu Gebote, aber in ihrer Lust hatte sie gar nicht dran gedacht. Andererseits hatte sie ihm doch gestern Abend gesagt, was sie war. »Was meinst du denn?«

»Spiel nicht mit mir, Antonia. Du hast keinen Herzschlag.« Er befühlte ihre linke Brusthälfte. »Nichts.« Zu spät, um ihm noch etwas vorzumachen, aber wie zum Teufel hatte er es überhaupt bemerkt? »Du schwitzt nicht einmal, Liebes. Was bist du?«

»Und warum, wenn wir schon dabei sind, schlägt dann dein Herz so langsam? Langsamer als bei einem ausgeruhten Sterblichen. Dabei haben wir gerade leidenschaftlichen Sex gehabt. Was bist du?« Angriff war zwar nicht die beste Verteidigung, aber sein Schock verschaffte ihr Bedenkzeit.

Sie sollte die Flucht ergreifen – fliehen und nie wieder zurückkommen. Aber sie brachte es nicht übers Herz zu gehen, nicht nach diesem Liebesakt. Manchmal war es verdammt schwer, zugleich Frau und Vampirin zu sein. »Was bist du, Michael Langton? Und bleib mir mit diesem Mumpitz vom Leib. Von wegen ›örtliche Legende‹. In den Augen der Dorfbewohner bist du der schrullige Töpfer draußen am Rand der Wiese und nicht der Dorfcasanova.«

Er sah sie zutiefst verletzt an. Vielleicht war ja »Casanova« nicht ganz fair gewesen, aber er hatte doch so getan, als wäre er der Preisbulle hier am Ort. »Bist du dir wirklich sicher, dass du wissen willst, was ich bin? Ich glaub's eher nicht.«

Hier setzte sie sich auf. »Woher, bei Abel, willst du wissen, was ich will?«

Er verzog den Mundwinkel zu einem sexy Grinsen. »Bis jetzt ist mir das ganz gut gelungen, oder nicht?«

»Lenk jetzt nicht ab. Du hast doch angefangen mit diesem ›Was bist du?‹. Keine gute Idee, finde ich.« Warum nicht mal einen auf mysteriöser Vamp machen. »Du willst es nicht wissen, Michael, wirklich nicht. Am besten, du fragst erst gar nicht danach.«

Seine Augen begannen zu funkeln. Lichtblitze aus dunkelbraunen Tiefen. »Willst du mir was vormachen?«

Sie spürte, wie ihr das Kinn herunterfiel, machte aber daraufhin sofort den Mund zu. Er war kein Normalsterblicher. Noch keiner von ihnen hatte ihrer Bewusstseinsmanipulation bisher standgehalten. Er stand auf, ein Bild von einem Mann – ihre Auseinandersetzung hatte seinem Interesse an ihr keinerlei Abbruch getan. »Also, Antonia, was auch immer um Himmels willen du bist, du willst wissen, was ich bin, ja?«

Er warf den Kopf zurück und stieß einen tief aus der Kehle aufsteigenden Heulton aus. Die Luft um sie herum vibrierte, knisterte vor Spannung. Sie wusste, es war Magie, sie erinnerte sich noch von ihren Tagen als Sterbliche her daran, wenn die paar verbliebenen Druiden ihre umherirrenden Kräfte sammelten. Gerade als sie das Knistern in der Luft richtig erkannt hatte, fing Michael an sich zu verändern. Wellenartig durchströmte ihn eine Kraft: sein Rücken wölbte sich, sein Gesicht verwandelte sich, auf seiner Haut spross ein goldfarbener Pelz und in wenigen Minuten war ihr Geliebter verschwunden und neben dem Bett stand eine große Wildkatze, die sie mit großen, dunklen Augen fixierte.

Die Augen raubten ihr beinahe den Verstand. Es waren

menschliche Augen, dunkel und intelligent, dieselben Augen, die sie angesehen hatten, als Michael es ihr besorgt hatte. Was sie soeben gesehen hatte, war so unmöglich wie Vampire.

Sie streckte die Hand aus und streichelte zögerlich den weichen Pelz auf seinem erhobenen Kopf. »In Ordnung, Michael, du hast dich gezeigt. Jetzt bin ich an der Reihe.« Er rieb seine Nase gegen ihre Hand, stieß sie weg und schüttelte den Kopf. »Du willst, dass ich noch warte?« Eine schwierige Sache, wenn er in Tiergestalt nicht sprechen konnte.

Er hob den Kopf, stellte sich auf die Hinterbeine und verwandelte sich zurück. Es dauerte länger als zuvor, und als er schließlich wieder Menschengestalt erlangt hatte, hielt er sich am Bettpfosten fest.

Sie stützte ihn. »Geht's dir gut?«

»Ja.«

Er hatte geschummelt, denn seine Stimme klang mehr als erschöpft, was sie aber für sich behielt. »Besser, du kommst wieder ins Bett.«

Er lächelte. Über sein Gesicht huschte ein Ausdruck, der nach Erleichterung aussah. »Es macht dir also nichts aus, das Bett mit einem Tier zu teilen?«

Offenbar hatte er Zweifel an ihren Gefühlen. »Es ist immerhin dein Bett, also komm rein.« Da gehörte er auch wirklich hin. Er schwankte. Sie packte seine Hand und zog ihn heran. Er schien zu schwach, sich ihr zu widersetzen, als sie aus dem Bett sprang und ihn hineintrug und, indem sie an seine Seite glitt, die Decke über sie zog. »Komm mir bloß nicht damit, es würde dir gut gehen, Michael. Ich sehe doch, dass es nicht stimmt!«

»Ich bin geschwächt, das ist alles. Normalerweise verwandle ich mich nicht so schnell hin und her.«

Er hatte es ihr zuliebe getan, weil sie darauf bestanden hatte. »Dieser Punkt wäre damit immerhin geklärt. Du verwandelst dich öfter, nicht wahr?«

»Wenn das Bedürfnis mich überkommt, frei durch die Natur zu schweifen, oder« – er schlang einen Arm um ihre Brust – »wenn ich eine penetrante Fragerin mit der Realität konfrontieren muss.«

Letzteres kam wohl, wenn überhaupt, eher selten vor, vermutete sie. Die meisten sterblichen Verehrerinnen würden doch schon bei der geringsten Ahnung schreiend in die Nacht rennen. Aber sie war keine Sterbliche. Sie schmiegte sich an und nahm diesen animalischen Duft wahr, der sie überhaupt erst auf ihn neugierig gemacht hatte.

Nun war sie an der Reihe. Er hatte ihr sein Geheimnis anvertraut. »Du hast mich überzeugt. Ein paar Fragen hätte ich noch, bezüglich des Vollmonds und so weiter, aber du willst doch auch wissen, was ich bin.«

»Auf alle Fälle«, pflichtete er ihr mit müder Stimme bei. »Die Sache mit dem Vollmond ist übrigens ein Ammenmärchen. Ich wechsle die Gestalt, wenn ich Lust dazu habe. Und was bist jetzt du?«

»Ich bin eine Vampirin, Michael.« Hatte er ihr etwa gestern Abend nicht geglaubt?

Seine Augen weiteten sich, und er pfiff durch die Zähne. Ungläubigkeit und Fassungslosigkeit, diese nur allzu menschlichen Emotionen, spiegelten sich in seinem schönem Gesicht, als sein menschlicher Geist diesen Schock zu verarbeiten versuchte.

»Eine Vampirin!«

Sie nickte.

Fünf seiner langsamen Herzschläge lang sagte er kein Wort, dann folgte wieder ein leiser Pfeifton. »Du hast also gestern Abend keine Witze gemacht, nicht wahr? Wenn ich jetzt sagen würde, mir war nicht klar, dass es sie wirklich gibt, wäre das wohl ein bisschen abgedroschen.«

»Ja, das wäre es.«

»Dann sag ich's nicht.« Er gab einen langen Seufzer von sich. »Was ist mit Gestaltwandlern, glaubst du an sie?«

Sie nickte. »Ja. Ich bin auch schon mal einem begegnet. Aber das ist ein Weilchen her.«

Hier spitzte er die Ohren. »Wie lange?«

»Ungefähr tausend Jahre.«

Noch mehr Staunen. Sein Bewusstsein lag wie ein offenes Buch vor ihr. »Du bist mehr als tausend Jahre alt.« Sie nickte. »Wie viel älter?«

»Ich wurde Anfang des fünften Jahrhunderts geboren.«

Wieder ein langgezogener Pfiff. Ziemlich sexy, diese Pfiffe, fand sie, wenn sie darüber nachdachte. »Ich habe mir also wirklich jemand Älteres ausgesucht.«

»Ich fürchte, ja. Macht's dir was aus?«

»Wenn dir meine plötzlichen Haarwuchsattacken nichts ausmachen, kann ich auch einen kleinen Altersunterschied verkraften – und eine Partnerin, die eigentlich tot ist.«

Diese Sache sollte man besser klarstellen. »Ich bin nicht tot. Ich bin eine Wiedergängerin. Ich lebe über den Tod hinaus.«

»Gut ...« Sie glaubte ihm nicht, ließ ihn aber fortfahren. »Du bist also eine Vampirin. Gibt's noch mehr davon?«

»Nicht hier vor Ort.«

»Und andernorts?«

Ein heikles Thema, aber ... »Ich bin nicht die einzige in England, um es mal so zu sagen.«

Das akzeptierte er. Zumindest fürs Erste. »Was ist mit deiner Assistentin? Die hübsche Blondine mit den langen Haaren.«

Wann hatte er denn Elizabeth gesehen? »Was soll mit ihr sein?«

»Sie ist keine Vampirin?«

»Nein, ist sie nicht.« Für das Thema Ghule war jetzt nicht die Zeit.

»Aber sie weiß, dass du eine bist?«

Ein Zufallstreffer möglicherweise. »So weit vertrauen wir einander. Woher kennst du sie denn?«

Er lächelte schief. »Ich habe sie eines Abends mal gesehen, als ich einen Katzenausflug über dein Grundstück gemacht habe. Sie saß ganz still im Gras. Ich glaube, sie hat gebetet.«

Hatte sie das? Zum Teufel damit. Sie hatte wichtigere Dinge im Kopf als Elizabeth' nächtliche Andachten. »Ihre Religion ist aus heutiger Sicht sehr stark naturbezogen.«

»Eine Ökotante, hm?«

»Ich glaube nicht, dass sie das so akzeptieren würde. Außerdem, was hat sie eigentlich hier im Bett verloren?«

»Frag ich mich auch.«

Bei aller Lässigkeit, seine große Erschöpfung wäre sogar einem Sterblichen aufgefallen. In ihren Augen stand er kurz vor einem Zusammenbruch. Sie zog ihn näher heran und bettete seinen Kopf an ihre Brust. »Du musst dich ausruhen. Unterhalten können wir uns später.« Und das würde eine sehr, sehr lange Unterhaltung werden.

»Ich kann jetzt nicht schlafen, Liebes. Ich muss einen Brennvorgang überwachen.«

Verdammtes Keramikzeug, aber davon lebte er nun mal. »In den letzten Stunden musstest du auch nicht nachsehen.«

Er lachte in sich hinein. »Stimmt auch wiederum.« Er hob den Kopf, um auf die Uhr neben dem Bett zu sehen. »Ich muss den Ofen in ein paar Stunden abschalten.«

Sie wusste sehr wenig – so gut wie nichts – über die Genesung von Wesen dieser Art, schätzte aber eher, dass er dringend Schlaf brauchte. »Schlaf jetzt«, schlug sie vor. »Ich weck dich dann in zwei Stunden.«

Er überlegte gerade mal zehn Sekunden. »Ich wusste doch, es gibt einen Grund, warum ich dich liebe. Zwei Stunden, versprochen? Wenn ich die Sachen vergesse, sind sie ruiniert.«

»Du hast das Wort einer uralten Vampirin.«

Er akzeptierte es.

Innerhalb kürzester Zeit war er in ihren Armen eingeschlafen; sein langsamer Herzschlag hallte gegen ihre stille

Brust. Sie ließ ihn auf das Kissen gleiten und hüllte ihn in das Plumeau.

Sie war wirklich so was von hormongesteuert. Eigentlich sollte sie über derlei sterbliche Schwächen längst hinaus sein, aber das war offensichtlich nicht der Fall. Nun hatte sie sich enttarnt! Die Sicherheit der Kolonie war bedroht und Elizabeth möglicherweise direkt gefährdet, und, verflixt, was war mit Stella und Sam? Sie mussten jede Minute hier ankommen.

Und was war mit Michael und ihr?

Mit ihnen beiden? Er schlief den ruhigen und tiefen Schlaf eines Gestaltwandlers. Sie unterdrückte ein bitter ironisches Lachen. In der Tat die örtliche Legende!

Im Zimmer nebenan befand sich ein Computer. Vielleicht würde sie ihn kurz ausleihen. Es bestand einiger Recherchebedarf in Sachen Michael.

9

»Wo ist überhaupt Antonia?«, fragte Stella. Elizabeth zuckte mit den Schultern und warf einen Blick in Richtung Sam. Stella verstand den Wink. Wo Antonia sich aufhielt, war im Moment weniger wichtig als die gestohlenen Juwelen.

Dixie hatte recht. Ein Leben in Bringham war alles andere als langweilig.

Von Elizabeth' Handy ertönte die Titelmelodie des *Rosaroten Panthers*. Sie klappte es auf, und nach einem kurzen »Hi. Okay, ja, in Ordnung« schloss sie es gleich wieder. »Tom. Justin ist offenbar unterwegs hierher. In Fledermausgestalt, weil es noch nicht dunkel ist. Sie wollen zusammen kommen. Wir sollen ›still sitzen‹ und ›nichts machen‹, bis sie hier sind.«

Elizabeth genoss das »Stillsitzen« offenbar ebenso sehr wie sie. »Wie lange könnte es denn noch dauern?«, fragte Stella.

»Ein Weilchen schon noch. Ich denk mal, Justin wird nach seiner Ankunft erst mal saugen müssen. Und dann müssen sie durch den Freitagabendverkehr hier runter. Das kann ewig dauern.«

»Und bis dahin sitzen wir hier auf einer millionenschweren Diebesbeute.«

»Wir könnten die Fernsehnachrichten gucken, um zu sehen, ob wo eingebrochen wurde«, schlug Sam vor.

»Kluger Junge«, sagte Elizabeth. »Vielleicht kommen wir dadurch ein Stück weiter.« Leider mussten sie aber feststellen, dass das *Bringham Manor Hotel* keine Satellitennachrichten anbot.

»Wenn wir einen Polizeiscanner hätten, könnten wir reinhören«, meinte Sam.

»Ich glaube nicht, dass deine Mutter daran gedacht hat, einen einzupacken«, sagte Elizabeth mit einem Lächeln. »Ich jedenfalls bin mir sicher, dass ich keinen dabei habe.«

»War ja nur so eine Idee von mir«, schmollte er. »Aber eines sag ich euch«, fuhr er fort. »Eigentlich zwei Sachen: Ich krieg langsam Hunger, und ich wette, dass Elizabeth auch längst wieder essen muss. Warum gehen wir also nicht gleich? Wenn nur Mum nichts isst, fallen wir nicht weiter auf, aber mit drei Vampiren am Tisch wird's schwierig.«

»Wo er recht hat, hat er recht«, sagte Stella. »Was ist das zweite?«

»Wir können uns eine Karte besorgen und versuchen herauszufinden, wo wir waren, als das Auto gestohlen wurde. Wenn der Räuber zu Fuß unterwegs war, muss der Überfall irgendwo in der Nähe passiert sein.«

»Kluger Junge«, sagte Elizabeth. »Überaus klug sogar. Gut gedacht.«

Sam grinste. »Ich geb mir Mühe.«

»Zwischendurch kann er auch sehr anstrengend sein«, sagte Stella, ohne jedoch den Stolz in ihrer Stimme zu verbergen. »Das gibt 'nen extra Pluspunkt, Sam. Würdest du mir einen Gefallen tun?«

»Klar, Mum.«

»Wasch dir die Hände, mach dich ausgehfertig – viel fehlt ohnehin nicht mehr – und dann geh bitte nach unten und frag nach, wann es Abendessen gibt und ob man uns vielleicht eine Karte leihen könnte.«

»Klar, Mum.«

Kaum war die Tür zu, hielt es Stella nicht länger aus. »Okay, geklaute Juwelen jetzt mal beiseite. Was ist mit Antonia? Ist alles in Ordnung mit ihr?«

»Soweit ich weiß, ja.«

»Wo ist sie?« Das Verschwinden eines ihrer Vampirfreunde hätte ihr nach der versuchten Entführung ihres Autos samt Sohn gerade noch gefehlt.

»Ich weiß es nicht, aber ich habe eine Vermutung.« – »Und die wäre?«

Elizabeth schien schier zu platzen. »Vielleicht ein bisschen trivial im Vergleich damit, was hier sonst so passiert.« Sie warf einen Blick auf den Riesenberg Schmuck auf dem Bett. »Aber wenn ich mich nicht täusche, lag Sam goldrichtig. Antonia hat sich einen Kerl angelacht.«

»Bist du sicher?«

»Nicht hundertprozentig, aber gestern Nachmittag war sie unterwegs und als sie zurückkam, schwärmte sie nur noch von diesem unglaublichen Töpfer, den sie aufgetan hatte. Am Abend ist sie dann auf Jagd gegangen – okay, sie musste –, aber als sie heute Morgen herunterkam, strahlte sie wie eine Jungfrau nach dem ersten Sex. Ich hab nichts gesagt, aber ich habe Augen im Kopf, und sie war den ganzen Tag völlig daneben. Als ich von meinen Erledigungen zurückkam, war sie weg. Ich hab ein paar Mal versucht, sie anzurufen, aber sie hat entweder ihr Handy ausgeschaltet oder ist außer Reichweite.«

»Du glaubst nicht, es könnte ihr was passiert sein?«

»Welche Kreatur könnte es schon mit Antonia aufnehmen? Sie ist mehr als fünfzehnhundert Jahre alt und fast so stark wie Justin.«

Das stimmte. Antonia war alt genug, um auf sich selbst aufzupassen. Aber komisch war es schon, dass sie einfach so verschwand. »Sie hat ihn erst gestern kennengelernt? Ein bisschen schnell, oder?«

»Mag sein. Aber wenn es richtig funkt?«

Auch richtig. Um ihr Herz war es im ersten Moment geschehen gewesen, in dem sie Justin sah. Beruhigt hatte es sich, was das betraf, noch immer nicht, und sie hoffte eigentlich, es würde immer so bleiben. »Dann müssen wir wohl ohne sie auskommen, bis sie wieder auftaucht.« Dem Himmel sei Dank, dass Justin und Tom unterwegs waren. Sie gestand es sich ungern ein, aber Stella spürte, dass diese Geschichte alles andere als ausgestanden war, und gestohlener Schmuck im Wert von Millionen bedeutete garantiert Ärger auf der ganzen Linie.

»Unter uns gesagt, ich glaube, ein Vamp, ein Ghul und Sam sind durchaus in der Lage, die Stellung zu halten, bis Verstärkung eintrifft.«

»Ich hoffe bloß, dass sie bald hier sind. Sam glaubt gern, er könnte es in allem Justin gleichtun.«

»Er hat, was –« Von Elizabeth' Handy ertönte wieder die Titelmelodie des *Rosaroten Panthers*. Verflixt! Wer war das? Tom noch mal? Sie klappte das Handy auf. »Hallo?«

»Miss Connor, hier Ida Collins.«

»Ja?«

»Ich habe mit Emily gesprochen. Wir beide und Mildred sind bereit, Sie heute Abend zu treffen. In einer Stunde im Haus von Emily. Dort können wir uns ungestört unterhalten. Die Adresse ist Bower Cottage, am Dorfanger gegenüber von Orchard House, das Haus mit der Eibenhecke und dem weiß gestrichenen Gartentor.«

Verflixt, genau das hatte sie sich erhofft und ausgerechnet jetzt konnte sie nicht. »Ida, Mrs Collins. Heute Abend geht es nicht. Unmöglich.«

»Aber Sie wollten uns doch treffen!«

»Natürlich, und ich will immer noch. Es ist nur leider was dazwischengekommen. Wie wär's mit morgen?«

»Sieht schlecht aus. Mildred geht samstags zum Bingo.«

Elizabeth hätte sich sonst wohin beißen können. Sie hatte sich dieses Treffen so sehr gewünscht, aber Stella im Stich zu lassen, kam nicht infrage.

»Tut mir ja wirklich leid. Wie wär's mit Montag?« Bis dahin wären sie sicher aus der Patsche.

»Kann ich nicht sagen. Ich muss die anderen fragen.«

»Tun Sie das, bitte, und richten Sie ihnen aus, dass es mir leidtut.«

Elizabeth meinte ein beleidigtes Schniefen zu hören, kurz

bevor Ida auflegte. Wie schade. Aber es würde noch genug Zeit geben, eventuelle Unstimmigkeiten wieder auszubügeln.

»Ist was passiert?«

Elizabeth, nicht sicher, wie Stella über Hexen dachte, schüttelte den Kopf. »Nicht wirklich. Nur dumm gelaufen. Ich, ganz nervende Amerikanerin, wollte unbedingt ein paar Damen hier vom Ort treffen, und jetzt soll das Ganze schon in einer Stunde stattfinden. Aber sie werden es verschieben. Bleibt ihnen nichts anderes übrig.« Stella akzeptierte kopfnickend. Gut. Keine Erklärungen mehr nötig. »Wir gehen vielleicht mal lieber runter und schauen, was Sam mir zum Abendessen ausgesucht hat.«

Beim Stichwort Sam ließ Stella alles stehen und liegen. »Dann los.«

Nur das Geschmeide packten sie noch schnell zusammen, stopften es wieder in die Tasche und versteckten selbige in Stellas Koffer – bloß keine Zimmermädchen aufschrecken, die vielleicht zum Aufdecken der Betten hereinkamen –, dann machten sie die Tür hinter sich zu und gingen nach unten in die großzügige Lobby mit dem Marmorfußboden.

Sam war gut beschäftigt.

Er winkte sie zu seinem Platz an einem Fenstertisch heran, in einem Raum gleich neben der menschenleeren Hotelbar. Ausgebreitet vor ihm lag eine Karte, und zwei uniformierte Kellnerinnen und der Barmann schienen ihm förmlich an den Lippen zu hängen.

»Mum!«, rief er ihnen quer durch den Raum entgegen. »Ich hab eine Karte aufgetrieben.« Eine Fanta und eine Packung Chips hatte er offenbar gleich mit organisiert. »Hier gibt es viele nette Sachen in der Umgebung und viel zu unternehmen. In Leatherhad gibt es eine alte römische Villa, die Dad vielleicht gern sehen würde. Sie steckt halb in der Erde, aber was soll's, und dann gibt es noch *Devil's Punch Bowl* und *Hog's Back* und *Leith Hill*, ein richtiger Berg, wenn man den Turm darauf mitzählt, und ein Schloss in Guildford. Es gibt so viele Sehenswürdigkeiten hier, und Mr Miles« – Sam lächelte in Richtung Pförtner, der in der Eingangshalle tapfer die Stellung hielt – »sagt, er leiht mir diese Karte hier, damit wir uns aussuchen können, was wir alles besichtigen. Ist das nicht toll, Mum?«

Er war ein bisschen übereifrig, aber sie konnte seinem Lächeln und dem Erfolg, der aus seinen Augen strahlte, nicht widerstehen. »Danke, mein Kleiner.« Sie fasste die Erwachsenen ins Auge, die ihrem Sohn fasziniert an den Lippen hingen. »Dürfen wir die Karte wirklich ein paar Tage behalten?«

»Gewiss doch, Madam«, sagte eine völlig vernarrte Kellnerin mit Löckchenfrisur. »Wir haben noch mehr davon. Master Sam kann sie ruhig behalten.«

Der Himmel möge ihr beistehen! Wenn Sam schon mit zehn so angehimmelt wurde, wie würde es dann erst sein, wenn er siebzehn wäre. »Vielen Dank.«

»Gern geschehen, Madam, und rufen Sie uns, wenn Sie das Abendessen bestellen möchten. Master Sam sagt, Sie würden noch Besuch erwarten und wollten deshalb frühzeitig essen.«

Wüsste die arme Kleine, um welche Art von Besuchern es sich dabei handelte, würde sie auf der Stelle ohnmächtig, aber da sie es ja nie erfahren würde ... »Wäre toll, wenn es sich machen ließe. Wir hatten kein Mittagessen, und wie ich sehe, ist Sam ohnehin schon dabei.«

»Oh, Mum! War doch nur ein Päckchen Chips!«

An einem Tisch in der Erkernische mit Blick auf den Rasen, auf atemberaubende Rosenbeete und eine Staudenrabatte wie aus einem Gartenkalender gaben sie die Bestellung auf. Elizabeth hatte sich für Steak entschieden, und zwar »sehr, sehr blutig, bitte«.

»Gut, dieses Steak, richtig schön blutig«, sagte Elizabeth, als sie den letzten Bissen von Steak Nummer zwei verschlang.

»Du hast das erste praktisch inhaliert, und mit dem zweiten warst du fast genauso schnell fertig«, sagte Stella.

»Wegen dir und deinem ›Abenteuer‹ hab ich seit fast vier Stunden nichts mehr zwischen die Zähne bekommen.«

»Dabei sagt Mum andauernd, ich würde ihr die Haare vom Kopf fressen«, sagte Sam mit einem kleinen Lächeln.

»Und hat sie damit so ganz unrecht?«

Stella und Sam drehten sich um, Sam kreischte vor Freude. Beide wären sie sie fast von den Stühlen gesprungen, als sie die Stimme hörten.

»Justin!«

»Dad!«

Und neben Justin stand der Mann, oder vielmehr der Vampir, dem Elizabeth entgegengelaufen war. »Du bist tatsächlich gekommen, Tom. Danke!«

»Mm-hmmm«, erwiderte Tom. »Erst kann frau es nicht erwarten, alleine loszuziehen, und kaum wird es schwierig, wen ruft frau dann zu Hilfe?«

Dafür hätte er einen Rippenstoß verdient, nur leider konnte man ihm nicht wehtun. »Na dann hoffen wir, wenn du schon mal hier bist, du wirst den großen Tönen auch gerecht.«

»Hab ich dich je enttäuscht?«

Die Antwort kannten sie beide. Als ein Lächeln ihren Mund umspielte, grinste Tom triumphierend.

Sam, gefangen in einer Doppelumarmung zwischen Mutter und Stiefvater, drehte den Kopf herum und lachte. »Besser du küsst sie jetzt gleich«, riet er, »wo sie gerade lächelt.«

Tom gehorchte brav und murmelte dann: »Bei Abel! Ein Zehnjähriger erteilt mir Beziehungsratschläge!«

»Ein Rat, der sich sehen lassen kann, wenn du mich fragst«, sagte Justin sichtlich zufrieden, die Arme noch immer um seinen Sohn geschlungen.

»Benehmt euch, ihr zwei!« sagte Stella, trat ein wenig zurück und sah Tom stirnrunzelnd an. Sie war sich nicht sicher, welche zwei sie meinte, aber ... »Mit dem Abendessen sind wir fertig. Lasst uns nach oben gehen. Dann erklären wir, was passiert ist.«

»Wir haben das Auto gesehen«, sagte Justin.

»Das«, sagte Elizabeth, »ist mehr ein Detail am Rande«.

»Aber euch beiden ist nichts passiert?«, fragte Justin, der Sam und Stella noch immer im Arm hielt.

»Mit uns ist alles in Ordnung«, versicherte ihn Sam. »Als es passiert ist, ging's mir nicht gut, aber jetzt schon. Aber das Abendessen ist noch nicht vorbei. Ich hatte noch keinen Nachtisch.«

»Wir sind fertig«, beharrte Stella.

»Wie wär's, wenn ich frage, ob sie Nachtisch zum Mitnehmen haben?«

»Versuch ruhig dein Glück, mein Kleiner«, schlug Justin vor.

»Er wird Glück haben«, sagte Stella, als sie Sam durch den Speisesaal in Richtung Küche traben sah. »Das Personal frisst ihm jetzt schon aus der Hand.«

»Wie wär's, ihr berichtet mal, was passiert ist, während er sich um seinen Nachtisch kümmert«, schlug Justin vor.

So wäre es eigentlich am besten. Elizabeth schnappte sich die geliehene Karte, und alle zusammen gingen sie auf Stellas Zimmer, dicht gefolgt von Sam, der eine doppelte Portion Blaubeerkuchen mit Sahne vor sich hertrug.

»Wie kommt es, dass ihr so schnell da wart?«, fragte Stella. »Wir dachten, bei dem Verkehr würde es länger dauern.«

»Dachten wir auch. Aber wir fuhren, nachdem ich bei Tom angekommen war und mich zurückverwandelt hatte, zum City Airport und ließen uns von Jude per Hubschrauber hierherfliegen. Er ist nahe Leatherhead gelandet, wo er schon ein Auto reserviert hatte.«

Stella hoffte, sie würden für ihr Juwelenproblem auch so eine simple Lösung parat haben. »Apropos Auto, meines wird wohl in die Werkstatt müssen.«

»Einverstanden.« Er lächelte ihr zu. »Wo ist das eigentlich passiert?«

»Schuld war die Hecke oder vielmehr die Böschung, auf der die Hecke wuchs. Zumindest kann man damit noch fahren.«

»Na ja. Ich habe Jude angerufen, damit er es gleich morgen früh abholen lässt. Je früher es aus dem Blickfeld ist, umso besser.«

Dem wollte sie nicht widersprechen. »Danke, Liebes.«

»Gerne.« Er hielt inne. »Weißt du noch, was du mit dem Autoentführer-Bindestrich-Juwelenräuber angestellt hast?«

»Den hat Mum über die Hecke geworfen«, sagte Sam. »Sie hat ihn einfach gepackt, und weg war er.«

Justin zog Sam zu sich heran. »Hat sie echt gemacht? Nicht schlecht!«

»Find ich auch«, sagte Sam. »Und weißt du, es tut mir auch gar nicht leid, wenn er in einem Kuhfladen gelandet ist und sich dabei das Genick gebrochen hat. Ich hatte eine Scheißangst!«

Stellas schockiertes »Sam!« beeindruckte ihn wenig.

»Tut mir leid, Mum, aber er hat gesagt, er würde mich abknallen, wenn ich nur einen Mucks mache.«

Justin ließ ein tiefes, wildes Brummen ertönen und hielt Sam noch fester im Arm. »Keine Sorge, Sam. Der kriegt seine gerechte Strafe.«

»Wie die bösen Männer in Ohio?«

»Da kannst du Gift drauf nehmen.« Er klang grimmig.

»Ist eigentlich lustig, oder? Wir finden dauernd Geld und Juwelen und dürfen nichts davon behalten.«

»Ist doch alles gestohlen, Sam«, erinnerte ihn Stella, »und ich hoffe, das ist nun wirklich das letzte Mal, dass wir Diebesgut finden.«

»Überhaupt, könnten wir das Zeug vielleicht mal sehen?«, fragte Tom. »Du hast es doch sicher parat, oder?« Stella öffnete den Koffer. »Warte, Stella, zieh die hier an.« Er gab ihr ein Paar Latexhandschuhe. »Ich weiß, du hast zwar die Sachen schon angefasst, aber warum mehr Fingerabdrücke hinterlassen als nötig?«

An Fingerabdrücke hatte sie überhaupt nicht gedacht. Wo war sie bloß mit ihren Gedanken gewesen? »Können wir sie nicht einfach abwischen?«

»Und damit eventuelle Fingerabdrücke des Diebs gleich mitbeseitigen?« Er schüttelte den Kopf. »Ein paar vereinzelte, nicht identifizierte Abdrücke gehen durch, bei gehäuftem Auftauchen jedoch ...«

Damit hatte er recht. Warum hatte sie nicht früher daran gedacht? Stella nahm die Handschuhe und zog sie an, während Tom auch an die anderen Handschuhe austeilte. Stella öffnete den Reißverschluss der Tasche und der Inhalt quoll regelrecht hervor. Justin kam heran, legte die Einbruchswerkzeuge beiseite und nahm den ersten Packen Juwelen.

Sie waren keine Spur weniger beeindruckend als beim letzten Mal. Sam ließ sogar seinen Blaubeerkuchen stehen und kam mit staunenden Augen ans Bett. Kam nicht oft vor, dass es Vampiren die Sprache verschlug.

»Bei Abel und all seinen Nachkommen!«, flüsterte Justin.

»Sieht aus wie die verdammten Kronjuwelen«, sagte Tom.

»Glaubst du wirklich, es sind die Kronjuwelen?«, fragte Sam.

»Tut mir leid, dich zu enttäuschen, mein Sohn«, sagte Justin, »aber ich glaub's eher nicht. Ist aber immerhin mehr, als man sonst so in seinem Schmuckkästchen zu Hause hat.«

»Vielleicht von einem Juwelier?«, meinte Tom.

»Mir ist es ziemlich egal, wo das Zeug herkommt«, sagte Stella. »Ich will es nur loswerden. Schon beim Anschauen krieg ich 'ne Gänsehaut.«

»Wie die Geschichte vom verborgenen Schatz«, sagte Sam. »Ein sagenhafter Piratenschatz.«

»Damit hast du vielleicht den Nagel auf den Kopf getroffen, mein Sohn.«

Sam sah Justin an. »Wirklich? Piraten?« – »Nicht im wörtlichen Sinn, nicht in Surrey. Aber möglicherweise liegt da die Beute von mehreren Einbrüchen oder Überfällen.«

»Immer vorausgesetzt, das Zeug ist alles echt«, sagte Tom.

Stella sah auf den funkelnden und glitzernden Berg Juwelen auf dem Bett. Konnte es einen Zweifel geben, selbst ohne ihren kleinen Test am Badezimmerfenster? »Es ist echt, und ich will es so schnell wie möglich loshaben.«

»Keine Angst, wir schaffen es dir vom Leib.«

Er hatte nicht zu viel versprochen.

Sobald sie Sam trotz heftigen Widerstands ins Bett gebracht hatten, machten sich Justin und Tom von Stellas Zimmerfenster aus auf den Weg nach Leatherhead. Den Weg zur Polizeistation kannten sie noch von einem ihrer früheren Abenteuer.

»Wir werden noch mal Stammgäste hier«, sagte Tom, während sie auf dem Dach saßen und über den Vorsprung herunterlugten.

»Pst!«, sagte Tom. »Willst du uns bei den Sterblichen verraten?«

»Sie würden sowieso weder Augen noch Ohren trauen.«

»Wir wollen kein Risiko eingehen. Kit wurde beinahe mal von einem Polizeihubschrauber gestellt.«

»Kit Marlowe spielt gern mit dem Feuer.«

Justin musste grinsen. »Wir nicht? Steigen den Bullen mit einem Rucksack voller heißer Juwelen aufs Dach, um unseren Gattinnen aus der Klemme zu helfen!«

»So wie ich Elizabeth kenne, ärgert sie sich zu Tode, dass sie jetzt nicht dabei sein kann.«

»Bloß gut, dass keine von den beiden fliegen kann. Wenn Stella erst mal die Kraft dazu hat, ist die nicht mehr zu halten.«

»Apropos halten – wie lange willst du denn an dem Zaster noch festhalten? Laden wir ihn doch endlich ab. Ich will zurück!«

Justin lächelte. Tom drängte es also, schnellstmöglich zurückzukommen. Kaum waren sie ein paar Tage getrennt, und schon vermisste er Elizabeth. Justin konnte es nachempfinden. Wenn Stella ihn nicht angerufen hätte, wäre er am nächsten Morgen sowieso hier gewesen. »Ich fürchte, es ist zu auffällig, das Zeug einfach hier abzuladen. Kein Ganove mit einem noch so schlechten Gewissen würde hier antanzen und sein Diebesgut einfach vor den Eingang kippen.«

»Was sollen wir dann damit machen? Stell dir mal Stellas Gesicht vor, wenn du mit dem ganzen Zeug wieder zurückkommst, um zu sagen, du hast es dir anders überlegt und willst es behalten!«

»Ich hab eine bessere Idee. Wir deponieren es im Pfarrhausgarten.«

»Mach keine Witze, Corvus! Was, wenn es der Milchmann einkassiert?«

»Dann im Garten hinter dem Haus! Das ist ein guter Platz. Kein Mensch kommt auf die Idee, den Pfarrer zu verdächtigen. Er wird sofort die Polizei rufen, und der örtliche Beamte wohnt nur ein paar Häuser weiter. Wenn er es findet, ist er der Held des Tages.«

Tom kapierte, worauf er hinauswollte. »Wir sollen also alles nach Bringham zurückbringen?«

»Warum nicht? Das Zeug wurde irgendwo zwischen hier und dort gestohlen.«

»Du weißt, wo das Pfarrhaus ist?«

»Ja, ich war mal mit Dixie dort, als sie ihre Pseudo-Abschiedsrunde machte.«

»Dann los. Ich krieg 'ne Gänsehaut, wenn ich dran denke, dass da unten Kerkerzellen sind.«

Verständlich, angesichts dessen, was Tom durchgemacht hatte. »Mir nach.«

Sie flogen geradeaus, bis sie Bringham erreichten. Justin

steuerte die Kirche an, segelte über die Bäume hinweg und landete. Der Ersatz für das alte Pfarrhaus, das noch aus dem achtzehnten Jahrhundert stammte, befand sich ungefähr fünfzig Meter entfernt. Es war nur eine Sache weniger Minuten, sich von den Bäumen her anzupirschen und die Ledertasche hinten auf der Treppe abzustellen.

Darauf setzten sie über den Zaun und rannten wie um ihr Leben die Straße entlang, über den Dorfanger und auf die Wiese zu, bis sie schließlich langsamer wurden, als sie die Einfahrt zum *Bringham Manor Hotel* erreichten.

»Was nun?«, fragte Tom, während ihre Schritte auf dem Kies der Einfahrt knirschten.

»Was du machst, weiß ich nicht«, erwiderte Justin, »ich geh jedenfalls meine Frau wärmen.«

Sie erwartete ihn bereits im Bett, in ihrem roten Satinnachthemd, das er so sehr liebte – und das er ihr so gern von den Schultern streifte. Sie lächelte zu ihm auf, mit erwartungsvoll funkelnden Augen. »Sam schläft, aber wir müssen leise sein. Ich weiß nicht, wie dick hier die Wände sind.«

Dick genug. »Zwei Vampire sollten sich so weit im Griff haben, dass es nicht zu laut wird.«

Stella nickte. »Sollten sie eigentlich.«

Trotzdem fiel es ihm verflixt schwer, ruhig zu bleiben, als sie mit dem Kopf unter die Decke schlüpfte und sich von den Füßen zu den Schenkeln nach oben küsste, um schließlich die Lippen um das Objekt ihrer Begierde zu schließen. Sie stellte ihn wirklich auf eine harte Vampirprobe.

Und gewann, aber als er erlöst auf die Kissen sank, zog er sie zu sich heran und atmete den Duft ihrer Erregung. Ihr bereitwilliges Verlangen stachelte ihn dazu an, sie zu befriedigen. Sie wollte es und brauchte es, aber auch seine Sehnsucht nach ihr brannte lichterloh. Er zog sie dicht heran, küsste sie überall und streichelte ihre Brüste, während er zwischen ihren Schenkeln kniete.

Ihre Haut war immer vampirartig kühl, aber drinnen war sie heiß und einladend. Er drang ein, wissend, dass er den Tag, an dem er Stella gefunden hatte, nie vergessen würde. Er hielt sie eng umschlossen und bedeckte ihren Mund mit seinem – um ihre und seine Schreie zu dämpfen – und brachte sie beide zum Höhepunkt.

Dann lagen sie eng aneinandergekuschelt in Löffelchenstellung da, entspannt und befriedigt.

»Musst du saugen?«, fragte sie.

»Ich kann bis zum Morgen warten«, erwiderte er. »Wo hat denn Antonia ihren Blutvorrat?«

»In Orchard House. Sie meinte, das wäre sicherer als hier.«

Er lächelte, das Gesicht an ihrem Haar. Seine Vampirin lernte dazu.

Sie waren gerade eingeschlafen, als jemand nachdrücklich gegen die Tür pochte und Justin Tom flüstern hörte: »Mach auf!«

10

Antonia sah vom Computer auf. Sie kam sich ein bisschen vor wie eine Spionin, hatte aber nur mal schnell gegoogelt und die zahllosen Einträge und Webseiten über den Puma von Surrey durchgesehen. Michael hatte keine Witze gemacht. Er war tatsächlich die örtliche Legende.

Neugierig machte sie die Tatsache, dass man ihn anscheinend auch in Yorkshire gesehen haben wollte. Hatte er mal da oben gewohnt? War das möglich? Sie könnte ihm schon mal begegnet sein, auf der Jagd oder bei einem ihrer Läufe, ohne dass er ihr aufgefallen wäre. Nur war sie sich sicher, dass Michael niemals ihren Blicken entgehen würde. Er war ihr doch hier sofort aufgefallen, sowohl als Mensch wie auch als die herrliche Wildkatze, als die er durch die Wiesen streifte.

»Was zum Teufel machst du denn da?« Michael, der nur diese wahnsinnig enge Jeans und sonst so gut wie nichts anhatte, kam auf sie zu. Ziemlich verärgert.

Es sah vielleicht so aus, als würde sie herumschnüffeln, aber … »Ich hab mich über dich informiert.«

Er stand dicht hinter ihr, linste über ihre Schulter auf zwei verschwommene Fotos auf dem Bildschirm und einen Bericht über eine Begegnung mit ihm von 1967. »Ach, das!« Er klang empört. Ob noch immer wegen ihr oder wegen der entschieden unschmeichelhaften Fotos war ihr nicht klar.

»Ich war einfach neugierig«, sagte sie, »und wollte sehen, ob ich was herausfinden kann. Du bist ein Phänomen, das viel herumkommt.«

Er legte ihr seine Hand auf die Schulter, und sie spürte die Wärme durch den Stoff ihrer Bluse. »Du kannst nicht alles glauben, was du liest.«

Sie lächelte und spürte, wie seine Wut allmählich verrauchte. »Das sagst du mir! Denk doch mal an den all den Unsinn, der über Vampire geschrieben wurde.«

Er holte sich einen Küchenstuhl und setzte sich neben sie. »Hast du denn was Interessantes rausgekriegt?«

»Jede Menge! Sag mal –« Seine Nähe fühlte sich gut an. »Bist du da wirklich überall gewesen, in Yorkshire, Devon und den Midlands, oder gibt es in diesen Gegenden Gestaltwandler wie Sand am Meer?«

»Es gibt ein paar von uns. Manche verbleiben fast immer in Tiergestalt. ›Sie sind verwildert‹, so nennen wir das.« Er lächelte. »Die meisten von uns leben als Menschen und verwandeln sich, wenn es sie überkommt. Und, ja, es stimmt, ich bin in Yorkshire und Devon gewesen, in den Midlands, Kent und in East Anglia und in den achtziger Jahren sogar eine Zeitlang in Schottland. Da wir viel länger als Menschen leben und langsamer altern, können wir nicht allzu lang am selben Ort bleiben.«

»Das Problem haben wir auch.«

»Genau!« Anscheinend war ihm dieser Gedanke bisher noch nicht gekommen. »Sicher! Bist du deshalb hierhergezogen?«

»Ja. Die Galerie in York hab ich fast zwanzig Jahre gehabt und bin ungern weggegangen. Aber man kann halt nicht ewig behaupten, Yoga oder verschiedene Meditationstechniken würden einen jung halten.«

»Klingt vielleicht egoistisch, aber ich bin richtig froh, dass du umziehen musstest.« Er legte den Arm um ihre Schultern und glitt mit den Lippen über ihre Wange. »Sehr, sehr froh.«

»Ich, ehrlich gesagt, auch.« Und wie. Vor ihnen lag ein unüberschaubares Gewirr von Schwierigkeiten. Gwyltha würde angesichts einer Verbindung mit einem Gestaltwandler sicher eine mittelschwere Krise bekommen, aber Gwyltha war oben in Yorkshire. Sie selbst, Antonia, war in Surrey mit einem Mann, der ihr seine Liebe geschworen hatte und sie in einem warmen Bett erwartete. Nachdem er mit der Arbeit an diesem Brennofen fertig war.

Sie küsste ihn zurück. »Ich wollte dich in zehn Minuten wecken.«

»Ich glaube, ich bin auf meinen Brennofen programmiert.« Er nahm sie bei der Hand. »Komm mit und schau mir bei der Arbeit zu.«

Als Sterbliche hätte sie einen Schweißausbruch bekommen, so heiß war es in dem Schuppen. Dafür erwärmte sich ihr Körper, was aber vielleicht auch an der Nähe zu Michael lag. Wellenartig schlug ihr die Hitze von dem verriegelten Ofen in der Mitte des Raums entgegen. Wie heiß musste es in seinem Inneren wohl sein? Mit den handgemauerten Ziegelöfen, an die sie sich noch von ihrer Kindheit her erinnerte, oder sogar den riesigen Flaschenöfen, die sie vor rund hundert Jahren in Stoke-on-Trent gesehen hatte, hatte dieses Monstrum nichts mehr gemein.

Michael lugte durch ein Guckloch in der Tür. Er wandte sich zu ihr. »Schau mal!«

Sie sah die Rundungen und Umrisse von Krügen oder Vasen oder was auch immer. »Es glüht alles vor Hitze.«

»Ja, da drin ist es gut warm«, erwiderte er. »Siehst du den kleinen Kegel?«

»Du meinst das umgeknickte Ding? Ich dachte, das wäre irgendwo abgebrochen.«

»Nein.« Er schüttelte den Kopf. »Das ist der Temperaturanzeiger, nach dem ich mich richte. Wenn der kleine Kegel sich zur Seite neigt, hat der Ofen seine Temperatur erreicht, und ich schalte ihn aus.«

»Und das war's dann?« Das konnte nicht sein.

»Dann geht's erst los. Wenn ich ihn abgestellt habe, gehen wir zurück ins Bett. Wir können schlafen oder ...« Sie spürte seine Hand auf ihrer Brust und hatte das Gefühl, das »oder« würde ihr mehr zusagen. »Fünf Stunden später dann, so gegen drei Uhr morgens, müssen wir wieder raus. Dann öffne ich die Ofentür gerade mal einen Spalt weit, und danach können wir entweder wieder ins Bett gehen oder wir genehmigen uns ein frühes Frühstück. Vormittags mache ich die Tür ein Stück weiter auf, und bis zum Mittag sind die Sachen dann ausgekühlt und wir räumen den Ofen gemeinsam aus.«

Klang so verlockend, noch zehn, zwölf Stunden oder mehr mit ihm zusammen. Was sprach dagegen? Über das Wochenende gab es am Haus keine Arbeit, und Elizabeth konnte, falls erforderlich, die Stellung halten und Stella ... Mist! Stella und Sam wollten ja kommen – bestimmt waren sie schon da. Aber sie würde sie ja morgen sehen. Elizabeth würde sich schon um sie kümmern.

Das war ihre Zeit.

»Ist was, Liebling?« Er schien bemerkt zu haben, dass sie überlegte.

»Nicht wirklich. Ich kann nur nicht den ganzen Tag über bleiben. Lust dazu hätte ich ja, aber ich habe eine Freundin und ihren Sohn zu uns eingeladen.«

Mit welcher Entschuldigung er auch immer gerechnet hatte, damit jedoch nicht. Er sah sie an, zwischen den Augenbrauen ein paar Furchen. »Ah, verstehe.«

Bestimmt nicht, das war ihr klar. »Ich bleibe bis morgen früh. Wenn es geht, komme ich noch mal wieder, um dir beim Ausräumen zu helfen. Meine Gäste gehen vor.«

»Sicher. Ist nur verständlich, Tonia. Ich komme nur nicht damit zurecht, dass du als Vampirin Freunde mit Kindern hast. Komisch, aber ...«

Dies war nicht der geeignete Zeitpunkt, zu erwähnen, dass die Freundin auch Vampirin war. »Elizabeth, meine Assistentin, war früher mal Sams Babysitterin. Wir sind alle recht gute Freunde.«

Klang einigermaßen nachvollziehbar, und er nahm es ihr ab. »Also gehen wir noch ’ne Runde kuscheln, und morgen gibt’s Frühstück ... vorausgesetzt, du frühstückst überhaupt. Wie sieht’s aus?«

Sie schüttelte den Kopf. »Nein, tu ich nicht. Mein Speiseplan ist ziemlich eintönig.«

Er setzte sich auf eine Bank, sodass eine Partie Teller und Tassen am anderen Ende klapperte. »Weißt du, Tonia, es ist wie im Film. Ich liebe eine Frau, die zum Frühstück Blut saugt.«

»Und das aus dem Mund eines Gestaltwandlers. Zu komisch.«

Er warf den Kopf nach hinten und schüttelte sich und seine blonden Haare vor Lachen. »Du hast recht, Liebling. Wenn du mich als Puma bei der Nahrungsaufnahme sehen würdest, würdest du das vielleicht ziemlich abstoßend finden.«

»Im Moment fühl ich mich eher hingezogen.«

Er griff nach ihrer Hand, vielleicht weil er fürchtete, sie könnte ihre Meinung ändern.

Zurück im Schlafzimmer knöpfte Michael ihre Bluse auf und hielt plötzlich inne. »Was ist?«, fragte sie, als sie merkte, dass er zögerte.

»Ich musste nur gerade daran denken, wie du deine Nahrung aufnimmst.«

»Ja?«

»War das, was ich gestern für einen Liebesbiss gehalten habe, ein Vampirbiss?«

Sie nickte. »Wirkt luststeigernd und intensiviert den Höhepunkt.« Ein paar schreckliche Sekunden lang fürchtete sie, sie könnte ihn abgeschreckt haben.

Bis er eine seiner hellen Brauen hochzog und lächelte. Dabei blitzten seine dunklen Augen. »Willst du meinen Lustpegel noch mal hochjagen?«

Sie sparte sich die Antwort und knöpfte dafür ihre Bluse selbst auf.

»Tom, soll das ein Witz ein?«, murmelte Justin, als er die Tür einen Spalt breit öffnete, nachdem er noch schnell in seine

Hose geschlüpft war, falls zufällig ein Zimmermädchen oder ein anderer Gast vorbeikäme.

»Es ist wichtig.«

»Wirklich«, sagte Elizabeth.

Justin machte die Tür ganz auf. Beide kamen hereinmarschiert, und Stella zog die Decke bis zum Kinn hoch. »Leise«, sagte sie. »Sam schläft.«

»Entschuldigt bitte die Störung«, sagte Elizabeth. »Aber wir dachten, ihr hättet vielleicht die Dreiundzwanzig-Uhr-Nachrichten nicht gesehen.«

»Um ehrlich zu sein, ich bin erstaunt, dass ihr sie gesehen habt«, sagte Stella, wobei sie Toms schockierten Gesichtsausdruck ignorierte. Als hätten sich Elizabeth und Tom nicht genau denken können, was sie gerade getrieben hatten.

»Es wird euch interessieren.«

Justin machte die Tür hinter ihnen zu und stellte sich direkt davor, die Arme auf seiner nackten Brust verschränkt. Sie sollte sich besser darauf konzentrieren, was Elizabeth für so wichtig hielt. »Setzt euch und schießt los.«

»Heute Nachmittag, bei Leatherhead, muss es wohl mitten am Tag zu einem Schmuckdiebstahl gekommen sein. Es gibt jemanden, der die Polizei bei ihren Ermittlungen unterstützt, aber es gibt keine Spur vom Diebesgut, wozu auch eine Kollektion Schmuck gehörte, die nächste Woche in London versteigert werden sollte.«

»Da gibt es doch einen Zusammenhang, oder nicht?«, fragte Stella.

»Unwahrscheinlich, dass es in derselben Gegend zu zwei Fällen von Diebstahl gleichzeitig kommt«, sagte Tom.

»Und nun?«, fragte Stella.

Justin setzte sich schließlich neben sie und bedeutete den anderen, sich einen Stuhl zu nehmen. »Ich sorge dafür, dass Jude das Auto gleich morgen früh wegbringt. Danach dürfte es nichts mehr geben, was euch mit der Sache in Verbindung bringt.«

»Es sei denn«, fügte Tom hinzu, »es hat euch jemand beobachtet.«

»Beobachtet wobei? Wie ich mit fünfzig Meilen pro Stunde die Straße entlanggerannt bin? Wenn ja, dann würde der Betreffende seinen Augen nicht trauen. Es war sowieso außerhalb, und als ich das Auto stoppen konnte, waren wir schon mitten in einem Feld.«

»Dann wären wir ja alle Sorgen los. Jude bringt morgen einen Ersatzwagen, und wir können übers Wochenende mit Sam nach Hampton Court und Windsor Castle fahren.« Justin fasste Tom ins Auge. »Danke für die Neuigkeiten, aber jetzt ist alles in Ordnung. Ich schlage vor, ihr beide geht jetzt auf euer Zimmer und haut euch aufs Ohr.«

»Fraglich, ob wir schlafen«, flüsterte Elizabeth Stella zu, als sie aufstand und zur Tür ging.

***

Antonia hätte ihren Jubel am liebsten hinausgeschrien. Zusammen mit ihm durch die Nacht zu rennen, war fast so schön wie mit ihm Liebe zu machen. Sie waren über die Dorfwiese nordwärts gelaufen, hatten die Eisenbahntrasse übersprungen, um dann von dort aus querfeldein an Stoke d'Abernon vorbei beinahe bis Cobham zu rennen.

Sie war schon unzählige Male durch die Nacht gerannt, aber mit ihrem Geliebten neben ihr, einem Geliebten, der ebenso schnell und ausdauernd war wie sie, war es eine Lust, die sie schon fast vergessen hatte. In Pumagestalt lief Michael neben ihr, folgte ihren weiten Sprüngen und jagte neben ihr her über offene Felder, um über Hecken und Torgatter hinwegzusetzen. Ihr Herz, wenn es denn könnte, würde rasen wie das Blut in ihren Adern, wenn sie einen Blutkreislauf hätte, dafür stürmte es scheinbar himmelwärts vor Freude an diesem Lauf.

Sie kehrten um und liefen über Umwege nach Hause, da

keiner ein Ende ihrer gemeinsamen Jagd wünschte. Als sie sich jenseits des Dorfangers der Hotelzufahrt näherten, blieb Antonia stehen. Wie sollte sie zu dieser frühmorgendlichen Stunde ins Haus kommen, ohne das halbe Hotel zu wecken?

Sie stand auf dem Kiesweg. Michael war als Puma nicht in der Lage zu sprechen, und sie konnte ihn unmöglich bitten, sich zu verwandeln und dann nackt dazustehen, nur um ihn zu fragen, wie sie ohne zu klingeln auf ihr Zimmer kommen sollte. Verflixt, sie würde ihm einfach nach Hause folgen, um dann mit dem Auto zurückfahren und Elizabeth per Handy zu bitten, ein Fenster für sie aufzumachen.

Plötzlich war ein Knirschen in der klaren Nachtluft zu hören, eindeutig menschliche Schritte auf dem Kiesbelag. Michael hörte sie auch. Seine Ohren zuckten, und seine dunklen Augen blickten über die Zufahrt. Sie wies zur Hecke, während sie lautlos den Bogen der Zufahrt entlangschritt.

Auf dem Hotelparkplatz standen vier Autos: Stellas Jaguar und Elizabeth' gemieteter Kleinwagen. Die anderen beiden kannte sie nicht, aber sie sah den Mann, der sich an Stellas Tür zu schaffen machte. Abel, zu Hilfe! War man heutzutage nirgendwo mehr sicher? Aber nun war nicht die Zeit, die Zunahme der Kleinkriminalität auf dem Land zu beklagen. Antonia machte einen Satz nach vorne, landete geräuschlos knapp hinter ihm und tippte ihm auf die Schulter, als er gerade einen Dietrich in das Autoschloss steckte.

Er drehte sich starr vor Schreck um, knurrte und zückte mit der anderen Hand ein Messer. Was für ein hinterhältiger Schurke! Aber beeindrucken konnte er sie damit noch lange nicht. Blitzartig, schneller als er mit den Augen folgen konnte, entriss sie ihm das Messer und schleuderte es durch die Luft, dass es im nächsten Moment in etwa fünf Metern Höhe in einem Baum in der Nähe steckte.

»Was soll das denn hier werden?«, fragte sie.

»Drecksschlampe!«, zischte er, während er mit einem

Blick zur Seite seine Fluchtchancen abschätzte. Da presste sie die flache Hand gegen seine Brust und nagelte ihn am Auto fest. Er sich konnte sich noch so sehr winden und treten, für ihn gab es kein Entrinnen.

»Oh ja, absolut!«, erwiderte sie, wobei sie ihr Lächeln in der Dunkelheit wahrscheinlich verschwendete. »Du hast hier nichts zu suchen. Verschwinde!«

Da das sowieso sein einziger Gedanke war, brauchte sie ihn nicht nochmals aufzufordern. Er gab Fersengeld, kaum als sie ihn losgelassen hatte, sah sich nur noch erschrocken um und schrie auf, als Michael aus der Hecke sprang und fauchte. Während die Geräusche eines davonbrausenden Motorrads verklangen, ging Licht in einem der Fenster über ihnen an.

Mist!

Um nur ja kein unnötiges Risiko einzugehen, folgte sie der Spur des Diebs und rannte, dicht gefolgt von Michael, in Richtung seines Hauses.

Er verwandelte sich und ging mit ihr nach drinnen. Natürlich war sie versucht zu bleiben, aber nach diesem kleinen Zwischenfall wollte sie so schnell wie möglich zu Stella und Elizabeth zurück. In der Dunkelheit hatte ihr Vampirblick Beschädigungen an Stellas Auto festgestellt, und sie wollte sich vergewissern, dass niemand verletzt worden war.

Michael hatte andere Pläne.

»Der kommt nicht wieder. Alles in Ordnung dort. Bleib noch bis zum Morgen. Du darfst sogar zum Frühstück an mir nippen.«

Der Vorschlag hatte was, noch dazu, als Michael ihn in seiner ganzen nackten Pracht machte, aber … »Ich muss zurück, Michael, sehen, was mit meinen Freunden los ist. Stellas Auto war beschädigt. Sieht sehr nach einem Unfall aus. Vielleicht ist ja Sam was passiert oder sonst was Schlimmes.«

Er nickte. »In Ordnung. Aber warte lieber noch etwas.

Dieser Halunke hat so laut geschrien und vielleicht das ganze Haus alarmiert. Nicht dass du noch in einen Riesenaufruhr reinplatzt.«

Ein Alptraum. »Ich werde warten, bis sich alles beruhigt hat, und rufe dann Elizabeth an.« Vorausgesetzt, sie hatte ihr Handy über Nacht nicht ausgeschaltet.

Es dauerte eine Weile und läutete mehrmals, bis sie ranging. »Antonia?«

»Ist bei euch alles in Ordnung?«

»Nun ...« Die Verzögerung war ein schlechtes Zeichen. Antonia hörte Elizabeth sagen »Antonia ist dran«, dann war sie wieder zurück. »Sieht gut aus im Moment, aber es gab ein paar Probleme bei Stella und Sam.«

Das Auto! »Sie sind doch nicht verletzt?«

»Sam sitzt der Schreck tiefer in den Knochen, als er zugeben würde, aber es geht ihnen gut. Ein bisschen kompliziert alles. Justin und Tom sind gekommen. Sie haben sich Sorgen um dich gemacht.«

Er war es also, mit dem Elizabeth gesprochen hatte. Das ergab Sinn. »Mir geht's gut.« Mehr als gut sogar. »Also, tut mir leid, falls ihr gerade ..., aber ...«

Elizabeth schnaubte hörbar. »Was kann ich für dich tun?«

Auf die Ghulin war Verlass. »Ich will ohne großen Aufruhr ins Hotel. Kannst du mich reinlassen?«

»Klar doch. Ich zieh die Vorhänge zurück, dreh das Licht an und öffne das Fenster. Dauert's noch lang bei dir?«

»Zehn Minuten, vielleicht 'ne Viertelstunde.«

Annähernd so lange brauchte sie, um sich von Michael zu trennen. Es fiel ihr schwer, zu gehen. »Denk dran, du hast versprochen, mir beim Ausräumen des Ofens zu helfen«, sagte er.

Zwar konnte sie sich an ein derartiges Versprechen nicht explizit erinnern, aber der Gedanke gefiel ihr. »Wenn mit meinen Freunden alles in Ordnung ist, bin ich da.«

Er nickte. »Verstehe.« Dann schlüpfte er in eine Hose und

begleitete sie zu ihrem Van. Sie fuhr los, und er sah ihr nach. Als sie um die Ecke bog und ihn nicht mehr im Spiegel sah, spürte sie einen merkwürdigen Stich im Herzen.

Es war sonnenklar, klar wie Kloßbrühe: Sie hatte sich einen Puma angelacht.

Elizabeth hatte Wort gehalten. Sie stand als dunkle Silhouette im offenen Fenster. Tom Kyd wartete unten.

»Ich dachte, ich könnte dir vielleicht helfen, Antonia.«

Seine Ritterlichkeit in allen Ehren, aber zu erwarten, Tom mit seinen verkrüppelten Händen könnte ihr helfen, war dann doch zu viel des Guten. »Ich komm schon zurecht.«

»Red keinen Unsinn, Antonia.«

Sie hätte ihn lynchen können. Sie war um einige Jahrhunderte stärker als er, ließ ihn aber schließlich doch lächelnd gewähren. Es würde noch genug Gelegenheiten geben.

Ganz Gentleman, ließ er sie voranklettern, folgte ihr aber dicht hinterher und ließ auf Elizabeth' »Alles in Ordnung mit dir?« ein etwas weniger höfliches »Wo, bei Abel, hast du dich bloß herumgetrieben?« folgen.

Fast hätte sie schon gesagt: »Ich hatte wilden Sex mit einem Gestaltwandler«, kam aber zu dem Schluss, dass dies nicht der richtige Zeitpunkt war. Stattdessen sagte sie: »Ich habe einen Autodieb in die Flucht geschlagen, der gerade Stellas Wagen knacken wollte.«

Das schlug natürlich ein wie eine Bombe, und nach einer ganzen Reihe von Fragen nach dem Motto wie, wann, warum, wozu, weshalb berichteten sie ihr, wie alles überhaupt seinen Lauf genommen hatte.

Sie war froh, dass sie saß. »Glaubt ihr, es war ein und derselbe Kerl?«

Tom schüttelte den Kopf. »Unwahrscheinlich. Stella hat den Typen doch mit Karacho über die Hecke geschleudert. Wir haben uns schon Sorgen gemacht, weil sie ihn ja verletzt haben könnte, aber Justin sagt, sie wurde provoziert. Schließlich hat er Sam bedroht.«

Antonia lächelte. Die Moralgesetze ihrer Kolonie mal beiseite, sie konnte sich kaum einen Vampir vorstellen, der Stella die Rettung des eigenen Kindes zum Vorwurf machen würde. »Und was machen wir jetzt?«

»Justin hat alles unter Kontrolle.«

Natürlich hatte er das, aber ein Blick zu Elizabeth genügte, um zu wissen, dass sie anders dachte, so wie zweifelsohne auch Stella. »Hoffentlich.« Natürlich hatte sie nicht den geringsten Zweifel, dass Justin für seinen Stiefsohn nicht wie ein Löwe kämpfen würde. »Aber die ganze Aufregung hab ich verpasst.«

»Ich wette, du hast dich auch nicht gerade gelangweilt«, sagte Elizabeth grinsend.

Sie hatte keine Lust, auch nur irgendwas zu erzählen, nicht wenn Tom sie so kritisch ansah. »Ich geh dann mal lieber ins Bett.«

Elizabeth reichte ihr den Schlüssel. »Ich huschte kurz runter nach deinem Anruf und hab den Schlüssel an der Rezeption stibitzt.«

Ein Segen, diese kleinen Gefälligkeiten. »Du bist ein Schatz.«

Antonia machte die Tür hinter sich zu, kickte die Schuhe von den Füßen und warf ihre Klamotten von sich. Wilder Sex, Marathonläufe querfeldein und in die Flucht geschlagene Autoknacker nahmen einen ganz schön mit.

Jenseits der Wälder und Felder wandte sich James von seinem Teleskop ab und schüttelte den Kopf. Er war nicht betrunken und er war sich verdammt ziemlich sicher, dass er nicht halluzinierte, aber er hatte gesehen, wie ein Mann an der Seite des *Bringham Manor Hotel* hinuntergeklettert und dann zusammen mit einer Frau wieder hinaufgeklettert war. Interessant. Er hatte von Leuten gehört, die sich heimlich aus Hotels davonschleichen, ohne zu bezahlen, aber Leute, sie sich heimlich einschlichen? Seltsam, sehr seltsam.

11

Margaret Abbott schloss den Gürtel ihres Seersucker-Morgenmantels und ging nach unten, ohne ihren Mann oder Judy zu wecken. Das Haus war absolut still, von Poppys stürmischen Begrüßungsritualen einmal abgesehen. Selten genug, dass eine Pfarrersgattin Zeit für sich hatte. Margaret hatte gelernt, diese wenigen Momente zu schätzen. Sie öffnete die Tür und ließ Poppy hinaus, setzte Wasser auf und holte die Milch und die Zeitung vom Vordereingang herein. Nachdem sie die Schlagzeile in der Hoffung überflogen hatte, es gäbe auch mal gute Nachrichten, steckte sie eine Scheibe Graubrot in den Toaster und gab Tee in die Kanne. Aus einem Augenwinkel heraus sah sie Poppy im Garten herumtollen. Das Tier knurrte und schleppte etwas Braunes zwischen den Zähnen herum.

Judy musste einen ihrer Umzugskartons herumliegen lassen haben. Zu dumm aber auch! Wenn Poppy ihn komplett zerbiss, würde Judy vielleicht daraus lernen. Das Teewasser kochte. Margaret goss es in die Kanne, nahm den fertigen Toast heraus, bestrich die Scheibe großzügig mit Marmelade und trug alles zusammen an den Tisch. Sie schlug das Kreuzworträtsel in der Zeitung auf und machte es sich für eine halbe Stunde bequem.

Als Poppy an der Tür kratzte, öffnete Margaret und füllte den Trinknapf mit frischem Wasser. Erst als Poppy ihre Schnauze senkte und wie üblich zu schlabbern anfing, bemerkte Margaret die edelsteinbesetzte Hutnadel im Fell des Hundes.

Diese Judy mit ihren Theaterambitionen! Was war denn noch alles in dem Karton? Lag jetzt sicher alles auf dem Rasen verstreut. Sie sollte einfach besser auf ihr Zeug aufpassen. »Du hättest dir wehtun können, altes Mädchen«, sagte sie, als sie die Nadel aus Poppys Fell pulte. »Stell dir vor, du wärst draufgetreten?« Sie legte die Hutnadel auf das Abtropfbrett und nahm sie dann wieder in die Hand. Ein schönes Stück, erinnerte sie an die Teile, die ihre Großmutter zu tragen pflegte. Die Fassung war in punkto Gewicht und Qualität nicht wie die von billigem Strassschmuck. Das Stück musste echt sein. Sicher. Vielleicht ein Zufallsschnäppchen aus dem Trödelladen? Judy war stets auf der Suche nach irgendwelchem Krimskrams für ihre Stickereien und Collagen.

Was hatte Poppy sonst noch alles im Garten verstreut?

Margaret öffnete die Tür.

Manche Gemeindemitglieder hinterließen ab und zu etwas Obst und Gemüse, sogar Eier und selbstgebackenes Brot, aber auf dem Rasen ausgestreute Juwelen hatte es bis dahin noch nie gegeben.

Sie holte die braune Ledertasche unter einem Rosenbusch hervor und packte einen Großteil des ausgestreuten Inhalts wieder hinein, beim Anblick des angeknabberten Stethoskops jedoch wurde sie stutzig. Judy hatte ihre verrückten Momente, aber das ging zu weit. Wer von den Dorfbewohnern hatte bloß diesen Plunder hier deponiert?

Das war keine Sache, die eine Pfarrersgattin im Alleingang klären sollte. Sie stellte die Tasche auf ihrem halbfertigen Kreuzworträtsel ab und ging nach oben, um Mann und Tochter zu wecken.

Während Simon die Polizei rief, setzte sie nochmals Wasser auf. Sergeant Grace war immer für eine Tasse zu haben, und, verflixt, sie konnte auch noch eine vertragen. Wirklich lustig: Als sie vor sechs Jahren hierhergezogen waren, hatte sie unter der Vorstellung gelitten, das Leben auf dem Land sei ruhig und langweilig. Da hatte sie sich getäuscht.

***

Tom und Justin berieten sich draußen – sicher beklagten sie die Schäden an Stellas Auto –, als Elizabeth sich an einen Fensterplatz zum Frühstücken setzte. Wenige Minuten später kam Sam dazu. Stella würde das Frühstück auslassen, sagte er. Auch über Antonias Abwesenheit war sie nicht sonderlich erstaunt, hätte aber nichts gegen zwei zusätzliche Portionen einzuwenden gehabt. Schwer möglich, halb garen Speck und rohe Würstchen zu bestellen, und gekochtes Fleisch war nun mal weniger nahrhaft. Dem Himmel sei Dank für den Vorrat im Kühlschrank in Orchard House.

Unter ihren und Sams Blicken fuhr einer von Judes Lakaien in einem nagelneuen silbergrauen Mercedes vor, der wohl Stellas verbeulten Jaguar ersetzen sollte. Kein Zweifel – Vampire hatten Organisationstalent.

»Weißt du schon, was du heute machen willst?«, fragte Sam zwischen zwei Bissen Toast.

»Was?« Kinder erstaunten sie immer wieder. Es war noch kaum ein Tag vergangen, da wäre er beinahe entführt worden, und nun saß er da, verspeiste Würstchen und beschäftigte sich mit Ausflugsplänen.

»Wir wollen nach Windsor, das Schloss besichtigen. Dann machen wir eine Bootspartie auf dem Fluss und später wird gepicknickt.« – »Na dann viel Spaß!« – »Hast du Lust mitzukommen?«Klang verführerisch, aber ... »Ein andermal, Sam. Es steht einiges an heute.« Etwa der Versuch, den Kontakt mit dem Zirkel wiederaufzunehmen.

»Ich weiß.« Sam nickte und schmunzelte wissend, »du willst mit Tom zusammen sein, stimmt's?«

Mist! Das erschwerte die Sache natürlich. Er hatte vor, das ganze Wochenende hierzubleiben. Da konnte sie ein Treffen mit dem Zirkel vergessen. »Stimmt genau, Sam. Isst du eigentlich das letzte Würstchen noch?«

»Du kannst es haben. Ich krieg jederzeit neue.«

***

Nach einem gemütlichen und kräftigen Frühstück und einer Plauderei mit Sam, den sie wirklich sehr vermisst hatte, war Elizabeth bereit für einen netten romantischen Tag mit Tom. Sie könnten ins Grüne fahren, vielleicht auch nach Guildford, oder vielleicht sogar in den Antiquitätenläden in Dorking stöbern. Tatsächlich war sie höchst neugierig auf eine Stadt namens Dorking.

Ganz so sollte es nicht kommen.

Sie hatte kaum Zeit gehabt, sich die Zähne zu putzen, als Tom den Kopf durch die Tür steckte. »Hast du schon Pläne fürs Wochenende?«

Sie spuckte aus. Dieser Tom hatte ein sicheres Gespür für den ungünstigsten Moment! Sie spülte nochmals und wischte sich den Mund ab. »Ich wollte es mit dir verbringen.« Den größten Teil davon zumindest.

Er kam näher und legte ihr seine verkrüppelten Hände auf die Schultern. Trotz seiner Verletzungen oder vielleicht gerade wegen ihnen war er überaus zärtlich. »Du hast mir gefehlt, Lizzie.«

»Ich hab dich auch vermisst.« Stimmte wirklich. »Aber es war einiges los.«

»Beunruhigende Dinge. Justin glaubt nach wie vor, die Sache mit der Autoentführung samt vorausgehendem Juwelenraub sei ausgestanden, aber etwas sagt mir, dass es so einfach nicht sein kann. Dieser Versuch gestern Abend, Stellas Auto zu knacken ...«

»Woher wussten sie denn, wo sie sich aufhält?«

»Kein Problem. Wie viele cremefarbene XJ8er sieht man denn hier schon? Ich wette, das halbe Dorf hat gewusst, dass auf dem Parkplatz hier ein cremefarbener Jaguar mit ramponierter Kühlerhaube und zertrümmerten Frontscheinwerfern rumsteht.«

Richtig. »Sam und Stella können einem leidtun. Schöne Landpartie!«

»Stella hatte alles im Griff, und Sam braucht sich mit Justin und Stella als Aufpasser keine Sorgen zu machen.« Er zog sie zu sich heran. »Justin ist ja nun wirklich ein guter Freund von mir, und ich mag auch seine Frau und seinen Sohn sehr, aber ich bin nicht hierhergekommen, um mich mit dir über sie zu unterhalten. Wir haben die Sache geregelt. Sobald der Pfarrer die Juwelen findet, wird er die Polizei anrufen, und es kommt alles in deren Hände. Aber jetzt haben wir hier erst mal sturmfreie Bude.«

»Was ist denn mit den anderen?«

»Justin und Co. gehen auf geschichtliche Entdeckungstour, und Antonia hat anscheinend einen geschäftlichen Termin bei einem Töpfer hier vor Ort.« Elizabeth hätte beinahe grinsen müssen. Die Angelegenheit wurde langsam interessant. »Außer uns ist also niemand hier, Miss Connor, und ich dachte, wir könnten vielleicht heiraten.«

»Heiraten?«

»Warum nicht? Wir haben schon darüber gesprochen.«

»Ja, und wir haben uns darauf geeinigt, noch ein wenig zu warten.«

»Wir haben genug gewartet, und ich habe meine Meinung nicht geändert. Du vielleicht?«

»Keineswegs.«

»Dann passt ja alles. Wir wollen heiraten. Toby hat die Lage in Oregon gut im Griff. Kein Grund, sich darüber Sorgen zu machen. Packen wir's also an!«

»Heute?«

»Zumindest eine Heiratserlaubnis können wir uns beschaffen. Einen Termin aussuchen, Ringe kaufen. Klingt für mich wie ein ganzes Tagesprogramm.«

»Bist du dir sicher, ich bin der passende Ghul für dich?«

»Daran hab ich nie gezweifelt. Meine einzige Sorge war nur, wie ich dich zu einem Einverständnis bewege.«

»Was ist mit Gwyltha und dem Rest der Kolonie?« Verdammt aber auch, als Führerin hatte Gwyltha das letzte Wort in so ziemlich allen Fragen.

»Wenn man bedenkt, Liebes, dass du einen Schurkenvampir unschädlich gemacht hast, der sie beinahe besiegt hätte, meine ich, dass sie dich als Person und deine Kräfte sehr zu schätzen weiß. Wie auch immer, sie ist sowieso einverstanden. Ich habe ihr gesagt, dass ich dich heiraten werde.«

»Ohne mich davor zu fragen?«

»Ich wollte nicht, dass wir uns nach deinem Jawort noch mit bürokratischen Schwierigkeiten rumschlagen müssen.«

»Aber ich habe noch nicht ja gesagt.«

»Wirst du aber. Du gehörst mir, oder nicht?«

Sie spürte ein Flackern in ihr, eine Wärme, die sich bis in jede einzelne Faser ihres Daseins ausbreitete. Sie war beunruhigt, erfreut, überglücklich, entzückt, ängstlich und ein wenig erschrocken, nur eines war sie nicht: unsicher. »Ja, Tom.«

Es war ein Sprung ins Unbekannte. Heiraten! Tom heiraten, und zwar bald, wenn es nach ihm ging. »Trotzdem werde ich hier für Antonia arbeiten.«

»Natürlich. Du kannst pendeln und ab und zu auch hier unten bleiben. Das kriegen wir hin.«

Aber leicht würde es nicht werden. Das war es bis jetzt auch nicht gewesen, aber warum sich Sorgen machen? Ein kompliziertes Leben an Toms Seite war einem ruhigen Leben alleine und einsam unendlich vorzuziehen, und wann war ihr Leben schon je ruhig verlaufen? »Ich werde also Mrs Tom Kyd werden.«

»Sicher. Dann lass uns jetzt, solange wir noch einer Meinung sind, einkaufen gehen.«

»Erst muss ich noch telefonieren.«

Er rollte mit den Augen und drückte sie heftig an sich. »Wozu? Es ist Wochenende. Antonia kann arbeiten, wenn sie will, aber du musst es nicht.«

Antonia arbeitete mitnichten, aber wenn sie andere glauben machen wollte, dass sie es doch tat, schön und gut. »Es ist nicht direkt Arbeit.« Sie hielt inne. Warum? Tom heiratete sie in dem Bewusstsein, dass sie eine Hexe war, und hatte er nicht eben selbst gesagt, dass Gwyltha, die Führerin höchstpersönlich, sie akzeptierte. »Ich will Kontakt mit dem örtlichen Hexenzirkel aufnehmen und habe sie, ganz aufdringliche Amerikanerin, solange bearbeitet, bis sie einverstanden waren. Das Treffen hätte gestern Abend stattfinden sollen, ich musste aber wegen Stellas Schwierigkeiten absagen. Nun muss ich dringend zurückrufen und mich wenigstens entschuldigen.«

Tom liebte sie wirklich sehr, so sehr, dass er nur nickte und ihr das Handy von der Kommode holte. »Mach's kurz und sei vorsichtig. Die sind komisch drauf hier.«

»Dauert nicht lang. Bin sofort fertig.«

»Wir müssen nicht ausgehen. Wir könnten einfach hierbleiben …« Einer seiner Mundwinkel zuckte.

»Kommt nicht infrage! Du hast mir versprochen, wir gehen Ringe kaufen!«

Sie wählte die eingespeicherte Nummer der Autovermietung, aber Ida war nicht da. Darauf versuchte sie es privat und wartete, während der Junge, der ans Telefon gegangen war, »Grandma!« rief.

»Wer ist dran?«, fragte Ida schroff.

»Elizabeth Connor.« Elizabeth Kyd in spe. »Tut mir leid wegen gestern Abend. Eine Freundin hatte Probleme, und ich konnte sie unmöglich damit sitzen lassen. Können wir einen anderen Zeitpunkt vereinbaren?«

Es dauerte scheinbar ewig, bis sie antwortete. »Von mir aus Ja. Ich muss mit Emily drüber reden.« Sie unterbrach. »Wir gehen Tee trinken. Sie können dazukommen.« Kein Wort von Mildred, der dritten im Bunde. »Passt Ihnen vier Uhr? Im *Copper Kettle?*«

Verflixt, nein! Aber sie konnte die Ladys doch nicht wieder versetzen. Sie würden sie nie wieder ernst nehmen. Aber zur Hölle damit, dieser Tag war für ihre Verlobung reserviert. »Ging's ein bisschen später? Vielleicht um sechs?«

»In Ordnung, wo? Wir können nicht zwei Stunden im *Kettle* sitzen!«

»Ich schlage vor, wir treffen uns im Weihegarten hinter Orchard House.«

Pause. Verflixt, sie konnte fast hören, wie Ida darüber nachgrübelte. »Einverstanden.«

»Wunderbar! Dann erwarte ich Sie dort um sechs!«

Wie das jetzt Tom erklären?

Kein Bedarf.

»Ein Zusammentreffen von Hexen?« Er zeigte ein seltsam ironisches Lächeln.

»Genau. Ich hab's extra verschoben, um möglichst lange mit dir zusammen zu sein ...«

»Gute Idee. Der alte Zaubergarten?« Sie nickte. »Gut. Ich werde auch da sein.«

»Nein, Tom, ich bitte dich. Sie sind schon jetzt nervös genug. Und was, wenn eine von ihnen Megs Fähigkeiten hat und deine Aura lesen kann?« Oder vielmehr das Nichtvorhandensein einer solchen.

Er schüttelte den Kopf und grinste. »Du hältst mich wohl ganz für blöd, oder? Ich werde da sein. Auf einem Baum, gefiedert, werde ich Wort für Wort belauschen. Sollte dir eine dieser Ladys gefährlich werden, kriegen sie es mit mir zu tun, in meiner ganzen nackten Pracht!«

Er konnte sie so sehr zum Lachen bringen! »Tom, niemand wird mir ein Haar krümmen. Es sind alte Damen, und was ist mit dem Wiccacredo? Hast du das vergessen?«

»Nein, aber ich weiß noch genau, was diese Bande Kit angetan hat. Das sind keine netten, gutmütigen Hexen, wie du sie kennst, Lizzie, sondern Mörder.«

Tom schüttelte den Kopf. Hatte er wirklich gerade Hexen als »nett« und »gutmütig« bezeichnet? Was machte diese Frau nur mit ihm? Aber wenn sie dachte, sie würde sich alleine mit dieser Bande treffen, hatte sie sich getäuscht! »Ich werde da sein, Liebes. Das garantier ich dir.«

Sie nickte. »Gut, Tom.« Fast hätte es ihn umgehauen, dass sie sich so bereitwillig fügte, aber er würde sich hüten, nachzufragen, wenn er schon mal Oberwasser hatte. An diesem Morgen hatte allein er das Sagen gehabt. Ihm war's recht. »Bist du jetzt fertig?«

»Oh, ja.« Sie schnappte sich ihre Tasche.

»Gehen wir, Tom. Sicher will das Zimmermädchen schon lange das Bett machen.«

»Umso besser für uns. Dann können wir es später wieder zerwühlen.«

Nachdem sie fast die ganze Umgebung abgegrast hatten, fanden sie in einem kleinen Laden in Richmond einen antiken Ring mit einem eckigen, von zwei Diamanten flankierten Rubin.

»Nun bist du ganz mein«, sagte Tom, »für immer! Nur schade, dass wir keine Zeit mehr für die Heiratserlaubnis haben. Hat ewig gedauert, bis du dich entscheiden konntest.«

»So soll's auch sein! Schließlich kommt es nicht alle Tage vor, dass sich ein Ghul verlobt!«

»Glaubst du nicht, der Witz hat langsam einen Bart?«

Sie schüttelte den Kopf. »Ganz und gar nicht. Du liebst eine Ghulin und solltest dich daran gewöhnen, Schatz.«

Sie küsste ihn auf die Wange, berührte ihn nur zart mit den Lippen, aber die Wirkung war beachtlich. Es wurde schon wieder eng in seiner Hose – nicht ganz neu, es war fast den ganzen Tag über eng. Aber er wollte sich nicht beklagen, und sie würden ohnehin bald zu Hause sein, sobald Lizzie ihre Hexen getroffen hatte. Dafür würde sie Kraft brauchen. »Wir sollten, ehe wir zurückfahren, lieber noch schnell bei *Sainsbury's* Halt machen und ein Steak für dich besorgen, oder besser gleich sechs. Dann hast du während der Fahrt was zu knabbern.«

Das ließ sie sich nicht zweimal sagen und verdrückte allein zwischen Richmond und Esher drei riesige Sirloin-Steaks.

Essgewohnheiten waren das! Aber er als Blutsauger brauchte reden. Seit er mit Lizzie befreundet war, kam er auch ab und an wieder mal in Metzgereien, heutzutage klinisch reine Etablissements, im Vergleich zu den Läden, wie er sie noch im sechzehnten Jahrhundert gewohnt war; und er war gezwungen, Supermärkte zu betreten, wofür es bis dahin wenig oder überhaupt keinen Bedarf gegeben hatte.

»Tom«, sagte sie, als sie Cobham passierten und Kurs auf Bringham nahmen. Sie fuhren nun über Landstraßen, aber man hätte meinen können, halb Surrey war an diesem Nachmittag unterwegs. »Würde es dir was ausmachen, wenn ich den Ring abnehme?«

Wo dachte sie hin? Sie würde ihn für immer und ewig tragen. »Warum denn?«

»Ich finde, ich sollte ihn bei diesem Treffen lieber nicht tragen. Es hat keinen Sinn, sie unnötig neugierig zu machen. Wenn eine von den alten Damen den Ring bemerkt, kommt doch garantiert sofort die Frage: »Wer ist denn der Glückliche?«

Damit hatte sie zweifelsohne recht. »Steck ihn wieder an, wenn es gelaufen ist, ja?«

»Natürlich. Ich werde ihn demonstrativ zur Schau stellen!«

Aber zuerst zurück zu Orchard House.

Er wählte eines der hinteren Zimmer aus, die zum Garten hinausgingen. »Denk dran, das Fenster offen zu lassen, Lizzie. Damit ich auch wieder reinkomme. Die Nachbarn würden schön schauen, wenn da plötzlich ein nackter Mann herumläuft.«

»Ich bekomme keinen Schock, wenn ich dich nackt sehe.« Ihr vielsagendes Grinsen machte ihn wahnsinnig an. Wusste sie eigentlich, was sie da mit ihm machte? Ja, verflixt noch mal, sie wusste es genau.

»Kann ich dir vielleicht helfen?« Sie glitt mit einem Finger zwischen zwei Knöpfen unter sein Hemd.

»Später beim Anziehen kannst du mir helfen. Jetzt muss ich mich konzentrieren.« Er hatte noch niemals zuvor – jedenfalls so weit er sich erinnern konnte – versucht, sich mit Ständer zu verwandeln. Das war seine Chance, herauszufinden, wie eine sexuell erregte Eule aussah und sich anfühlte.

Elizabeth trat zurück und sah zu, wie er sich verwandelte. In einem Moment war er noch Tom, schön, nackt und eindeutig erfreut, sie zu sehen. Es lag ein Prickeln, eher ein bebendes Zittern, in der Luft, und schon im nächsten Moment wurde Tom zu einem Schemen aus Farbe und Bewegung. Dann saß eine Eule mit spitzen Ohren auf dem Fensterbrett. Er drehte den Kopf. Dunkle Eulenaugen sahen sie an, und weg war er, segelte mit ausgebreiteten Flügeln über den Garten hinweg. Ihr persönlicher gefiederter Bodyguard, Vampirgeliebter und Verlobter.

Sie holte tief Luft – wenn sie an das Wort Verlobter nur dachte, bekam sie eine Gänsehaut vor Erregung. Aber erst mal … Sie stellte seine Schuhe nebeneinander und steckte in jeden eine Socke, seine Hose und das Hemd hängte sie an die Schranktür. Sie kuschelte sich noch für einen Moment mit der Wange an sein Hemd und genoss seinen betörenden Duft. Dann hatte sie den Raum auch schon verlassen und war die Treppe hinuntergeeilt. Sie wollte da sein, wenn die anderen beiden eintrafen. Noch wenige Minuten für sich alleine – okay, alleine mit einer Eule –, und sie wäre bereit.

Sie setzte sich ins Gras unter der Eberesche. Tom war von der großen Eiche in der anderen Ecke des Gartens herübergeflogen und saß jetzt wahrscheinlich direkt über ihr. Sie sah nicht hinauf. Das war nicht nötig. Sie spürte seine Nähe und fühlte sich in seinem Schutz sicher und geborgen.

Der alte Backsteinweg verströmte die Wärme des vergangenen Tages. Sie lehnte sich gegen den Baumstamm und beobachtete die Bienen über den Lavendelbüschen. Manche waren so schwer mit Pollen beladen, dass sie wie betrunken durch die Luft taumelten.

Sie konnte ihren Zustand gut nachvollziehen, war sie doch selbst ein wenig aus dem Gleichgewicht geraten. Ein ungutes Gefühl, das sie noch nie gemocht hatte und das ihr gerade jetzt besonders ungelegen kam.

Vielleicht hätte sie Tee machen oder sonst etwas parat haben sollen, das sie ihnen anbieten könnte, aber nun war es zu spät. Und im Kühlschrank gab es nur Blutbeutel und rohes Fleisch.

»Hallo!« Elizabeth wandte sich in Richtung dieser Zwitscherstimme. Ida näherte sich in Begleitung einer kleinen, pummeligen Frau mit stark gekräuselten Löckchen.

Sie stand auf. Sie hätte wohl besser Stühle herausbringen sollen, aber auch dafür war es nun zu spät. Sie ging auf die beiden zu, schenkte Ida ein Lächeln und streckte der anderen Frau die Hand entgegen. »Sie müssen Emily Reade sein. Ich bin Elizabeth Connor.«

Es war ein loser, verwackelter Händedruck.

»Freut mich, Sie zu sehen«, sagte Emily. »Ida hat mir alles über Sie erzählt.«

Stimmte nicht ganz. Ida wusste nicht alles von ihr, aber … »Danke für die Bereitschaft, mich zu treffen, und ich entschuldige mich noch mal wegen gestern Abend. Eine Freundin hatte ein kleines Problemchen.« Oh je! Sie war schon zu lange hier! Ein »kleines Problemchen«. Es hatte sich um eine ausgewachsene Krise gehandelt!

»Ich hoffe doch, nichts Schlimmes«, sagte Ida mit neugierig geweiteten Augen.

»Ein kleiner Autounfall, aber sie war trotzdem sehr durcheinander.« Das war zumindest ein Teil der Wahrheit.

»Oh, es ist furchtbar, wie manche Leute heutzutage fahren«, sagte Emily. Sie schüttelte den Kopf, aber ihre festgesprayten Locken blieben in Form.

Genau! Und die Autoentführer waren auch eine Landplage. »Es ließ sich alles regeln.« Hoffte sie wenigstens. »Aber Stella brauchte einfach unseren Beistand.«

»Schön, ich freu mich für sie, dass sich alles regeln ließ«, sagte Ida. »Dann können wir ja zur Sache kommen.«

»Ich dachte, es gäbe noch eine dritte Person, die Sie erwähnt haben.«

Ida schüttelte den Kopf. »Mildred Rowan konnte nicht weg. John ist manchmal schwierig.«

Das war immerhin der Ansatz einer Erklärung für den Zwischenfall im *Barley Mow.*

»Gehen wir doch zu dem hübschen Baum, unter dem Sie vorhin gesessen haben«, schlug Emily vor. »Es ist so schön da!«

»Möchten Sie was zum Hinsetzen, Stühle oder sonst was?« Dabei wusste die Göttin, was für eine Art »sonst was« sie noch hervorzaubern könnte.

»Für uns nicht!«, insistierte Emily, schritt über die Kamille und ließ sich nahe der Stelle nieder, wo Elizabeth eben erst gesessen hatte.

Hätte Tom den Stoffwechsel einer Eule besessen, könnte sich Emily auf was gefasst machen. Hatte er den? Sie würde ihn später fragen müssen. Sie wartete, bis Ida es sich bequem gemacht hatte – sie war nicht annähernd so agil wie Emily, war aber auch immerhin rund fünfundzwanzig Jahre älter, wenn nicht mehr. Nachdem sie Platz genommen hatten, setzte sich Elizabeth zwischen die beiden.

»Also«, sagte Emily – fast schien es, als hätte man sie zur Sprecherin auserkoren –, »wollen wir die Göttin in ihrem geheiligten Garten begrüßen?« Sie streckte die Hände aus. Ida nahm die eine, Elizabeth die andere Hand, und dann fassten Ida und Elizabeth einander an den Händen. Idas Hand war mager, abgearbeitet und alt, aber warm. Emilys Hand fühlte sich kalt und hart an, und Elizabeth empfand ein gewisses Unbehagen. Dazu kamen eine Gereiztheit und eine Spannung, die sich noch verstärkte, als Emily ihren Singsang anstimmte.

Ida stimmte ein. Elizabeth, nicht vertraut mit der Abfolge, intonierte leise. Ihr Unbehagen verstärkte sich weiter. Alles, was ihr Adela über den Missbrauch von Macht erzählt hatte, rollte vor ihr ab. Sie holte tief Luft und gleich noch einmal, und als Emily endlich zum Schluss kam und die Hände freigab, hätte sie beinahe geseufzt vor Erleichterung.

»Gelobt sei die Göttin!«, sagte Emily.

»Gelobt sei die Göttin«, wiederholte Ida, gefolgt von Elizabeth.

In der nun einsetzenden Stille übertrug sich der Friede des Gartens auf sie. Die Bienen nahmen ihren Tanz zwischen den Lavendelzweigen wieder auf, und von der geknickten Kamille, auf der sie saßen, verbreitete sich ein frischer, süßer Duft in der Wärme des Abends. Im Schutz der alten Ziegelmauer war die Luft still und lau, aber nichts von dieser Friedlichkeit konnte das Unbehagen, das sie in Emilys Nähe empfand, ganz vertreiben.

»Sie wollen also in unseren Zirkel eintreten«, sagte Emily knapp und fast feindselig.

»Vielleicht.« Hier gingen die Augenbrauen in die Höhe. »Ich übe mich seit zehn Jahren in der Kunst, nachdem mich meine Stiefmutter eingeführt hat, und bin neugierig, welche Wege man hier in England beschreitet. Von Dixie wusste ich, dass Ida in einem alten Zirkel aktiv ist. Und da ich eine Zeit lang hier arbeiten werde, habe ich sie kontaktiert.«

»Haben Sie deshalb das Auto gemietet?«, fragte Ida.

»Das Auto habe ich gemietet, weil ich mobil sein will und Dixie Sie empfohlen hat.«

»Vergessen wir das Auto!«, blaffte Emily. »Wir müssen entscheiden, ob Elizabeth als Beitrittskandidatin geeignet ist.«

Vorausgesetzt Elizabeth entschloss sich, beizutreten. »Vielleicht erzählen Sie ein wenig über Ihren Kreis.«

Emily zog sich hoch. »Unser Zirkel ist sehr alt. Älter als Sie als Amerikanerin es sich vorstellen können.« Wirklich? Da sie im Begriff war, einen vierhundert Jahre alten Vampir zu heiraten, hatte sie eine recht gute Vorstellung von »alt«.

»Unsere Wurzeln reichen fünfhundert Jahre zurück.« Nun gut, damit hatten sie die Nase ein Stück weit voraus. »Wir wurden verfolgt und mit Prozessen überzogen, und einige Mitglieder starben für ihre Kunst auf dem Scheiterhaufen.« Sie fasste Elizabeth ins Auge. »Kann irgendein Zirkel in Amerika so eine Geschichte aufweisen?«

Konkurrenzdenken war doch hier fehl am Platz. »So alt ist keiner, nicht dass ich wüsste.«

»Dacht ich mir's doch.« Sie lächelte süffisant. »Sie müssen verstehen, wie die Dinge bei einem Zirkel wie dem unseren liegen.«

Sie verstand ziemlich schnell. »Wer ist Ihr Führer?« Schwer vorstellbar, eine von den beiden würde auch nur irgendetwas leiten.

»Wir –«, begann Ida, wurde aber von Emily unterbrochen.

»Unser Führer ist zurzeit nicht bei uns. Er wird ebenfalls, so könnte man sagen, verfolgt.«

Elizabeth hätte sich beinahe verschluckt. Sebastian Caughleigh verfolgt! Er war ein Mörder! Gut, er war geistesgestört, aber trotzdem ... Sie sah zu Ida und hatte den Eindruck, sie würde mit den Augen rollen. Alles in allem höchst interessant.

»Aber wie kann der Zirkel ohne Führer funktionieren?«

»Er funktioniert dank der Gnade der Göttin und unserer eigenen Ergebenheit an die Ideale unseres Führers«, erwiderte Emily.

Elizabeth stöhnte leise. Ihre Antworten waren auch schon mal besser. »Meines Wissens sind Sie beide in der Kräuterkunde sehr bewandert.« Ein Themenwechsel hatte noch nie geschadet.

Vielleicht doch. Die beiden Frauen tauschten vorsichtige Blicke aus. »Wir kennen uns einigermaßen aus«, pflichtete Emily bei. »Möchten Sie Ihre Kenntnisse auf dem Gebiet erweitern?«

»Vielleicht.« Ein Ausweichmanöver, aber sie hatte nicht vor, sich auf irgendwas festlegen zu lassen, nicht solange diese Emily ihr so wenig geheuer war. »Sie sagten, der Zirkel sei sehr alt. Haben Sie Dixies Tanten gekannt?«

»Ich habe sie gekannt«, sagte Ida.

Emily blaffte: »Das ganze Dorf hat sie gekannt.«

»Ich habe bei ihnen gearbeitet«, sagte Ida. »Bin schon mit fünfzehn in ihren Dienst getreten. Sie waren sehr streng.«

»Oh, Ida! Du redest ohne Ende.« Emily verzog den Mund und legte die Stirn in Falten.

»Ich weiß.« Sie wandte sich direkt an Elizabeth. »Ich habe viele Jahre dort gearbeitet, manchmal zehn, zwölf Stunden am Tag, bei nur einem freien Tag pro Woche und für einen Hungerlohn, da ich im Haus gewohnt habe. Als Peter Collins anfing, mit mir auszugehen, waren das willkommene Fluchten für mich, und als er mir einen Heiratsantrag machte, liebte ich ihn für die Befreiung aus diesem Gefängnis.«

»Waren sie es, die Sie in den Zirkel eingeführt haben?« Schien naheliegend, aber …

»Ja, aber das kam später. Nachdem ich nach der Heirat mit Peter ausgezogen war, konnten sie kein Mädchen mehr finden, das dumm genug war, bei ihnen einzuziehen. Schließlich war ich damit einverstanden, einmal in der Woche zum Saubermachen vorbeizukommen. Das hab ich acht Jahre gemacht, bis ich mit Stanley schwanger wurde.«

»Wahrscheinlich um mich zu halten, begannen sie, mich in ihr Kräuterwissen einzuweihen. Dann führten sie mich in den Zirkel ein, konnten mich aber auch damit nicht halten. Als Stanley kam und Peters Mutter älter wurde und zu uns zog, habe ich die Putzstelle aufgegeben, aber ich blieb Mitglied des Zirkels.«

Interessant, und die längste Rede, die sie je von Ida gehört hatte. Sogar Emily war sprachlos.

Aber nicht lange. »Also«, sagte sie, »sind Sie bereit, in unseren Zirkel einzutreten?«

»Noch nicht.« Emilys Kinn sank nach unten, und es dauerte einige Sekunden, bis sie den Mund wieder zukriegte. »Was heißt das?«

»Was ich gesagt habe. Ich bin mir nicht sicher.« Stimmte nicht ganz, da sie mit jeder Sekunde sicherer wurde. »Ich wollte mit Ihnen reden, um Sie kennenzulernen. Genau das habe ich Ida gesagt. Ich bin mir nicht sicher, ob ein organisierter Zirkel, noch dazu ein so alter wie der ihre, das Richtige für mich ist. Eigentlich will ich nur mit Gleichgesinnten in Kontakt treten.«

Emily gab einen Ton von sich, der wie »pffft!« klang. »Also alles nur eine Zeitverschwendung.«

»Ich hoffe nicht.« Jetzt bloß nicht die Nerven verlieren. »Danke für Ihren Besuch. Und, Ida, vielen Dank dafür, dass Sie Emily mitgebracht haben. Hab mich gefreut, Sie kennenzulernen.«

»Haben Sie die Bücher von den alten Damen?«

Emilys Frage löste bei Elizabeth höchste Alarmbereitschaft aus. »Ihre Bücher?«

»Zu Ida haben Sie gesagt, Sie hätten sie. Zauberbücher, handschriftliche Aufzeichnungen, Rezeptbücher. Sie wissen genau, wovon ich spreche.«

Wusste sie sehr wohl. »Ich habe Ida erzählt, dass ich sie gesehen habe. Dixie hat sie mitgenommen, als sie das Haus verlassen hat.« Zumindest die meisten.

Emily schüttelte den Kopf. »Was wir damit nicht alles hätten zuwege bringen können!«

Welches Unheil, zweifelsohne. »Hätten Sie vielleicht gern Dixies Adresse und Telefonnummer, um sie zu fragen?«

Emily schüttelte den Kopf. »Nein, danke.« Und stand auf. »Ich gehe.«

Elizabeth ergriff Idas Hand und half ihr beim Aufstehen. »Danke«, sagte Ida und strich ihren geblümten Rock glatt. »Sie sind ein gutes Mädchen.« Sie senkte die Stimme. »Hätten Sie nur auf mich gehört. Aber es musste ja sein.«

Stimmt. »Danke.« Eigentlich wollte sie nun mit den beiden durch das Tor in Richtung Haus gehen, da sie annahm, sie parkten in der Einfahrt, stattdessen jedoch steuerte Emily auf das hintere Ende des Gartens zu, und Elizabeth und Ida folgten ihr. Hatte Emily vor, an einer der leeren Nischen oder einem Altar stille Zwiesprache zu halten? Weder noch. Sie ging schnurstracks auf die Eiche zu. Beim Näherkommen bemerkte Elizabeth, dass das, was sie für eine Stützvorrichtung gehalten hatte, eine mit Efeu und Wein überrankte Verlängerung der Mauer war. Der Weg war hier vollständig überwachsen, führte aber um die Mauer herum zu einer weiteren Tür.

Wie konnte sie das übersehen haben? Wusste allein die Göttin, aber über Pflanzen geklettert, um die Mauern zu inspizieren, war sie nicht. Die Tür führte auf einen schmalen Streifen Land, an dessen Ende die Straße verlief.

So waren sie also in den Garten gelangt, ohne dass Dixie sie bemerkt hatte. Wie viele Türen gab es womöglich noch? Das würde sie überprüfen, oder noch besser, sie würde es von Tom überprüfen lassen. Mit seinen Adler- beziehungsweise Eulenaugen würde ihm nichts entgehen.

Als sie in den Garten zurückkam, segelte eine dunkelbraune Gestalt mit ausgebreiteten Flügeln über die Mauer in Richtung Haus.

Sie würde ihn bald sehen. Und mit Sicherheit würde er sagen: »Ich hab dich gewarnt.«

12

Ghule waren in punkto Schnelligkeit nicht gerade Schnecken. Elizabeth rannte in Windeseile über den Rasen und durch den verwunschenen Küchengarten ins Haus, aber Vampire hatten in dieser Hinsicht doch die Nase vorn. Als sie den Hintereingang erreichte, wurde sie bereits von Tom, vollständig angezogen und mit einem seltsamen Glimmern in den Augen, erwartet.

»Zufrieden?«, fragte er.

Wirklich nicht! »Das war eines der seltsamsten Gespräche, das ich je gehabt habe.«

»Willst du darüber reden, während ich mir ein paar Konserven zu Gemüte führe?«

Nach der Verwandlung musste er sich natürlich stärken. »Gerne.« Auch wenn es nicht allzu viel zu sagen gab. Sie wartete, während er die enge Treppe hinaufdüste und nach kurzer Zeit wiederkam mit zwei leeren Blutbeuteln in der Hand. »Wie entsorgt ihr denn so was?«

»In Zeitungspapier einschlagen und dann ab in die Müllpresse.« Sie wies mit dem Kopf auf die glänzende Apparatur hinten in der Ecke. »Antonia hat sie nur zu dem Zweck gekauft.«

»Geniales Maschinchen«, sagte Tom, während er das Gerät anschaltete. »Sollten wir uns vielleicht auch zulegen« – er sah sie von der Seite an – »wenn du nach Hause kommst.«

»Den Bedarf dafür hast doch du und nicht ich.«

»Und was ist mit diesen ganzen Steakknochen und den Geflügelkarkassen, die einfach in der Tonne landen?«

Wo er recht hatte, hatte er recht. »Nächstes Wochenende. Wir gucken mal bei Selfridges.«

»Wenn nicht gleich der nächste Zwischenfall uns beide hier unten festhält.«

»Ich glaube, es reicht jetzt erst einmal. Wir hatten genügend Aufregung. Was Stella da passiert ist, war der Wahnsinn.« Eine schaurig-schreckliche Angelegenheit, aber nun war sie aus der Welt.

»Ich hoffe, du behältst recht.« Er kam dicht heran. »Ich mach mir Sorgen um dich, Lizzie. Dieses Dorf ...«

Sie küsste ihn. »... ist harmlos. Wer sollte zwei Vampiren und einem Ghul schon was anhaben können. Wir führen das Haus einer guten Verwendung zu und reinigen es von jeglicher negativer Energie.«

»Ich hoffe, du behältst recht.« Er führte ihre Hand an seine Lippen. »Wo ist denn dein Ring?«

Sie nahm ihn aus ihrer Tasche und zog ihn über. »Du weißt doch, warum ich ihn abgenommen habe.«

»Klar. Aber jetzt behältst du ihn an?«

Was, zum Teufel, dachte er sich eigentlich? Und warum war er so gereizt? Oder war sie es, die überempfindlich reagierte? Sie ließ einen langen Seufzer ertönen. »Du hast alles gehört, Tom. Hab ich mir das nur eingebildet oder teilst du meinen Eindruck, dass sie doch ein bisschen seltsam waren?«

»Du darfst nicht vergessen, Liebes, du hast es mit alten, verwirrten Weibern zu tun.«

»Emily ist nicht so alt. Fünfundvierzig vielleicht, höchstens fünfzig.«

»Und nur darauf bedacht, wie sie ihre Macht missbrauchen und ihre bösen Machenschaften durchsetzen kann. Darling«, – er zog sie eng zu sich heran – »komm mir nicht mit dem Vorsatz ›füge niemandem Schaden zu‹. Ich weiß, dass du danach lebst, und Adela auch. Aber nicht diese Bande. Wenn Caughleigh sie auf die schiefe Bahn gebracht hat, dann weil sie ihm freiwillig gefolgt sind.« Er küsste sie aufs Haar. »Weißt du, was ich glaube?«, fragte er, als sie zu ihm hinaufsah. »Wenn du gesagt hättest, du hast die Kladden mit den Rezepten und die Kräutersammlung oben im Haus, hätten sie dich mit Kusshand umworben. Aber so kamen sie zu dem Schluss, dass du ihnen nichts bieten kannst, was ihnen irgendwie nützt. Halt dich fern von ihnen.«

Alles, was er sagte, bestätigte nur ihre eigenen Eindrücke, aber ... »Ich hab mich so gefreut, Gleichgesinnte kennenzulernen.«

»Kommt alles noch. Du hast ja auch Meg kennengelernt, oder nicht?«

»Meg ist in Devon.«

»Warum rufst du sie nicht an? Vielleicht kennt sie jemanden. Du musst dich nicht auf Bringham beschränken. Mit deinem Auto bist du doch mobil.«

Die Göttin segne ihn! Elizabeth wusste, welches Maß an Überwindung ihn das kostete. »Ich wusste, es gibt einen Grund, warum ich dich liebe, Tom.«

»Ich werde dir noch viele Gründe geben, Lizzie, meine Liebe.« Von ihr aus gerne.

»Das war reine Zeitverschwendung«, sagte Emily, als sie ihren Honda über die Seitengasse auf die Hauptstraße steuerte.

»Nicht ganz«, erwiderte Ida. »Wir wissen nun, dass sie es ernst mit ihrem Glauben meint, obwohl sie Amerikanerin ist, und wir haben die Bestätigung, dass alles Material vollständig vernichtet wurde.«

»Vorausgesetzt, sie sagt die Wahrheit.«

»Warum sollte sie lügen? Ich für meinen Teil gehe davon aus, dass alles beseitigt wurde. Immerhin ist nichts ans Licht gekommen. Dixie ist weg, warum sollte diese junge Frau sich um Ereignisse kümmern, die Jahre zurückliegen? Hör einfach auf, dir Sorgen zu machen. Die alten Vetteln sind tot, und wir sind aus dem Schneider. Das ganze Dorf kann von Glück sagen, dass ihre Unterlagen vernichtet wurden.«

»Davon spreche ich nicht!«, blaffte Emily. »Dixie hat uns

in dieser Angelegenheit allen einen Gefallen getan, aber was ist mit dem Rest? Es muss Aufzeichnungen gegeben haben, Notizen, Rezeptbücher. Kein Mensch kann das alles im Kopf behalten. Stell dir vor, was wir alles anstellen könnten, wenn wir über ihr Kräuterwissen verfügen könnten?«

»Kann sein, aber wir haben keinen Zugang dazu und das wird sich auch nicht ändern.« Konnte Emily denn nicht den Tatsachen ins Auge sehen?

»Mildred wird nicht sonderlich erfreut darüber sein.«

»Dann hätte sie gefälligst mitkommen sollen.« Ida schnaubte. »Ich kann sowieso nicht verstehen, wie sie ihren Alten von vorne bis hinten bedienen kann.«

»Er hat sich doch die Schulter ausgerenkt.«

»Ja, wahrscheinlich war er wieder mal sturzbesoffen und ist gestürzt! Mildred hätte diesen Kerl niemals heiraten dürfen.«

Emily bedachte sie mit einem bösen kleinen Lächeln. »Du magst ihn nicht, oder?«

»Warum sollte ich? Er ist ein einziges Ärgernis. Er war dreimal im Knast und hat nichts als Kummer und Leid über sie gebracht.«

»Er ist seit fast fünf Jahren trocken und hat mittlerweile sogar einen Job.«

»Aber wie lange? Wenn du mich fragst, schmeißt er über kurz oder lang wieder alles hin.«

»Dich hat niemand gefragt, Ida. Lass Mildred in Ruhe.«

»Ich sag ja nichts über sie. Ich kenne sie vom Tag ihrer Geburt an. Ihre Mutter und ich sind zusammen aufgewachsen. Mildred war als Mädchen ein richtig heißer Feger, aber jetzt ... Du verstehst mich nicht, Emily.«

»Oh doch, sogar sehr gut!« Sie warf Ida finstere Blicke zu. »Mildred weiß, dass John ein Taugenichts ist. Genau darum würde sie ihn nie verlassen. Dieser Nichtsnutz von Bruder von ihm ist gerade aus dem Knast und wohnt bei ihnen. Sie fürchtet, Dave könnte John wieder in was reinziehen.«

»Hab ich's dir doch gesagt!« Emily bremste ab. »Wir sind da. Es hat keinen Sinn, wenn sie sich aufregt. Wir sagen ihr einfach, wir haben nichts in der Hand, und belassen es dabei.«

Natürlich war es nicht ganz so einfach.

Als Emily vor dem Haus parkte, kam Mildred zur Haustür herausgerannt. »Nehmt den hinteren Eingang über das Gartentor. Wir nehmen draußen Platz. Sie dürfen uns nicht hören.«

Ida sparte sich eine schnippische Bemerkung. Mildred hatte mit John genug am Hals, und es hatte keinen Sinn, ihr das Leben noch schwerer zu machen. Würde sowieso zu nichts führen. Ließ doch Mildred nichts, aber auch gar nichts über John kommen. Dumme Ziege!

»Im Garten ist auch okay«, sagte Emily und schloss das Auto ab.

»Gut.« Mildred flüsterte mittlerweile. »Ich mach Tee für uns. Muss nur den Männern zuerst eine Tasse raufbringen. Dann können wir miteinander plaudern.«

»Warum macht sie das bloß?«, fragte Emily leise, als Mildred ins Haus zurückhuschte. »Sie bedient ihn von vorne bis hinten.«

»Sie hat sonst keinen außer ihm«, erwiderte Ida. »Manche Frauen glauben, besser diesen als gar keinen Mann.«

Emily lachte bitter. »Manche Frauen, ja ...« Sie schüttelte den Kopf. »Hast du gehört, was neulich im *Barley Mow* passiert ist?« Ida hatte keine Ahnung, brannte aber darauf, alles zu wissen. »John war besoffen wie eine Haubitze, hat sich aufgeführt wie sonst was und die Polizei hat ihn nach Hause gebracht.« Emily schüttelte den Kopf.

»So ein Blödmann aber auch! Hat Angst davor, der Zirkel könnte wieder aktiv werden und Mildred hätte womöglich anderes zu tun, als sich rund um die Uhr um ihn zu kümmern.«

»Er war früher selbst dabei.«

»Weil Sebastian glaubte, er braucht einen Mann fürs Grobe, noch dazu mit hilfreichen Kontakten zur Unterwelt. Wo uns das hingeführt hat, sieht man ja.«

»Bitte sehr!« Mildred kam mit dem Tee und einem Teller Marmeladentörtchen heraus. Sie verteilte die Tassen. »Dann schießt mal los«, sagte sie, indem sie die Törtchen auf kleinen Tellern offerierte. »Was konnten wir von dieser kleinen Amerikanerin Nettes erfahren?«

Das »wir« wurmte Ida, aber sie überhörte es einfach. »Nichts.« Mildred hob eine Augenbraue, aber sie fuhr einfach fort. »Gar nichts. Sie behauptet, sie sei eine Hexe, gelernt hat sie angeblich bei ihrer Stiefmutter. Gut möglich, aber was kann eine Amerikanerin schon über derlei Dinge wissen? Alles nur aus Büchern angelesen! Es gibt nichts, was sie uns bieten könnte. Keine Bücher von den Underwoods. Nichts. Elizabeth konnte ihre Nase ein wenig reinstecken, mehr nicht. Dann hat Dixie sie vernichtet.«

»Ist auch gut so, wenn du mich fragst«, erwiderte Mildred und nahm einen Schluck Tee.

»Was enthielten sie denn Belastendes gegen dich?«, fragte Emily.

Oh, sie konnte so gehässig sein! Mildred errötete.

»Nicht so viel wie gegen dich und deinen lieben Sebastian!«, sagte Ida voller Genugtuung, als Emily hochrot anlief. »Gegen jeden stand was drin, das meiste davon frei erfunden. Es ist gut, dass dieser Schmutz aus der Welt ist.«

»Und sie hat wirklich alles vernichtet? Auch die Kräuter- und Rezeptbücher?«, fragte Mildred.

»Sieht so aus«, sagte Ida. »Du kennst ja diese Amerikaner – kein Respekt vor altüberlieferten Dingen.«

»Und nun?« Mildreds Gesicht hatte wieder den üblichen aschfahlen Ton angenommen.

»Nun?«, erwiderte Emily. »Nun arbeiten wir hübsch im Stillen alleine für uns weiter. Bloß keine Aufmerksamkeit erregen.«

Wenigstens einen Funken Verstand hatte sie doch. Ida nickte. »Wir können allmählich durchsickern lassen, dass uns gewisse Mittel und Kräuterkuren zu Gebote stehen. Allmählich, wohlgemerkt. Und nur an Leute, die wir kennen.«

»Vorsicht ist das Gebot der Stunde«, sagte Emily.

Ida sah zu Mildred. »Wie geht es John, Mildred?«

»Wird langsam besser. Ich glaube, eine Verrenkung ist viel, viel schmerzhafter als ein Bruch. Da hat er einiges durchgemacht.«

Und Mildred auch, sagte sich Ida.

»Ist er denn gestürzt?«, fragte Emily.

»Sagt er zumindest. Angeblich ist es bei der Arbeit passiert, aber seine Sachen sahen aus, als wäre er auf freiem Feld gestürzt. Seine Jacke musste in die Reinigung.«

Also nicht einmal Mildred nahm ihm seine Lügenmärchen ab. »Wenn es auf der Arbeit passiert wäre, hätten sie auf der Stelle einen Arzt rufen müssen, anstatt ihn in einem Taxi heimfahren zu lassen.«

»Genau das habe ich auch gesagt. Ich hatte sogar gute Lust, dort anzurufen und es ihnen zu sagen, aber John hat sich furchtbar aufgeregt und ließ mich nicht. Und jetzt sitzt er oben mit seinem Bruder zusammen und streitet sich mit ihm.«

»Worüber?«, fragte Emily.

»Woher soll ich das wissen? Als ich raufging, um zu fragen, ob sie Tee haben wollten, warf John Dave vor, er sei eine Niete, und Dave ...« Mildred schüttelte den Kopf. »Ich meine, ihr solltet besser gehen, ehe sie noch merken, dass ihr hier gewesen seid. Über irgendetwas ist John fuchsteufelswild.«

»Müssen die Schmerzen sein«, sagte Ida.

Sie verschwanden, wie sie gekommen waren, über den Seiteneingang. »Ich weiß nicht, warum wir uns das antun mit ihr«, sagte Emily beim Wegfahren. »Ohne Johns Erlaubnis würde die doch nicht mal das Bügeleisen einschalten.«

Ida seufzte. Emily lag nicht ganz daneben mit ihrer Einschätzung, aber ... »Ihre Mutter und ich haben uns so lange gekannt.« Sie runzelte die Stirn. »Genug davon. Bring mich nach Hause.«

James wusste selbst nicht, warum er an einem Samstagabend ins *Barley Mow* ging. Es würde total überfüllt sein, und ihm war ganz und gar nicht nach Geselligkeit zumute, aber er hatte Hunger und weder auf Cornflakes noch auf Dosensuppe Appetit. Die Nacht war sternenklar, und er beschloss, zu Fuß zu gehen. Etwas Bewegung würde ihm gut tun. Fast bedauerte er es schon, Sebastians Jagdpferd verkauft zu haben – Reiten wäre ein guter Sport, nur leider war der Gaul unberechenbar gewesen und sein Temperament ähnelte dem von Sebastian.

Er steckte noch eine Taschenlampe für den Nachhauseweg ein, und ging los, allerdings nahm er nicht den Weg über die Straße, sondern die Abkürzung über den Dorfanger. Nach ungefähr hundert Metern raschelte es in den Ginsterbüschen rechts neben dem Pfad, und eine riesige Katze lief ihm über den Weg.

Ach was, Katze! Von der Größe her glich das Tier eher einem großen Hund oder einem Schaf! James blieb wie angewurzelt stehen, als es davonrannte und in einem angrenzenden Hain verschwand.

Er setzte seinen Weg fort, nach ungefähr fünfzig weiteren Metern jedoch dämmerte es ihm. Verdammt! Das musste der Puma gewesen sein! Es handelte sich also beileibe nicht um eine Legende. Und ausgerechnet er hatte sich immer wieder lustig gemacht, wenn einer der Einheimischen ihn wieder mal gesehen haben wollte. Verdammter Mist! Sein ganzes Leben lang hatte er Geschichten über den Puma von Surrey gehört, sie aber schon vor langer Zeit in das Reich der Mythen und Märchen verwiesen.

Nun war wenigstens für genügend Gesprächsstoff an der

Bar gesorgt. Vorausgesetzt, man glaubte ihm. Verdammt! Da er sich nur immer lustig gemacht hatte, rechnete er sogar damit, dass ihm kein Mensch glauben würde.

Das *Barley Mow* war so voll wie erwartet.

»Der nächste Tisch wird in etwa zwanzig Minuten frei«, versprach Alf. »Auf alle Fälle bald.«

Während James wartete, bestellte er das Übliche: Ingwerlimonade, serviert in seinem eigenen Krug.

Als Alf ihm das Getränk über die Theke schob, fragte er: »Hast du schon das Neueste gehört?«

»Nein, was denn?«

»Seit heute Mittag das Tagesgespräch. Die Frau des Pfarrers hat anscheinend heute Morgen nach dem Aufstehen eine Tasche voller Juwelen vor dem Hintereingang gefunden.«

»Ein anonymer Beitrag in den Spendenfond für das neue Kirchendach.«

»Ach was!« Alf lachte in sich hinein. »Laut Polizei handelt es sich um Diebesgut.«

»Diebesgut?«, fragte ein Mann links von James. »Wie kommen die denn darauf?«

Alf griff nach einem frischen Glas. »Angeblich sind es Sachen, die als gestohlen gemeldet wurden.« Er stellte das Glas auf ein Tablett und holte eine Flasche unter dem Tresen hervor. »Sie wollen nun wissen, wer die Tasche dort abgestellt hat.«

»Leichter gesagt als getan«, sagte der Mann. »Wenn sie keine Fingerabdrücke oder sonst was haben. Hast du was gehört?«

»Sehr viel sogar«, erwiderte Alf. »Alle haben sie eine Theorie auf Lager, und weißt du was? Einige haben dich ins Spiel gebracht, David Rowan!«

Interessant, wie so ein Gesicht rot werden konnte, wenn das Blut in Wallung geriet. Dieses hier nahm sogar einen eher purpurroten Ton an. »Was fällt dir ein!«, fauchte er. »Was glaubst du denn, wer du bist?«

»Das ist mein Pub«, erwiderte Alf. »Und überhaupt, was regst du dich denn so auf? Ich sage nur, was sich die Leute erzählen.«

»Nur zu! Gib's mir, nur weil ich frisch aus dem Knast komme.«

James war die geballte Faust nicht entgangen. »Hey«, sagte er, »Alf hat dir doch gar nichts getan. Er hat nur gesagt, was sich die Leute erzählen. Das war gut gemeint und eher eine Warnung. Du kennst doch die Polizei – bloß nicht auffallen, wenn sie einen auf dem Kieker haben.« Auf sein höhnisches Grinsen hin erkannte James den Mann. Er war tatsächlich ein paar Jahre aus dem Verkehr gezogen gewesen.

»Gut, ich werde woanders nicht auffallen. Es gibt noch andere Pubs hier im Dorf!«

Als er gegangen war, griff Alf zum Telefon und brabbelte ein paar Worte hinein, klappte es zu und widmete sich wieder seinen Zapfhähnen.

»Ein übler Zeitgenosse, dieser Kerl«, sagte James.

»Stimmt voll und ganz«, erwiderte Alf. »Ich sage dir, Chadwick, man kann es sich in dieser Branche nicht erlauben, zahlende Kunden zu vergraulen, aber Typen wie er sind die Kleckerbeträge nicht wert, die sie hierlassen. Allein die Geschichte mit John Rowan und diesen beiden Ladys neulich, und nun Dave in der Stadt. Das *Blue Anchor* hat ja nichts gegen Leute dieses Schlags«, fügte er hinzu, »aber ich hielt es doch für besser, Tom Smith vorab schon mal zu warnen.«

James nahm einen Schluck Ingwerlimonade. »Was war denn mit den beiden Ladys?«

»Oh!« Alf schüttelte den Kopf, während er ein Glas unterhielt und den Zapfhebel für das Ale zu sich heranzog. »Die zwei, die Orchard House umkrempeln. Echt nett die zwei: Eine von ihnen ist Amerikanerin und mit dieser Dixie befreundet, die letztes Jahr hier war, und die andere kommt von irgendwo aus dem Norden. Die beiden sitzen vor ihrem

Abendessen, drüben am Kamin, und John Rowan geht auf sie zu, schreit wie verrückt herum, kriegt sich gar nicht mehr ein und wirft ihren Tisch um. Schönes Theater, sag ich dir. Ich hab die Polizei gerufen, weil ich mir so was nicht bieten lasse. Und die ganze Sauerei erst wieder sauber zu machen, als ob Vickie nicht schon genug zu tun hätte!«

James spürte, wie er leicht errötete. Er hatte hier auch schon mal einen Tisch umgeworfen und bezweifelte stark, dass Alf den Zwischenfall vergessen hatte. »Eine von ihnen hab ich neulich getroffen. Scheint wirklich sehr nett zu sein.«

»Du hast recht, und ein paar Arbeitplätze mehr im Dorf kommen uns allen zugute.« Während er das Glas auf dem Tresen abstellte, sah Alf ins Lokal. »Okay«, sagte er mit einem Nicken und wandte sich wieder James zu. »Es ist ein Tisch frei. Hab ich doch gleich gesagt, dauert nicht lange!«

»Na, wie geht's, Mr Chadwick?«, fragte die Kellnerin. »Gibt's was Besonderes?«

»Nichts eigentlich, nur dass ich unterwegs hierher auf dem Anger den Puma gesehen habe.«

»Hm, mir noch nie passiert! Und haben Sie schon von den schweineteuren Juwelen aus dem Pfarrhausgarten gehört?« James meinte, ja, er habe schon davon gehört. »Ein Wahnsinnsding, nicht wahr?«, fuhr sie fort. »Hätten Sie gern die Suppe oder den Shrimps-Cocktail als Vorspeise? Die Pâté wäre auch nicht schlecht.« James bestellte die Pâté. So viel also zu seinen brandheißen Neuigkeiten. Der Surrey-Puma war ein alter Hut. Die Neuigkeit des Tages waren Diamantdiademe und Perlenketten auf dem Rasen des Pfarrhauses.

Während er auf sein Essen wartete, fragte er sich jedoch, ob das plötzliche Auftauchen der gestohlenen Juwelen in irgendeinem Zusammenhang mit den seltsamen Vorgängen stehen könnte, die sich gestern Abend vor dem *Manor Hotel* zugetragen hatten.

***

Montagmorgen, und Elizabeth fragte sich, ob die Entscheidung, in Bringham zu bleiben, wirklich so gut gewesen war. Ihre Arbeit machte ihr zwar Spaß, war aber kein Ersatz für Tom. Antonia war wieder unterwegs zu Gesprächen mit diesem Töpfer, Elizabeth bastelte an der Webseite und Stella versuchte, Vorstellungstermine mit Bewerbern zu vereinbaren.

Wobei die Betonung auf »versuchte« lag. Nach einer Reihe von ohrenbetäubenden Donnerschlägen von draußen, legte Stella das Telefon entnervt aus der Hand. »Ich geb's auf. Wie soll ich ein Gespräch führen, wenn ich mich selbst nicht mal denken höre?«

»Am Freitag war es so schlimm, dass ich Hals über Kopf davongerannt bin. Vergiss doch das Telefon für einen Augenblick und komm zu mir. Ich zeig dir, wie man eine Webseite gestaltet.«

Stella rollte mit ihrem Stuhl zu Elizabeth' Computer und sah fasziniert zu.

Sie hatte immer geglaubt, Webseiten wären was ganz Kompliziertes, aber zu sehen, wie Elizabeth mit wenigen Mausklicks wie von Zauberhand Bilder und Grafiken auf dem Bildschirm entstehen ließ, machte sie schier sprachlos. »Darf ich auch mal? Aber sicher ist es nicht so einfach, wie es aussieht.«

»Die Sache hier ist ganz einfach. Da.« Sie schob die Maus rüber.

Mit Elizabeth' Hilfe zauberte Stella ein Bild hervor – handgehäkelte Spitze – und fügte mit der Funktion »Ausschneiden und einfügen« an anderer Stelle eine Kopie davon ein. »Einfach unglaublich.« Sie starrte auf den Bildschirm. »Ich hätte nie gedacht, dass ich das kann.«

»Stella, meine Liebe, es gibt kaum etwas, das du nicht könntest! Da …« Mit einem weiteren Mausklick öffnete sie ein neues Fenster. »Versuch jetzt mal, das Foto mit dem handgemachten Holzspielzeug einzufügen.«

Sie waren beide so vertieft in ihr Tun – Elizabeth in ihre Lektionen und Stella in ihr nicht enden wollendes Staunen –, dass sie überhaupt nicht bemerkten, dass der Lärm draußen verstummt war.

Sie hoben nicht einmal den Blick, als die Tür aufging. Erst auf Sams besorgt klingendes »Mum?« hin reagierte Stella.

»Hallo, mein Kleiner. Wie war deine Gartenexpedition? Spannend?«

»Mum.« Er sah bleich und verängstigt aus. »Da draußen liegt eine Leiche.«

»Hi, Sam«, sagte Elizabeth. »Was ist es denn? Eine Vogelleiche oder was anderes?«

»Nein!« Seine Stimme zitterte. »Es ist ein Mädchen!«

Stella war sofort aufgesprungen. »Was soll das heißen?« Das konnte doch nicht wahr sein, was er da sagte. Er hatte sich sicher getäuscht.

»Mum, es stimmt wirklich. Sie lag da, als sie die alte Erdgarage abgerissen haben.«

»Du meinst den Luftschutzbunker?«, fragte Elizabeth.

»Genau. Kaum war die Seitenmauer weg, lag da ein totes Mädchen. Eingepackt von Kopf bis Fuß, aber nicht überall und –« Er machte ein Geräusch, als hätte er Schluckauf. Stella nahm ihn in die Arme. Er schien sich sicher zu sein, aber wahrscheinlich …

Mark, der Vorarbeiter, erschien in der Tür. »Entschuldigen Sie die Störung und auch, dass der Junge es sehen musste, aber, meine Damen, ich muss die Polizei rufen.«

Elizabeth reicht ihm das Handy.

Von da an lief der ganze Tag aus dem Ruder.

Als Antonia schließlich eintrudelte, wobei sie, das musste Stella zugeben, den Eindruck erweckte, als hätte der Tag für sie sehr nett begonnen, höchstwahrscheinlich im Bett, wimmelte es um das Haus herum von Polizei, Kriminalpolizei und einem Team von der Spurensicherung. Und fast der halbe Garten, so schien es, war mit blau-weißem Flatterband abgesperrt.

»Süßer Abel!«, murmelte Antonia. »Was ist denn hier los?«

Sam berichtete ihr alles.

Anscheinend waren sogar alte Vampire gegen einen Schock wie diesen nicht gefeit, was Stella ein Stück weit beruhigte. Aber mehr auch nicht.

Sie saßen alle im Büro zusammen; die Polizei hatte ihnen geraten, nur nicht hinauszuschauen. Sam konnte seine Enttäuschung nicht verbergen. »Das Aufregendste, was mir je begegnet ist, und ich darf nicht zuschauen!«

»Sam!«, fuhr Stella ihn an. Die Anspannung machte ihr wirklich zu schaffen.

»Eines würde mich interessieren«, warf Antonia ein, »woher weißt du eigentlich, Sam, dass es ein Mädchen ist?«

Er verzog das ganze Gesicht. »Sie ... die Leiche lag auf einer Art Mauervorsprung, und ihr Gesicht, oder eigentlich der Kopf war unbedeckt. Sie hatte lange Haare, sehr schmutzig, aber lang, und sah aus wie ein Mädchen. Krass – echt, anders kann man nicht sagen. Steve – der Gehilfe von Mark – hat gesagt: ›Oh, mein Gott‹ und hat mitten in die Brombeeren gekotzt.«

Kleine Jungs waren eindeutig weniger empfindlich als Erwachsene. »Sam, genug jetzt.«

»Aber Mum, Antonia hat doch gefragt.«

»Trotzdem, es reicht.« Puh! Das Landleben in England hatte durchaus seine Schärfen. Aber wenigstens gab es in Surrey keine Schurkenvampire. Dafür nur Autoentführer und ab und an einen kleinen Leichenfund.

Die Tür ging auf. Alle Augen richteten sich auf den stattlichen Mann, der hereinkam. »Schönen Nachmittag, meine Damen«, sagte er. »Sir«, fügte er mit einem Nicken in Richtung Sam hinzu. »Ich bin Detective Inspector Warrington. Tut mir leid, dass ich Sie warten lassen musste, aber die Männer von der Spurensicherung hatten noch zu tun, und ich wollte zuerst mit ihnen reden, ehe sie abzogen.«

»Sie sind schon weg?«, fragte Antonia und stand auf.

»Ja, Madam, und mit wem habe ich bitte die Ehre?«

»Antonia Stonewright. Mir gehört das Haus.«

»Miss Stonewright.« Er streckte die Hand aus. »Tut mir leid wegen der Unterbrechung, meine Damen, aber für ein paar Tage werden die Arbeiten wohl ruhen müssen. Es sind weitere Untersuchungen des Schauplatzes erforderlich, womöglich müssen wir auch noch tiefer graben. Man weiß nie, was noch alles zum Vorschein kommt.«

»Was ist mit der Leiche?«, fragte Stella.

»Wir sind mitten drin, sie zu bergen.«

»Es war ein Mädchen, stimmt's?«, fragte Sam.

»Den bisherigen Erkenntnissen zufolge, ja,«, sagte der Inspector. »Bist du der Bursche, der vor Ort war, als sie gefunden wurde?«

»Sehr richtig!«, sagte Sam forsch. Stella wollte aufstöhnen, so übereifrig war er.

»Könntest du mir vielleicht berichten, wie es ablief?« Er sah in die Runde. »Ist jemand die Mutter dieses jungen Mannes?«

»Ja, ich«, sagte Stella und stellte sich dicht neben Sam.

Er nickte Stella zu. »In Ordnung, wenn ich ein paar Takte mit ihm rede? Nur um zu hören, was er zu sagen hat.«

»Von mir aus gerne.« Sam war so voller Eifer dabei, und ein Nein wäre wohl ohnehin kaum möglich gewesen.

Der Inspector ging in die Knie, um mit Sam auf gleicher Augenhöhe zu sein. »Wie heißt du denn, mein Kleiner?«

»Sam. Sam Corvus.«

»Nun, Sam. Könntest du mir sagen, was genau wann passiert ist?«

»Ich hab zugeschaut, wie sie diesen alten Schutzbunker abgerissen haben und …« Sam fuhr fort, wobei er im Großen und Ganzen wiederholte, was er zuvor schon erzählt hatte, einschließlich aller Details dessen, wie der arme Steve sich übergeben musste. So ein Detective Inspector hatte eindeutig einen stärkeren Magen als eine Mutter. Er hörte gebannt zu, als hätte ihn nie etwas mehr interessiert, und als Sam fertig war, stand er auf und reichte ihm die Hand.

»Bist ein guter Beobachter, Sam.« Er sah in Richtung Tür zu der jüngeren Polizistin, die alles zu Protokoll genommen hatte. »Haben Sie alles, Jeffers?«

Jeffers nickte. Heiliger Strohsack! Sie hatte das alles Wort für Wort festgehalten. Nun ja. Sam hatte alles mit eigenen Augen gesehen und ...

»Ist Ihnen, meine Damen, vielleicht was aufgefallen?«, fragte Warrington.

»Wir saßen hier und haben gearbeitet, als Sam hereinkam und verkündete, dass eine Leiche gefunden wurde. Dann kam Mark Gould herein und hat Sie angerufen«, sagte Elizabeth.

»Ich bitte nochmals um Entschuldigung wegen der Unterbrechung. Aber in einer Woche müssten wir fertig sein, dann können die Arbeiten weitergehen. Und denken Sie dran, niemand übertritt das Absperrband. Sonst noch Fragen?«

»Ja.« Alle Augen richteten sich auf Sam. »Wie werden Sie herausfinden, wer sie ist?«

Als Detective Inspector hatte man anscheinend nicht oft mit zehnjährigen Jungs zu tun. Stellas Mundwinkel zuckte, als sie gespannt auf die Antwort wartete. »Sam, zuerst werden wir eine Obduktion durchführen, um herauszufinden, wie lange sie hier gelegen hat und wie alt sie war. Dafür hat man bestimmte Tests. Wenn wir ein Datum haben, gehen wir zurück und sehen uns alle in diesem Zeitraum verschwundenen Personen an, auf die diese Beschreibung und das Alter passen. Darauf folgen dann noch viele Untersuchungen und Nachforschungen.«

Sam machte ein angestrengtes Gesicht, als er sich das anhörte. »Wurde sie ermordet? Sicher doch, oder?«

»Genau wissen wir es nicht, aber es sieht sehr nach einem Verbrechen aus.« Stella schauderte. »Wir werden es rauskriegen.«

»Kann ich den Polizisten bei der Arbeit zuschauen?«

»Lieber nicht, du würdest sie nur nervös machen, aber du darfst gucken, wie lange sie brauchen. Versprich mir nur, dass du nicht über die Absperrung kletterst.«

»Niemals.« Sam schüttelte den Kopf. »Aber Notizen mach ich mir, damit ich nichts vergesse. Wir müssen einen Aufsatz schreiben, was wir in den Ferien erlebt haben, und ich nehme dieses Thema.«

Konnte nur eine Eins werden, dachte Stella.

»Ich bin mir sicher, das wird 'ne tolle Sache, Sam.« Warrington verabschiedete sich von allen per Handschlag, bedankte sich nochmals und versprach, sie unverzüglich zu informieren, sobald die ersten Ergebnisse vorlagen.

»Süße Göttin!«, sagte Elizabeth, als die Tür hinter ihm und seiner schweigsamen Kollegin zuging. »Was soll denn noch alles kommen, nach diesem Wahnsinnswochenende!«

»Es gab auch Glanzpunkte«, sagte Antonia. »Zum Beispiel deine Verlobung.«

Elizabeth lachte. »Stimmt!«

»Du hast das ganze Wochenende über sehr entspannt gewirkt«, sagte Stella.

»Nicht so entspannt wie Antonia. Sie hatte eine tolle Zeit mit ihrem Töpfer.«

»Welcher Töpfer denn?«, fragte Sam. »Meinst du ihren Kerl?«

»Sei nicht so naseweis«, sagte Stella. »Lasst uns essen gehen. Jetzt können wir ja weg.«

»Wann heiratet ihr beide denn nun, du und Tom?«, fragte Sam Elizabeth, als sie den Anger in Richtung *Barley Mow* überquerten.

»Sehr bald«, antwortet sie.

»Werde ich auch eingeladen?«

»Natürlich. Ich brauch doch einen Brautführer, und mein Vater ist für eine Reise zu krank.« Und wenn er wüsste, dass seine einzige Tochter ein Ghul war und einen Vampir heiratete, würde ihn gleich der nächste Schlag treffen.

Sam blieb auf der Stelle stehen, die Augen weit geöffnet. »Meinst du das wirklich? Ich soll dich zum Altar führen?«

»Klar, warum nicht.«

Er gluckste ausgiebig. »Aber er muss nett zu dir sein. Sonst kriegt er dich nicht.«

Würde er sicher. Da hatte Elizabeth ja wieder was angefangen. »Hast du keinen Hunger, Sam?«, fragte Stella.

»Und ob! Einen Bärenhunger sogar!«

»Dann lass uns hinmachen. Es ist schon fast zwei!« Der Tag war schon wieder halb vorbei, aber was für ein Tag! Für ein friedliches Leben hätte sie in Havering bleiben sollen. Überhaupt war Justin gut zuzutrauen, dass er sie nun sofort nach Yorkshire zurückbeordern würde. Schon am Sonntag hatte er ihnen die Rückkehr ausdrücklich nahegelegt und jetzt ... Zum Kuckuck noch mal! Sie würde sich Gedanken darüber machen, wenn sie ihn anrief. Was sie tunlichst gleich nach dem Mittagessen machen sollte.

Ein paar Monate früher wäre sie noch begeistert vom *Barley Mow* gewesen, aber mittlerweile war Stellas Interesse an historischen Bauten etwas abgekühlt. Von den Mittagsgästen war kaum einer mehr da; wahrscheinlich gingen so gut wie alle ehrbaren und fleißigen Dorfbewohner längst wieder ihrer Arbeit nach.

Der große, kräftige Barmann begrüßte Elizabeth und Antonia wie alte Freunde. »Schön, dass Sie wieder hier sind. Ganz schön was los bei Ihnen zu Hause.« Stella konnte die Neugier jedes einzelnen Gastes an der Bar fast riechen, aber was sollte sie auch anderes erwarten? Das viele Blaulicht und die an der Straße geparkten Polizeiautos konnten niemandem entgangen sein. »Gab's Ärger?«, fuhr er, begierig auf Neuigkeiten aus erster Hand, fort.

»Wir haben eine Leiche gefunden!«, verkündete Sam vor aller Welt. Stella hätte schwören können, dass sie sah, wie alle die Ohren spitzten. Was für eine Nachricht aber auch!

»Eine Leiche, junger Mann?«, fragte der Barkeeper. »Und du warst dabei?«

Stella stöhnte innerlich. Nicht gerade die Art Publicity, die sie sich gewünscht hatten, aber warum nicht gleich die richtige Version in Umlauf bringen, ehe die Gerüchteküche zu brodeln anfing. Außerdem würden dadurch mögliche Erinnerungen daran, dass sie in einem Schrottfahrzeug angekommen war, mit Sicherheit in Vergessenheit geraten.

»Ich hab alles genau gesehen«, sagte Sam. »Ich habe zugeschaut, wie sie den alten Luftschutzbunker abgerissen haben. Einer von den Arbeitern hat mitten in die Büsche gekotzt.«

»Na dann, nach so viel Aufregung, kann man doch ein schönes Mittagessen gut vertragen.« Er nickte Stella zu. »Ich bin Alf, der Wirt von diesem Pub. Ihre Freundinnen hab ich neulich schon kennengelernt. Schön, dass Sie wieder hier sind, und« – er streckte Stella die Hand entgegen – »willkommen in Bringham und im *Barley Mow.*«

Er hatte einen angenehmen, kräftigen Händedruck, und Dixie hatte ihn immerhin als ihren Freund bezeichnet. »Stella Corvus und Sam, mein Sohn.«

»Nun, meine Damen, was kann ich für Sie tun?« Sie bestellten Steak, Steak und noch ein Steak, jeweils blutig, nur Sam nahm Scampi und Pommes. »Ruhiger wäre es im Nebenzimmer«, sagte Alf und wies mit dem Kopf zu einem Durchgang. »Im Moment ist da niemand, und Sie haben mehr Platz.«

Und sie würden sehr viel weniger im Zentrum des Interesses stehen. Stella wäre Alf am liebsten um den Hals gefallen, beließ es aber bei einem Lächeln.

»Danke«, sagte Antonia. »Wir haben einiges zu bereden.«

»Sonst läuft alles zu Ihrer Zufriedenheit? Abgesehen natürlich von dem Ärger von heute Morgen?«, fragte Alf, während er eine Fanta für Sam eingoss und drei Flaschen Malvern-Wasser bereitstellte. In punkto Trinken mussten sie den Eindruck vollkommener Langweiler erwecken.

»Abgesehen davon, ja«, sagte Elizabeth. »Wir sind sehr beschäftigt.«

»Das ist immer so, wenn man was Neues beginnt«, pflichtete er bei. »Sie haben viel an dem alten Kasten gemacht. War auch bitter nötig.« Er hielt inne. »Trotzdem komisch, was so alles passiert dort.«

»Nicht nur dort«, sagte ein Mann, der an die Bar gekommen war. »Was ist mit dem Kuddelmuddel im Pfarrhaus?«

»Im Pfarrhaus?«

Stella hätte schwören können, dass ihre Kehle trocken wurde. Ein Ding der Unmöglichkeit, aber ...

»Oh, ja«, sagte Alf. »Sie wissen noch gar nichts? Am Samstagmorgen hat die Frau des Pfarrers einen ganzen Haufen gestohlener Juwelen gefunden, quer über den Rasen verstreut.«

Entweder waren Justin und Tom schlampiger vorgegangen als geplant, oder aber ... »War ein turbulentes Wochenende für die Polizei«, sagte sie.

Alf nickte und stellte die vier Gläser auf ein Tablett. »Mit Sicherheit.«

»Sind noch mehr aufregende Dinge passiert?«, fragte Sam.

»Noch mehr?«, fragte Alf. »Ist eine Leiche nicht aufregend genug?«

»Doch, schon, aber Mrs Zeibel, unsere frühere Nachbarin, sagte immer ›Aller guten Dinge sind drei‹.«

»M-m-m-m.« Alf runzelte die Stirn, als würde er überlegen. »Hat sie das gesagt, ja? Meine alte Mutter pflegte dasselbe zu sagen, und wissen Sie was, jetzt, da ich darüber nachdenke, fällt mir ein, Mr Chadwick von der Grange Farm hat den Puma gesehen.«

»Welchen Puma?«, fragte Sam.

13

Alf schüttelte den Kopf, als er Sam seine Fanta reichte. »Sag bloß, du hast von unserer Wildkatze noch nichts gehört? Was lernt ihr denn in der Schule? Der Surrey-Puma ist doch berühmt.«

»Wirklich? So berühmt wie das Ungeheuer von Loch Ness?«

Antonia lächelte. Michael hatte also keineswegs übertrieben mit seiner »örtlichen Legende«. Alf nickte, als er ein frisches Glas mit Mineralwasser füllte. »Hier in der Gegend noch viel berühmter.«

»Wo kann man ihn sehen?«

»Nun, das kommt drauf an. Nicht gerade häufig. Sie ist scheu und hält sich in den Wäldern verborgen, aber manchmal wird sie von Leuten wie Mr Chadwick gesehen, wenn diese draußen unterwegs sind. Gelegentlich kommt es auch vor, dass jemand ein verschwommenes Foto schießt, das dann in die Zeitung kommt. Sogar im Fernsehen wurde schon von ihr berichtet.«

»Ist sie gefährlich?«

Alf schüttelte den Kopf und stellte das Glas auf den Tresen. »Nicht dass ich wüsste. Ab und an wird ein Schaf gerissen, oder sämtliche Hühner eines Bauern müssen dran glauben. Dann schreien alle, der Puma, der Puma. Aber verflixt und zugenäht, etwas zum Essen braucht sie doch, und außerdem, wer weiß, ob es nicht ein Fuchs war? Die werden nämlich immer mehr zu einem Problem heutzutage.«

»Haben Sie sie auch schon gesehen?« Sam war mittlerweile Feuer und Flamme. Wenn er bloß wüsste …

»Ich nicht, nein, aber wenn du abends in mein Pub

kommst, vor allem kurz vor Schluss, triffst du einige, die das behaupten.«

Sam grinste zu dem Mann hinauf. »Sie meinen, die machen Witze?«

»Keine Ahnung. Kann was dran sein, oder es ist nur heiße Luft. Aber die reden schon, seit ich ein kleines Kind war, über den Puma. Und ich frag mich, welches Wildtier wird schon fünfzig Jahre und älter?«

Sam dachte darüber nach. »Sie könnte was Besonderes sein. Ein Superpuma vielleicht?«

Antonia hörte genau zu. Es amüsierte sie, welches Geschlecht sie dem Puma zuwiesen. Michael hatte so gar nichts Weibliches an sich! Und was Sam betraf, wie konnte ein sterblicher Junge so scharfsinnig sein? Andererseits war aber ein Junge, der den Mut hatte, einen Vampir vor dem Verlöschen zu erretten, nie und nimmer ein gewöhnlicher Sterblicher.

»Komm jetzt, Sam«, sagte Stella. »Wir suchen uns einen Tisch.« Danke, Stella. Genug der Fragen.

Sie wählten den Fensterplatz im Nebenzimmer. Außer ihnen gab es da niemanden, abgesehen von den Geranien auf den Fensterbrettern und zwei alten Männern, die an einem sonnenbeschienenen Tisch Domino spielten. Antonia zerrieb absichtlich ein Geranienblatt zwischen den Fingern, um den seltsamen, scharf-würzigen Duft dieser Pflanzen zu riechen.

Nachdem sie Platz genommen hatten, verbreitete sich eine merkwürdige Stille. Antonia dachte an Michael und an Alfs Worte und fragte sich, wer außer ihr noch etwas wusste. Sam war der Sache recht nahe gekommen, auch wenn ihm nur seine durch Comics und das Fernsehen beflügelte Fantasie durchgegangen war. Die anderen beiden schienen in Gedanken versunken. Selbst Sam trank seine Fanta schweigend und grübelte vor sich hin.

Kein Wunder. Ein Leichenfund hatte einen Schock zur Folge, an dem jeder zu knabbern hatte.

»Wer könnte sie denn sein, Mum?« fragte Sam. »Das Mädchen, meine ich.«

Stella schwieg einen Moment lang, Elizabeth starrte vor sich hin und Antonia hatte ihren Mund gerade geöffnet, um zu antworten, als Stella sagte: »Jemand, der von seiner Familie vermisst und nie gefunden wurde.«

Er kräuselte die Stirn. »Traurig, nicht wahr, Mum? Meinst du, wir sollen Dad Bescheid sagen?«

»Ja, Schatz, gleich nach dem Essen.« Hörte sich an, als wünschte sie, das Essen würde sich noch Stunden hinziehen.

Warum auch nicht? Es hatte Stella und Elizabeth einige Mühe gekostet, ihre Männer davon zu überzeugen, dass sie trotz allem doch bleiben sollten, dass die Autogeschichte längst abgehakt und dass alles in Ordnung sei. In Anbetracht einer Leiche würden diese beiden Machos mit ihrem übertriebenen Schutzgehabe nur noch rot sehen. Aber auch Michael würde nicht sonderlich erfreut darüber sein.

Als das Essen kam, machten sie sich schweigend darüber her. Elizabeth' Appetit war unverändert. Sie verschlang drei Steaks, und Sam verdrückte seine Portion Scampi mit Pommes mit dem Elan eines Zehnjährigen. Antonia ihrerseits freute sich eher auf ein paar Blutbeutel oder Michaels warmen Nacken.

»Ist noch ein Nachtisch drin, Mum?«, fragte Sam vor makellos blankem Teller.

»Sieh nach, was sie haben.« Stella drückte ihm ein paar zusammengefaltete Geldscheine in die Hand. »Und für uns bring bitte noch drei Wasser.«

Als Sam außer Hörweite war, wurde ihr Blick zunehmend verzweifelt. »Was soll ich nur machen? Wir wollten hier ein paar nette Ferientage erleben, und als wäre noch nicht genug passiert, finden sie nun auch noch eine Leiche.« Sie schüttelte den Kopf, wie um sich Klarheit zu verschaffen. »Und ich dachte immer, in meiner Heimat sei das Verbrechen zu Hause!«

»Mich erinnert das alles an das Chaos beim Einmarsch der Angeln und Sachsen!«, sagte Antonia.

Elizabeth seufzte. Glücklicher Ghul – sie konnte es zumindest noch. »Mir fehlen die Vergleiche«, sagte sie, »aber es kann doch nur noch besser werden, oder nicht?« Sie sah beide abwechselnd an, als wüssten die Vampirinnen eine Antwort. Ein Trugschluss möglicherweise.

»Mit Ja zu antworten wäre zu optimistisch«, sagte Stella. »Instinktiv würde ich am liebsten Sam packen und sofort nach Havering zurückfahren, aber vielleicht brauchen sie ihn ja noch als Zeugen?«

»Es gibt genügend andere«, sagte Elizabeth. »Mark und seine Leute. Sams Anwesenheit wird bei den Ermittlungen nicht vonnöten sein.«

»Und wenn doch, kann ich ihre Gehirne jederzeit umpolen«, sagte Antonia.

Das zumindest entlockte allen ein Lächeln. »Natürlich!«, sagte Stella. »Ich vergesse dauernd, was wir alles können.«

»Bloß nicht«, sagte Antonia. »Wer weiß, wann wir unsere Macht einsetzen müssen? Ich schlage vor, wir bleiben noch lange, lange hier sitzen und nehmen uns den Nachmittag frei, und bis morgen früh wird ja die Polizei das arme Mädchen weggeschafft haben.«

»Tut mir leid, Kleiner«, sagte Alf zu Sam. »Du kannst dir gern was aussuchen, aber zahlen muss deine Mutter oder jemand anders von den Erwachsenen.«

»Sie meinen, Elizabeth oder Antonia oder Mum könnten was kaufen, nur ich nicht?«

»Sehr richtig. Tut mir leid, du bist einfach noch zu jung. Wenn's nach mir ginge, würde ich dich ja gern zu einem Stück Sirupkuchen einladen, aber …« Alf nickte Sam zu. »Lauf und komm mit einer der Damen wieder.«

»Okay.«

Sam wandte sich gerade zum Gehen, als ein Mann an der

Bar sagte: »Tschuldigung, aber ist da drüben vielleicht Antonia Stonewright?« Sein Leben in rauer Umgebung hatte ihn Vorsicht gelehrt. Er zögerte, aber der Mann sah nett aus und hatte nichts Bedrohliches an sich; und zwei Vampire und ein Ghul waren stärker als jeder Schurke an einem x-beliebigen Tag der Woche. »Ja, das ist sie«, erwiderte er.

»Ah!« Der Mann dachte nach. »Ich hab versucht, sie in Orchard House zu erreichen, aber sie war gerade gegangen, hieß es.«

»Sie sind dort gewesen?«

Er nickte. »Ich hatte gehört, ihr hättet jede Menge Ärger gehabt, und wollte mich vergewissern, dass Antonia nichts zugestoßen ist.«

»Wir haben eine Leiche gefunden.«

Er sah so geschockt aus, wie man es von einem Erwachsenen erwarten würde. »Jemand aus dem Dorf?«

»Ich weiß nicht genau, wie sie feststellen wollen, wer sie ist, aber der von der Polizei hat gesagt, es geht.«

Der Mann kräuselte nachdenklich die Augenbrauen. »Aber Antonia und den anderen geht es gut?«

»Uns geht's gut. Wir haben gerade erst gegessen. Ich glaube, Mum und die anderen wollten mit mir ausgehen, weil sie dachten, ich könnte mich erschrecken.«

»Hast du?«

»Ein bisschen. Es ist ziemlich fies, jemanden jahrelang so zu verstecken, aber immerhin habe ich viel zu erzählen, wenn ich wieder in der Schule bin.«

»Da bin ich mir sicher. Wie heißt du denn, Bursche?«

Sam streckte die Hand aus. »Ich bin Sam Corvus.«

Der Mann hatte sympathische Augen und einen angenehmen Händedruck. »Michael Langton, Sam. Hi.«

»Oh, Sie sind Antonias Töpfer?«

Klang wie ein Lachen von hinter der Bar. Alf verzog keine Miene, sah aber aus, als hätte er soeben eine Biene verschluckt.

»Ja, Sam«, sagte Michael Langton. »Antonia will meine Arbeiten in ihrer neuen Galerie verkaufen.«

»Eigentlich nennt es sich Zentrum für Kunst und Handwerk«, verbesserte Sam. »Es gibt nicht nur Gemälde und so. Alles, was hier aus der Gegend kommt, gut ist und sich verkaufen lässt.« Jedenfalls hatten Antonia und Elizabeth genau das unzählige Male gesagt.

»Ich glaube, auf Antonia und so ein Zentrum hat das Dorf schon lange gewartet.« Michael Langton hielt inne. »Sag mal, Sam: Meinst du, deine Mutter hätte was dagegen, wenn ich diese Siruptorte bezahle? Dann müsste sie nicht extra rauskommen.«

Was würde sie sagen? Der Mann kannte Antonia, und auch Alf hielt ihn anscheinend für in Ordnung. »Dürfte kein Problem sein, aber drei neue Flaschen Wasser wollen sie auch noch, Malvern und mit Kohlensäure.«

»Ich übernehm's.« Er gab Alf einen Geldschein.

»Wohnst du jetzt hier?«, fragte Michael Langton.

»Nein, wir wohnen in Yorkshire.« Er sah Michael Langton eindringlich an. »Mögen Sie Antonia? Ich meine, richtig mögen?«

»Ja, das kann man sagen.«

Sam hätte am liebsten einen Luftsprung gemacht und laut »Juhu!« gerufen, aber ... »Ich bin so froh, weil ich glaube, dass sie Sie sehr, sehr gern hat.«

»Möchtest du Sahne zu dem Sirupkuchen?« fragte Alf.

Sam sah Michael fragend an. Immerhin war er es, der bezahlte.

»Willst du?«

»Bitte!«

»Warum glaubst du denn, dass sie mich sehr, sehr gern hat?«, fragte Michael.

Sam grinste. »Sie sieht so glücklich aus, wenn sie von Ihnen erzählt. Sie ist ja wirklich nett, aber sie war immer so erwachsen und todernst. Jetzt ist sie so wie Mum, als sie meinen Dad kennengelernt hat, meinen Stiefvater, meine ich. Völlig durch den Wind, aber glücklich.«

»Verstehe.«

»Ihr seid verliebt, stimmt's?«

»Bitteschön!«, sagte Alf. »Dreimal Malvern mit, Siruptorte auch mit und … Willst du noch was trinken, Sam?«

»Nein, danke. Ich hab noch was.«

»Sehr wohl.«

Alf reichte Michael das Tablett.

Michael stemmte es in die Höhe. »Okay, Sam, geh du voraus. Ich folge dir.«

Als er Antonias Gesicht sah, konnte Michael sich ein Grinsen nicht verkneifen. Die anderen beiden Ladys – die Brünette, auf die Sam zuging und der sofort mit der Neuigkeit herausplatzte, dass er gerade »Antonias Freund« kennengelernt hatte, und die stattliche Blonde – nahm er nur flüchtig aus dem Augenwinkel wahr. Antonia jedoch hatte Augen und Mund weit aufgerissen, in ihrem erhitzten Gesicht stand pure Freude – dieser Ausdruck des Glücks war ihm in anderen, intimeren Situation schon aufgefallen –, und nur ihr galt seine ganze Aufmerksamkeit.

»Was machst du denn hier?«

»Freut mich, dich zu sehen«, erwiderte er und küsste sie behutsam auf die Wange. »Ich habe von dem Polizeiaufgebot gehört, das vor Orchard House zusammengezogen wurde, und wollte mich vergewissern, dass es dir gut geht.« Er zog einen Stuhl heran und setzte sich neben sie – fragen war ja nicht nötig. »Das scheint ja der Fall zu sein.«

»Mehr oder weniger«, erwiderte sie.

»Sam hat mir schon erzählt, was passiert ist.« Er wandte sich den anderen zwei Frauen zu und streckte die Hand aus. »Ich bin Michael Langton.«

Beide lächelten und tauschten bedeutungsvolle Blicke aus. Er konnte regelrecht hören, wie sie dachten: »Antonias Töpfer«. Es machte ihm allerdings absolut nichts aus, Antonia zu gehören, im Gegenteil.

»Ich bin Stella«, sagte die Dunklere, »Sams Mutter.«

»Elizabeth Connor.«

»Sie war früher meine Babysitterin«, verkündete Sam. »Mum, Michael hat die Nachspeise und alle Getränke bezahlt.«

»Für dich bitte Mr Langton«, sagte sie schnell. »Und wie kommen Sie bitteschön dazu ...«

»Geht voll in Ordnung«, erwiderte Michael. »Und Sam hat überhaupt nicht gebettelt oder sonst was. Wir haben uns unterhalten, und dabei wurde mir klar, dass er zu Ihnen gehört. Ich habe Antonia gesucht, und von daher könnte man sagen, Sam hat mir einen Riesengefallen erwiesen.«

Einen wirklich großen Gefallen, und jetzt saß er auch noch direkt neben ihr. »Ich hab mir Sorgen gemacht, es könnte was Schlimmes passiert sein.«

Ihr Blick machte ihn völlig fertig, und allein neben ihr zu sitzen genügte, dass seine Hose spannte. Es hatte ihn schwer erwischt, aber sei's drum. Sie hatte auch ihre Geheimnisse. Die beiden netten Frauen neben ihr würden sofort in Ohnmacht fallen, wenn sie davon erführen. Und die eine ließ ihren Sohn neben einer Vampirin sitzen ... »Ich bin sehr erleichtert, dass alle wohlauf sind.«

»Sind wir«, antwortete Antonia, »nur ein armes, bis jetzt noch nicht identifiziertes Wesen ist es nicht, und Abel weiß, wie lange uns das aufhält, aber ... man kann's nicht ändern. Es gibt genug anderes zu tun, und wir werden es schon schaffen.«

»Hättest du nicht Lust, mit zu mir zu kommen? Ich wollte dir einige Muster zeigen.«

»Ach ja?« Ihr Grinsen deutete darauf hin, dass sie wusste, welche Muster er im Kopf hatte. »Nun ...« Sie sah zu den beiden anderen. »Wie wär's, wenn wir uns für den Rest des Tages freinehmen?«

»Gute Idee!«, erwiderte Stella. »Sam wollte den Irrgarten in Hampton Court sehen, und am Wochenende haben wir's einfach nicht geschafft, da hinzukommen. Kommst du mit, Elizabeth?«

Die Blonde schüttelte den Kopf. »Vielen Dank, aber ich wollte zurück in den Garten. Wenn schon die Baumaßnahmen stagnieren, können wir vielleicht dort mit den Renovierungen beginnen.«

Es kostete nicht viel, Antonia zu überreden, als Erste aufzubrechen. Er wollte sie nicht nur in sein Bett holen; sie mussten miteinander reden. Was neulich geschehen war, hatte ihm keine Ruhe mehr gelassen, und als er gehört hatte, die Polizei stehe vor ihrem Haus, hatte er mit dem Schlimmsten gerechnet.

Detective Inspector Warrington warf sein Jackett auf den Beifahrersitz und fuhr zurück in die Wache. Die Leiche hatten sie abtransportiert, nun war die Spurensicherung an der Reihe. Er selbst konnte nichts mehr tun, bis nach und nach die ersten Ergebnisse eintrudelten.

Irgendetwas machte ihm zu schaffen. Es war nicht die Leiche, er hatte genug gesehen, obschon er, sobald er den Bericht gelesen hatte, die übliche Wut auf den Täter in sich aufsteigen fühlte. Aber, um ehrlich zu sein, abgesehen von dem Gefühl, etwas übersehen zu haben, verspürte er in erster Linie Hunger. Er hielt an, um sich ein Sandwich zu kaufen, und war schon versucht, es gemütlich am Fluss zu verspeisen, aber auf seinem Schreibtisch stapelte sich die Arbeit, und er wollte mit Helen Adams sprechen, der Sekretärin auf der Wache. Sie stammte aus der Gegend, hatte die Schule in Effingham besucht, und würde vielleicht wissen, was er übersehen hatte. Sie kam herein, als er sich gerade eine Tasse Tee machte.

»Sie wollten mich sprechen?«

»Sie haben von Orchard House in Bringham gehört? Was

bringen Sie damit in Verbindung? Besondere Vorfälle, Klatsch, Skandale, alles, was auch immer.«

Sie überlegte einen Moment. »Ist das nicht da, wo vor einem Jahr oder so diese Autobombe hochging? Die Bombe war für die Besitzerin gedacht, aber ein anderer musste dran glauben?«

Das war's! »Können Sie mir die Akte bringen? Alles, was Sie darüber finden.«

»Natürlich, und jetzt dämmert es mir langsam. Hatte das nicht mit dem Fall Caughleigh zu tun?«

Interessant. »Suchen Sie zusammen, was Sie können.«

Was sie zutage förderte, war hochinteressant. Das Bombenattentat war noch immer nicht geklärt, aber alles Material war den Bombenspezialisten überstellt worden. Früher oder später würde der Attentäter ermittelt werden. Adams hatte wirklich genau ins Schwarze getroffen: Ein Dorfbewohner war durch die Autobombe ums Leben gekommen, die der Eigentümerin des Hauses gegolten hatte, die wiederum kurz darauf zurück nach Amerika gegangen war. Und vollends merkwürdig war Caughleighs wirres Geständnis, er habe die Bombe gelegt und selbige Dame später in Yorkshire ermordet; diese war aber etwa eine Woche später quicklebendig wieder aufgetaucht.

Und nun eine nach langer Zeit entdeckte Leiche.

Gefährlicher Ort, dieses Orchard House.

Was mochte wohl im Lauf der Jahre dort noch alles geschehen sein?

»Bist du mit dem Auto da?«, fragte Michael, als er die Tür des *Barley Mow* zuzog.

»Ich hab's am Hotel stehen lassen. Ich kann laufen, weißt du. Wunde Füße sind für mich kein Problem.«

Er lächelte besorgt. »Wir fahren trotzdem. Ich hab den Van hier, und etwas ...« Er brach ab. »Steigen wir ein.«

Was für eine Rostlaube aber auch! Sein Lieferwagen sah

von außen etwas in die Jahre gekommen aus, aber innen war er eine einzige Katastrophe. Wie hatte er dafür je eine Straßenzulassung bekommen? Vielleicht hatten Gestaltwandler wie Vampire ihr eigenes System inoffizieller Papiere. Gut, dass sie, falls die Bremsen versagten, nichts zu fürchten hatte. »Wo fahren wir überhaupt hin?« Er fuhr eindeutig in eine andere Richtung als zu ihm nach Hause.

»Du hast doch ein bisschen Zeit, oder? Ich dachte, ich zeig dir einen meiner Lieblingsplätze.«

Sie hatte wenig Geduld für kryptische Andeutungen und auch keine Lust darauf, sich in einer Folterkiste quer über Landstraßen durchrütteln zu lassen. »Und was, wenn ich zu tun habe? Soll ja bei manchen vorkommen, weißt du!«

»Du hast ja recht, Antonia. Ich hab mir seit gestern Abend Sorgen gemacht über dich und deine Freunde, aber nach dem heutigen Vormittag ...« Er seufzte. »Als ich von dem Polizeiaufgebot und dem Blaulicht rund um dein Haus hörte, hab ich echt das Schlimmste befürchtet.«

»Was soll schon schlimmer sein als Mord!« Nicht sehr nett, eher schnippisch, aber, bei Abel, diese »Ich weiß, was gut für dich ist«-Nummer nervte doch sehr.

»Genau!«, sagte er kehlig. »Allein die Vorstellung, die Frau, die du liebst, könnte verletzt worden sein oder ermordet!«

»Mich kann keiner mehr ermorden!« Es sei denn unter äußerst widrigen Umständen. »Was hattest du noch gesagt?«

Er sah sie irritiert an. »Verdammt noch mal, Antonia, du weißt, dass ich dich liebe. Hab ich das nicht oft genug gesagt?«

Ja, aber ... »Das haben im Lauf der Jahrhunderte schon viele gesagt.« Und nur wenige hatten es ernst gemeint.

Autsch! Das hatte ihn schwer getroffen. Sie konnte definitiv spüren, wie sich sein Herz zusammenkrampfte. Sein Blick verfinsterte sich. »Ach ja? Viele also?«

Abel, zu Hilfe! Männer waren alle gleich: empfindlich,

eifersüchtig, besitzergreifend und oft genug Lügner. Michael Langton aber war anders. Ganz anders, hoffte sie. »Hunderte, vielleicht Tausende, von denen einige es ernst meinten, aber herzlich wenige fanden Gegenliebe.«

Seine Bremsen waren erbärmlich. Sie kreischten wie ein gefangener Keiler, als er auf das Pedal trat und den Van zur Seite riss, wobei er beinahe den überhängenden Ast eines Baumes abrasiert hätte.

»Was?«

Rhetorische Fragen nervten ungemein. »Willst du etwa sagen, du mit deinem jedem Menschen überlegenen Katzengehör hättest mich eben nicht verstanden?«

Er bedachte sie mit einem katzenhaften Fauchen. »Ich habe jetzt Menschengestalt und menschliche Ohren.« Unvermittelt packte er sie und riss sie herüber. Sein Mund senkte sich mit einem Kuss auf sie hernieder, der jeder Sterblichen den Atem geraubt hätte.

Daraufhin wurde sie erst richtig munter, zog ihn unter dem vollen Einsatz ihrer Vampirkräfte noch näher heran. Zwischen ihnen befanden sich die Handbremse und der Schaltknüppel, aber was kümmerten sie schon derlei sterbliche Hindernisse. Sie schlang ihr Bein um seine Hüfte und rieb ihren Körper gegen seinen. Als seine Zunge sich ihren Weg bahnte, fühlte sie, wie ihrer beider Seelen miteinander verschmolzen.

Ein ungeduldiges Hupen hinter ihnen erinnerte sie daran, dass sie eine schmale Landstraße blockierten.

Michael flüsterte nur noch schnell »Ich liebe dich«, während sie ihr Bein mühsam um den Schalthebel manövrierte. Er gab dem wütenden Autofahrer hinter ihnen noch ein mehr als eindeutiges Handzeichen und fuhr los.

Unterwegs summte Michael vor sich hin, während Antonia mit einem überaus dümmlichen Grinsen neben ihm saß.

Sie war gaga! Verliebt! Hatte sie denn gar nichts dazugelernt? Aber dieses Mal war alles anders! Michael war offen, aufrichtig ehrlich, kein Vergleich mit diesem französischen Vampir, dem diese fehlgeleitete Bekannte von ihr auf den Leim gegangen war.

»Das wäre erst mal geschafft«, verkündete er nicht ohne eine Spur verständlicher Selbstgefälligkeit. »Wenn wir da sind, erzähl ich dir den Rest, und dann bring ich dich nach Hause und wir machen Liebe, bis wir beide nicht mehr können.«

»Wo fahren wir denn hin?«

»Einer meiner liebsten Plätze im ganzen Land.«

»Ich hoffe, es ist weit weg vom Schuss und wir sind unter uns. Dann müssen wir nicht warten, bis wir bei dir zu Hause sind.«

Sein Lächeln, sexy bis zum Gehtnichtmehr, strahlte sogar aus seinen dunklen Augen. Sie hielt es fast nicht mehr aus. »Denken Vampire eigentlich auch mal an was anderes als Sex?«

»Ab und an ja, aber in der Literatur werden wir immer wieder gerühmt für unsere Bettkünste.«

»Dann liegen die Schreibsklaven ja wenigstens hier richtig!«

»Eher ein Zufallstreffer. Was wissen die denn schon wirklich von uns?«

»Dasselbe gilt für Gestaltwandler.«

»Genau, dieser Vollmondquatsch.«

»Mir recht, wenn du mich fragst. Die anderen dürfen nicht alles wissen. Für uns ist Diskretion überlebensnotwendig.«

Schön, sich über derlei Dinge mit einem Mann zu unterhalten, der Verständnis dafür besaß! Nicht dass sie dieses Thema sonst jemals angeschnitten hätte, würde sie auch nie tun, aber … »Michael, wie alt bist du?«

»Nicht so alt wie du, aber keine Angst, du begehst du keinen Missbrauch. Mein Geburtsjahr ist 1903.«

»Gerade mal knapp über hundert. Ich kann damit leben.«

»Gut, denn du wirst damit leben.«

»Bist du dir da so sicher?«– »Absolut. Oder ist hier jemand anderer Meinung?« Sie nicht, aber Gwyltha würde wahrscheinlich toben vor Wut. »Was ist los?«

Bei Abel! Wie konnte er sich so in ihr Schweigen einfühlen? »Nichts, ich bin nur ein bisschen verdutzt. Immerhin krieg ich nicht jeden Nachmittag Liebesschwüre von gestaltwandlerischen Großkatzen.«

»Was soll dann ich sagen? Ich begegne auch nicht jeden Tag Vampiren.« Aber doch öfter, als er dachte. »Trotzdem bin ich verdammt froh, dass das mit uns geklappt hat. Willst du bei mir einziehen?«

Sie verstand sehr wohl, was dieses Angebot bedeutete. Sie war eingeladen, nicht nur sein wunderbares Bett mit ihm zu teilen, sondern auch seine Geheimnisse. Praktisch legte er seine Existenz in ihre Hände. »Später, Michael. Im Moment steht das Geschäft an erster Stelle, und wer weiß, wie lange sich die Dinge durch die jüngsten Vorfälle noch verzögern.«

»Du wohnst also lieber in einem Hotel als bei mir?«

»Das will ich damit nicht sagen, aber ich habe meine Verpflichtungen. Elizabeth und Stella sind gekommen, um mir zu helfen, und wir kümmern uns gemeinsam um alles. Ich kann sie nicht im Stich lassen.«

»Die beiden sind Freunde, nicht nur Angestellte?«

»So ist es.« Sie ahnte, wohin das führte.

»Du kennst sie schon länger?«

»Ein paar Jahre.«

»Und sie wissen, was du bist?«

Zeit, ihm die Wahrheit zu sagen, oder wenigstens einen Teil davon. »Ja, sie wissen, dass ich eine Vampirin bin, eine Wiedergängerin.«

»Du vertraust ihnen wohl sehr!«

»Sie wissen auch, dass man uns nicht pfählen oder in der Sonne rösten kann. Sie sind Freunde, Michael.«

»Tolle Freunde, und dieser Sam hat es wirklich faustdick hinter den Ohren!«

»Nicht wahr? Ich mag ihn sehr.« Gute Idee, das Gespräch auf den einzigen Sterblichen auf der Liste zu lenken. »Und er ist blitzgescheit. Stellas ganzer Stolz.«

»Hat sie kein ungutes Gefühl wegen des Vampirs in seiner Nähe?«

»Michael« – das sollte man besser klarstellen –, »Stella weiß doch, dass ich Sam oder egal wem nie und nimmer auch nur ein Haar krümmen würde. Ich bin ein Vampir, kein blutsaugendes Ungeheuer.«

»Dann habt ihr aber ein hübsches Imageproblem.«

»Nur bei den Ahnungslosen, und eins lass dir gesagt sein, ich enthülle meine Natur normalerweise nicht jedem. Selbst von meinen Liebhabern wussten nur die allerwenigsten Bescheid.«

»Mir hast du's gleich in der ersten Nacht gesagt.«

»Ja, worauf ich mich den ganzen nächsten Tag gefragt habe, wie ich nur so dumm und spontan sein konnte. Da hab ich natürlich noch nichts von deiner Doppelnatur gewusst.«

»Wir sind ein schönes Paar, nicht wahr?«

»Ich glaube, wir hätten's beide schlimmer treffen können.« Als Nächstes würde er ihr wohl einen Riesenklunker an die linke Hand stecken wollen, wie es Tom und Elizabeth letztes Wochenende gemacht hatten. Die Vorstellung war gar nicht mal so übel.

»Soll ich das als ein Ja verstehen?«

»Ein Ja zu was?«

Er ließ ein Lachen ertönen, warm, sexy und tief aus dem Bauch heraus. »Was du willst, Darling. Alles.«

Ihr Glück war grenzenlos und lächerlich, hatte sie es doch einem Sterblichen – gut, einem Gestaltwandler mit langer Lebensspanne – zu verdanken. Es war Jahre, Jahrhunderte her gewesen, seit sie sie sich unbeschwert glücklich gefühlt hatte. Fast als hätte sie zuviel Met auf nüchternen Magen getrunken, ein Fehler, den sie nur einmal gemacht hatte. War Michael ein Fehler? Nein! Jede einzelne Faser ihres Instinkts sagte ihr, dass er ehrlich war, aufrichtig und über die Maßen sexy.

Und er liebte sie.

Nicht zu vergessen!

Als ob sie das könnte!

»Also wo fahren wir jetzt hin, und was wolltest du mir noch sagen?«

»Wir fahren zum Silent Pool. Sind fast da. Hoffentlich stören nicht Hundertschaften von Ausflüglern die Ruhe.«

So viele waren es nicht, nur ganz wenige Spaziergänger ergingen sich an einem der friedlichsten Orte, den Antonia in den letzten paar Hundert Jahren je gesehen hatte. Dachte sie sich die geparkten Autos, die Flugzeuge am Himmel und die Mülleimer mal weg, dann fühlte sie sich in die Zeit ihrer Kindheit zurückversetzt oder zumindest in den Zeitraum um das Jahr 1500.

»Es ist wunderschön!«

»Freut mich, dass es dir gefällt«, sagte Michael, während er auf sie zukam und den Arm um ihre Schultern legte. »Lust auf einen kleinen Rundgang?«

Sie waren zusammen durch die Nacht gerannt, warum also nicht einen Bummel bei Tag wagen? Sie passte sich seinen Schritten an – oder passte er sich ihr an? –, und zusammen gingen sie ganz an den See heran und dann am Ufer entlang, ehe sie in einem merkwürdigen kleinen Sommerhäuschen, das definitiv nicht aus dem fünfzehnten Jahrhundert stammte, Rast machten.

»Jetzt versteh ich den Namen. Silent Pool. Alles hier ist still. Kein Plätschern, nicht einmal Vogelgezwitscher.« Unheimlich. Elizabeth könnte eine Erklärung haben, aber … »Ist es ein magischer Ort?«

»Nicht unbedingt. Einer Legende zufolge soll hier eine Jungfrau ertrunken sein, die sich vor Nachstellungen durch den bösen König Johann retten wollte, und seit der Zeit ertönte hier nie mehr ein Laut.«

»Eine hübsche Geschichte und gar nicht so unwahrscheinlich.«

»Kanntest du König Johann?«

»Nicht persönlich, aber ich habe seine Herrschaft erlebt. Und die seines Bruders war nicht viel besser. Ja, es gab das päpstliche Interdikt in der Zeit von König Johann, und das erschwerte die Lage für viele ungemein. Überhaupt war das Leben damals schwer. Gunst und Schutz eines Mächtigen erleichterte es manchen, aber für die breite Masse der Bevölkerung war das Leben hart und meistens sehr kurz.«

Er drückte ihre Schulter fester. »Gehörtest du damals auch zu den Armen?«

»Ich reiste als Hebamme über Land und war berühmt für mein Können. Reich war ich nicht, kam gerade so über die Runden, aber ich hatte die Unterstützung durch die Kolonie. Wir hatten den Vorteil, unsterblich zu sein. Seuchen können uns nichts anhaben.«

»Die Kolonie?«, fragte Michael.

Mist! Die Liebe machte sie wirklich sehr unvorsichtig. »In England gibt es noch mehr Vampire, und wir unterstützen einander im Notfall.«

»Verstehe.« Eher nicht, meinte sie, jedenfalls nicht wirklich. »Wie viele sind's denn?«

»Michael, ich bin gerne bereit, mich dir gegenüber zu offenbaren, aber über andere sage ich nichts.« Er nickte verständnisvoll. Warum auch nicht, lebte er doch selber im Verborgenen.

»War nur 'ne Frage. Ich bin von Natur aus neugierig.«

Ihr lag ein Spruch auf der Zunge, »Neugier ist der Katze Tod«, den sie sich aber verkniff. Wäre nicht sehr taktvoll gewesen und … »Im Pub sagtest du, du wolltest mir noch was erzählen?«

»Ach ja, genau. Kann sein, dass ich mich täusche. Ich meine, das Auto deiner Freundin, das dieser Typ neulich aufbrechen wollte, das war doch ein Jaguar, oder? Typ XJ8S.«

»Was ist damit?« Sie erschauderte nicht. Konnte nicht erschaudern. Ihr Körper hatte es verlernt, aber etwas, das sich anfühlte wie Kälte, kroch ihr über den Rücken. »Michael?«

»Schau nicht so besorgt. Vielleicht hat es ja gar nichts zu bedeuten.«

»Wenn dem so wäre, hättest du es sofort vergessen und würdest es mit keinem Wort erwähnen.«

»Schon gut, schon gut.« Er schüttelte den Kopf und nahm die Hände von ihren Schultern, um sich mit seinen kräftigen Fingern durch die blonden Haare zu fahren. »Es ist ein bisschen kompliziert.«

»Ich kann komplizierten Dingen folgen.«

»Das weiß ich, Tonia.« Er schüttelte den Kopf. »Also gut, hör zu. Du weißt, ich streife nachts herum.« Sie nickte. Natürlich wusste sie das. »Letzten Abend, nach deinem frühen Aufbruch, fand ich keine Ruhe. Ich wechselte die Gestalt und trabte in Richtung Dorf. Unterwegs zur Hauptstraße kam ich zufällig an diesen Häusern hinter dem Bahnhof vorbei. Es war alles ruhig und schon ziemlich spät, und ich schlich in einen der Gärten und streckte im Schatten der Hecke alle Viere von mir. Nur um mich ein bisschen auszuruhen und nachzudenken.«

»Die Fenster des Hauses waren offen, und ich hörte, wie sich zwei Männer unterhielten. Über etwas, das fehlgeschlagen war. Sie machten sich gegenseitig Vorwürfe, und es fielen böse Bemerkungen über den Pfarrer und seine Frau. An der Stelle wurde ich hellhörig, denn wie alle im Dorf hatte auch ich von den gestohlenen Juwelen gehört, die wie Fallobst auf der hinteren Treppe des Pfarrhauses niedergegangen waren. Also spitzte ich die Ohren und lauschte. Es war klar, dass die beiden etwas damit zu tun hatten, und jeder machte den anderen dafür verantwortlich, die Sache verbockt zu haben. Richtig stutzig wurde ich, als der Jaguar ins Spiel kam und sie sich stritten, ob es ein Fehler war, ihn zu stehlen, und warum der andere es nicht schaffte, ihn aufzubrechen und was daraus hervorzuholen. Das kann doch kein Zufall sein, dachte ich mir, nach dem, was wir am Freitagabend beobachtetet haben, und deshalb erzähl ich es dir.«

Danke. »Ja, Stella fährt in der Tat einen Jaguar, aber es gibt ihn nicht mehr. Er wurde abgeschleppt. Auf der Fahrt hierher hatte sie einen Unfall, und das Auto musste in die Werkstatt.« Und danke auch an Jude für seine Tüchtigkeit. Bei einem Jaguar, der plötzlich zu einem Mercedes mutiert war, würde niemand Verdacht schöpfen. »Danke für die Warnung. Belauschst du öfter Gespräche wie dieses?«

Er kräuselte leicht die Stirn. »Nicht oft, nur ab und zu.« Er zuckte mit den Schultern und begann auf und ab zu gehen – eindeutig katzenhafte Bewegungen. Wie konnte das allen entgangen sein? »Tonia, es klingt vielleicht verrückt, aber ich belausche gern fremde Gespräche. Nicht aus Neugier, sondern um einen Geschmack davon zu bekommen, wie es bei den Menschen zugeht. Dadurch nehme ich an Familienkrächen teil, an Kinderspielen und sogar an Diskussionen über Fernsehshows. Du musst wissen, bis wir uns kennengelernt haben, war ich ziemlich einsam. Der nächste Gestaltwandler wohnt ziemlich weit weg, in Kent, und er ist ein seltsamer Kauz.«

Für sie war Einsamkeit nie ein Thema gewesen, aber sie hatte ja auch die Kolonie. Sie näherte sich ihm auf Tuchfühlung. »Ich werde deine Leere ausfüllen, Michael.«

Genau das würde sie, und die Kolonie konnte sie mal.

14

Justin lehnte sich im Ohrensessel in Toms Arbeitszimmer zurück und schaute in den Garten hinaus, während er an einem Glas sehr guten Portweins nippte. »Hat wirklich Spaß gemacht, Tom. Wir haben Orte besucht, an denen bin ich seit zweihundert Jahren nicht mehr gewesen.«

»Du brauchst mehr Abwechslung von den ländlichen Weiten Yorkshires. Komm mit Stella und Sam nach London. Für ein Kind ist hier mehr los als in Havering«, sagte Tom, während er sich zurücklehnte und seine Zigarre auf dem Aschenbecher ablegte.

Das stimmte zweifellos. »Du hast recht.« Schweigend nahm er einen weiteren Schluck und behielt die dunkle Flüssigkeit auf der Zunge. Dieses Mundgefühl war es, nicht der Geschmack, was er genoss, und natürlich die Gesellschaft Toms, mit dem er im Lauf der Jahrhunderte schon so manches Glas geleert hatte. »Danke, dass du mich überredet hast, noch einen Tag zu bleiben. Es war doch besser, als gleich wieder nach Yorkshire zurückzufahren und mir den ganzen Tag über nur Sorgen um Stella und Sam zu machen.«

»So fährst du erst morgen zurück und fängst dann an, dir Sorgen zu machen.«

»Morgen hab ich zwei Operationen. Das sollte für genügend Ablenkung sorgen.«

»Und? Funktioniert das?«

»Verflixt noch mal, nein! Ich mach mir trotzdem Sorgen, vor allem wegen der Sache mit dem Auto und diesem verdammten Diebesgut, aber wir haben ja alles geregelt, und Stella hat jede Menge gesunden Menschenverstand. Vom Kopf her weiß ich ja, dass ihnen nichts passieren kann, nur das Herz stellt alles infrage. Höchstwahrscheinlich weil ich sie vermisse.« Er lachte trocken. »Wirklich komisch. Als ich Stella noch nicht kannte, meinte ich, ein erfülltes und zufriedenes Leben zu führen. Jetzt frage ich mich, wie ich all die Jahrhunderte ohne sie und Sam überhaupt existieren konnte.«

»Ähnlich geht es mir mit Lizzie. Es gibt Zeiten, da treibt sie mich in den Wahnsinn, trotzdem schulde ich Vlad bis in alle Ewigkeit Dank dafür, dass er sie und Heather gerettet hat. Was, wenn er einfach vorbeigegangen wäre und sie da sitzen gelassen hätte?«

»Hat er aber nicht.«

Beide fielen in ein tiefes Schweigen und genossen die Verbundenheit unter zwei sehr alten Freunden, die nicht unbedingt auf Gespräche angewiesen waren, und es bedurfte auch keiner Gespräche mehr über die ehemals sehr gemischten Gefühle Justins gegenüber dem früheren Fürsten der Walachei.

Tom griff nach der Karaffe aus böhmischem Glas und reichte sie, nachdem er sein Glas neu gefüllt hatte, an Justin weiter.

»Ich hoffe mal, es geht ihnen gut«, sagte Justin, indem er sich nachschenkte. »Sobald ich zurück bin, muss ich Gwyltha sehen. Ich will mit ihr über diesen verflixten Autodieb reden. Sie wird es so sehen wie ich. Wie sonst?« Sollte sie dennoch anderer Meinung sein, würde es Krach geben. Stella hatte niemanden attackiert, sondern lediglich ihr Kind verteidigt. Ein Unterschied wie Tag und Nacht.

»So vernarrt wie die in Sam ist, ist die imstande und vergisst unseren Kodex und ihre Antipathie gegen den Süden und kommt selbst runter, um sich den Kerl höchstpersönlich vorzuknöpfen. Du kannst beruhigt sein, Justin.«

Tom hatte recht. Zwar lebte die Kolonie nach dem Motto, einem Sterblichen niemals zu schaden, doch wer andere vorsätzlich angriff, konnte nicht damit rechnen, geschützt zu werden. »Wo er wohl hockt? Ich würde ihn mir auch gerne mal zur Brust zu nehmen.«

»Das werden wir wohl nie erfahren. Wenn er nur einen Funken Verstand hat, versteckt er sich.«

Mitten in einer ihrer geselligen Schweigephasen, in denen nur das entfernte Brummen des Verkehrs zu hören war, klingelte Justins Handy. »Entschuldige bitte, Tom. Stella ist dran«, sagte er nach einem Blick auf das Display. Er ging auf die kleine Terrasse hinaus, die zum Garten führte.

»Justin!« War sie verängstigt oder nur in Eile?

Er bildete sich ein, er hörte Toms Handy klingeln, aber ihn beschäftigte die Sorge um seine Frau. »Wie geht's in Bringham?«

Sie erstattete ihm Bericht.

»Ich fahr sofort wieder zurück!« Das Dorf war eine Brutstätte des Bösen.

»Ich bitte dich, Justin, nein.«

»Warum denn nicht, um Himmels willen? Was soll denn noch alles passieren! Allmählich müsste es doch reichen, jeden zu überzeugen, sofort abzuhauen. Wenn Antonia auch nur einen Funken Verstand hat, stiftet sie das Haus der Wohlfahrt und sagt diesem Drecksnest ein für alle Mal adieu.«

»Hör mir zu, Justin, bitte.«

Er hörte zu. »Der schreckliche Zwischenfall von Freitag hat sich erledigt. Die Juwelen sind bei der Polizei, und unser Auto sieht niemand mehr. Ihr beide, du und Tom, habt alles perfekt geregelt. Sam hat einen Riesenschreck bekommen, ich auch, und jetzt geht's uns wieder gut. Ich hab ihm doch versprochen, wir bleiben zwei Wochen. Und außerdem, dieser Ganove wird kaum um die Dörfer schleichen, um mir und Sam aufzulauern. Der wird von der Polizei gesucht und hält sich hübsch im Verborgenen.«

In diesem Punkt würde er ihr sicher recht geben, aber durch diese neue Entwicklung hatte sich die Lage nochmals zugespitzt. »Das allein ist es nicht. Bei euch wurde eine Tote gefunden!« Bei Abel, es war wie in einem Roman von Agatha Christie: Die Tote im Luftschutzbunker!

Er spürte ihr Zögern. Konnte er sie tatsächlich zum Einlenken bewegen? »Ich habe darüber lange nachgedacht, Justin. Mein erster Instinkt war, sofort die Koffer zu packen und ab, aber jetzt glaube ich, dass es doch besser ist, zu bleiben. Ein paar Tage zumindest.«

»Warum?« Knapp, ja, aber wenn er mehr gesagt hätte, hätte er angefangen herumzuschreien.

»Okay, Justin.« Nichts war okay, aber er schwieg. »Es ist wegen Sam. Er hat alles so unmittelbar mitbekommen, und ich glaube, er fühlt sich fast verantwortlich für den Ausgang der Geschichte.« Blanker Unsinn, aber auch dazu schwieg er. »Er hat den Detective gefragt, ob er sich mit den Leuten von der Spurensicherung unterhalten darf, und er hat sich mit dem Polizisten angefreundet, der zur Überwachung des Schauplatzes abgestellt wurde. Sam hat sich so richtig reingesteigert, und als ich ihn ins Bett brachte, hat er sogar gesagt, er würde auch gerne Detective werden, wenn er groß ist. Ich weiß, dass er seine Meinung noch hundert Mal ändern wird, bis es so weit ist, aber im Moment ist er völlig fasziniert. Es hat nichts mit morbid zu tun, nein, es geht ihm um Gerechtigkeit. Er will wissen, wer sie ist, und er will, dass der Mörder gefasst wird. Ich möchte so lange bleiben, wie wir es geplant haben, Justin, nämlich zwei Wochen.«

Sie flehte ihn förmlich an, und er konnte ihr kaum widerstehen, und wenn er doch was sagen würde, würde sie womöglich trotzdem bleiben. »Ich mach mir Sorgen um euch beide, Liebes.«

»Glaubst du, ich versteh das nicht? Wir haben einiges mitgemacht in den letzten Tagen, aber Sam geht es gut, und ich fürchte, er würde mehr darunter leiden, wenn ich ihn jetzt wegreiße, als wenn wir blieben.«

»Vergiss nicht, dass da ein Mörder in diesem verdammten Kaff frei herumläuft.«

»Für mich sind die Mörder höchstwahrscheinlich Dixies böse alte Tanten. Ich werde sie anrufen und sie bitten, in ihren Tagebüchern nachzusehen, sobald die Polizei eine ungefähre Vorstellung davon hat, seit wann die Tote dort gelegen hat.«

Bei Abel, sie kannte sich aus! Sie sollte sich bei der Polizei anstellen lassen.

Nein, kein guter Gedanke! »Fang mir bloß nicht an, Amateurdetektiv zu spielen!«

»Ich hab nicht die Absicht, selbst wenn ich Zeit dazu hätte. Elizabeth zeigt mir, wie man Webseiten erstellt.« Damit und der Versicherung, dass sie ihn liebte, beendete sie das Gespräch.

Justin sah in den Nachthimmel und auf die Gebäude gegenüber. Seit wann war sein Leben so kompliziert geworden? Seit er sich verliebt und sich eine Frau und einen Sohn angeschafft hatte. Stella hatte gewichtige Argumente, gepaart mit einem Übermaß an gesundem Menschenverstand. Aber das bedeutete nicht zwangsläufig, dass sie sich nicht irrte.

Er klappte sein Telefon zu und kam gerade noch rechtzeitig ins Arbeitszimmer, um Tom sagen zu hören: »Lass die Finger davon, Lizzie! Du hast Grips genug! Dieses Haus –«

Justin ging wieder zurück ins Freie, um zu warten, bis Tom, dem es offenbar nicht anders ging als ihm, herauskam.

»Nun?«, sagte Tom, als er durch die Terrassentür trat.

»Was heißt da ›nun‹?«

Tom schnaubte. »Nun heißt nun. Schöner Mist, oder?«

»Das trifft die Sache schon eher.«

»Verdammt noch mal, Justin. Wie kann dich das alles nur so kalt lassen? Elizabeth, die Frau, die mir gerade erst die Ehe versprochen hat, will nicht tun, was ich ihr sage!«

»Das tun sie oft nicht, Tom.«

»Aber sie müssen! Die Geschichte da unten läuft langsam aus dem Ruder! Sie sind gerade mal knapp eine Woche da und stecken schon bis zum Hals in gestohlenen Juwelen, einer Autoentführung und jetzt auch noch einem Mord!«

»Stella und Sam sind erst seit drei Tagen dort, und, fällt mir eben auf, bis zu ihrer Ankunft war alles ruhig.«

»Das hab ich nicht gemeint!«

Justin klopfte Tom auf die Schulter. »Das weiß ich, aber glaubst du wirklich, Ultimaten und Befehle bringen dich deinem Ziel auch nur ein Stückchen näher?«

»Aber was, zum Teufel, sollen wir machen? Das ist noch lange nicht alles. Da braut sich noch mehr zusammen, das schwör ich dir, und jetzt werden Elizabeth, Stella und Sam auch noch von einem frei herumlaufenden Mörder bedroht.«

»Stella meint – und damit liegt sie in meinen Augen höchstwahrscheinlich richtig –, der Mörder betrachtet sich die Radieschen längst von unten. Aber ich bin ganz deiner Meinung, beunruhigend ist das Ganze schon.«

»Wir sollen also einfach hierbleiben und tatenlos zusehen?«

»Natürlich nicht!«

Tom ging einmal bis ans Ende der Terrasse und wieder zurück. »Was dann? Zuerst heißt es ›Gib ihnen keine Anweisungen, da sie sowieso nicht darauf hören‹, und dann machst du dir Sorgen!«

»Tom, guter alter Freund, lass uns hineingehen. Wir nehmen noch ein Glas von deinem exzellenten Port, und ich erkläre dir unser weiteres Vorgehen.«

Tom hielt sich so lange zurück, bis er ihre Gläser neu gefüllt hatte, kaum jedoch hatte er die Karaffe abgestellt, begann er: »Nun?«

»Wir tun uns zusammen. Ich muss heute Abend zurück nach Yorkshire – ich kann meine Patienten nicht warten lassen –, aber ich will am Mittwoch wieder hier sein. Ich nehme den Wagen, damit ich mobil bin. Bis dahin musst du hier die Stellung halten.«

Tom sah ihn von der Seite her an. »Was schwebt dir vor?«

»Überwachungstaktik, wie man heute sagt.« Er erntete einen noch skeptischeren Blick. »Zuerst rufen wir John Littlewood an und fragen ihn, ob er uns sein Haus in Epsom überlässt.«

»Das in den Downs oben?«

»Genau. Er nutzt es nur zu den Rennen. Es ist abseits vom Schuss, aber trotzdem nicht so weit von Bringham entfernt. Wir beziehen dort Stellung und überwachen die Lage abwechselnd. Solange einer von uns unterwegs ist, und der andere nahe genug, um schnell an Ort und Stelle zu sein, haben wir die Situation einigermaßen im Griff.«

»Und was werden sie sagen, wenn sie merken, dass einer von uns ständig in ihrer Nähe ist?«

»Meinst du, eine Krähe mehr auf dem Zaun oder eine weitere Möwe auf dem Rasen fällt groß auf?«

»Keine Möwen bitte. Die kommen im Sommer nicht so weit ins Binnenland.«

»Von mir aus trittst du als Pfau in Erscheinung, aber einer von uns beiden ist rund um die Uhr vor Ort.«

»Du bist also besorgt.«

»Das ja, aber nicht in Panik.«

Tom leerte sein Glas. »Ich glaub schon, dass ich Panik schiebe. Dieses Verliebtsein zehrt an den Nerven!«

***

»Hier seid ihr!« Antonia kam an den niedrigen Tisch in der an den Barraum angrenzenden Nische, an dem Stella und Elizabeth saßen.

»Wo sollen wir denn sein?«, sagte Elizabeth. »Dasselbe könnten wir von dir sagen. Aber wir wissen trotzdem, wo du gewesen bist.«

»Oh, pscht!« – »Und was du gemacht hast«, sagte Stella. »Bekommt dir gut.«

»Aber du passt schon auf, dass er nicht anämisch wird?«, fügte Elizabeth mit einem leichten Grinsen hinzu.

Wozu Feinde bei solche Freunden?! »Schönen guten Abend allerseits!«

Sie nahm einen Stuhl und setzte sich. »Wo habt ihr denn Sam gelassen?«

»Oben. Er hat dort Videospiele entdeckt. Mir graut schon bei dem Gedanken daran, was das kostet, aber so können wir wenigstens ungestört miteinander reden.«

»Wunderbar. Ich muss euch nämlich etwas berichten.« Sie wiederholte, von wenigen Details abgesehen, was Michael ihr erzählt hatte.

Stella wurde nachdenklich.

Elizabeth war neugierig. »Wie konnte er das Gespräch belauschen?«

Genau diese Frage hatte sie befürchtet. Wie sollte sie darauf eine Antwort geben, ohne Michaels Geheimnis zu verraten? »Ich glaube, er hat zufällig in einem Pub was davon mitbekommen.« Eigentlich egal, welche Lüge man auftischte.

Elizabeth überzeugte sie nicht ganz. »Klingt mir nicht sehr verlässlich. Wer waren sie? Und ist er sich sicher, was er gehört hatte?«

»Für mich ist es ziemlich klar, dass die in den Raub verwickelt sind oder davon wissen«, sagte Stella. »Wenn Antonia sagt, man kann sich auf Michael verlassen, reicht mir das.«

Danke, Stella!

»Was, wenn überhaupt, wollen wir also jetzt unternehmen?«, fragte Elizabeth.

Stella runzelte die Stirn. Elizabeth griff nach ihrem Glas und nahm einen ausgiebigen Schluck.

»Ich glaube, wir sollten abwarten«, sagte Stella. »Einmal

angenommen, es sind wirklich die Typen, die das alles verbrochen haben, angefangen beim Raub der Juwelen bis hin zu dem Versuch, mein Auto zu knacken, was sollen wir tun? Das Auto ist längst weg. Sollten sie die Nummer haben und damit was anfangen können, landen sie in Yorkshire. Angenommen, sie lesen Zeitung, sehen fern oder kriegen den örtlichen Tratsch mit, dann wissen sie, dass das Diebesgut nicht mehr im Auto ist. Es gibt keinen Grund, warum sie uns noch mal behelligen sollten. Ich glaube, ihre Hauptbeschäftigung besteht im Moment eher darin, sich zu verstecken. Vorsicht hat zwar noch nie geschadet, aber …« Sie hielt inne. »Ich schlage vor, wir behalten das einfach für uns. Es hat keinen Sinn, wenn sich Justin noch mehr aufregt.«

»Oder Tom!«, fügte Elizabeth hinzu.

Antonia lächelte. »Gab's Ärger mit den Jungs?«

Stella rollte die Augen. »Nach den jüngsten Ereignissen hat nicht mehr viel gefehlt, und Justin hätte darauf bestanden, dass ich auf der Stelle nach Yorkshire zurückkomme.«

»Genau das hat Tom auch verlangt. Aber das kann er vergessen!«

»Da haben sie sich ja wieder mal richtig reingesteigert.«

Stella lachte. »Das darfst du laut sagen. Immerhin konnte ich Justin davon überzeugen, dass eine Leiche, so unheimlich das alles ist, nicht automatisch Gefahr für uns bedeutet. Mit Sicherheit hatten die Underwood-Damen ihre Finger im Spiel, aber die beiden Spinatwachteln sind ja selbst längst tot.«

»Glaubst du wirklich, dass sie es waren?«

Stella zuckte mit den Schultern. »Vieles spricht dafür. Sie haben ihre Mitmenschen erpresst und so manches Leben auf dem Gewissen, und wer sonst sollte eine Leiche auf ihrem Grundstück vergraben?«

Kam darauf an, wann sie vergraben wurde. Antonia konnte sich nicht vorstellen, wie zwei alte Weiber eine Leiche aus dem Haus schleppen, aber vielleicht hatte Stella das nicht berücksichtigt. »Bist du sicher, dass du nicht nach Havering zurückfahren willst? Für den Hausfrieden wäre es sicher besser.«

»Das stimmt, aber Sam würde unter einer überstürzten Rückkehr mehr zu leiden haben, als wenn wir blieben.«

»Dann sollten wir extravorsichtig sein«, sagte Antonia.

»Kann nie schaden«, pflichtete Stella bei. »Aber es wimmelt ja hier von Polizisten, von daher, glaube ich, sind wir sicher.«

»Weiß Michael, um wen es sich bei diesen beiden Typen handelt?«, fragte Elizabeth. Knifflige Situation. »Ich glaube, er hat eine gewisse Vorstellung.«

»Dann kann er ja zur Polizei gehen«, sagte Elizabeth.

Leichter gesagt, als getan. »Da hast du recht.« Nur würde es nie so weit kommen. Wie sollte er erklären, dass er zufällig unter ihrem Fenster gelegen hatte … in Katzengestalt.

»Hoffentlich tut er's«, sagte Stella. »Ich würd den Typen ja zu gern ans Messer liefern, allein schon weil er Sam zu Tode erschreckt hat. Aber dann müsste ich denen auch erklären, wieso ich schneller als fünfzig Meilen pro Stunde laufen kann.« Michael hatte ähnliche Schwierigkeiten.

»Wir bleiben also hier und machen unser Ding trotz des Widerstands unserer jeweiligen besseren Hälfte?« sagte Elizabeth. »Viel können sie nicht dagegen unternehmen, außer hübsch abzuwarten und Tee zu trinken.«

»Ich kann mir nicht vorstellen, dass Justin nur dasitzt und Tee trinkt«, sagte Stella, »und Tom übrigens auch nicht. Sie wissen doch, wo wir sind, und ich wette, da thront längst eine Eule irgendwo in den Bäumen und beobachtet uns.«

»Tom verwandelt sich gern in Eulengestalt«, sagte Elizabeth. »Hat er letzten Samstag auch getan.«

»Das meine ich ja«, sagte Stella lächelnd. »Ich glaube nicht, dass wir uns Sorgen machen müssen.«

***

»Erstaunlich, was für ein Chaos sie in zwei Tagen anrichten können«, sagte Elizabeth, während ihr Blick über ganze Berge aufgewühlter Erde und die zackigen Kanten verrosteten Metalls schweifte, die einmal die Wände des Bunkers gebildet hatten. Das ganze Areal war mit blau-weißem Flatterband komplett abgesperrt.

»Die Arbeiten am Neubau kann man vergessen«, sagte Antonia leicht genervt. »Ich hab Marc angerufen, den Bauunternehmer. Er sieht das Ganze mehr von der philosophischen Seite. Sie hätten angeblich noch eine andere Baustelle, und wir sollten uns einfach bei ihm melden, sobald wir grünes Licht bekommen.«

»Was Wochen dauern könnte«, sagte Stella.

Antonia stöhnte. »Ich seh es genau kommen – der September geht vorbei und wir können nicht eröffnen, weil die Polizei den Fall noch immer nicht zum Abschluss gebracht hat.«

»Es dauert bestimmt nicht so lange«, sagte Stella. »Gut, aus dem Café wird erst mal nichts, aber es ist ein Extra und von daher nicht so wichtig. Wenn du mit allem anderen weitermachst wie geplant – Künstler finden, eine Aushilfskraft suchen und die Werbekampagne starten –, könntest du rechtzeitig mit allem fertig sein.«

Brachte Stella denn gar nichts aus der Ruhe? Ihr war es recht, hatte Antonia doch schon befürchtet, die anderen Koloniemitglieder sollten recht behalten mit ihrer Vermutung, es sei der blanke Wahnsinn, ausgerechnet in Bringham Zeit und Geld zu investieren. »Ich bin froh, dass ihr beide hier seid – und natürlich Sam«, sagte sie, wobei sie ihm zulächelte, als er über die Absperrung linste. »Lasst uns reingehen und unser weiteres Vorgehen drinnen besprechen. Wenigstens der Vordereingang ist ja frei zugängig.«

»Diese Ruhe«, sagte Elizabeth, als sie sich Stühle im Büro zurechtrückten und Sam sich verdrückte, um das Haus zu erkunden. »Sehr angenehm.«

»Ihr seid mir vielleicht zwei blauäugige Optimisten!« Das war auch gut so, dachte Antonia für sich. »Was wollen wir also jetzt machen, Ladys?«

»Zu tun gibt's genug«, sagte Stella. »Die Webseite zum Beispiel. Allein komme ich nicht zurecht, aber mit Elizabeth' Hilfe müsse es klappen, und ich kann natürlich immer Korrektur lesen. Wir müssen auch Kontakt mit den Leuten aufnehmen, die sich auf unsere Anzeigen melden, sobald sie raus sind. Und Bürozubehör brauchen wir auch noch. Da haben wir angefangen, aber noch nichts bestellt.«

»Und den ummauerten Garten wollten wir auch renovieren«, sagte Elizabeth. »Aber auch mit dem übrigen Teil des Grundstücks sind wir noch nicht fertig. Das Gras ist gemäht und die Beete sind ein wenig gejätet, aber das war's dann schon.«

Über so viel tatkräftige Unterstützung konnte sie sich glücklich schätzen, aber trotzdem grübelte Antonia. »Vielleicht ist das Haus doch verhext. Hier scheinen so viele merkwürdige Dinge zu geschehen.«

»Hier sind böse Dinge geschehen«, sagte Elizabeth mit ruhiger, entschlossener Stimme. »Das spüre ich, aber ich habe das Haus mit Kräutern ausgeräuchert, um es von diesem Makel zu reinigen. Es liegen aber auch Glück und sehr viel Gutes in der Luft, und ich bin zuversichtlich. Wir können die negative Energie überwinden.«

Stella bedachte Elizabeth mit einem höflich-skeptischen Blick. Antonia zog es vor zu schweigen. Sie konnte sich noch gut an die Zeiten erinnern, in denen Magie und Zauberei die Oberhand hatten. »Warum nimmst du die Restauration des Gartens nicht in Angriff, Elizabeth? Beauftrage eine Firma. Du weißt, wie viel wir zahlen: den örtlichen Durchschnitt plus ein kleines Extra für echte Spitzenkräfte.« Das freute sie ungemein. Und warum auch nicht? Es musste was getan werden an dem Garten, und vielleicht entwickelte er sich sogar zu einer zusätzlichen Attraktion. »Stella, warum sehen wir uns nicht die bereits vorliegenden Angebote durch – wir teilen sie unter uns auf und treffen eine erste Auswahl?«

Ihre dunklen Augenbrauen hätten fast ihren Pony berührt. »Ich bin mir nicht sicher, ob ich das will. Schließlich könnte ich Arbeiten akzeptieren, die du ganz scheußlich findest, oder aber ich könnte einen wahnsinnig brillanten Töpfer ablehnen.«

Das war eine eindeutige Stichelei. »Verstehe.«

»Wie wär's, wenn ich mir die Bewerbungsschreiben durchsehe und mich um die Anstellung der Aushilfskräfte kümmere. Ich kann genau sagen, wer zupackt, und wer zu Zeiten, in denen viel los ist, sofort krank wird.«

Darauf hätte sie Gift genommen. Stella erkannte potentielle Langfinger oder die Sorte, die gerne blaumachte, schon aus einer Entfernung von fünfzig Schritten. »In Ordnung, du siehst die Stellenbewerbungen durch, während ich die Kunsthandwerker unter die Lupe nehme. Und du, Elizabeth, du –«

»Ich kümmere mich um den Garten. Ich gebe eine Annonce in der Zeitung auf.« Sie ließ ihre Blicke schweifen. »Und ich glaube, wir sollten besser die Thermosflasche und die Teetassen zurückbringen, die Emma hiergelassen hat. Es ist schon über eine Woche her. Wahrscheinlich haben wir einen furchtbaren Fauxpas begangen, sie so lange zu behalten.«

Guter Punkt. Es war immerhin eine nette Geste gewesen, auch wenn Marmeladetörtchen nicht das waren, wovon sie sich üblicherweise ernährten. »Ja, mach das, und sprich sie wegen der Cafeteria an, damit wir erfahren, ob sie überhaupt Interesse daran hat.«

»Eigentlich könnte doch Sam mit rüberkommen?« Elizabeth blickte zu Stella. »Emma hat erwähnt, sie hätte Kinder, die zur Schule gehen. Vielleicht ist eines in Sams Alter.«

Stella nickte. »Warum nicht? Wäre vielleicht nicht schlecht, wenn er einen Spielkameraden hätte. Irgendwann hat er genug davon, Haus und Garten zu erkunden.« Sie trat in die Eingangshalle hinaus und rief vom Fuß der Treppe aus seinen Namen.

Er polterte die nackten Holzstufen herunter. »Stell dir vor, was ich in einem der Zimmer gefunden habe, Mum!«

Stella verschlug es die Sprache, Elizabeth zuckte zusammen und sogar Antonia spürte, wie ihre Schultern sich verkrampften.

»Was denn, Sam?«, fragte Stella dann doch.

»Kannst du dir gar nicht vorstellen, Mum. Es gibt eine Tür und eine Treppe zu einem riesengroßen Speicher mit einem weiten Ausblick über den Garten und den Dorfanger bis hin zu ganz weit entfernten Häusern.«

Elizabeth seufzte auf, und Stella entspannte sich sichtlich. Seit Montag reagierten sie alle ein bisschen übernervös, wenn von neuen Entdeckungen die Rede war.

Sam kam ganz herunter. »Hast du was dagegen, Mum, wenn ich später noch mal kurz raufgehe?«

»Natürlich nicht, wenn Antonia nichts dagegen hat, und so lange du nichts anstellst. Aber jetzt braucht Elizabeth deine Hilfe.«

Stella sah ihnen von der Tür aus hinterher, als sie loszogen. Sam trug die Thermosflasche, Elizabeth das Tablett mit den Tassen und Tellern.

»Machst du dir Sorgen um ihn?«, fragte Antonia.

»Du meinst wegen der Leiche? Ganz zu schweigen von dem, was am Freitag passiert ist. Ja, natürlich mach ich mir Sorgen. Für eine Mutter ist das normal, aber ich rede mir einfach ein, er wird es verkraften. Wenn es ihn ängstigt, kann er sich an mich oder an Justin wenden. Aber bis jetzt hat sich ja alles gut entwickelt, abgesehen von dieser armen Toten. Die kann einem wirklich leidtun.«

»Mir geht sie auch nicht aus dem Kopf. Sie muss irgendwo Angehörige haben, die nichts von ihrem Schicksal wissen.«

Stella nickte. »Wenn alles gut geht, könnte sich das jetzt

ändern. Was, wenn sie einen Mann gehabt hat? Oder gar Kinder? Einfach traurig.« Sie zuckte die Achseln. »Aber Grübeln bringt uns nicht weiter und nützt niemandem. Machen wir uns über die Bewerbungen her!«

Sie griff nach dem Stapel auf dem Schreibtisch.

Keine Viertelstunde später kam Sam zur Tür hereingelaufen. »Mum! Darf ich zu Peter spielen gehen? Er ist neun, und seine Mum hat mich eingeladen. Darf ich?«

Ihm folgten Emma und ein Junge mit blonden Haaren. »Sie sind die Mutter von Sam? Ich bin Emma Gordon. Wäre es in Ordnung, wenn Sam eine Weile zum Spielen bei uns bleibt? Uns wäre es sehr recht – Peters bester Freund ist nach dem letzten Schuljahr weggezogen, und es gibt sonst hier in der Nähe keinen gleichaltrigen Jungen.«

Nachdem das geklärt war, zog Sam mit seinem neuen Freund von dannen. Stella sortierte die Bewerber nach den Kategorien »Nein«, »Vielleicht« und »Von mir aus gerne«, während Antonia zum Telefon griff, um Termine auszumachen.

Elizabeth schwankte noch zwischen Webseite und Garten hin und her, als es an der Haustür klopfte.

Es war der junge Mann, der sich neulich im Garten aufgehalten hatte.

»Tut mir leid, wenn ich störe, aber Sie haben mich gebeten, zu fragen, ehe ich den Garten wieder betrete. Dürfte ich vielleicht?«

»Selbstverständlich«, erwiderte Elizabeth. »Ich komme gleich mit. War sowieso gerade unterwegs dorthin.«

Sie beobachtete ihn aus den Augenwinkeln heraus, während sie über den Rasen gingen. Ein merkwürdiger Bursche. Höchstens Mitte zwanzig. Verkrampft. Die Haare ein wenig durcheinander. Gut gekleidet, sogar teuer, aber seine Hose war schon ewig nicht mehr aufgebügelt worden und an seinem Hemd fehlte ein Knopf. War er vielleicht arbeitslos und hatte keinen Penny in der Tasche?

Im Zaubergarten blieb er vor dem Kamillenrasen stehen und sah sich um. »Es ist so friedlich hier.«

»Und es erinnert Sie an Ihre Mutter?«

Er nickte. »Genau.«

Sie sah ihn an, und in ihrem Kopf machte es Klick. Ein gesunder junger Mann, der mitten am Tag nichts mit seiner Zeit anzufangen wusste. »Müssen Sie nicht arbeiten?«

Er sah sie seltsam von der Seite her an. »Ich bin arbeitslos.«

»Hätten Sie gerne einen Job?« Das war ziemlich persönlich, aber …

Sein Blick wurde vorsichtig. »Warum fragen Sie?«

Männlicher Stolz? Testosteronbedingte Empfindlichkeit? »Sie scheinen den Garten zu mögen, und Sie wissen noch, wie er früher einmal ausgesehen hat. Und ich suche einen Gärtner.«

Eine gute Minute lang starrte er sie nur an. »Sie würden mich einstellen?«

»Wenn Sie Interesse haben, und vorausgesetzt, Sie können Rosen von Traubenkraut unterscheiden.«

Wieder schwieg er länger. »Ich versteh mich nicht allzu gut aufs Gärtnern, würde aber gerne hier arbeiten, und ich könnte Bert Andrews anrufen.«

»Welchen Bert Andrews?«

»Der Gärtner, der früher für die Underwood-Damen gearbeitet hat. Ist mittlerweile sicher über neunzig und lebt mit seiner Enkeltochter hier im Dorf.«

Ihr Angebot an ihn musste eine Eingebung der Göttin gewesen sein. Ein Gärtner mit einem besonderen Bezug zum Garten, und der obendrein noch seinen Vorgänger kannte. »Also gut, abgemacht.« Sie nannte ihm noch den Stundenlohn, und dass er bei der staatlichen Sozialversicherung gemeldet sein würde. Sonst würde er wegen finanzieller Bedenken noch einen Rückzieher machen.

»Wann soll ich anfangen?«

Es ging doch nichts über engagierte Mitarbeiter.

»Ginge morgen? Sie müssten noch ein Bewerbungsblatt ausfüllen. Geht aber ganz schnell. Und nehmen Sie immer den Weg um die hintere Seite des Hauses, da die Polizei vorne alles abgesperrt hat.«

»Ich weiß« – er runzelte die Stirn – »diese Leiche, die sie gefunden haben.«

»Beschäftigt Sie das?«

Er schüttelte den Kopf. »Nicht übermäßig. Bei dem, was in diesem Haus alles abging, ist es nicht allzu erstaunlich. Diese beiden Alten waren ziemlich schlimm.« Briten hatten wirklich einen Hang zur Untertreibung. »Es gibt noch den anderen, rückwärtigen Zugang in den Garten. Ich könnte ja den nehmen.«

Den gab es in der Tat. »Ich weiß. Die Tür ist ein wenig wackelig. Da müsste vielleicht mal was getan werden.«

»Ich könnte versuchen, ob ich sie reparieren kann. Haben Sie Werkzeug hier?«

»Es gibt einen Werkzeugschuppen. Sehen Sie nach, was Sie da finden. Wenn etwas fehlt, können wir es kaufen.«

»Dürfte ich vielleicht fragen, warum Sie den Garten wieder anlegen wollen?«

»Weil ich eine Hexe bin.« Seine Augen wurden größer und größer. Warum nicht gleich mit der Wahrheit herausrücken? »Ich übe mich seit einigen Jahren in dieser Kunst, aber anders als die Underwood-Damen.« Er sah sie durchdringend an. »Ich richte mich nach der Maxime ›Füge nie jemandem Schaden zu‹.« Hierauf hob er die Augenbrauen. »Einen Zauber- und Kräutergarten wie diesen hier hab ich noch nie gesehen und ich möchte ihn erhalten.«

Er nickte. Sie hätte nie gedacht, welche Emotionen sie damit bei ihm wecken würde. Hexen, jedenfalls die von der Sorte der Underwoods, bereiteten ihm ein gewisses Unbehagen. Was sicher nicht ganz unbegründet war. Womöglich war auch dieser junge Mann von den schmutzigen Machenschaften der alten Damen betroffen gewesen. »Alles klar dann so weit. Morgen geht's los, aber Sie kommen besser noch mit rein und stellen sich bei der Chefin vor.«

»Sie sind gar nicht zuständig?«

»Nur für den Garten. Die Besitzerin und Leiterin des Unternehmens ist Antonia.«

Er folgte ihr durch den Vordereingang ins Haus. »Alles mal herhören! Ich habe einen Gärtner!«

»Das ging aber schnell«, sagte Antonia, blickte auf und lächelte.

»Und er kennt obendrein auch noch den ehemaligen Gärtner.«

»Es ist Ihr Projekt. Machen Sie was draus. Und wenn Sie schon mal hier sind, können Sie auch den Personalbogen und die Formulare für die staatliche Sozialversicherung ausfüllen.« Als sie ihm das Formblatt reichte, sah sie zu ihm auf. »Sie!«

James erstarrte, hielt die Hand ausgestreckt in der Luft, ohne aber nach dem Papier zu greifen. »Oh!«

»Sie sind unser neuer Gärtner?«, fragte Antonia ziemlich schroff.

»Man hat mir den Job angeboten, und ich habe Ja gesagt«, erwiderte er.

»Hast du es dir gut überlegt, ausgerechnet James Chadwick anzuheuern?«, fragte Antonia Elizabeth.

Liebe Göttin! Elizabeth war fassungslos. Wie konnte es passieren, dass sie nicht nach seinem Namen gefragt hatte? »Chadwick! Sie sind Sebastians Neffe?« Elizabeth schlug sich vor den Kopf.

Er setzte aufrecht hin. »Ja, der bin ich. Soll Ihr Angebot jetzt nicht mehr gelten?« Er klang aufgebracht, wie in der Defensive. Verständlich.

»Möglicherweise«, sagte Antonia. »Aus welchem Grund wollen Sie die Stelle haben?«

Wäre interessant zu hören. Er überlegte eine Minute. »Erstens, weil man sie mir angeboten hat. Zweitens, weil ich in dem Garten gerne arbeiten würde. Und drittens schließlich, weil ich noch nie einen Job gehabt habe und ich glaube, es wäre langsam an der Zeit.«

Stella sah aus, als würde sie gleich in Ohnmacht fallen. »Sie hatten noch nie einen Job?«, fragte sie. »Niemals?« Anscheinend unbegreiflich für sie, hatte sie doch mit reichen Müßiggängern kaum Erfahrung.

Er war taktvoll genug, seinen Blick von Stellas erstauntem Gesicht zu wenden. »Noch nie. Gleich nach der Schule habe ich angefangen, für meinen Onkel zu arbeiten. Sie haben vielleicht gehört, was mit ihm passiert ist.« Alle drei nickten. »Ich kümmere mich um seine Angelegenheiten und sein Haus, aber um ehrlich zu sein, die Vorstellung, mein eigenes Geld zu verdienen, gefällt mir. Und Miss Connor habe ich schon erklärt, dass Erinnerungen an meine Mutter mich mit diesem Garten verbinden. Ich würde ihn gerne um ihretwillen restaurieren.«

»Ist sie schon tot?«, fragte Stella.

»Das hat man mir gesagt.«

Merkwürdig, aber Fragen nach einer toten Mutter schienen so gar nicht hierherzupassen. Antonia schüttelte den Kopf. Sie war selten verblüfft, aber ... »Mr Chadwick, Dixie LePage ist eine gute Freundin von uns.« Ihm sank sichtlich der Mut. »Um also ehrlich zu sein, Sie haben hier nicht die besten Karten. Wenn Elizabeth will, dass Sie den Garten übernehmen, dann ist das in Ordnung. Machen Sie Ihre Arbeit und geben Sie mir keinen Grund, Sie zu feuern, denn genau das werde ich beim geringsten Anlass tun.«

Er schluckte. Zweimal. »In Ordnung.«

Dann verabschiedete er sich mit dem Versprechen, am nächsten Tag um Punkt neun Uhr auf der Matte zu stehen.

Antonia schüttelte den Kopf. »Ehrlich gesagt, Elizabeth, du hast echt ein Gespür für die richtigen Leute!«

»Wahrscheinlich hätte ich ihn nach seinem Namen fragen sollen, aber ...«

»Du kannst es nicht mehr ändern. Achte darauf, dass er seinen Job macht und sich benimmt. Sollte er dir Avancen machen, rate ich dir, bloß Tom nichts davon wissen zu lassen. Der macht sofort Hackfleisch aus dem jungen Mann.«

»Dixie hat uns vor ihm gewarnt, richtig?«, fragte Stella. »Wir sollten uns vor ihm in Acht nehmen.«

»Ja, das hat sie gesagt«, erwiderte Elizabeth, »aber bis jetzt hat er noch nicht versucht, mir an die Wäsche zu gehen. So ein Casanova ist der gar nicht, eher ein armes Würstchen, und wenn er mich nicht ganz hinters Licht geführt hat, dann bedeutet ihm der Garten wirklich sehr viel.«

»Erinnert ihn halt an die Zeit, als sie versucht haben, Kit zu rösten!«, sagte Antonia schnippisch.

»Vielleicht ...« Was für ein Gedanke! »Vielleicht frag ich ihn einfach.«

»Elizabeth!«, sagte Stella.

»Die beste Art, es herauszufinden, und sollte er wirklich die Finger mit ihm Spiel gehabt haben, verdient er es, am Spieß gebraten zu werden. Wenn nicht, dann schadet es nicht, auch das zu wissen. Jesus, der Typ bringt doch so gut wie nichts auf die Reihe.«

»Vielleicht hat er dir was vorgegaukelt«, sagte Stella.

Sie hoffte, nicht.

»Und wenn doch, dann glaube ich, werden wir allemal mit ihm fertig«, sagte Antonia. »Um Sebastian hat sich Dixie im Alleingang gekümmert, und wir sind immerhin zu dritt.«

15

»Gibt's was Neues?«, fragte Justin, als er aus dem Auto stieg. »Ich habe Nachschub gebracht. Für die vielen Verwandlungen, die uns bevorstehen, brauchen wir reichlich Nahrung. Er öffnete den Kofferraum und holte eine Kühlbox heraus. »Willst du mit anpacken? Sag mir, was läuft, während wir unseren kleinen Notvorrat ausladen.«

»Es plätschert so dahin«, sagte Tom. »Keine gravierenden Vorfälle oder etwas, das übermäßig Grund zur Sorge geben würde.«

Sie stellten die Behälter auf den mit Naturstein gepflasterten Boden. Justin klappte den ersten auf und verstaute die Blutbeutel im Kühlschrank. »Irgendwas muss doch passiert sein. Ist schon fast drei Tage her, seit wir weg sind. Erzähl mir nicht, sie hätten die ganze Zeit damit verbracht, im Stillen Deckchen zu häkeln!«

»Nein, aber sie haben zwei alte Ladys für die Galerie angeheuert. Sie wohnen in der Nähe des Kreisverkehrs, heißen Black und stricken Socken mit traditionellen Mustern, wunderschöne Babysachen und Shetlandschals. Dann ist da noch die Tochter des Pfarrers, eine ziemlich überkandidelte Tante mit Pferdegesicht, die vorbeischaute, um aus erster Hand und brandheiß über den im Pfarrhausgarten verstreuten Schmuck zu berichten. Anscheinend hat der Hund des Hauses das eine oder andere Stück verschluckt, und es gab eine gewisse Verzögerung, während derer alles gespannt darauf wartete, bis das Zeug auf natürlichem Weg zum Vorschein kam und das Diebesgut wieder komplett war.«

Tom hatte es offenbar auf einen Stoß in die Rippen angelegt. »Gab's denn nichts Wichtiges? Beunruhigendes? Besorgniserregendes? Etwas, das ich wissen muss?«

Er nickte. »Eine Sache gab es schon, aber die erzähl ich dir erst, wenn wir alles ausgepackt haben. Nachher fällt dir noch ein Beutel aus der Hand. Gibt immer so hässliche Flecken auf dem Boden.«

Justin baute sich vor ihm auf, in der Hand einen Blutbeutel. »Rück schon raus damit, Freundchen, oder ich hau dir einen davon um die Ohren.«

»So beunruhigend ist es gar nicht, nur seltsam. Das ist alles.«

Er knallte den Beutel auf die Ablage. »Sag schon!«

»Vielleicht willst du dich zuerst setzen.«

»Jetzt spuck's schon aus.«

Tom lächelte verlegen und zuckte leicht die Schultern. »Nun, Elizabeth, meine Liebe und mein Leben, eine Frau, von der ich geglaubt habe, sie besäße ein Übermaß an Intelligenz und gesundem Menschenverstand, hat soeben James Chadwick als Gärtner angeheuert.«

Tom hatte keine Witze gemacht. Hätte er sich doch nur lieber hingesetzt. So musste er sich an der Kühlschrankkante festhalten. »Was?«

»Du hast richtig gehört, und ich habe keine Lust, es zu wiederholen.« Die Augen himmelwärts gerollt, hob Tom die ausgebreiteten Hände. »Ich berichte nur, was ich gesehen und gehört habe, und meine Reaktion war nicht viel anders als deine. Am liebsten wäre ich von dem verdammten Baum heruntergeschossen, um mich zu verwandeln und mich in all meiner nackten Pracht vor sie hinzustellen und zu fragen, was zum Teufel sie sich dabei bloß dachte.«

»Warum hast du es nicht gemacht?«

»Weil ich es hasse, barfuß im Gras herumzustehen.«

Justin schickte ein Stoßgebet an die Götter mit der Bitte, ihm Kraft zu geben, warf die restlichen Beutel kreuz und quer in den Kühlschrank und knallte die Tür zu. »Und was nun?«

»Nun?« Offenbar wollte Tom ihn wirklich zur Weißglut treiben. »Nun bist du an der Reihe, Stellung zu beziehen. Eines sag ich dir, mein Freund, aufschlussreich war das Ganze ja schon. Ich hatte überhaupt keine Ahnung, was da alles dranhängt, wenn man eine Kunstgalerie aufmacht. Sie waren dauernd beschäftigt; Stella rannte mal in diese Richtung, Elizabeth in jene. Ich konnte kaum mithalten. Das ist eindeutig ein Job für zwei Leute.«

»Wie geht es Sam?« Ihm ließ das Nachspiel der schrecklichen Ereignisse vom Freitag einfach keine Ruhe.

»Alles in Ordnung, nur leider ist auch er dauernd unterwegs. Die meiste Zeit verbringt er bei den Nachbarn. Er hat einen Freund gefunden, und die beiden schwirren zwischen dem einen und dem anderen Haus hin und her wie zwei hyperaktive Kolibris!«

Das Bild war faszinierend. »Er hat also alles gut überstanden?«

»Eindeutig. Er amüsiert sich prächtig. Ich frage mich ja, wie Stella als Sterbliche mit ihm fertig wurde. Ich hätte mir beinahe die Flügel ruiniert, weil ich ständig hin- und herflatterte zwischen Peters Haus und Orchard House, zwischendurch auch noch zum Hotel und hinüber zum Pub und wieder zurück.«

»Das Pub? Sam frequentiert das Pub?« Tom nannte das unwichtig? »Was hat Stella denn derweil gemacht?«

»Beruhige dich! Er wird schon nicht gleich zum jugendlichen Alkoholiker. Sie war doch dabei.« Oh, ja! Kein Grund zur Sorge! Tom drehte sich mit einem Achselzucken und einem verschmitzten Lächeln um und ging in Richtung Wohnzimmer. Justin folgte ihm blitzartig und war noch vor ihm an der Tür. »Du sagst mir jetzt sofort, was meine Frau und mein Sohn im Pub gemacht haben!«

»Justin, wir befinden uns im einundzwanzigsten Jahrhundert. Sam hat im *Barley Mow* sämtliche Vorräte an Scampi und Würstchen in Blätterteig vernichtet. Elizabeth verdrückt dort zwei Portionen Steak oder auch drei, wenn sie Glück hat und Antonia sie begleitet.«

Er hätte es wissen müssen, war er doch mit Dixie im selben Pub gewesen. Es war gemütlich und quer über den Anger in Kürze zu erreichen. Aber für ihn war es schwer, die Bilder aus dem neunzehnten Jahrhundert, die er noch im Kopf hatte, zu vergessen, Bilder von halb verhungerten Kindern ohne richtiges Zuhause, die für ein paar Pennys Gin kauften, weil der billiger war als richtiges Essen. »Also, sie schuften für die Galerie, essen zu Mittag im Pub und in der Zwischenzeit spielt Sam mit seinem Freund.« Klang eigentlich harmlos. Machten sie sich also lächerlich mit ihrem Misstrauen? Nein, nicht wenn Sebastian Caughleighs Neffe die Finger im Spiel hatte. »Was diesen Chadwick betrifft, müssen wir was unternehmen.«

»Ganz deiner Meinung, aber bis jetzt ist er nur brav seiner Arbeit nachgegangen, das heißt, er hat Unkraut gejätet, Büsche gestutzt und tote Äste von den Bäumen geschnitten.«

»Irgendwas muss dir entgangen sein! Unser Freund Jimmy hat mehr Talent dafür, sämtliche Milchmädchen des Ortes zu verführen, als zu ackern.«

Tom machte es sich in einem ausladenden Ledersessel bequem. Da er scheinbar nicht die Absicht hatte, so schnell wieder aufzustehen, nahm Justin im dazu passenden Pendant Platz. Ihm gegenüber an der Wand hing ein ziemlich hässlicher Druck, eine Jagdszene. Und ein Original, wie er obendrein bemerkte.

Tom nickte. »Das stimmt, aber bis jetzt war sein Verhalten einwandfrei, und solange er keinem von uns auch nur ein Haar krümmt, kann er sich in dem Garten nach Herzenslust austoben.« – »Ist schon wirklich sehr seltsam.«

»Stimmt, aber apropos seltsam, lass dir mal erzählen, was ich über unsere unnahbare Eisprinzessin herausgefunden habe.«

»Antonia?« – »Gibt's da mehr als eine?« Tom schwieg, genoss es offenbar, ihn auf die Folter zu spannen, aber Justin wollte, da er ja jetzt informiert war, nur noch so schnell wie möglich aufbrechen in Richtung Bringham. »Spuck es aus, Mann!« – »Unsere Antonia hat einen Liebhaber.«

»War auch höchste Zeit. Wenn du mich fragst, hat sie diesem Larouslière viel zu lange hinterhergetrauert!«

»Über die Geschichte ist sie nun wohl definitiv hinweg. Ich weiß gar nicht, warum sie dieses Hotelzimmer noch bezahlt. Sie verbringt sowieso jede freie Minute mit diesem neuen Kerl. Er ...« Tom schüttelte den Kopf. »Vielleicht siehst du ihn dir mal genauer an, Justin. Etwas stimmt nicht mit ihm, aber ich weiß nicht, was. Du bist länger als ich auf dieser Welt zugange, vielleicht fällt dir ja was auf.«

Justin zuckte mit den Schultern. »Lass sie doch, Tom. Wenn sie einen netten Nacken gefunden hat, um daran zu knabbern, viel Glück! Sie ist mehr als alt genug, um auf sich selbst aufzupassen.«

»Das ist es nicht. Er ist merkwürdig, sag ich dir. Etwas scheint mit ihm einfach nicht zu stimmen.«

»Ich seh ihn mir mal an, aber Antonia ist wirklich mehr als stark genug, es mit jedem Sterblichen aufzunehmen, und solange er meine Frau oder meinen Sohn nicht behelligt, kann er so merkwürdig sein, wie er will. Besser du hättest dir über diese Chadwick-Type Gedanken gemacht, als über Antonias neuen Kerl.« Tom wirkte nicht überzeugt. Aber, zum Teufel noch mal, Antonia hatte doch ein Recht auf ein kleines Abenteuer. »Wer ist er eigentlich?«

»Ein Töpfer. Beliefert mit seinen Waren die Galerie.«

»Sieht so aus, als würde sich dieser Beitrag nicht nur auf seine Töpferwaren beschränken.« Ein bisschen Tratsch konnte nicht schaden, aber dafür war er nicht von so weit hergekommen. »Du hast die Stellung tagsüber gehalten; ich übernehme die Nachtschicht.«

***

Die Nacht war sternenklar, die Luft noch lau und der Mond noch nicht aufgegangen, als Justin auf Eulenflügeln über Orchard House hinwegsegelte. Alles war friedlich und still. Ein Polizeiauto fuhr vorbei, und aus den offenen Fenstern der Häuser entlang der Straße drangen menschliche Stimmen und Fernsehgeräusche. Auf der anderen Seite des Angers war der Parkplatz des *Barley Mow* zur Hälfte besetzt, nicht schlecht für einen normalen Wochentag. Von Stellas Auto war nichts zu sehen. Nach einem letzten Blick auf den Verbrechensschauplatz und das in der nächtlichen Brise flatternde Absperrband flog Justin zum Hotel.

Er fühlte sich wie ein Voyeur: Elizabeth saß aufrecht im Bett und aß – gab es für sie nichts anderes? Sie hatte die Vorhänge zugemacht, aber er konnte einen Blick erhaschen, als der Wind sie auseinanderwehte. Stella hatte ihre nicht zugezogen. Licht fiel in den Garten. Justin konnte der Versuchung nicht widerstehen, sich auf einem Ast in der Nähe niederzulassen und hineinzuschauen. Stella war nirgendwo zu sehen, aber Sam saß im Pyjama auf der Bettkante und sah fern.

Sein Sohn! Den er beschützen würde bis zu dem Tag, an dem er alt wurde und starb. Sam! Als ob er seine Anwesenheit spürte, drehte Sam den Kopf, hob den Blick und lächelte.

»Hi, Dad!«, sagte er, ließ sich vom Bett gleiten und ging auf Zehenspitzen ans Fenster. Woher im Namen Abels konnte er Bescheid wissen? »Fantastisch, dich zu sehen«, flüsterte Sam. »Mum ist unter der Dusche.« Hätte er sich denken können, so wie das Wasser rauschte. Sam streckte den Arm gerade nach vorne. Die Einladung annehmend, ließ sich Justin so vorsichtig wie möglich mit seinen Krallen auf dem weichen Baumwollgewebe nieder. »Wir sollten lieber still sein, wenn du ihr deinen Besuch verheimlichen willst. Uns geht es gut. Ihr macht es Spaß, zu lernen, wie man Webseiten baut, und ich habe einen Freund gefunden. Peter heißt er. Wir haben den Garten erforscht und sind jetzt dabei, ein

Lager in dem großen Baum neben der Einfahrt zu bauen. Ehrlich, es ist wirklich alles in Ordnung. Du fehlst mir. Hoffentlich kommst du bald wieder.«

Was für ein Kind! Er war wirklich mehr als ein gemeiner Sterblicher! Die Dusche lief nicht mehr – Zeit für einen strategischen Rückzug. Zum Abschied zwickte Justin Sam mit dem Schnabel sanft in die Haare. Sam lächelte zurück und streckte den Arm zum Fenster hinaus. Justin spannte die Flügel und hob ab in die dunkle Nacht, während Sam am offenen Fenster stand und winkte.

Sein Sohn. Sein Kind. Von dem Gedanken war Justin eine Weile wie benommen, bis er seine Flügel spreizte und schwebend dahinglitt.

Wohin nun? Dach oder Baum?

Er behielt das Hotel noch eine Weile im Auge, aber es war alles still, und so stieg er höher in Richtung Orchard House und setzte sich dort aufs Dach. Er beobachtete, wie die Autos vom *Barley Mow* wegfuhren und wie die Lichter in den Häusern am Anger nacheinander erloschen. Alles friedlich hier, also flog er zurück, um bei seiner Familie Wache zu halten.

Auch dort war nach wie vor alles in Ordnung. Er hörte Sams ruhige Herzgeräusche – offenbar schlief er – und die von Elizabeth. Eigenartig, dass bei Ghulen das Herz noch schlug. Alterten sie wie Sterbliche? Das würde sich mit der Zeit herausstellen. Bei Sam stellte sich die Frage nicht. Justins Herz mochte vielleicht nicht mehr schlagen, aber es schmerzte von dem Wissen, dass er zusehen würde, wie Sam alt wurde und starb. Wie viel mehr noch musste erst Stella unter dieser Aussicht zu leiden haben, zu wissen, dass sie den eigenen Sohn und die Kinder seiner Kinder überleben würde.

Doch es stand nicht in ihrer Macht, auch nur das Geringste daran zu ändern. Am besten, sie erfreuten sich so viel wie möglich an Sams Existenz. Aber wie war es möglich, dass Sam ihn in Vogelgestalt erkannt hatte? Merkwürdig, sehr merkwürdig. Konnte es eine Folge davon sein, dass Sam ihm im letzten Jahr Blut gespendet hatte? So weit hätte es niemals kommen dürfen. Aber er war damals bewusstlos und Sam hartnäckig wie ein Kampfhahn gewesen. Sogar Gwyltha hatte er sich entgegengestellt.

Justin hatte gelächelt, als Stella ihm die Geschichte erzählt hatte. Immerhin jedoch, wenn Sam nicht so hartnäckig gewesen wäre, wäre es um ihn, Justin, ein für allemal geschehen gewesen. Vielleicht war die Dickköpfigkeit der beiden ganz gut.

Könnten Eulen lächeln, würde er jetzt bei dem Gedanken an seine Familie grinsen wie ein Honigkuchenpferd. Stattdessen gab er sich damit zufrieden, die Federn zu plustern.

Dann öffnete Justin die Flügel und verließ seinen Platz in der Eiche. Er nahm Kurs in Richtung Süden und schwebte über die Dorfwiese, wobei seine scharfen Eulenaugen den Boden unter ihm genau im Blick hatten. Er sah Kaninchen und Wiesel auf ihren nächtlichen Beutezügen und Mäuse, die eilends Deckung suchten und sich vielleicht fragten, warum diese Eule da oben nicht angriff. Oder dachten Mäuse überhaupt so weit?

Ein Fuchs kam aus seiner Deckung unter dichtem Ginstergebüsch hervor und lief über freies Feld. Justin hoffte, die Kaninchen und Frettchen würden rechtzeitig Schutz finden. Hoffte er das wirklich? War der Fuchs nicht auf Beutetiere angewiesen, um zu überleben? War das nicht jede Kreatur? Hatte dieser Dieb nicht in seinem ureigenen Interesse gehandelt, als er Stellas Auto gestohlen hatte? Vielleicht ja, aber er hatte dabei den Fehler gemacht, Justins Frau zu Tode zu erschrecken und seinen Sohn zu bedrohen. Vergehen, die nicht so schnell verjährten. Justin bedauerte es wirklich von ganzem Herzen, dass er den Dieb samt Beute nicht persönlich der Polizei hatte ausliefern können.

Aber noch war nicht aller Tage Abend. Ein Vampir gab die Hoffnung nicht so schnell auf.

Ein einziger Flügelschlag und eine Richtungsänderung genügten, und Justins Augen erspähten, was sterbliche Augen – oder die einer Eule – niemals entdeckt hätten: einen mit rasender Geschwindigkeit dahinjagenden Vampir.

Antonia, dachte er sofort.

Interessant. Aber noch viel interessanter war die große, gelbbraune Katze an ihrer Seite. Es ging ihn ja nichts an, und Stella würde ihm gehörig die Leviten lesen, sollte sie je davon erfahren, aber Justin ließ seiner Neugier freien Lauf.

Er nahm die Verfolgung auf und blieb Antonia und ihrem tierischen Begleiter nun dicht auf den Fersen, als diese über Felder und Wälder rannten, einmal sogar dicht an einem privaten Garten vorbei. Dann sprang sie schwungvoll über einen Fluss, während die große Katze mitten im Wasser landete und ans andere Ufer tapste. Ihr Lachen stieg in den Nachthimmel, als die Katze die Verfolgung aufnahm. Was ging da vor? Gut, Frauen konnten schon mal mit Wölfen durch die Gegend laufen, aber anscheinend hatte es Antonia zu ihrem Hobby gemacht, wilde Tiere zu zähmen. So viel also zu dem Kerl, den Tom erwähnt hatte. Antonia war nicht auf Freiersfüßen, sondern auf dem Tierbändigertrip!

Und wie es sich anhörte, hatte sie einen Heidenspaß dabei. Die Katze jagte einige Meter hinter ihr her, bis Antonia kehrtmachte und nun ihrerseits die Katze jagte. Das war nun wirklich seltsam, aber in Anbetracht von Antonias Kräften vielleicht nicht weiter erstaunlich. Sie rannten mehrere Meilen über die offene Landschaft und dann um einen Wald herum an einem Gutshof vorbei und über Hecken und Zäune hinweg.

Antonia war glücklich. Daran bestand kein Zweifel. Aber allmählich sollte er wieder zu seiner Familie zurückkehren, und Antonia Stonewright war alt genug, auf sich selbst aufzupassen, auch wenn sie sich ein ungewöhnliches Hobby zugelegt hatte. Und woher übrigens stammte diese Katze überhaupt? Pumas waren in den an London angrenzenden Grafschaften nicht unbedingt heimisch. Und wo hatte sie ihn untergebracht? Diese alten Außengebäude von Orchard House waren zu baufällig, um recht viel mehr als Mäuse zu beherbergen. Aber nun Schluss damit! Höchste Zeit, die Spionageaktion zu beenden und nach Hause zurückzukehren.

Er hatte schon kehrtgemacht und befand sich auf dem Weg zurück ins *Bringham Manor Hotel,* als der Schuss fiel.

Instinktiv ging er in Schräglage und zog in der Annahme, es hätte ihn treffen sollen, nach oben, aber Antonias entsetzter Schrei ließ ihn wieder abtauchen. Sie war ein gutes Stück hinter der Katze gelaufen, nun aber in Sekundenschnelle bei ihr und beugte sich über das hingestreckte Tier, während zwei Gestalten aus dem Wald in der Nähe auftauchten.

»Wir haben ihn!«, rief einer. »Wer hätte das gedacht!«

»Du hast ihn getroffen, Mike!«

Antonia richtete sich zu voller Größe auf und wandte sich direkt an die Männer. »Wie können Sie es wagen!« Ihre Stimme hallte tief durch die Nacht.

Sie waren völlig verblüfft, anders konnte man es nicht nennen.

Beide blieben sofort stehen, ließen das Gewehr sinken und kamen näher. »Die Beute gehört uns, und Sie befinden sich auf privatem Grund und Boden.«

Die beiden hatten ja keine Ahnung. Aber das sollte sich sehr bald ändern.

Sie kamen näher, Antonia jedoch wich keinen Zentimeter von der Stelle und blieb schützend vor der Katze stehen. »Ich rate Ihnen, zu verduften. Sofort.«

»Wir sollen verduften und unsere Jagdbeute hierlassen?«, fragte der erste.

Der zweite kam noch näher. Dummer Sterblicher. »Sie lassen die Finger davon. Auf dieses Wild machen wir seit Jahren Jagd. Wir haben es erlegt und es gehört uns.«

Justin hätte beinahe Mitleid mit ihnen gehabt, aber als der

erste sein Gewehr auf Antonia richtete und sagte: »Lassen Sie die Finger davon weg! Er gehört uns!«, war es an der Zeit einzugreifen.

Er sauste im Sturzflug nach unten, landete einige Meter hinter den zwei Männern und begann sich zu verwandeln, gerade als Antonia einen Schritt nach vorne machte und dem Mann die Waffe aus der Hand riss. Bis Justin wieder Menschengestalt angenommen hatte, hatte sie das Gewehr entzweigebrochen und warf die Teile ins Feld.

Das sorgte für einige Verwirrung.

»Scheiße! Allmächtiger!«, sagte der zweite.

Der erste wirkte völlig perplex.

Aber nicht lange. Er wollte Antonia gerade in dem Moment packen, als sie ihn mit in voller Größe ausgefahrenen Fangzähnen anknurrte.

An dem Punkt schien es ihnen zu dämmern, dass sie vielleicht doch die schlechteren Karten hatten. Sie tauschten panische Blicke aus. Nummer eins wich zurück, aber Nummer zwei wollte sich noch nicht geschlagen geben. Er hob das Gewehr, zielte und schoss Antonia in die Schulter.

Zeit, vielleicht einzugreifen.

Justin schoss nach vorne, packte Nummer zwei samt seiner qualmenden Knarre und schleuderte ihn zur Seite.

Der geschockte Gesichtsausdruck ging möglicherweise auf Justins entblößte Fangzähne zurück; vielleicht aber auch sah man in den fruchtbaren Ebenen Surreys einfach viel zu selten splitternackte Männer. Wie auch immer, er schrie laut auf und fiel dann in Ohnmacht. Was es leichter machte, seine gefährliche Waffe zu zerbrechen.

»Mike«, sagte Justin und stieg über den am Boden liegenden Körper hinweg, »wenn du auch nur einen Funken Überlebensinstinkt hast, rate ich dir, deine mickrigen Beine in die Hand zu nehmen und zu laufen, so schnell du kannst!« Als Verstärkung schickte er noch ein schönes lautes Knurren hinterher, worauf Mike seinen Rat beherzigte.

Für einen Sterblichen war er sogar ziemlich schnell. Das musste am Adrenalin liegen.

»Wir sind wohl zufällig gerade vom Himmel gefallen?« Antonia schien alles anderes als erfreut. Aber vielleicht klang sie nur deshalb so sauer, weil sie sich Sorgen machte.

»Freut mich auch, dich zu sehen. Du hattest Probleme? Deine Wunde heilt doch, hoffe ich, oder?«

»Alles bestens. Dauert nicht mehr lange. Schlimmer ist Michaels Wunde.« Sie drehte sich um und kniete sich vor das verletzte Tier. »Ich weiß nicht, was ich tun soll.«

»Ungewöhnliche Haustiere suchst du dir aus, Antonia.«

Sie fauchte ihn an, ihre Fangzähne waren immer noch sichtbar. »Er ist kein Haustier. Und, verdammt, ich weiß nicht, wie ich ihm helfen kann!«

Justin kniete sich neben sie, die Hand auf der Schulter des Pumas, während er die Wunde untersuchte. »Die Kugel sitzt tief. Wenn ich was zum Anziehen hier hätte, könne ich dir helfen, ihn zu einem Tierarzt zu bringen.«

Da hatte er offensichtlich das Falsche gesagt!

Sie sah ihn finster an. »Was würde das bringen? Oh, Justin, du hast ja keine Ahnung! Er ist Gestaltwandler! Ich kann ihn nicht zu einem Tierarzt bringen. Kein Normalsterblicher kann ihm helfen, und wenn doch, was sollte ich dann sagen?«

Ein Gestaltwandler. Ein Pelzwechsler. Es dauerte einen Moment oder zwei, bis sich Justin das klargemacht hatte. »Dann müssen wir ihn irgendwohin unter Dach bringen. Vielleicht ist er wie wir Selbstheiler. Weißt du irgendwas darüber?«

»Woher sollte ich? Schusswunden waren bisher kein Thema.«

Verständlich. »Dann gehen wir nach Gefühl vor. Zuerst muss er in Sicherheit, aber ins Hotel können wir ihn kaum bringen. Wie sieht's mit dem Haus aus? Eine ungestörte Ecke, in der ich seine Wunde versorgen kann?«

Sie schüttelte den Kopf. »Sein eigenes Haus ist viel näher.«

Als sie die Katze auf die Arme nahm, bewegte sich der bewusstlose Wilderer, oder was immer er war. Justin beugte sich nach unten, drückte seine Schulter und flüsterte ihm eine Eingebung zu, worauf er entspannt ins Gras sank. »Der ist versorgt und macht in den nächsten paar Stunden keinen Mucks.«

»Hoffentlich schüttet es gleich richtig.«

»Erst wenn wir deinen Freund im Haus haben.«

Sie hatte recht, was die kurze Entfernung betraf. Und gut, dass der Weg sie querfeldein und durch Wälder führte. Der Anblick von Antonia mit dem verwundeten Tier auf dem Arm, sie selbst überall voll Blut, wäre für die meisten Sterblichen der Schock ihres Lebens gewesen. Und dass sie ein nackter Mann begleitete, wäre noch ein interessantes Extra gewesen.

Sie legten die Strecke im Laufen und ohne Pause zurück und erreichten schließlich eine von mehreren Gebäuden umstandene Lichtung. »Hier wohnt er?«, fragte Justin.

Antonia nickte und ging zur Haustür. »Der Schlüssel ist unter der Kiste neben der Tür zur Töpferwerkstatt.«

Wer ihn auch immer dort abgelegt hatte, hatte keine Mühe, schwere Lasten zu heben. Justin ging mit dem Schlüssel zur Haustür und sperrte auf. Antonia ging hinein, ihren verwundeten Freund dicht am Körper, wandte sich um und sagte: »Komm rein.«

Gestaltwandlerische Pumas lebten bescheiden, aber komfortabel. »Gibt es ein Bett, auf das wir ihn legen können?«

»Natürlich.« Eine gewisse Ruppigkeit war unter den Umständen zu verzeihen. Justin machte die Tür zu und folgte ihr ins Schlafzimmer.

Sie hatte die Decke zurückgezogen, und der Puma lag nun blutend auf dem Laken. Er wirkte krank, und Antonia sah nicht viel besser aus. Dabei konnte sie gar nicht so stark geblutet haben, nicht aus einer einzigen Schusswunde, die bereits verheilt sein musste.

Justin trat an das Bett heran. »Ich habe keinerlei Instrumente bei mir, aber ich werde tun, was ich kann.«

»Danke.« Ihre Blicke kreuzten sich. Wenn es nicht unmöglich gewesen wäre, hätte er gesagt, ihre Augen schwammen in Tränen. »Lass ihn nicht sterben, Justin!«

»Ich werde alles in meiner Macht Stehende tun, Antonia. Darauf hast du mein Wort. Jetzt lass mich mal sehen.«

Die Kugel war durch die Schulter eingetreten und schien nun irgendwo in seiner Brust zu sitzen. Schlecht. »Ist sein Herzschlag immer so langsam?« Wenn nicht, dann sähe es schlecht aus.

»Normalerweise ein gutes Stück langsamer als bei Sterblichen.«

»Das wäre schon mal gut, aber …« Er sah auf das verwundete Tier, den Gestaltwandler und Antonias Freund hinunter. »Antonia, hab bitte Verständnis dafür, wenn ich hier mit meinem Latein so ziemlich am Ende bin. Offensichtlich verfügt er nicht über das Heilungspotenzial wie wir, aber ich bezweifle auch, ob er den Stoffwechsel eines Menschen hat. Ich habe mit Tieren gleich welcher Art wenig Erfahrung, von dem einen oder anderen Pferd im Lauf der Jahrhunderte einmal abgesehen. Ich tu auf alle Fälle, was ich kann. Alles, aber …«

»Bitte.«

»Falls es zu einer Sepsis kommt, brauche ich kochendes Wasser, ansonsten eine Pinzette oder eine Art Sonde, in jedem Fall sterilisiert. Des Weiteren Verbandpolster, saubere Tücher und was zum Vernähen.« Vorausgesetzt, der Eingriff wäre erfolgreich. Sie war schon zur Tür hinaus und unterwegs zur Küche, als er rief: »Leih mir bitte kurz dein Handy.«

»Ich hab's in der Küche gelassen.«

Das stimmte. Gleich auf der Anrichte lag es. Er gab auswendig eine Nummer ein und bekam einen schläfrig klingenden Tom an die Leitung. »Tut mir leid, wenn ich dich wecken muss, nachdem du zwei Tage nicht geschlafen hast.

Aber mach dich bitte auf den Weg zum Hotel und sieh zu, dass da nichts passiert. Ich bin ziemlich beschäftigt.«

»Was ist passiert? Alles in Ordnung mit dir?«

»Mir geht's gut. Ich hab hier nur ein kleines Problem, das meine Dienste als Arzt erforderlich macht. Wir sehen uns später in dem großen Baum vor dem Hoteleingang.«

»Ihr überwacht abwechselnd das Hotel?«, fragte Antonia, als sie das Gas unter einem Topf Wasser anzündete.

»Wir haben der Lage misstraut. Hier passieren zu viele merkwürdige Dinge. Erst unlängst war wieder was.«

Es zeigte das ganze Ausmaß von Antonias Sorge, dass sie nur mit den Schultern zuckte und den nächsten Topf Wasser bereitstellte. »Das Wasser kocht gleich. Ich such eine Art Instrument für dich und sterilisiere es. Im Wäscheschrank sind saubere Laken und Handtücher. Reiß dir zurecht, was du brauchst. Ich bin sofort da, um dir zu helfen.«

Mit einem Stapel Handtücher und einem sauberen Laken obenauf ging Justin zurück ins Schlafzimmer. Das Tier – er sollte sich besser angewöhnen, es Michael zu nennen – machte ein Auge auf, hob aber nicht den Kopf. Seine Zunge hing heraus, und die Wunde blutete noch immer.

»Tut mir leid, alter Junge«, sagte Justin und streichelte seinen Kopf. »Wir tun, was wir nur können. Ich bin Arzt, ein alter Freund von Antonia. Bleib einfach ruhig liegen. Eh du dich versiehst, bist du wieder gesund und munter.« Er hoffte, bei Abel und allen Göttern, dass er recht behielt.

Der Gestaltwandler öffnete ein Auge, als würde er Justins Worte erwidern. Sein unregelmäßiger Atem ließ vermuten, dass er Schmerzen hatte, und der verdammt langsame Herzschlag stimmte Justin bedenklich. Außer die Blutung zu stillen, konnte er nicht viel tun, bis Antonia diese behelfsmäßigen Instrumente abgekocht haben würde. Er hörte, wie sie Schranktüren aufmachte und in Schubladen herumkramte, und er hoffte, sie würde etwas Besseres finden als einen Kartoffelschäler.

16

Es schien eine Ewigkeit zu dauern, bis Antonia mit einer Schüssel dampfend heißen Wassers erschien und sie auf dem Nachttisch abstellte. »Ich hab getan, was ich konnte, hab alles zwanzig Minuten lang gekocht, wie wir es im letzten Krieg gemacht haben. Karbol hab ich keins finden können und stattdessen etwas Haushaltsreiniger genommen. Brauchst du mehr Licht?«

»Es geht. Im Spanischen Unabhängigkeitskrieg hab ich bei Kerzenlicht operiert.« Sie war sehr erfinderisch gewesen. Zwar fehlten Skalpelle oder Zangen, dafür hatte sie eine normale Spitzzange, eine Pinzette, eine Schere und ein paar Messer mit schmaler Klinge bereitgelegt.

»Ich hoffe, du kommst damit zurecht.« Sie setzte sich auf das Bett und nahm Michaels Kopf auf den Schoß. »Es geht ihm nicht gut, nicht wahr?«

»Kann ich nicht sagen, da ich mit der normalen körperlichen Verfassung eines Gestaltwandlers nicht vertraut bin. Er scheint sehr angespannt, als ob er Schmerzen hätte, was die Sache erschwert, da wir keine Betäubungsmittel haben, aber die Kugel muss raus.«

»Halt jetzt ganz still, Michael«, flüsterte sie. »Wir holen die Kugel raus.«

Das Tier – Michael – winselte immer wieder, während Justin stocherte und bohrte. Die verflixte Kugel saß neben einem Knochen. Nach nicht enden wollenden Minuten, in denen Justin sich voranarbeitete und immer tiefer grub, ließ er die blutige Kugel auf ein gefaltetes Handtuch fallen. »Geschafft. Jetzt müssen wir ihn nur noch säubern und hoffen, dass es verheilt.« Er beseitigte die gröbsten Blutspuren und stutzte die ausgefransten Ränder der Wunde vorsichtig zurecht. »Du hast Nadel und Faden vergessen, Antonia. Glaubst du, du findest was? Wenn nicht, hoffen wir das Beste, aber ich würde die Wunde gern verschließen.«

Nach ein paar Minuten kam sie mit einer Handvoll kleiner Papierklemmen zurück. »Ginge das auch? Keine Spur von Nadel und Faden, er muss seine Sachen wegwerfen, wenn mal ein Knopf abgeht.«

»Allemal besser als nichts.« Er tauchte sie in die Sterilisierlösung, drückte die Ränder der Wunde vorsichtig zusammen und fixierte sie mit der Klemme.

»Kann ich sonst noch was tun?«

»Gib ihm etwas Wasser, nur ganz wenig. Er darf sich nicht verschlucken.« Er deckte die Wunde mit einem Tuch ab, das er mit den abgerissenen Streifen eines Lakens sicherte. Wirklich ein Provisorium, aber er hatte in seinem Leben schon schlimmere Verbände gesehen.

Antonia brachte eine Schale Wasser ans Bett. »Das ist für dich, Michael. Nicht zu schnell.« Als hätte er verstanden, schlabberte er vorsichtig, um schließlich den Kopf wieder aufs Bett zu legen und die Augen zu schließen. Er schien zu schlafen, oder vielleicht ruhte er.

Entweder es hatte funktioniert, oder nicht. Zumindest hatte er ihm nicht geschadet. Die Kugel war draußen, und er blutete nicht mehr. »Jetzt heißt es abwarten, Antonia. Wir können abwechselnd Krankenwache halten. Geh doch und mach dich ein bisschen sauber. Deine Kleider sind voller Blut.«

Sie sah auf ihre Bluse und die Hose herunter, beides blutbefleckt. »Du hast recht. Ich werde mir was von Michaels Sachen borgen müssen, aber er hat sicher nichts dagegen. Und auch du, da wir schon dabei sind, brauchst dringend was zum Anziehen.«

Stimmte schon, aber ... »Ich verwandle mich zurück und fliege nach Hause. Ich durchwühle ungern fremde Schränke.«

»Unter den Umständen hätte Michael sicher nichts dagegen, aber mach, wie du willst.«

Sie warf einen Blick in mehrere Schubladen und verließ den Raum, nachdem sie gefunden hatte, was sie brauchte. Nach kurzer Zeit waren nur noch das Plätschern der Dusche und Michaels etwas gleichmäßigerer Atem zu hören. Justin deckte ihn zu und packte die blutigen Handtücher und die provisorischen medizinischen Gerätschaften zusammen und ging in die Küche. Seine Hände und Arme waren voller Blut, aber nachdem er sie sich im Küchenbecken gewaschen hatte, war auch das erledigt. Er trocknete sich die Arme und das Gesicht mit einem Geschirrtuch ab, und ging dann wieder zurück, um nach seinem Patienten zu sehen.

»Wer zum Teufel sind Sie denn?«, fragte der blonde Mann neben dem Bett. Der nackte blonde Mann mit einem provisorischen Verband auf der Schulter. Die Fixierbinde spannte. Eben noch locker und bequem, schnitt sie ihm nun ins Fleisch.

»Ich bin Dr. Justin Corvus, ein alter Freund von Antonia, und ich glaube, ich muss Ihren Verband neu anpassen.«

»Lassen Sie das! Was machen Sie hier? Noch dazu splitternackt? Und wo ist Antonia?«

»Unter der Dusche. Sie hat einiges von Ihrem Blut abbekommen und war selbst auch verletzt.« Was mittlerweile verheilt sein dürfte.

Er sackte schwer aufs Bett. »Was ist passiert?«

Justin nahm am anderen Ende des Betts Platz. »Woran erinnern Sie sich denn?«

Er hörte ihm nicht zu. »Sie haben gesagt, Antonia wurde verletzt? Wann?« Er stand wieder auf, ein wenig wackelig, aber entschlossen. »Antonia!« Er rannte aus dem Zimmer, wobei er sich an der Tür abstützen musste, schaffte es aber ins Bad. »Was ist passiert? Und ist alles in Ordnung mit dir?«

Antonia schien zunächst gereizt ob der Störung, klang aber dann sofort eindeutig erfreut. Zwei Minuten später kamen die beiden gemeinsam zurück, Michael mit nassen Haaren und Antonia mit einigen zusammengeknüllten Handtüchern im Arm. »Ich hab dir doch gesagt, dass es mir gut geht! Außerdem hast du's selbst gesehen!« Immer noch gereizt. »Ich will mich jetzt abtrocknen und mir was anziehen.«

»Gute Idee«, sagte Justin. »Viel zu viele Nackte hier. Immerhin sind wir in Surrey.«

Fand keiner lustig. »Spar dir deine Sprüche, Justin«, sagte Antonia nicht gerade freundlich. Ihre Blicke waren entsprechend, und sie schien bereit, niemanden zu verschonen. Michael war der nächste, den es traf. »Michael, mir geht es gut. Aber ich bin triefnass und will mich anziehen. Wenn du halbwegs bei Verstand bist, legst du dich wieder ins Bett und lässt dich von Justin verarzten.«

»Sag mir nur schnell, warum er nackt hier rumsitzt.«

Sie hatte besagte Blicke zur Perfektion gebracht. »Aus demselben Grund wie du!«

Darauf machte sie kehrt und stürmte hinaus.

Michael gab ein entnervtes »Verdammt!« von sich und wandte sich an Justin. »Sind Sie tatsächlich Arzt?«

»Bin ich.«

»Was meinte sie denn mit ›nackt aus demselben Grund wie ich‹?«

»Denken Sie drüber nach, während ich mir Ihre Wunde ansehe. Sie haben einen Schuss abbekommen, und wenn Sie sich zu viel bewegen, fängt es vielleicht wieder an zu bluten.«

Das war glücklicherweise nicht der Fall. Justin nahm den stramm sitzenden Verband ab und beäugte die Wunde. Sie war vollständig verheilt. Er hatte den Beweis, als er die Klemme auf ein »Autsch!« von Michaels Seite hin abnahm. Es war nur noch eine runzelige Narbe zu sehen, aber darum herum war die Haut glatt, zartrosa und wie neu.

»Sie haben eine gute Wundheilung«, sagte Justin. »Nicht ganz so schnell wie bei Antonia, aber immerhin. Ihr Zustand war erbärmlich, als wir Sie nach Hause gebracht haben.«

»Was wissen Sie denn noch über Antonia?« Du liebe Güte, war der mürrisch. Vielleicht auch besorgt. Andererseits, wie viel wusste er denn wirklich?

»Wir sind seit Jahren miteinander befreundet.«

»Und Sie treffen sie normalerweise nackt?«

»Nur wenn ich eine Notoperation an schwer angeschossenen Gestaltwandlern durchführe.«

Darauf schwieg er eine Weile. »Und was wissen Sie nun alles über sie?« Hartnäckiger Bursche.

»Alles, was du weißt, Michael, und noch ein bisschen mehr«, sagte Antonia, die, mittlerweile angezogen, zur Tür hereinkam. Sie setzte sich neben ihn und nahm seine Hand. »Hab Vertrauen zu Justin. Ich vertrau ihm auch. Aber was ist nun genau passiert bei unserem Lauf? Woran erinnerst du dich?«

Er überlegte eine Minute oder zwei. »Du warst hinter mir, wir kamen gerade am Gut Bainbridge vorbei und dann ... traf mich ein Schuss!«

Er wurde ganz bleich.

»Jemand hat auf mich geschossen. Was ist mit dir?«

»Ich wurde auch getroffen, nur die Folgen waren weniger schwerwiegend. Vampire sind Schnellheiler im Gegensatz zu dir. Ich hatte Angst um dich.«

»Es ist das Metall.« Er schloss für einen Moment die Augen. Als er sie wieder aufmachte, sah er von Justin zu Antonia und wieder zurück. »Ihr habt mir das Leben gerettet. Danke.«

Justin nickte mit dem Kopf. »Ich freue mich auch. Ihr Tod wäre ein großes Unglück für meine alte Freundin gewesen.«

»Sie wissen also, dass sie ein Vampir ist?«

»Und ob. Ich kenne sie schon seit ihrer Verwandlung.«

Daraufhin musste er überlegen. »Sind Sie etwa auch ein Vampir?«

»Bin ich, ja, aber ich wäre Ihnen sehr verbunden, wenn Sie das für sich behielten.«

Michael streckte die Hand aus. »Das Geringste, was ich tun kann, gemessen daran, was Sie für mich getan haben.«

»War ein bisschen improvisiert, aber ich bin sehr, sehr froh, dass es gelungen ist. Dürfte ich Ihnen vielleicht raten, diese Ecke in Zukunft zu meiden?«

»Werd ich garantiert. Was ist denn aus dem verdammten Schützen geworden?«

»Er ist abgehauen, nachdem ich ihn angeknurrt und aus seinem Gewehr Kleinholz gemacht habe«, sagte Antonia.

Darauf grinste er breit und lachte in sich hinein. »Schade, dass mir das entgangen ist.«

»Wirklich zu schade«, pflichtete ihm Justin bei. »Antonias Schlachtrufe hauen den stärksten Krieger um.« Sie hatte in ihrer Zeit so manchen Sachsen in die Flucht geschlagen, und wenn sie nur in der Schlacht von Bosworth auch dabei gewesen wäre, wäre die Sache für Richard vielleicht anders ausgegangen.

»Ich bin mir nicht ganz sicher, wer sie waren, vielleicht Wilderer. Der zweite liegt bewusstlos draußen auf dem Acker. Wir haben ihn extra dort gelassen, in der Hoffnung ein Gewitterguss würde seinen Jagdeifer kühlen.«

Michael lehnte sich gegen das Kopfteil des Betts. »Sieht so aus, als hätte ich wirklich was versäumt, aber ich bedanke mich noch mal bei euch, bei beiden.«

»Es gehört zu meinem Job, zu helfen, wo ich kann«, sagte Justin. »In diesem Fall konnte ich es anscheinend.« Er stand auf. »Sie sind eindeutig über den Berg, also überlasse ich die weitere Pflege Antonia. Ich muss gehen.«

»Kann ich Ihnen vielleicht ’ne Hose leihen?«

Justin schüttelte den Kopf. »Danke, aber ich lege den Rückweg so zurück, wie ich gekommen bin.« In der Tür drehte er sich noch mal um. »Ein Wort noch, junger Mann. Als jemand, der Antonia schon seit Jahrhunderten kennt, und dem sehr viel an ihr liegt, bitte ich Sie, brechen Sie ihr nicht das Herz.« Mit dieser Bemerkung verließ er den Raum.

Draußen im Mondlicht entfernte er sich ein Stück weit vom Haus, verwandelte sich und flog zurück zum Hotel.

Michael verstand nicht so recht, was geschehen war. Die juckende Narbe an seiner Schulter bestätigte ihm zwar, was die beiden gesagt hatten, aber ... »Er war zufällig gerade da, als ich ihn brauchte?«

»Ganz so war es nicht. Justin war im Dorf gewesen, um auf seine Familie aufzupassen – eine lange Geschichte, die zu erzählen mir nicht zusteht«, fügte sie hinzu. »Er flog gerade nach Hause, sah uns und folgte uns, neugierig, wie er nun mal ist. Aber zum Glück war er dann auch da, als wir ihn brauchten. Er hat auch geholfen, uns die beiden Wilderer vom Leib zu schaffen.«

»Er ist ein alter, alter, alter Freund und von Beruf Arzt?«

Sie nickte. »Ja. Er ist ein paar hundert Jahre älter als ich und war Wundarzt bei der römischen Armee.«

»Verstehe.« Das war geflunkert – er verstand nichts im Moment, aber Justin hatte, ohne mit der Wimper zu zucken, akzeptiert, dass er ein Gestaltwandler war, und Antonia vertraute ihm voll und ganz. »Ich muss gestehen, als ich wieder zu mir kam und ein nackter Mann vor mir in der Tür stand, war ich ziemlich geschockt.«

Sie musste lachen. »Kann ich gut nachvollziehen, besonders weil du mich ja dann auch noch splitterfasernackt unter der Dusche angetroffen hast, aber Michael, Justin ist einer von den Guten. Das darfst du nie vergessen.«

»Und ich kann ihm, was meine Natur angeht, vertrauen?«

»Er hat dir mit seiner auch vertraut.«

Das hatte er. »Was meinte er, als er sagte, er würde den Rückweg so zurücklegen, wie er gekommen war?«

»Denk drüber nach.«

»Er wechselt seine Gestalt?«

Sie nickte. »Noch ein Geheimnis, das du für dich behalten musst.«

»Verwandelst du dich auch? Hast du mir nie gesagt.« – »Ich kann's nicht. Es verwandeln sich hauptsächlich Männer. Bei Frauen kommt es selten vor, wenn überhaupt.«

»Du sprichst in der Mehrzahl.«

»Es gibt ... noch ein paar mehr von unserer Sorte. Sie behalten ihr Geheimnis auch für sich.«

»Also« – er legte ihr den Arm um die Schulter – »ihr Frauen könnt euch nicht verwandeln. Find ich schade.«

»Oh, wir haben durchaus unsere Fähigkeiten, fliegen zum Beispiel oder rennen so schnell wie ein Puma, oder noch schneller und ...« Ihre Hand glitt an seiner Brust nach unten. »... noch ganz andere Sachen.«

Er grinste. »Gut, dass ich wieder gesund bin.«

»Sehr gut. Leg dich mal zurück, und ich mache die Probe aufs Exempel.«

Tom, ganz Freund und verlässlicher Vertrauter, saß auf einem Ast mit direktem Blick auf die Hotelzufahrt und Elizabeth' Zimmer. In Vogelgestalt war kein sprachlicher Austausch möglich, ein gedanklicher dagegen schon.

»Man hat sich Zeit gelassen, ja? Ich eile völlig Hals über Kopf hierher, anstatt endlich zu schlafen, und du treibst dich herum.«

»›Herumtreiben‹ ist nicht der passende Ausdruck, mein Freund. Alles friedlich hier?«

»So friedlich wie ein schlafendes Hotel nur sein kann. Ich fange langsam an zu glauben, wir sind ein bisschen paranoid.«

»Vielleicht überfürsorglich? Soll vorkommen bei Männern, die verliebt sind.«

Tom nickte, jedenfalls so gut er als Eule dazu in der Lage war. »Fürwahr!«

»Was hältst du davon, wir fliegen eine letzte Runde, und wenn alles ruhig ist, ziehen wir uns in Johns gemütliches kleines Etablissement zurück?«

Das brauchte er nicht zweimal zu sagen. Tom breitete die Flügel aus, und Justin folgte ihm. Nach einer großzügigen Schleife über das Hotel und Orchard House – Justin widerstand dem Impuls, kehrtzumachen und nachzusehen, ob mit Antonia und ihrem Gestaltwandler alles in Ordnung war – nahmen sie Kurs auf Epsom.

Dort angekommen, nahmen Tom und Justin wieder Menschengestalt an und stärkten sich mit frischem Blut aus dem Kühlschrank. In den hübschen Morgenmänteln aus Seide, die es in Johns Gästebädern gab, nahmen sie wenig später in den beiden Ledersesseln in Johns komfortablen Wohnzimmer Platz.

»Na dann«, sagte Tom. »Jetzt erzähl mir mal, warum du mich aus dem Bett gerissen hast. Was ist passiert?«

Justin erstatte Bericht.

Tom hörte aufmerksam zu, mit weit geöffneten Augen, wobei er ab und an erstaunt nach Luft schnappte. »Sie hat was mit einem Pelzwechsler? Einem Tier?«, sagte er, als Justin fertig war.

»Ich würde dir raten, du gehst mit diesem Thema in Antonias Anwesenheit möglichst taktvoll um. Sie ist, wenn mich nicht alles täuscht, schwer verliebt.«

»In ein Tier? Einen Puma?«

Tom hatte ganz klar einige Vorurteile zu überwinden. »Ich habe ihn in beiderlei Gestalt gesehen, und als Mensch war er genauso verständig und intelligent wie du und ich.«

»Aber er ist doch eine Katze, eine Großkatze!«

»Zeitweise. Zwischendurch ist er ein arbeitender Mensch, der seine Steuern zahlt und ein dem Anschein nach erfolgreiches Unternehmen leitet.«

Tom schüttelte den Kopf. »Was kommt den noch alles?«

»Mein Freund, ich habe ein Menschenkind in die Kolonie mitgebracht, und du hast uns einen Ghul beschert. Warum kein Gestaltwandler? Abwechslung scheint tatsächlich die Würze des Lebens zu sein, wie das Sprichwort lautet.«

»Gwyltha wird toben!« – »Gwyltha wird in ihrem dritten Lebensjahrtausend immer toleranter.«

»Das wird sie auch müssen, um ein Tier als ihresgleichen zu akzeptieren.«

Nicht nur Gwyltha – auch Tom würde etwas mehr Flexibilität nicht schaden, aber ... er würde es schaffen. Spätestens, wenn er Michael kennenlernte. Während sie still dasaßen, prasselte der Regen sturzbachartig aufs Dach. Justin lachte. »Antonia hatte sich so gewünscht, der Wilderer draußen auf dem Feld würde nass werden bis auf die Haut. Ihr Wunsch ist wohl in Erfüllung gegangen.«

»Es regnet!« Sam stand am Fenster und sah zu, wie es schüttete. »Peter und ich wollten heute ein Fort im Obstgarten bauen.«

»Warum baut ihr euer Fort nicht auf dem Speicher?«, fragte Antonia.

»Dürfen wir das wirklich?«

»Wenn deine Mutter einverstanden ist, und solange ihr keine Löcher in die Bodendielen bohrt.«

»Versprochen!« Er wandte sich an Stella. »Kann ich Peter anrufen und es ihm sagen?«

»Mach das. Und sag ihm, wir kommen vorbei und holen ihn ab. Dann muss Emma bei dem Regen nicht aus dem Haus.«

Elizabeth starrte zum Fenster hinaus. Eigentlich könnte sie James anrufen und ihm sagen, er könne zu Hause bleiben. Bei dem Wetter würde er sowieso nicht viel tun können im Garten. Während Sam und Stella nach oben gingen, um zu telefonieren, griff Elizabeth zu ihrem Handy.

»Ist mir recht«, erwiderte James auf ihren Vorschlag hin, er könne etwas später kommen. »Hier geht im Moment sowieso alles drunter und drüber. Zur Abwechslung haben wir die Polizei jetzt bei uns am anderen Ende des Dorfes.«

»Wieso? Was ist denn passiert?«

»Sitzen Sie? Wäre sicher besser, denn das ist der Wahnsinn: Heute Morgen wurde ich durch lautes Pochen an der Tür aus dem Schlaf gerissen. Es war Sid Hayes, ein Dorfbewohner, über den gemunkelt wird, er würde wildern. Er war nass bis auf die Haut und behauptete immer wieder, ihn hätten Außerirdische angegriffen. Daraufhin rief ich die Polizei. Sie befragten ihn und es stellte sich heraus, dass er und noch ein Komplize, dessen Namen er nicht nennen wollte, wohl gerade auf Gut Bainbridge wilderten, als die vermeintlichen Außerirdischen ihn angegriffen und bewusstlos mitten auf einem Feld liegen gelassen haben.

Ein wirklich interessantes Detail ist die Tatsache, dass die Polizei zwei durchgebrochene nicht registrierte Gewehre gefunden hat. Da die Polizei die Außerirdischen nicht finden kann, die die Gewehre angeblich hervorgezaubert und zerbrochen haben sollen, haben sie jetzt den alten Sid selbst auf dem Kieker.«

»Zwei zerbrochene Gewehre?«

»Mittendurch. Verleiht irgendwie dieser UFO-Geschichte neuen Auftrieb, aber für die Polizei gelten die Gesetze dieses Landes und dieses Planeten. Aber wer weiß, was wirklich geschehen ist?«

Elizabeth beschlich ein gewisser Verdacht. Sie würde so schnell wie möglich mit Antonia reden müssen. »Das Leben hier in Bringham ist doch niemals langweilig, stimmt's? Dann bis morgen.«

Antonia war auf ihrem Zimmer.

»Hast du neulich ein paar Schusswaffen unschädlich gemacht?«, fragte Elizabeth.

In Antonias Gesicht zeichneten sich äußerstes Entsetzen, dann Wut ab, eine Reaktion, mit der Elizabeth nicht gerechnet hätte. »Die Plaudertasche hat also alles brühwarm weitererzählt. Hat Stella es dir gesagt?«

»Nein, James.«

»Wer?«

»James, James Chadwick, der Gärtner.« – »Woher, bei Abel, will denn der das wissen?«

Irgendwie redeten sie aneinander vorbei. Elizabeth erzählte von ihrem Gespräch mit James. Antonia runzelte die Stirn. »Also weiß bis zum Mittag das ganze Dorf Bescheid.«

»Worüber?«

»Elizabeth, hab bitte etwas Geduld. Die Sache ist ein bisschen kompliziert, und Stella soll es auch erfahren. Warte, bis sich eine Gelegenheit ergibt, es euch beiden zu erzählen.«

»Uns was erzählen?«

»Gedulde dich bitte noch. Ich schaff es nicht, alles doppelt zu erklären.«

Nachdem sie Sam und Peter zusammen mit ein paar großen Kartons und einem Vorrat an Äpfeln auf den Speicher verfrachtet hatte, machte Elizabeth die Bürotür hinter sich zu und lehnte sich dagegen. »Gut, Antonia, du hast meine Geduld über die Maßen strapaziert. Nun erzähl.«

»Was gibt's denn?«, fragte Stella.

»Antonia hat uns was mitzuteilen. Stimmt's, meine Liebe?«

»Was geht hier vor?«, fragte Stella. »Mir scheint, ich bin die Einzige, die was verpasst hat.«

»Nein«, erwiderte Elizabeth. »Ich weiß auch noch längst nicht alles, aber Antonia hat versprochen, uns restlos aufzuklären. Offenbar haben letzte Nacht ein paar Außerirdische einen Wilderer attackiert und aus seiner Flinte Kleinholz gemacht.«

»Warst du das, Antonia?« Stella hatte sofort geschaltet.

»Eines der Gewehre ging auf mein Konto, das andere auf Justins.«

»Was hatte denn Justin nachts draußen auf dem Feld verloren?«

»Der ist da nackt herumgerannt! Ohne dass ihn jemand eingeladen hätte!«, erwiderte Antonia, indem sie einen Stuhl nahm und sich setzte. »Was für eine Geschichte!«

Stella schloss die Augen, straffte die Schultern, wie um zur Beruhigung durchzuatmen, hob beide Hände und, als sie die Augen wieder aufmachte, sagte sie: »Ich kann mir sehr wohl denken, warum Justin mit dir zusammen nackt durch die Botanik rennt. Sag sofort, was da läuft, ehe ich zuerst dir und dann ihm den Kopf abreiße.»

Antonia erweckte den Eindruck, als wäre auch ihr nach einem entspannenden Atemzug zumute. »Lass dir zuerst gesagt sein, Stella, ehe du irgendjemandes Kopf abreißt, Justin ist völlig überraschend und ungebeten aufgetaucht.«

»Ach was? Splitterfasernackt einfach vom Himmel gefallen?«

»Zufällig, ja. Ich erklär's dir, und dann erzählt Elizabeth den Rest. Jedenfalls hoffe ich, dass da nichts mehr nachkommt.«

Das musste Elizabeth ihr lassen – Stella war eine verdammt gute Zuhörerin. Sie sagte nur mehrmals »Oh, mein Gott!« und »Was?«, saß aber ansonsten gespannt da und schwieg tapfer, bis beide zum Ende gekommen waren.

»Also« – sie zog die Stirn in Falten – »Justin und Tom lauern in Baumwipfeln herum, um sicherzustellen, dass uns niemand was tut. Michael, dieser Töpfer, ist ein Gestaltwandler, und hier macht neuerdings das Gerücht die Runde, es seien Außerirdische gelandet. Für den Fall, ich hätte es nicht bemerkt, ich bin nicht mehr in Ohio.«

Antonias Mundwinkel zuckten. »Bist du dir überhaupt sicher, ob wir in Surrey sind? Bei dem, was hier im Lauf einer Woche alles so passiert ist, hab ich eher das Gefühl, ich befinde mich auf einem Trip in eine andere Dimension.«

»Aber Michael geht es gut? Er wird wieder gesund?«, fragte Stella.

»Dank Justin, ja. Es muss wohl am Metall der Kugel gelegen haben, warum sich Michael nicht zurückverwandeln konnte; sonst wäre ähnlich wie bei uns alles schnell verheilt.«

»Dein neuer Geliebter ist also mehr, als er erscheint«, sagte Elizabeth.

»Sind wir das nicht alle?«, fragte Stella. »Die beiden einzigen ›normalen‹ Menschen im Haus sind die zwei Rabauken auf dem Speicher.« Sie schüttelte den Kopf. »Du hast recht, diese Woche war wirklich der Wahnsinn. Ich sag jetzt nichts darüber, was noch alles kommen könnte, aber irgendetwas scheint doch immer nachzukommen. Sind wir selbst die Verursacher?«

»Kaum. Du bist nicht schuld daran, wenn jemand dein Auto stiehlt, und ich konnte nicht wissen, dass ich ein Häuschen mit 'ner Leiche im Garten gekauft habe«, sagte Antonia.

»Muss am rückläufigen Merkur liegen«, sagte Elizabeth.

»Genau, kann man nur hoffen, er besinnt sich wieder auf seinen rechten Lauf«, sagte Stella. »Ich hätte nicht übel Lust, wenn Sam nicht so viel Spaß mit seinem neuen Freund hätte, ihn und Justin sofort nach Havering zurückzuschaffen.«

»Nächste Woche fahrt ihr ja sowieso zurück«, sagte Antonia. »Da könnt ihr die paar Tage noch bleiben, um zu sehen, was als Nächstes passiert.«

»Ich habe gehört, es gab einen obskuren Anruf aus Bringham«, sagte Detective Inspector Warrington, als Jeffers einen Stapel Post hereinbrachte.

»Letzte Nacht sind dort angeblich UFOs und Außerirdische gelandet. Ein Wilderer wurde verhaftet. Verdacht auf illegalen Waffenbesitz. Und es wurden interessanterweise zwei Gewehre mitten durchgebrochen, wie es heißt, durch außerirdische Mächte.«

»Alles klar.« Warrington griff nach dem obersten Umschlag. »Als Nächstes alarmiert man uns noch wegen Kornkreisen!«

»Aber hoffentlich nicht bei diesem Wetter«, fügte sie mit einem Grinsen hinzu.

Jeffers war gegangen und hatte ihre Fröhlichkeit mit sich genommen, als er den Bericht der Gerichtsmedizin bezüglich des Falles von Bringham zu lesen begann. Seine lange Praxis hatte ihn gelehrt, die Details zu überfliegen und sich auf die wichtigen Punkte zu konzentrieren: weiblich, weiß, zwanzig bis fünfundzwanzig Jahre alt, eine oder mehrere Geburten. Todesursache: Strangulation. Gewebeproben zur Untersuchung auf Spuren von Gift entnommen. Geschätzte Liegezeit fünfzehn bis zwanzig Jahre, vielleicht länger. Präzisere Angaben unmöglich. Keine offenkundigen gesundheitlichen Störungen. Kein Schmuck oder andere zur Identifizierung beitragende Gegenstände. Zahnbefund beiliegend.

Vor zwanzig Jahren also wurde eine gesunde, hübsche junge Frau stranguliert und in einem alten Luftschutzbunker verscharrt. Ein paar Anhaltspunkte gab es immerhin. Sicherheitshalber dehnte er den Zeitrahmen auf eine Spanne zwischen zwölf und fünfundzwanzig Jahren aus und forderte sodann eine Liste aller im fraglichen Zeitraum als verschwunden gemeldeter Personen an, auf die die vorliegende Beschreibung zutraf.

Gerade war irgendjemandes verschwundene Mutter, Tochter oder Ehefrau gefunden worden. Seine Aufgabe war es, die Hinterbliebenen ausfindig zu machen und den Mörder zu ermitteln. Unter Umständen könnte das Wochen oder Monate in Anspruch nehmen, aber zuvor würde er niemals ruhen. Wenigstens im Tod sollte dieser armen, namenlosen jungen Frau Gerechtigkeit widerfahren.

17

Im Laufe des Vormittags traf ein mit Klapptischen, Stühlen und beweglichen Trennwänden voll beladener Lieferwagen ein. »Mir wurde gesagt nächste Woche«, sagte Antonia zu dem Fahrer, während dieser zusammen mit einem Gehilfen einen Karton nach dem anderen auslud.

»Wir hatten die Sachen wider Erwarten doch vorrätig.«

»Ich glaube, Sie wollten eher sehen, wo man die Tote gefunden hat, hm?«

Der Typ zuckte mit den Schultern und grinste. »Verpfeifen Sie mich bloß nicht im Büro, aber ein bisschen Neugier ist doch normal, oder?«

Mitnichten, und beinahe hätte sie ihm das auch gesagt. Manchmal fehlte ihr einfach jegliches Verständnis für Sterbliche. »Ich freu mich trotzdem über die prompte Lieferung. Stellen Sie die Sachen hier ab.« Sie wies auf das ehemalige Wohnzimmer. »Wenn Sie Unmengen von Absperrband interessant finden, gehen Sie um das Haus herum auf die andere Seite. Eine Chance, irgendwo ranzukommen, haben Sie nicht.«

»Alles klar«, erwiderte er. »Sean«, rief er seinem Kollegen am Auto zu, »die Kisten kommen ins Haus.«

Viel schneller wäre es gegangen, wenn sie ihm und Sean einfach befohlen hätte, im Auto sitzen zu bleiben, und stattdessen Stella um Hilfe gebeten hätte, aber Antonia war an ein Leben unter Sterblichen zu lange gewöhnt, und diese beiden waren echt sehenswert. Zwischen ihren wechselseitigen Zurufen – »Da rüber, Sam«, »Höher, Greg« und »Langsam hierher« – nahmen sie sich ausgiebig Zeit, um sich umzuschauen.

»Schön geworden, alle Achtung«, sagte Sean in einer Verschnaufpause.

»Sie kennen das Haus von früher her?«, fragte Antonia.

»Nicht richtig. Ich war mal hier, als ich klein war. Meine Oma hat bei den Underwood-Damen geputzt. War ein Graus, für sie zu arbeiten, hat sie gesagt.« Dass das vielleicht taktlos war, schien ihn nicht zu interessieren. »Die waren wirklich seltsam. Meistens haben sie über irgendetwas furchtbar gestritten, hat meine Oma gesagt.« Er schüttelte den Kopf darüber, wie merkwürdig exzentrische alte Damen sein konnten.

»Wie lange könnte das denn her gewesen sein?« Eine ziemliche Suggestivfrage, aber warum nicht?

»Lassen Sie mich überlegen. Ich war ein kleiner Junge, sieben, oder vielleicht acht. Es ist also gut zwanzig Jahre oder mehr her, als sie angefangen hat, hier zu arbeiten. Sie blieb ein paar Jahre und ließ es dann sein. Sie kam auch schon in die Jahre, und die Damen wurden immer seltsamer. Manchmal erschien sie morgens zur Arbeit und wurde wieder nach Hause geschickt. Das wurde ihr langsam zuviel. Schließlich will man doch wissen, wann man bezahlt wird, oder nicht?«

Sicher wollte man das. »Lebt Ihre Großmutter noch in Bringham?« Warum fragte sie danach – aus Neugierde, oder weil sich nach den letzten Tagen ein mulmiges Gefühl bei ihr eingestellt hatte?

»Ach was!« Er schüttelte den Kopf. »Sie ist in Rente gegangen und lebt seitdem bei meiner Tante in Bognor.« Angesichts der Vorfälle in diesem Kaff konnte Antonia ihr das nicht verübeln.

Unter noch viel mehr Ächzen und Stöhnen entluden Sean und Greg den Rest, und nachdem sie doch wenigstens noch einen kleinen Blick über das Absperrband geworfen hatten, fuhren sie von dannen. Sicher würden sie ihren ganzen Freundeskreis mit spannenden Geschichten über einen Haufen frisch aufgeworfener Erde und Berge von verrostetem Wellblech in Atem halten.

Sie war gerade auf dem Weg zurück ins Büro, da kamen Sam und Peter die Treppe heruntergepoltert. »He!«, sagte Peter, »wo kommen denn diese ganzen Schachteln her?«

»Können wir bitte eine oder zwei davon haben, wenn sie leer sind, Antonia?«, fragte Sam. »Wir können sie mit nach oben nehmen und ein echtes Schloss bauen.«

»Ich muss jetzt nach Hause. Mum hat gesagt, sie ist um zwölf zurück, aber vielleicht morgen?«, fragte Peter.

Zwei derart hoffnungsvoll blickenden Augenpaaren konnte sie nicht widerstehen. »Morgen ganz gewiss. Aber zuerst müssen wir alles auspacken.«

»Hoffentlich regnet es wieder, damit wir wieder oben spielen können«, sagte Peter. »Bei euch zu Hause ist viel mehr los als bei uns.«

»Aber ihr habt einen Fernseher und einen Nintendo«, sagte Sam.

»Trotzdem lustiger hier. Tschüs!«

Peter lief die Einfahrt entlang heimwärts und platschte dabei in den Pfützen.

Sam wandte sich an sie. »Danke für die Kartons, Antonia. Wird sicher ein Mordsspaß. Ist Mum im Büro? Ich hab Hunger.«

Was wiederum nichts Neues war.

James, der es nicht gewohnt war zu arbeiten, hätte es nie für möglich gehalten, welchen Auftrieb ihm schon zwei Tage mit einem richtigen Job geben würden. Klar, bei diesem Regen waren ihm die Hände gebunden. Aber …

Nach Kaffee und Toast – trockenem Toast, denn ihm waren sowohl Butter als auch Marmelade ausgegangen – ging er zu dem Papierstapel auf Sebastians Schreibtisch zurück und bemerkte die offene Urkundenkassette, in der er keine Sterbeurkunde über seine Mutter gefunden hatte. Je länger er darüber nachdachte, umso merkwürdiger schien es ihm. Vielleicht war sie an eine Versicherung gesandt worden und nie zurückgekommen. Aber es musste möglich sein, Kopien anzufordern. Er fuhr den Computer hoch, tippte Somerset House ein und bemerkte, dass das nicht mehr relevant war. Nachdem er sich jedoch durch ein paar Links durchgeklickt hatte, gelangte er auf die richtige Seite und fand ein Antragsformular für eine Sterbeurkunde.

Nichts einfacher als das. Aber da fiel ihm ein, dass er ja weder ihr Sterbedatum noch ihr Alter wusste. Jedenfalls nicht genau. Er war sechs gewesen, als sie sich, laut Onkel Sebby, mit einem anderen Mann aus dem Staub gemacht hatte. Wie viele Monate später hatte er von ihrem Tod erfahren? Sechs? Neun? An derlei Einzelheiten konnte er sich angesichts der Einsamkeit und des Schmerzes, die er damals durchlebt hatte, nicht genau erinnern.

Das Formular gestattete einen Zeitrahmen von drei Jahren. Er füllte es aus, tippte seine Kreditkartennummer ein und schickte es ab. Vielleicht hatte er damit das Rätsel gelöst.

Er dachte an den Tag zurück, an dem sie ihm gesagt hatten, dass sie tot war und Sebastian zur Beerdigung gefahren war. Warum hatten sie sie nicht in Bringham begraben?

Diese Frage hatte er sich als Kind nie gestellt. Warum sollte er auch? Erwachsene handelten immer richtig. Hatte er zumindest damals geglaubt. Damals hatte er sich monatelang Abend für Abend in den Schlaf geweint, hatte gebetet und gehofft, sie würde eines Tages zurückkommen. Mit der Nachricht von ihrem Tod war diese Hoffnung zerplatzt. Sie war für immer und ewig verschwunden.

Nur über die Umstände ihres Todes oder den Begräbnisort hatte er nie etwas erfahren.

Er stand auf und streckte sich. Es würde ein paar Tage, vielleicht Wochen dauern, bis er eine Antwort bekäme. Bis dahin jedoch … Er durchquerte den Raum und nahm sein Jackett. Vielleicht führte die Kirche ja ein Begräbnisregister.

Umso besser, dass er nicht zur Arbeit musste. Er hatte eine

andere Beschäftigung gefunden. Und die war weitaus interessanter, als in Sebbys alten Papieren zu wühlen oder sich zu fragen, was er mit dieser Scheune von Haus anfangen sollte.

Er hatte kein Glück, jedenfalls nicht in der Kirche. Er fand nur die Bestätigung, dass er, wie seine Mutter und Sebastian auch, getauft worden war. Verflixt, sogar über die Konfirmation der beiden gab es Aufzeichnungen, ein Sakrament, welches er, James, abgelehnt und damit Entsetzen und Empörung beim Pfarrer hervorgerufen hatte.

Nach dem Reinfall in der Kirche, wo er obendrein die Neugier der Frau des Pfarrers erregt hatte, fuhr er nach Leatherhead und durchforstete das Zeitungsarchiv der Bibliothek, förderte aber außer ihrer Hochzeitsanzeige nichts zutage.

Offenbar war seine Mutter einfach verschwunden und dann auf mysteriöse Weise ums Leben gekommen.

Mit dieser Einsicht fuhr er nach Hause, sah noch etwas fern und fiel sehr bald müde ins Bett. Am Morgen darauf herrschte schönstes Wetter. Der Boden würde noch nass sein, aber er könnte die Bäume weiter ausputzen. Und mit dem alten Bert Andrews sollte er auch Kontakt aufnehmen. Vorsichtshalber rief James zuerst an, aber die Enkelin des alten Mannes war hocherfreut, dass sich jemand – egal wer, vermutete James – mit ihrem Großvater beschäftigen würde. »Über ein bisschen Gesellschaft und eine Gelegenheit, über dieses alte Haus zu reden, würde er sich gewiss sehr freuen. Seit der Nachricht von dem Fund spricht er sowieso von nichts anderem mehr. Schreckliche Sache, nicht wahr? Man weiß nicht, wo das alles noch hinführen soll.«

James verkniff sich den Hinweis, dass diese »schreckliche Sache« ja schon einige Jahre zurücklag, und vereinbarte einen Besuchstermin für zehn Uhr. Im Auto erinnerte sich James daran, dass der alte Bert eine besondere Schwäche für Ale der Marke Bass gehabt hatte, und kaufte noch sechs Flaschen.

»Nett von Ihnen«, sagte Bert, als James die Tüte mit den Flaschen auf den Kaffeetisch stellte. »Gibt nichts Besseres, oder? Dawn soll uns Gläser bringen.«

»Ach, Opi, du darfst doch nichts trinken, nicht mit deinen Blutdrucktabletten«, nörgelte sie, schien aber nicht davon auszugehen, Gehör zu finden.

»Verschwinde!«, sagte Bert. »Pack deine Kinder ein und geh mit ihnen in den Park. Wir machen es uns hier gemütlich.«

»Wir sollen zum Zahnarzt, nicht in den Park«, sagte Dawn beim Hinausgehen. »Dauert nicht lange, und danke fürs Kommen«, sagte sie noch zu James. »Ich lasse ihn so ungern alleine.«

Kaum war die Tür zu, reichte Bert James eine Flasche. »Machen Sie's auf, bitte. Ist ein liebes Mädchen, diese Dawn. Muss man schon sagen, aber auch eine Nervensäge. Ihre Mutter war genauso und meine Betty auch. Frauen sind wohl so.«

James fürchtete schon, mit der Bitte nach einem Flaschenöffner könnte sein Ansehen als Mann in Berts Augen Schaden nehmen, weshalb er die Flasche mit den Zähnen aufmachte und beiden ein Gläschen eingoss. Seines stellte er nach einem winzig kleinen Schluck, nur um Bert zuzuprosten, sofort wieder ab.

»Also«, sagte Bert, nachdem er sich die Lippen geleckt und sich zurückgelehnt hatte. Das Glas hielt er mit beiden Händen fest umklammert. »Sie haben also meinen Job in dem alten Haus übernommen?«

»Stimmt genau.«

»Wie kamen Sie denn dazu?«

Gute Frage. In einem Anfall von Wahnsinn oder aufgrund sentimentaler oder nostalgischer Gefühlsanwandlungen? Oder weil eine hübsche junge Frau bereit war, ihn vom Fleck weg einzustellen? »Der Job wurde mir angetragen, und der Garten ist wirklich total verwildert – kein Vergleich zu Ihrer

Zeit. Die neuen Besitzer renovieren das ganze Anwesen von Grund auf, einschließlich der Gärten.«

»Aber man muss geeignet sein für so einen Job, junger Mann. Sie sind es nicht gewohnt, so zu arbeiten, stimmt's?« Er sah auf das Heftpflaster an James rechter Hand.

»Ja, aber mir macht die Arbeit Spaß. Im Freien zu arbeiten, ist allemal besser, als den ganzen Tag nur Akten hin und her zu schieben.«

»Da hamm'se recht!« Bert setzte sein Glas wieder an, schlürfte und wischte sich mit dem Handrücken über den Mund. »Verdammt gut, das Zeug«, sagte er. »Dawn besorgt mir ab und zu ein Pint, aber ich vermisse die Besuche im Pub.« Er schüttelte den Kopf und fiel in Schweigen. Zweifellos sinnierte er über gesellige Abende bei einem oder zwei Pints mit seinen Kumpeln.

»Was den Garten betrifft«, versuchte es James noch einmal. »Er ist wirklich komplett zugewuchert.«

»Da muss man zurückschneiden so viel wie möglich. Und dem Unkraut den Garaus machen. Mehr können Sie nicht tun, junger Mann. Aber es geht halt arg auf den Rücken. Will heutzutage kaum noch wer machen. Warum machen Sie's denn?«

»Ich war da früher oft mit meiner Mutter. Sie ist mittlerweile tot.«

Er nickte. »Wer war denn Ihre Mutter? Eine von den Underwood-Schwestern? Vielleicht die jüngere, die mit einem Ami durchgebrannt ist?«

»Nein, meine Mutter war Rachel Caughleigh. Nach ihrer Heirat Rachel Chadwick.«

Seine weißen Augenbrauen schossen hoch. »Rachel Chadwick? Sie waren der kleine Dreikäsehoch, den sie immer dabeihatte?«

»Genau!« Der alte Bert erinnerte sich an sie. Wusste er was? »Sie erinnern sich noch an sie?«

»Ein ganz klein wenig. Sie hat die alten Hexen häufig besucht. Für mich war es immer eine Schande, dass so ein hübsches junges Ding wie sie so viel Zeit mit diesen alten Spinatwachteln verbringt. Sie war ein nettes Mädchen. Höflich, angenehm, ganz anders als ihr schnöseliger Bruder. Hat ja ein böses Ende mit ihm genommen? Sie haben doch davon gehört, oder?«

»Äh ... ja, ich hab's gehört.«

»Üble Sache, aber das ist typisch für die heutige Zeit. Wir hatten damals den Wehrdienst. Ein Jahr in der Armee hätte diesem Bruder die Flausen sicher ausgetrieben, aber nein, er war ...«

James wusste bereits, was für eine Art Mensch Sebastian war, vielen Dank. Aber seine Mutter ... »Gibt's sonst noch was über sie, woran Sie sich erinnern? Als sie starb, war ich noch klein.«

Der alte Mann wurde ganz still. »Traurig, sehr traurig. Sie wurden weggeschickt auf ein Internat, richtig?«

Ja, wegen seiner Sünden. Oder vielleicht die seiner Mutter. »Stimmt.«

»Ich hab mich oft gefragt, was aus ihr geworden ist. War so ein nettes kleines Ding. Immer höflich. ›Mr Andrews, dürfen wir in den Garten kommen. Hoffentlich stören wir nicht‹, hat sie immer gesagt. Nettes Mädchen, und so höflich. Wirklich traurig, was passiert ist. Und sie war so vernarrt in Sie. Ich hab nie verstanden, wie sie einfach weglaufen und Sie im Stich lassen konnte.« Er schüttelte den Kopf. »Sie waren ihr Ein und Alles.«

Das hatte er auch immer geglaubt. »Wissen Sie noch, was passiert ist? Als sie starb?«

Bert schüttelte den Kopf. »Hab nur gehört, dass sie gestorben war. Ich weiß nicht mehr genau, wann das war, als ich es gehört habe, aber in dem Haus hab ich da schon nicht mehr gearbeitet. Ich war nur noch ein paar Monate dort, nachdem sie weggelaufen war. Sie haben mir einiges zugemutet, als ich dort war. Zum Beispiel musste ich den alten

Teich auffüllen, eine Mordsarbeit, und ich habe einige alte Bäume im Obstgarten gefällt – solche, die nicht mehr genügend trugen, als dass sich zum Beispiel Leimringe noch gelohnt hätten. Haben einen nicht geschont, die Damen, wirklich. Die wollten immer siebzig Minuten Arbeit für den mickrigen Stundenlohn, den sie bezahlt haben, aber es war mein Job. Ich hab da wirklich viel gemacht. Hab ihnen den gewünschten Geräteschuppen hingestellt, und über dem alten Bunker hab ich Brombeersträucher gepflanzt und die Tür verrammelt, als sie beschlossen, es würde zu gefährlich werden, weil der Bau einstürzen könnte. Die Hecken hab ich auch immer geschnitten, bis ich zu alt wurde und auf keine Leiter mehr steigen konnte. War doch ein guter Job.«

Leichtfertigerweise und in der Hoffnung, der Blutdruck des Alten würde schon nicht gleich Amok laufen, öffnete James noch eine Flasche. »Noch ein Glas? Ich muss aufpassen, weil ich noch fahren muss.«

»War zu meiner Zeit alles anders.« Bert schüttelte den Kopf. »Wenn wir einen trinken gegangen sind, haben sie dich hinterher nicht gleich mit dem Teströhrchen verfolgt.« Er nahm einen tiefen Schluck aus seinem frisch gefüllten Glas. »Gute Idee, dass Sie hier vorbeischauen. Viel Glück mit dem alten Garten. Arbeit genug gibt's ja.«

Und ob! Und er freute sich schon darauf, wenn er wieder dort sein könnte, aber James hatte so gut wie versprochen, so lange zu bleiben, bis Dawn vom Zahnarzt zurück sein würde. Könnte ein langer Vormittag werden.

»Spielen Sie Domino, junger Mann?«

»Äh ... ja.« Hatte er zumindest früher mal. Nur wann, konnte er sich nicht erinnern.

»Da drüben auf der Anrichte ist ein Kästchen. Holen Sie's her. In der letzten Zeit hab ich ja kaum noch Gelegenheit, jemanden zu schlagen.« James holte es, wobei er unterwegs noch schnell sein Bier in einer Zimmerpflanze entsorgte.

Zu James' Schande schlug ihn Bert elf Mal, bis Dawn endlich zurückkam und ihn erlöste.

James wünschte Bert noch schnell, sich die restlichen Biere noch gut schmecken zu lassen, und ging dann auf schnellstem Weg zum Auto.

Was hatte er erwartet? Klare, präzise Angaben, wie der Garten ursprünglich ausgesehen hatte? Umsonst gehofft! Er hatte einen erinnerungsseligen Alten kennengelernt, der seiner Mutter das ein oder andere Mal begegnet war, und der das Gerücht weitergab, sie sei irgendwann einmal »davongelaufen« und dann plötzlich verstorben.

Vielleicht klammerte er sich ja an dem kindlichen Wunsch fest, seine Mutter hätte ihn geliebt. Sie hatte versprochen, nach der Schule für ihn da zu sein, war aber dann davongelaufen.

Aber er war jetzt fast achtundzwanzig Jahre alt. Höchste Zeit, darüber hinwegzukommen.

Er hatte einen Job – einen, für den der alte Sebastian nur Hohn und Verachtung übrig hätte –, aber immerhin, und wenn er ihn nicht verlieren wollte, sollte er lieber zur Stelle sein.

»Dabei hatten wir immer geglaubt, wir wären emanzipiert«, sagte Elizabeth am nächsten Morgen. Sie und Stella waren allein im Büro. Antonia stellte die für Sam und Peter versprochenen Kartons zusammen.

»Aber was sollen wir machen?«, erwiderte Stella. »Mich ärgert es auch ja auch, dass Justin und Tom uns überwachen, aber sie sind nun mal besorgt. Dabei kann ich ihnen nicht mal einen Vorwurf machen, ich bin es ja auch. Ich würde es ihm nie sagen, aber es beruhigt mich, wenn er in der Nähe ist. Es ärgert mich, aber ich fühle mich doch viel besser.«

Elizabeth lächelte. »Ich bin nur sauer, aber ich muss mir ja auch nicht zusätzlich wegen Sam Sorgen machen. Auf mich allein kann ich schon aufpassen – kein Problem. Tom meint nur immer, er müsste das für mich übernehmen.«

»Aber das heißt doch nur, dass du ihm nicht egal bist, Elizabeth. Er ist verrückt nach dir.«

Ghule konnten also erröten ... interessant. »Geht mir nicht viel anders.« Sie sah auf ihre linke Hand. »Hätte ich sonst diesen Klunker an?«

»Sie treiben uns in den Wahnsinn, aber es ist doch viel besser mit ihnen als ohne sie.«

»Du sagst es, Schwester!«

Stella musste einfach lächeln. Elizabeth war wie eine Schwester. Die Schwester, die sie nie gehabt hatte. Justin hatte ihr gezeigt, wie wahre Liebe ihr Leben verändern konnte, und er hatte Sam eine Zukunft ermöglicht, die alles überstieg, was sie ihm mit ihrem Job als Reinigungsangestellte hätte bieten können, aber das war noch nicht alles. Die anderen Koloniemitglieder waren für sie zu einer Art Familienersatz geworden, einer Familie, die wenigstens keine krummen Dinger drehte. In Antonia, Elizabeth und Dixie hatte sie Freundinnen gefunden. Sogar auf Gwyltha, die strenge und ehrfurchtgebietende Führerin der Kolonie, würde sie sich immer verlassen können. »Wann wollt ihr beide, du und Tom, euch denn nun das Jawort geben?«

»Er hatte dieses Wochenende dafür vorgesehen, aber ich habe ihm gesagt, er müsse noch das Einverständnis meines Vaters einholen. Nicht dass Dad allzu viel mitbekäme, aber nur für den Fall.«

»Und was wird er sagen? ›Sir, ich bin Tom Kyd, meines Zeichens Vampir. Dürfte ich um die Hand Ihrer Tochter anhalten?‹«

»So ungefähr. Am liebsten würde ich ja bei Sonnenuntergang in Devil's Elbow heiraten, aber daraus wird wohl nichts werden. Diese Bluttests machen alles so kompliziert. Und darum« – sie senkte die Stimme – »will ich hier heiraten, im Garten, zur Herbst-Tagundnachtgleiche.«

Stella war noch nicht ganz auf dem Laufenden, was diese heidnischen Fest- und Feiertage betraf, aber von dem hatte sie schon gehört. »In diesem Garten hier?«

Elizabeth nickte. »Deshalb will ich ihn auch auf Vordermann bringen. Aber das ist nicht der einzige Grund. Ich will alle Spuren negativer Einflüsse beseitigen, und was wäre wirksamer als das?«

Dieses Reden über irgendwelche Spuren und Einflüsse war ihr so fremd wie Auren und positive oder negative Energien. »Sag uns einfach, wann es so weit ist. Wir sind dabei. Versprochen. Immerhin soll Sam ja den Brautführer geben.«

»Aber jetzt wissen wir immer noch nicht, was wir mit unseren allgegenwärtigen Männern machen sollen. Ich schau dauernd aus dem Fenster zu den Drosseln und Spatzen auf dem Rasen und frage mich, wer ist nun wer.«

»Beide, glaube ich, würden sich nie in einen Spatz verwandeln. Vielleicht Weißkopf-Seeadler, Eule oder Reiher.«

»Oder Pfau!«

Elizabeth lachte ziemlich dreckig, aber in dem Moment ging die Tür auf.

»Entschuldigung, wenn ich störe«, sagte James, »aber Antonia hat gesagt, Sie sind hier, und ich dachte, ich fang dann mal an.«

»Hervorragend.« Elizabeth drehte sich auf ihrem Stuhl um. »Der Garten befindet sich draußen und wartet schon.«

Er lächelte. »Ich hab dem alten Bert Andrews einen Besuch abgestattet. Er hat viel erzählt, aber nichts sonderlich Interessantes. Ich jäte einfach die Beete weiter aus, säubere die Wege und entferne tote Äste. Wenn ich damit fertig bin, müssen Sie mir sagen, was ich als Nächstes tun soll.«

»Klingt gut.«

Er zögerte, als wollte er noch etwas sagen, nickte aber. »Das wär's dann erst mal.«

Als die Tür zuging, runzelte Stella die Stirn. »Warum macht er eigentlich diesen Job? Er ist steinreich. Er besitzt eines der größten Häuser weit und breit, beschäftigt selbst eine Gartenbaufirma aus Leatherhead und kommt hierher zum Unkrautzupfen.«

»Du hast ihn ausspioniert?«

»Nicht wirklich. Ich war nur neugierig und bin einfach mal bei ihm vorbeigefahren. Da hab ich das Firmenauto vor seinem Haus gesehen. Einfach seltsam.«

»Ich glaube, es stimmt, was er uns als Grund genannt hat. Er hatte nie einen Job und wollte mal sehen, wie das so ist.«

»Vielleicht, aber warum betätigt er sich dann nicht daheim?« Reiche Leute würden ihr immer ein Rätsel bleiben. Seltsam war gar kein Ausdruck.

»Mum!« Sam und Peter kamen hereingestürmt und machten ihren Grübeleien über die Launen der Bessergestellten ein Ende. »Können wir draußen spielen? James ist auch in den Garten gegangen, und wenn es für ihn trocken genug ist, dann ist es auch für uns trocken genug, um draußen zu spielen.«

»Ich dachte, ihr wolltet ein Schloss auf dem Dachboden bauen?«

»Haben wir schon, Mum. Es ist supertoll, aber draußen zu spielen, macht viel mehr Spaß, und wir wollen Frösche suchen.«

»Habt ihr schon eine Vorstellung, was ihr damit macht, solltet ihr welche finden?«

»Oh, ja, Mrs Corvus«, sagte Peter. »Wir setzen sie in unseren Teich. Der ist völlig leer, und mein Dad hat gesagt, ein paar Frösche würden Leben reinbringen, und das eklige grüne Zeug wäre dann auch weg.«

Sie hoffte, Emma teilte ihre Begeisterung, was diesen Froschimport betraf.

»Gut, aber hier ins Haus kommt ihr mir nicht damit. Und fragt Emma, ehe ihr die Viecher bei ihr ins Haus schleppt, und bleibt, was immer ihr auch macht, weg von dem …« – vor dem Wort »Verbrechensschauplatz« schreckte sie zurück – »… Absperrband.«

»Ganz sicher. Würden wir nie machen, Mrs Corvus«, versicherte ihr Peter mit großen ernsten Augen.

»Versprochen, Mum«, fügte Sam hinzu.

»Großer Pfadfinderehrenwort!«, schob Peter noch hinterher.

»Frösche«, sagte Stella, als die Tür hinter ihnen zuging. »Vielleicht sollte ich Emma besser warnen.«

»Ich würde mir darüber erst mal keine Gedanken machen«, schlug Elizabeth vor. »Das Grundstück ist viel zu trocken. Wo wollen sie da Frösche finden?«

»Dann hat ja Emma noch mal Glück gehabt. Und die beiden sind wenigstens beschäftigt und stellen nichts an.«

»Euer Haus ist einfach Spitze«, sagte Peter, als sie um das Haus herum zum Obstgarten rannten. »Macht viel mehr Spaß hier als bei uns. Wir haben nicht mal einen Speicher.«

»In unserem richtigen Haus in Yorkshire haben wir schon einen«, sagte Sam. »Und in Columbus hatten wir auch einen.«

»Hast du ein Glück. Du kommst aus Amerika.«

Sam seufzte. Was er auch sagte, Peter war der festen Überzeugung, in Amerika würden alle jedes Wochenende in Disneyland verbringen. »Ich war gern da.« Er vermisste Miss Zeibel, die Nachbarin, die er von klein auf gekannt hatte. »Aber in Yorkshire gefällt es mir auch.« Da gab es wenigstens keinen Drogenschuppen in unmittelbarer Nähe. Aber das brauchte er Peter gar nicht zu erklären. Er würde es sowieso nicht verstehen.

»Bist du dir sicher, dass ihr keinen Swimmingpool hattet?«

»Niemals!« Nur wenn es regnete, und das Wasser im Keller stand. »Jetzt lass uns Frösche suchen. Wo tun wir sie überhaupt rein?«

»In die Hosentasche, du Heini!«

»Oberheini!«

»Fang mich doch!«

»Krieg dich schon!« Peter rannte im Zickzackkurs zwischen den Bäumen hin und her, dicht gefolgt von Sam, bis dieser ihn schließlich erwischte und zu Boden warf. »Hab dich!«

»Friede! Friede! Lass mich los.« Peter strich über seinen Pullover. »Meine Mum macht mich zur Schnecke, wenn sie das sieht.«

Er sah ziemlich schlimm aus. »Lass es trocken. Dann kannst du's abreiben und man sieht nicht mehr viel.«

»Hoffentlich.«

»Tut mir leid …«

»Macht nichts, jetzt bist du dran!«

Sam reagierte reflexartig und rannte los wie der Teufel, Peter heftete sich ihm sofort an die Fersen, bis sie beide durch die Lücke in der Hecke in den Küchengarten pesten und nur knapp einen Meter vor dem weiß-blauen Band abrupt stehen blieben. »Friede!«, rief Sam und streckte beide Hände hoch, Zeige- und Mittelfinger überkreuz. »Hier dürfen wir nicht.«

Peter nickte bestätigend. »Meinst du, deine Mum erlaubt es uns, wenn die Polizei fertig ist, dort zu graben? Vielleicht finden wir einen Schatz oder wichtige Hinweise, die die Polizei übersehen hat.«

»Wenn die Polizei fertig ist, bauen sie da eine Cafeteria. Weißt du nicht mehr, wie Elizabeth mit deiner Mum darüber gesprochen hat? Wir sind schon im Verzug, und Antonia macht sich Sorgen, der Bau könnte nicht fertig sein, wenn wir im September eröffnen.«

Für solche Fristen hatte Peter wenig Verständnis. »Verdammt schade. Ich hätte da so gern gegraben.«

»Warum spielen wir nicht woanders? Wir könnten James fragen, ob wir ihm helfen dürfen.«

»Interessiert mich nicht.« Peter schüttelte den Kopf. »Wurde da wirklich eine Leiche gefunden? Und du hast sie gesehen?«

»Ja, alles. Krass, sag ich dir.«

»Und sie war wirklich tot?« – »Sehr tot.« – »Ich hab noch nie einen echten Toten gesehen. Nur im Fernsehen oder im Kino.«

Da konnte sich Peter glücklich schätzen. »Du hast nicht viel versäumt.«

»Wir könnten auf Spurensuche gehen, wo man sie gefunden hat.«

»Bloß nicht. Über die Absperrung darf keiner rüber. Oder willst du im Gefängnis landen?« Peter hatte wohl den Verstand verloren.

Glücklicherweise nicht. »Egal, wir haben sowieso nichts zum Graben.«

»Aber wir können gucken. Solange wir nicht über die Absperrung klettern. Nur Gucken ist erlaubt. Da kommt man nicht wirklich näher. Nicht richtig.«

Sie gingen um das Areal herum, blieben hier und da stehen, um zwischen den spitz zerklüfteten Resten von Wellblech und den aufgehäuften Bergen feuchter Erde hindurchzulinsen – eine seit dem Tag der Entdeckung unveränderte Szenerie. Am hinteren Ende, nahe der Hecke, endete das Absperrband.

»Da könnten wir uns durchquetschen«, schlug Peter vor. »Wir klettern nicht drüber, sehen aber vielleicht mehr.«

Sehr viel weniger konnten sie nicht sehen. Feuchte Erdgebirge waren nicht sehr aufregend. »Meinst du wirklich?«

»Ich weiß nicht. Wir klettern nicht über die Absperrung. Nicht wirklich.«

Sam pflichtete ihm bei, aber … »Vielleicht wenn wir einfach dicht an der Hecke stehen bleiben und hinunterschauen …«

Durch die Lücke zu schlüpfen, war ein Kinderspiel; jenseits der Absperrung gab es wenig Platz zwischen der Hecke und der Rückwand des alten Bunkers. Der Erdwall ragte steil in die Höhe, und die darauf wachsenden Brombeersträucher machten die Sache nicht unbedingt einfacher.

»Nicht unbedingt eine deiner besten Ideen, Corvus«, sagte Peter, als er versuchte, eine lange Brombeerranke aus seinem Pullover und den Haaren zu entfernen.

Sam versuchte ihm zu helfen. »Meine Idee war's nicht.«

»Doch!«

»Lass uns von hier verschwinden. Wenn deine Mum dich wegen so einem bisschen Matsch zur Schnecke macht, macht sie Hackfleisch aus dir, wenn du dir den Pullover zerreißt.«

»Da hast du recht.«

Hineinzukommen war leichter als heraus. Brombeerranken, die nach innen gewachsen waren – und an denen leicht vorbeizukommen war – blockierten nun ihren Weg. Sam runzelte die Stirn. Seine Mum hatte recht gehabt, mehr als sie vielleicht wusste, als sie ihnen verboten hatte, hierherzukommen, aber wenn sie nun nach Hilfe riefen, war der Ärger vorprogrammiert. »Wir müssen uns durchquetschen. Oder wir kriechen unter den Ranken durch.«

»Oder wir steigen drüber. Da an der Ecke ist eine Lücke.«

Aber dazu würden sie auf die Mauer des Bunkers klettern müssen. »Geh du zuerst.«

»Angsthase!«

»Es war deine Idee.«

Und leichter als gedacht: nur mal schnell auf die Mauerreste geklettert, und mit einem Satz landeten sie auf der anderen Seite der Absperrung. Sie waren also wirklich nicht drübergeklettert. Peter schaffte es mit Leichtigkeit. Sam, als er ihm folgte, rutschte auf der noch feuchten Erde aus und landete auf den Händen und Knien, putzte sich aber schnell wieder ab. »Bin ich froh, dass wir wieder draußen sind.«

»Von dieser Seite aus sieht man besser. Schau!«

»Die ist auch eingefallen. Wahrscheinlich vom Regen.«

»Woher weiß du das?«

»Gestern hat es doch den ganzen Tag nur geregnet, du Eumel. Wir mussten drinnen spielen. Weißt du das nicht mehr?«

»Weiß ich doch! Woher weißt du, dass die Wand eingestürzt ist?«

»Weil ich gesehen habe, wie sie sie ausgegraben haben. Da ist sie zusammengefallen.«

Peter gab sich damit zufrieden und musterte die Berge aus Erde und Lehm. »Da ist was vergraben.«

»Ach, hör doch auf!«

»Nein, Sam, schau. Wirklich, da ist was. Schau doch.« Sam sah in die Richtung von Peters Finger. Er hatte recht. Aus der frischen rauen Erdoberfläche ragte etwas heraus, das wie das Ende einer schmutzigen Kiste aussah. »Was machen wir denn jetzt?«

»Wir müssen es natürlich sagen.«

»Und was ist, wenn wir Ärger kriegen, weil wir uns hier rumgetrieben haben?« Richtig, aber ... »Wir müssen es trotzdem sagen.«

»Ihr zwei seid also über die Absperrung zu einem Verbrechensschauplatz geklettert und irgendwo reingefallen?« Warrington setzte seine strenge Miene auf. Die armen kleinen Racker hatten beide mächtig Schiss. Sicher hatten ihnen ihre Mütter in den zwanzig Minuten, die es gedauert hatte, bis er hier eintraf, schon ordentlich die Leviten gelesen.

»Nein, sind wir nicht, ehrlich«, sagte der mit den blonden Haaren und dem schmutzigen Pullover.

»Nein, Sir. Wirklich nicht«, insistierte der Dunkelhaarige, Sam, und schüttelte dabei den Kopf. »Wir wollten, aber Mum hat es uns verboten, und wir haben's nicht gemacht.«

»Aber wir –«, begann der andere, Peter.

»Also doch.« Die Wahrheit kam immer ans Tageslicht. Gehörte wohl zu den Aufgaben eines Polizisten, eingeschüchterten kleinen Jungs Geständnisse abzuringen.

»Nein, Sir«, sagte Sam. Er hatte einen leichten amerikanischen Akzent. »Peter wollte sagen, dass wir hinten herumgegangen sind, aber wir sind nicht über das Band gestiegen.«

»Hinten herum? Wo?« – »An der Hecke«, erklärte Peter. »Wo das Band zu Ende ist. Sam hat recht. Wir sind nicht drübergeklettert. Wirklich nicht.«

»Sieh doch bitte mal nach, Jeffers«, sagte er zu der Sergeantin neben ihm. »Ist da eine Lücke?«

Die beiden Jungen sahen sich an, wobei sie gewiss die Daumen gedrückt hielten und sicherheitshalber noch beteten. Sam kam einen Schritt näher an seine Mutter heran.

»Es gibt eine Lücke, Sir, und jede Menge Fußabdrücke. Alles mit Brombeeren zugewachsen. Die Absperrleute haben sicher gedacht, da käme keiner durch.«

Es stimmte also, was sie bis jetzt gesagt hatten. »Was, glaubt ihr, könnte das denn sein?«, fragte er und wies auf die beiden Kriminaltechniker, die den Gegenstand zu bergen versuchten, ohne die noch stehenden Reste des Bunkers ganz zum Einsturz zu bringen.

»Da drin?«, fragte Peter, als vermutete er eine Fangfrage.

»Genau. In dieser Box, Kiste, Kasten, oder was auch immer es ist.« Er war noch immer nicht überzeugt, dass sie nicht doch was im Schilde geführt hatten.

»Beweismittel?«, mutmaßte Sam.

Warrington verzog noch immer keine Miene. Jeffers bekam den Auftrag, sich bei den Kriminaltechnikern nach dem Stand der Dinge zu erkundigen. Warrington nickte den Jungen zu. »Ich hoffe, ihr habt recht.«

»Hoffentlich erwischt man damit den Mörder«, sagte Sam mit großen, zuversichtlichen Augen. »Wirklich, ich hoffe es von ganzem Herzen, dass Sie diese bösen Männer erwischen und hinter Gitter bringen.«

»Wir tun unser Bestes, mein Freund.«

»Gut. Ich mag keine bösen Männer.« Interessant. »Kanntest du schon mal böse Männer?«

Er nickte. »Als wir noch in Columbus gewohnt haben, sind zwei in unser Haus eingebrochen und haben mich und meine Babysitterin gefesselt.« Armer Kleiner! Kein Wunder, dass er so verängstigt dreinschaute. Seine Mutter legte ihren Arm um seine Schulter. Nette Frau und sehr vernünftig, was auf beide Mütter zutraf. Ließen ihre Kinder ungehindert erzählen, blieben aber ganz in ihrer Nähe.

»Ich wünsch dir, dass dir das nie wieder passiert, Sam.«

»Hab jetzt meinen Dad, der auf mich aufpasst.« Unglaublich, dieses kindliche Vertrauen!

»Das ist sehr gut, Sam. Wo ist denn dein Dad jetzt?«

Er zögerte. Interessant. Lebten die Eltern getrennt? Das würde erklären, warum er alleine mit seiner Mutter hier ist. »Er ist Arzt und hat eine Klinik in Yorkshire. Letztes Wochenende war er hier. Er fehlt mir, aber ich werde ihn bald wiedersehen.«

»Ich glaube, sie haben's geschafft, Sir«, sagte Jeffers.

Sah ganz danach aus. Alles hübsch verpackt in einer sterilen Plastiktüte. Er hoffte bloß, da war mehr drin als der Schatz von irgendeinem Kind, ein paar alte Pennys.

»Sir?«, fragte Sam, »glauben Sie wirklich, da könnten Beweismittel drin sein?«

»Kann ich noch nicht sagen, mein Junge, aber wir hoffen es.«

»Eine Frage, Inspektor.« Es war diese Mrs Stonewright, die Frau, die ihn angerufen hatte.

»Ja, Madam?«

Sie kam um die anderen herumgegangen, auf ungefähr einen halben Meter heran. Eine kleine, aber beeindruckende Frau, gab sich gern ein bisschen gräfinnenhaft, vermutete er. »Inspektor, gibt es schon Anhaltspunkte darüber, wie lange diese arme Frau hier gelegen hat?«

Warum sollte er es ihr nicht sagen? So würde es sich im Dorf herumsprechen und vielleicht dem einen oder anderen Gedächtnis auf die Sprünge helfen. »Genaue Angaben sind aufgrund der abgeschlossenen Lage der Leiche schwierig, aber wir gehen von einem Zeitraum zwischen fünfzehn und zwanzig Jahren aus.«

»Oh!«, sagte Peters Mutter. »Wirklich? Wir haben alle gedacht, die hätte schon seit dem Krieg da gelegen.«

Interessant. Wie Dorfklatsch meistens.

»Unmöglich.«

Warrington wandte sich an den Sprecher, einen großen Mann in Gärtnerkluft, der ihm irgendwie bekannt vorkam. »Warum nicht, Sir?«

»Ich war als Kind des Öfteren hier. Damals war der Bunker offen, und ich sollte mich von ihm fernhalten. Ich glaube, die alten Ladys haben ihn für Lagerzwecke genutzt.«

Sehr interessant. »Sie sind von hier, Sir?«

Der Mann nickte. »Ja, ich wohne im Dorf.«

»Geben Sie Jeffers bitte Ihren Namen und die Telefonnummer, Sir. Vielleicht müssen wir mit Ihnen reden.« Und die Sensationsreporter von der Presse, die ihm wie ein Schwarm Geier hierher gefolgt waren, sollte er sich vielleicht auch mal vorknöpfen. Zur Hölle, sogar ein Übertragungswagen vom Fernsehen stand da. Ghule!

Sam sah zu, wie alles nach und nach wieder abfuhr. »Meinst du, sie kriegen den Übeltäter, Mum?«

»Wir können es nur hoffen, Sam«, sagte Stella.

»Was machen wir denn jetzt?«, fragte Peter.

»Du kommst nach Hause und wirst erst einmal gebadet und in saubere Sachen gesteckt«, sagte Emma. »Ehrlich, Peter, sieh dich doch an. Dich sollte man in die Waschmaschine stecken.«

»Wenn wir doch nur auch eine Waschmaschine hätten«, sagte Stella, als Peter wegging. »Wir sollten besser ins Hotel zurückgehen, dich umziehen und dann einen Waschsalon suchen. Könnte sein, das nimmt den ganzen Nachmittag in Anspruch, aber …«

»Geht nur«, sagte Antonia. »Du auch, Elizabeth. Ich glaube, einen kleinen Ortswechsel können wir jetzt alle vertragen.«

18

Elizabeth schnappte sich ihr Telefon und rief Dixie an; sie erwischte sie gerade noch zu Hause, ehe sie sich auf den Weg machte ins »Vampir-Paradies«. »Ich will dich bitten, was nachzusehen.«

»Wegen dieser Sache?«

»Ja. Wir haben jetzt einen zeitlichen Anhaltspunkt: fünfzehn bis zwanzig Jahre.«

Dixie schwieg ein paar Sekunden, sagte dann: »Ich sehe gern nach, aber die Zeitangaben in den Tagebüchern sind oft lückenhaft oder fehlen manchmal ganz.«

Unter Umständen hatten die beiden Alten auch gar nichts damit zu tun. »Danke. Ist auch nur ein vager Versuch. Ich gehe nicht davon aus, du findest: ›Heute Nachmittag eine junge Frau ermordet‹, aber irgendetwas könnte es vielleicht doch geben. Der Gärtner sagte, sie hätten den Bunker mal für Lagerzwecke genutzt. Sie mussten wissen, dass der Zugang abgeriegelt wurde, und der alte Gärtner erinnert sich, dass er Brombeersträucher darauf gepflanzt hat. Wer weiß ...«

»Denen trau ich alles zu«, erwiderte Dixie. »Ich seh nach und lass es dich wissen, wenn ich was finde.«

Und würde ihnen das dann auch weiterhelfen? Einen Versuch war es allemal wert. »Danke schon mal.«

Und was nun? Sollte sie Tom anrufen und ihn fragen, wo er demnächst lauerte? Oder sollte sie nach Dorking fahren, um in dem New-Age- und Wicca-Laden zu stöbern, den sie in den Gelben Seiten gefunden hatte? Wenn sie sich beeilen würde, könnte sie beides machen. In einer Nachricht auf Toms Voicemail bat sie ihn, sie doch zum Essen auszuführen, um gemeinsam die Beantragung einer Heiratserlaubnis zu besprechen, und dann machte sie sich auf den Weg nach Dorking.

»Was würdest du denn gerne machen?«, fragte Stella Sam. »Wir haben den ganzen Nachmittag zur Verfügung. Vielleicht das Schloss in Guildford? Oder doch lieber ein Einkaufsbummel? Schlag was vor.«

Sam überlegte kurz. Er hatte Dad versprochen, keinem zu sagen, dass er ihn letzten Abend gesehen hatte, aber ... »Wir sollten Dad anrufen. Ich glaube, er macht sich Sorgen um uns.« Mum sah ihn so komisch an, und er fürchtete schon, er könnte Dad verraten haben. Und auf ihn konnte man sich doch verlassen. »Was meinst du, Mum?«

»Gute Idee!« Sie schenkte ihm ihr fröhliches Alles-ist-gut-Lächeln. Also stimmte doch etwas nicht, und das betraf nicht nur die jüngsten Entwicklungen in diesem Mordfall. »Soll ich dir mein Handy geben?«

Natürlich meldete sich die Voicemail. Mist! »Dad? Hier ist Sam. Ich will nur schnell mal Hallo sagen, und ich hoffe wirklich, wir sehen uns sehr bald wieder. Und noch was, es gibt Neuigkeiten vom Mordschauplatz.« Das dürfte reichen, um ihn neugierig zu machen. Zufrieden klappte er das Telefon zu. »Er ruft zurück, Mum.«

»Ich weiß, Sam. Macht er sicher.«

Mum machte sich auch Sorgen. Erwachsene! Dabei sollte sie doch wissen, dass Dad die Lage im Griff hatte. Ein so alter Vampir wie sein Vater hatte fast unbegrenzte Möglichkeiten, und Mum war ja auch nicht gerade ein Schwächling. Sie hatte das Auto in Nullkommanichts eingeholt und mit dem Übeltäter kurzen Prozess gemacht, so wie sie die beiden Kerle in Columbus ratzfatz erledigt hatte. Er schüttelte den Kopf. Erwachsene machten sich viel zu viele Sorgen.

James war noch geblieben, nachdem alle gegangen waren. Es gab genug Arbeit für Monate, und an einem Tag wie diesem war es besser, draußen im Freien Unkraut zu jäten, als sich durch Papierberge zu quälen, mit denen er scheinbar doch nie zu Rande kommen würde.

Und Unkrautjäten hatte was durchaus Meditatives. Wie lange würde es wohl dauern, bis er von der Sterbeurkunde über seine Mutter was hören würde? Was bedeutete es, wenn er keine bekommen würde? Dieser Detective hatte von einem Zeitraum zwischen fünfzehn und zwanzig Jahren gesprochen. Das ließ ihm keine Ruhe. Es war beinahe einundzwanzig Jahre her, dass seine Mutter verschwunden war. Sie hätten ihn für verrückt gehalten, wenn er gesagt hätte: »Vielleicht war es meine Mutter.«

Aber was, wenn sie es tatsächlich war? Vielleicht hatte er nur deshalb nichts gesagt, weil er sich gegen die Wahrheit wehrte. Sollte es tatsächlich so sein ... zu viele schreckliche Möglichkeiten zeichneten sich ab. Er zog an einem besonders hartnäckigen Büschel Quecke. Die Wurzeln reichten gut einen halben Meter tief, sodass noch andere Pflanzen angehoben wurden. Aber er schaffte es, warf sie in den Schubkarren und machte weiter.

Als er schließlich Feierabend machte, hatte er zwei Schubkarren voll Unkraut und Unrat beiseitegeschafft und trotz aller Rückenschmerzen das Gefühl, eine Menge geschafft zu haben. Weite Teile des Gartens jedoch waren nach wie vor ein einziger Dschungel. Arbeit für einen ganzen Sommer, aber warum nicht? Solange sie ihn bezahlten, würde er kommen.

Er räumte die Geräte auf, kippte das Unkraut auf den frisch angelegten Komposthaufen und machte sich auf den Weg zu seinem Auto.

Als er um die Ecke des Hauses bog, sah er eine junge Frau die Anfahrt heraufkommen. »Hallo«, sagte sie. »Wissen Sie, ob jemand zu Hause ist? Ich hab hier noch ein paar Musterstücke.« Sie trug einen Stapel dick aufgebauschter Plastiktüten auf den Armen.

»Sind alle frühzeitig gegangen.« Sie kam ihm bekannt vor. Er musste sie im Dorf schon mal gesehen haben. »Das Haus ist abgeschlossen.«

»Mist! Ich kam gerade vorbei und dachte, ich geb das ab.«

»An der Seite gibt es eine Veranda. Dort könnten Sie die Sachen lassen. Müsste eigentlich sicher sein.«

»Danke.« Sie lächelte, und es bildeten sich Fältchen um ihre blauen Augen und auf dem Kinn ein Grübchen. »Wo denn?«

Er ging voraus, um ihr den Weg zu zeigen. »Man kommt hier kaum noch durch bei all dem Absperrband.«

Sie schauderte sichtlich. »Schreckliche Sache. Jeder im Dorf spricht darüber.« Das konnte er sich denken! »Ich hoffe nur, man kann sie identifizieren.«

Das hoffte er auch. Wenn es nur nicht seine Mutter war. »Bitteschön!« Er öffnete die Glastür. »Ich würd ja die Sachen gern reinstellen, aber meine Hände …« Er zeigte sie ihr. Sie waren schmutzig und voller Blasen. »Eh ich was anfasse, muss ich mir erst die Hände waschen.«

»Sie haben schwer geschuftet?«

»Ich schufte gern.« Er zog die Tür zu. »Bis morgen passiert da nichts. Ich ruf an und sag ihnen, dass Sie die Sachen hinterlassen haben. Wie ist denn Ihr Name?«

»Judy. Judy Abbott.« Sie streckte die Hand aus.

»Lieber nicht.«

Ihr schien es nichts auszumachen. »Ist ›sauberer Dreck‹, wie meine Großmutter zu sagen pflegte.« Ihre Hand fühlte sich warm und glatt an. »Und Sie sind …?«

Er holte Luft. »Chadwick. James Chadwick.« Er machte sich auf eine entsetzte Reaktion gefasst.

Aber sie musste wohl neu im Dorf sein. »Hallo, James. Danke für Ihre Hilfe. Ich hätte ungern alles wieder mitgenommen.« Als sie zu ihren Autos gingen, sah sie ihn von der Seite an. »Sie wohnen auch im Dorf?«

Nun kam's raus. »Ich lebe auf der Grange Farm.«

»Oh!« Jetzt wusste sie Bescheid. »Sie sind der Neffe von diesem Anwalt namens Caughleigh.«

»Richtig.« Warum leugnen?

»Muss ja ein schlimmes Chaos sein, was Sie da vor sich haben, nicht wahr? Wenigstens sagt das mein Vater.«

»Ihr Vater?«

»Der Pfarrer hier am Ort.«

Oh Gott! Jetzt erst mal tief durchatmen. Verdammt, das war beinahe geseufzt. »Ah, verstehe.« Nur zu gut.

»Nun.« Sie blieb an ihrem Auto stehen und holte die Schlüssel aus der Tasche. »James ...« Sie zögerte, sicher auf der Suche nach einer Ausrede, warum sie überhaupt mit ihm gesprochen hatte. »Ich bin den ganzen Sommer über hier. Sollten Sie mal keine Lust auf Gartenarbeit haben, rufen Sie mich an.«

Es vergingen gut zehn Minuten, bis ihm klar wurde, dass sie sich mit ihm verabreden wollte. Würde er es je wagen?

Kaum waren die anderen ihrer Wege gegangen, fuhr Antonia zu Michael. Sie wusste, er würde arbeiten, aber nach den Ereignissen des Vormittags sehnte sie sich nach seinen beruhigenden Worten, und wenn sich daraus eine gepflegte kleine Nacktunterhaltung entwickelte, hätte sie auch nichts dagegen einzuwenden. Ihr Verlangen nach ihm war unbeschreiblich. Eigentlich hätte sie eine derartige Abhängigkeit, noch dazu von einem Sterblichen, als demütigend empfinden müssen, aber im Grunde ihres Herzens war das Antonia egal.

Und galt Michael überhaupt als Sterblicher in den Augen der Kolonie? Und nachdem sie sich mit Etienne, diesem Schuft von Vampir, vollends zur Närrin gemacht hatte, sollten sie heilfroh sein, dass sie sich nun mit einem netten, hart arbeitenden, ehrenwerten ... Puma zusammengetan hatte.

Sie warf den Kopf in den Nacken und lachte. Übertrifft jeden noch so billigen Film. Die Vampirin und ihre Großkatze!

Michael war im Glasierschuppen beschäftigt und tauchte

gerade Sahnekännchen ins Glasurbad und stellte sie in Regalen ab, als sie hereinkam. Er hob im Moment, als sie die Schwelle übertrat, den Kopf. »Antonia!« Seine dunklen Augen funkelten, und sein Lächeln war sexy ohne Ende. »Wolltest du heute nicht arbeiten?«

»Ich wollte, ja.« Sie sprach mit großem Bedacht. »Aber es kam was dazwischen.«

Er ließ seine Arbeit sein, streifte die dünnen Gummihandschuhe ab und zog sie in seine Arme. Er roch nach Sommer und dem ihm eigenen animalischen Geruch. Sie schlang ihre Arme um ihn und legte den Kopf an seine Brust. »Was ist denn, Liebling?«, fragte er, indes sein warmer Atem ihr ins Haar blies.

»Es ist schon wieder was passiert.«

»Was denn?«

Sie berichtete. »Ich weiß, dass sich dadurch vielleicht alles aufklären lässt, aber warum muss ich mir deshalb den ganzen Garten von Reportern und Kameramännern zertrampeln lassen?« Sie schüttelte den Kopf. »Ich glaube immer mehr, mein ganzer Plan war eine Schnapsidee und ich hätte lieber in Yorkshire bleiben sollen, um Schweine zu züchten.«

Er zog sich zurück, um sie anzusehen, eine Spur Sorge in den Augen. »Aus rein egoistischen Gründen finde ich es so besser.« Er streichelte ihr mit seiner arbeitsrauen Hand über die Wange. »Ich bin froh, dass du in den Süden gekommen bist, und hoffe auch, du bleibst.« Sie auch! Wie könnte sie auch nur daran denken, ihn zu verlassen? Aber was war mit Gwyltha? Würde sie toben wie eine Furie, wenn sie erst Bescheid wusste? Und lag ihr, Antonia, was daran? Ja!

»Sonst noch was, Liebling?«

Sie hatte nicht vor, ihm die Kompliziertheiten und Unwägbarkeiten vampirischer Moralgesetze zu erklären. »Ich glaube, nach der Geschichte von heute reicht es mir.«

»Aber war es denn so schlimm?« Er hatte recht. »Wenn

die Polizei dadurch das Opfer identifizieren kann, ist es dann nicht sogar ein Fortschritt? Irgendeine leidgeprüfte Familie wird nach zwanzig Jahren endlich Gewissheit bekommen.«

Auch richtig. »Ich frag mich dauernd, was als Nächstes passiert.«

»Als Nächstes wirst du mir dabei helfen, den Rest dieser Kännchen zu glasieren. Dann füllen wir den Brennofen und setzen ihn in Gang. Wir nehmen eine schöne ausgiebige Dusche und …«

Sie freute sich auf das, was er ausgespart hatte. »Wie viele Teile sind's denn noch?«

»Nur ein paar Dutzend. Ich habe ein paar mehr für diese Lady aus Yorkshire gemacht, die den Vertrieb in die Hand nehmen will.«

Sie stellte sich vor, viel mehr als den Vertrieb seiner Töpfe in die Hand zu nehmen. »Fangen wir an. Was kann ich denn tun?«

Er gab ihr ein Paar Gummihandschuhe und zeigte ihr, wie man jedes einzelne Gefäß handhabte. Zuerst wurde das Innere glasiert, indem man es mit der dicklichen weißen Flüssigkeit füllte und diese darin herumschwenkte. Dann wurde das Gefäß in eine gräuliche Flüssigkeit getaucht, um das Äußere zu benetzen, wobei sie es vorsichtig mit den Fingerspitzen anfasste und den Boden aussparte.

Es war eine leichte, fast stupide Arbeit, einfach und entspannend. Nachdem sie die ganze Partie glasiert und in den Ofen gestellt hatten, war ihr Kopf frei geworden, zumindest frei von allem, was nicht mit ihrer Sehnsucht nach Michael zu tun hatte.

Am späten Nachmittag waren sie fertig, und Michael platzierte den weißen Kegel auf ein kleines Klümpchen Ton und setzte alles zusammen auf ein Einlagebrett, wobei er darauf achtete, dass es durch das Guckloch gut zu sehen war.

»Das war's«, sagte er, indem er den Ofen verriegelte und das Gas andrehte und entzündete. »Wir haben ein paar Stunden Zeit, bis wir nachsehen müssen. Ich weiß nicht, wie's dir geht, aber ich brauch jetzt eine Dusche.«

Das war sicher nicht alles, was sie brauchte, aber es war ein verdammt guter Anfang. Sie streckte die Hand aus. »Na, dann komm. Man lässt eine Dame nicht warten!«

Sein spartanisches Badezimmer war beinahe zu klein für zwei, aber das war nicht unbedingt von Nachteil. Ein bisschen Nähe hatte noch nie geschadet.

Vor allem, wenn Michael es war, der ihr näher kam.

Sie waren nur Zentimeter auseinander, er mit dem Rücken zur Duschtür, sie vor dem Waschbecken. Die heiß ersehnte Wärme seines Körpers kam in Wellen zu ihr herüber. Antonia legte ihre Hand auf sein Herz und lächelte angesichts des Lebens, das sie gleichmäßig schlagen spürte.

»Und?«, fragte er lächelnd, »woran denkst du?«

»An dich«, erwiderte sie, während sie einige Knöpfe an seinem Hemd öffnete, »und daran, wie reizend du aussiehst, wenn du erst einmal nackt bist.«

»Zwei Seelen, ein Gedanke.« Seine Hände legten sich um ihre Taille und zogen die Bluse aus dem Rock. Bei der Berührung durch seine warmen Finger zitterte sie vor lauter Vorfreude. Seine Haut fühlte sich leicht rau an, wie von jemandem, der mit den Händen arbeitete. Diese sensibeln und erfinderischen Hände hakten ihren Büstenhalter auf und glitten über ihren Rücken, um sie schließlich näher heranzuziehen, als sein Mund sich senkte.

Seine Lippen waren voller Leben, und bei ihrer Berührung flammte heißes Begehren in ihr auf. Als seine Hände ihre Brüste umfassten, riss sie ihm das Hemd vom Leib, getrieben von dem Bedürfnis, warme, lebendige Haut zu spüren.

Er wehrte sich nicht im Geringsten und lachte, als sie die Lippen auf den weichen goldfarbenen Flaum auf seiner Brust drückte.

***

Sie lagen eng umschlungen nebeneinander, um sie herum der Geruch von Sex, das Bewusstsein von dem Gefühl tiefer Befriedigung vernebelt. Es war einfach herrlich, hierherzukommen und sich in seinen Armen zu verlieren. Sie würde auf alle Fälle zu Michael stehen, was auch immer die Kolonie sagen würde.

»Was ist los, Liebling? Du wirktest gerade so nachdenklich.«

»Ach ja?«

»Eindeutig. Stimmt was nicht?« Er strich ihr Haar aus der Stirn und küsste sie. »Hängt dir der Ärger zu Hause immer noch nach?«

Diesen verflixten Mord hatte sie schon fast vergessen. »Das war's nicht.«

»Was dann?«

Vielleicht sollte sie es ihm sagen. »Ich liebe dich, Michael.«

»Das hab ich mir fast schon gedacht. Du weißt, dass ich deine Gefühle erwidere.«

»Natürlich!« Sie küsste seine Wange. »Ist nicht zu übersehen.«

»Aber was ist es dann?«

Lieber doch gleich mit der Wahrheit herausrücken. »Ich überlege, wie ich dich am besten in die Kolonie einführen könnte.«

»Die Kolonie?«

»Die anderen Vampire meiner Blutlinie.«

Er stützte sich auf den Ellbogen und rückte ein kleines Stück weit ab. »Die Blutlinie? So was wie Verwandte?«

Sie nickte. »Ja, eine Art Freundesgemeinde, wenn du so willst. Wir halten eng zusammen und unterstützen einander. Helfen aus, wenn nötig, etwa wenn wir für eine Weile untertauchen oder uns eine neue Identität aufbauen müssen.«

»Verstehe.« Nicht wirklich, das war ihr klar, aber … »Und du meinst, sie könnten Schwierigkeiten machen, wenn sie von mir erfahren?«

»Sicher bin ich mir nicht. Es sind schon neue Vampire in meiner Zeit dazugekommen, sogar zwei Ghule, aber –«

»Ghule?« Er unterbrach. »Wie in dem Film ›Die Nacht der lebenden Toten‹?«

»Ja, aber sie sind ganz anders, als man sie von billigen Kinofilmen her kennt. Von uns vermittelt man ja auch ein völlig falsches Bild.«

»In der Tat.« Er schüttelte den Kopf. »Deine Kolonie ist also offen für neue Vampire und Ghule, aber du meinst, bei Gestaltwandlern ist Schluss mit lustig?«

»Ich weiß es echt nicht, und um ehrlich zu sein, ist das auch nicht meine Hauptsorge. Ich will dich, Michael, und mir ist daran gelegen, es die anderen wissen zu lassen, ohne ein großes Aufhebens darum zu machen.«

»Kannst du es ihnen nicht einfach sagen? Ich bin gepflegt und einigermaßen vorzeigbar. Als Puma esse ich zwar nicht korrekt mit Messer und Gabel, aber als Michael, der Töpfer …«

Sie küsste ihn. »Liebling, du bist wunderbar gepflegt.« Sie glitt mit der Zunge über seine Schulter. »Lecker. Ich bin nur …«

Was strebte sie an? Dass die Kolonie ihn voll und ganz akzeptierte?

Er wurde ganz still neben ihr, dachte nach. Das sah sie an seinem Gesichtsausdruck. »Wie wär's, wenn wir den Stier einfach bei den Hörnern packen? Wir geben unsere Verbindung bekannt, und warten einfach ab, was dann passiert.«

Was könnte schon passieren? Dass Gwyltha der Schlag treffen würde? Würde sie nicht umbringen. Und auch die anderen mochten noch so schockiert sein. Einen Herzanfall würde garantiert keiner bekommen. »Du hast recht. Warum bin ich nur so zögerlich?«

»Wie war das denn früher? Haben sie von deinen Geliebten nie was gewusst?«

»Selten. Beziehungen gehen bei uns selten tiefer und dienen in erster Linie der Nahrungsaufnahme.«

»Oh.« Er ließ sich das durch den Kopf gehen. »Verstehe.«

Das bezweifelte sie doch sehr. »Alles in allem ist das für alle Beteiligten besser, aber bei dir, Michael, ließ ich die Dinge einfach laufen. Ich habe meine wahre Natur preisgegeben und mich hoffnungslos verknallt.«

»Bin ich auch verdammt froh darüber, aber ich verstehe schon, warum du es nicht gleich an die große Glocke hängst. Ich übrigens gehe ja auch nicht damit hausieren, dass ich mir ab und an einen Pelz zulege.«

»Vielleicht gehören wir gerade deshalb zusammen. Wir beide haben ein Geheimnis, das wir in der Regel lieber für uns behalten.«

»Und jetzt haben wir uns beide geoutet, und du hast Zweifel, welchen Schritt du als Nächstes machen sollst.«

»Im Moment gehe ich sicher nirgendwohin. Ich will an deiner Seite aufwachen und den Tag mit dir beginnen.«

»Wieso zerfällst du bei Tageslicht eigentlich nicht zu Staub?«

»Weil das Unsinn ist. Ein Hollywoodgerücht ... weitgehend.«

»Was meinst du damit?«

»Es gibt Vampire, die das Tageslicht schwächt und solche, die ruhen, um ihre Kräfte zu schonen. Aber ich kenne keine, die in Flammen aufgehen.« Obwohl sie das durchaus schon mal einem gewünscht hatte.

»Hör zu, Antonia!«, sagte Michael mit klarer und überzeugter Stimme. »Ich bin lange genug allein gewesen. Jetzt habe ich dich und will dich auch behalten. Wenn deine Kolonie ein Problem darin sieht, sollen sie das mit mir besprechen.«

Sie küsste ihn. Michael, geliebter Michael, er meinte es wirklich ernst. Dabei hatte er keine Ahnung, was da unter Umständen auf ihn zukommen könnte. »Von dir geliebt zu werden, Michael, ist schon genug. Die anderen werden es einfach akzeptieren müssen. Basta.«

»Dieser Typ gestern, Justin Corvus, der war doch relativ gefasst.«

»Justin ist ein guter Kerl und er hat kürzlich die Geduld der Kolonisten selbst ziemlich strapaziert. Vielleicht sollten wir mit ihm reden. Aber ich stehe zu dir, Michael, was auch immer geschieht.«

»Was kann schon passieren, Liebling? Wir haben doch uns.«

19

»Mum, Dad macht sich große Sorgen um uns. Wir müssen ihn anrufen.«

Sam sagte das jetzt sicher schon zum dritten oder vierten Mal. Wie kam er dazu? »Hast du denn Angst, Sam?«, fragte Stella, als sie auf den Hotelparkplatz einbog.

»Eigentlich nicht«, erwiderte er. »Ich weiß, dass alles in Ordnung ist, aber Dad weiß es nicht, und er macht sich Sorgen. Immerhin wurde hier jemand ermordet, auch wenn es schon länger her ist. Ich weiß, du glaubst, es waren diese alten Damen und vielleicht dieser furchtbare Sebastian, und vermutlich hast du recht, aber wir sind hier mittendrin. Dad nicht, und er hat Angst um uns.«

Wie, um Himmels willen, hatte er das bloß alles aufgeschnappt? Und wieso war er plötzlich so altklug? »Wie kommst du dazu, ich würde glauben, es wären die alten Underwood-Damen gewesen?« Mal sehen, was er sonst noch so alles aufgeschnappt hatte.

»Liegt irgendwie auf der Hand, Mum. Ist schließlich ihr altes Haus und ihr Garten, und sie haben hier einiges verbrochen. Wenn sie es nicht gewesen sind – was sein könnte, weil sie so alt waren –, dann wette ich jedenfalls, dass sie alles gewusst haben.«

»Klingt logisch, mein Sohn.« Vollkommen logisch sogar, in ihren Augen. Dieser Südengland-Trip wurde immer mehr zum Debakel!

»Dann ruf ihn an, Mum, und sag ihm, wann wir wieder zu Hause sind.«

»Willst du wirklich abreisen? Du hattest doch so eine tolle Zeit mit Peter.«

»Das stimmt. Ich mag ihn auch sehr, und er wird mir fehlen, aber ich finde trotzdem, Mum, es ist Zeit nach Hause zu fahren. Höchste Zeit.«

Warum nicht? Diese Reise war nicht so verlaufen, wie sie es sich vorgestellt hatte. Sie hatte Antonia ihre Hilfe angeboten und ihr Versprechen gehalten. Sam hatte recht; es war Zeit, nach Yorkshire zurückzufahren.

Und Justin wäre sicher hocherfreut.

Justin klappte sein Telefon ein. In Anbetracht der jüngsten Entwicklung erfreute und erleichterte ihn die Aussicht auf ihre Rückkehr. Sicher ließ sich alles bald aufklären, das Mordopfer würde identifiziert und sie könnten wieder zur Normalität zurückfinden – was auch immer das für einen Ort wie Bringham bedeutete. Ihm wäre es ja am liebsten gewesen, wenn sie noch am selben Tag abgereist wären. Die ganze Sache war ihm von Anfang an suspekt gewesen. Gegen ein paar Tage Urlaub war nichts einzuwenden, aber warum ausgerechnet in Bringham? Weil die starrköpfige Antonia ausgerechnet dort ihr neues Geschäft aufbauen musste.

Er schüttelte den Kopf. Das alles war mittlerweile Schnee von gestern, und warum sollte man sich noch darüber aufregen. Bis zum Wochenbeginn würden sie wieder sicher zu Hause sein, was auch für ihn hieß, schleunigst nach Havering zurückzukehren. Stella brauchte es nie zu erfahren.

Sam würde das Geheimnis nie verraten. Erstaunlich, dieser Junge. Sein Sohn.

Justin ging in die Küche und nahm sich einen Blutbeutel aus dem Kühlschrank, riss ihn mit Hilfe eines seiner Fangzähne auf und leerte ihn in einem Zug. Es dauerte nicht lange, und …

… sein Handy klingelte abermals.

Verdammt! Gwyltha! »Salve, die Dame!«

»Salve, alter Kurpfuscher. Was hört man denn da für Geschichten aus diesem durchgeknallten Dorf?«

»Du meinst Bringham?« – »In der Tat. Ist zwar sicher der reine Zufall, aber seit deine Frau, unser Ghul und Antonia dort sind, wurde über Bringham landesweit dreimal berichtet: Leichenfunde, der Hund des Pfarrers mit dem Maul voller gestohlener Juwelen und der Beitrag auf der letzten Seite, es seien Außerirdische dort gelandet.«

Nicht besonders fair, Stella für irgendetwas davon verantwortlich zu machen! Vor allem die Geschichte mit den Außerirdischen. »Gwyltha, schreckliche Dinge passieren nun mal, und das Verbrechen lauert heutzutage überall. Der Leichenfund – es war übrigens nur eine Leiche – war reiner Zufall. Damit muss man rechnen, wenn man renoviert.«

Ihr Lachen klang noch immer sehr sexy, reichte aber an Stellas nicht heran. »Justin, ich habe schon fast hundert alte Häuser renoviert, und das letzte Mal, als ich eine Leiche in einem gefunden habe, war irgendwann im achtzehnten Jahrhundert.«

Mochte schon sein, aber ... »Es wird sich alles klären, Gwyltha. Die Polizei löst heutzutage so gut wie jedes Rätsel. Und Stella und Sam wollen nach dem Wochenende sowieso wieder zu Hause sein.«

»Verstehe.« Er hoffte, nicht. »Du machst dir auch Sorgen und willst sie wieder zu Hause haben? Wird auch langsam Zeit, finde ich. Stella hat ja so nebenbei auch noch ihren Jaguar zu Schrott gefahren. Gibt's sonst noch was, das ich wissen muss, Justin?«

Verflixt! Das musste sie von Jude erfahren haben. »Eigentlich nicht. Stella hat einen kleinen Schreck bekommen, weil jemand ihren Wagen stehlen wollte, aber sie wusste sich zu helfen.«

»Ach ja? Hat sie sonst noch jemanden demoliert oder nur das Auto?«

»Gwyltha, nichts Nennenswertes.« Er konnte ihr nichts vormachen. »Aber doch mehr als ich am Telefon bereit bin zu sagen.«

»Kein Problem. Du kannst es mir heute Abend sagen. Wo bist du denn? Bei John?«

Natürlich wusste sie längst Bescheid. Er fing an, Stella zu verstehen, wenn sie sich darüber ärgerte, überwacht zu werden. »Wir sind bei John, ja.«

»Ich nehme an, du sprichst nicht im königlichen Plural ...«

»Tom ist noch hier.« Verflixt, garantiert wusste sie das auch schon längst. »Wir wollten die Lage ein bisschen im Auge behalten.«

Er wartete auf eine Antwort, aber es kam keine. Manchmal konnte ihr Schweigen irritierender sein als ihre bohrenden Fragen. »Dann bis heute Abend, Justin.«

Na, das waren ja interessante Neuigkeiten für Tom.

Sam war unterwegs zu den Ställen und rannte gerade die Treppe hinunter. Zwar hatte er die versprochenen Reitstunden noch nicht bekommen, aber in Anbetracht dessen, was sonst alles passiert war, konnte er sich nicht beklagen. Im Eingangsbereich blieb er plötzlich wie angewurzelt stehen. In der Tür stand eine kleine, dunkelhaarige Frau.

»Guten Tag, Sam.«

Au Backe! Damit hatten Mum und Elizabeth nicht gerechnet. »Guten Tag, Mrs Gwyltha. Sie sind zu Besuch gekommen?«

»Ich bin gekommen, weil ich wissen will, was hier vorgeht«, erwiderte sie. Ihr Lächeln milderte ihren harschen Ton etwas ab. »Möchtest du mir ein wenig darüber erzählen?«

»Wäre es nicht besser, mit meiner Mum zu reden?«

»Ich kann mir vorstellen, du weißt genauso viel wie deine Mutter, wenn nicht mehr. Hm?«

Sein Gesicht glühte. Er hatte seinem Dad versprochen, zu schweigen wie ein Grab, aber für die Kolonie war Gwyltha so etwas wie der Rektor in der Schule. »Ich weiß nur eine Sache, von der Mum nichts weiß, und die darf ich nicht weitersagen. Darauf hab ich mein Wort gegeben. Tut mir leid.« Schlau war es nicht, sich mit einem Vampir anzulegen, noch dazu einem so mächtigen wie Gwyltha, aber versprochen war nun mal versprochen.

»Wem hast du es denn versprochen?«

Erst mal tief Luft holen. »Meinem Dad. Es ist nichts Schlimmes, ehrlich.«

»Ich glaub dir, Sam. Hättest du Lust, mich ein bisschen rumzuführen? Sieht wirklich hübsch aus.«

»Ist es auch. Antonia hat es entdeckt.« Hier musste man schnell schalten. Mum hatte schon genug Ärger am Hals. Also … »Ich wollte sowieso gerade zu den Ställen und kann Sie gern mitnehmen. Ich hol mir nur noch schnell was zum Trinken.«

Mit einer Flasche Fanta in der Hand führte Sam Gwyltha über den großen Rasen zur Laube.

»Das sind aber nicht die Ställe«, sagte Gwyltha.

»Die können warten«, erwiderte er. »Was wollen Sie wissen?«

Die Begegnung mit Judy ließ James keine Ruhe. Aber vielleicht hatte er sich ja auch getäuscht, und er hatte außerdem wichtigere Dinge im Kopf als die Frage, ob die Pfarrerstochter ein Auge auf ihn geworfen haben könnte oder nicht. Er stieg aus seiner Gärtnerkluft, nahm eine Dusche und schlüpfte in andere Sachen, fühlte sich aber immer noch angespannt und nervös. Kaffee würde alles nur noch schlimmer machen, und Alkohol kam schon gleich gar nicht infrage. Er entschied sich für Tee und setzte Wasser auf, ehe er wieder ins Arbeitzimmer zurückging und nach draußen auf den Rasen starrte. Wirklich zu komisch, er gab Unsummen für eine Gartenbaufirma aus, um hier alles in Schuss zu halten, und schuftete selbst für Geld in einem Garten, der ihm nicht gehörte.

Irgendwie passte das alles nicht zusammen. Verflixt, sein

ganzes Leben war aus dem Gleichgewicht! Sollte er es je auf die Reihe kriegen, würde er vielleicht Hobbygärtner werden, aber Sebastians weitläufige Rasenflächen und Rosenbeete langweilten ihn und entbehrten den Reiz bröckelnder Mauern, seltsamer Steinreliefs und der stets präsenten Erinnerungen an seine Mutter.

Er öffnete die Tür und ging hinaus auf den Rasen, um schließlich zwischen zwei voll erblühten Rosenbeeten stehen zu bleiben. Aber selbst der Duft von drei Dutzend Rosensträuchern der Sorte *Etoile de Hollande* brachte die nagenden Gedanken in seinem Kopf nicht zum Verstummen. Es war zu weit hergeholt. Es konnte nicht sein. Aber diese »zwanzig Jahre« gingen ihm einfach nicht aus dem Kopf. Zwanzig war nahe genug an einundzwanzig, und seine Mutter hatte jede Menge Zeit in Orchard House verbracht, um bei den Underwood-Damen zu lernen. Was hatte sie eigentlich dort gelernt?

Und wenn es nicht stimmte, was sein Onkel gesagt hatte? Wenn sie gar nicht weggelaufen war aus dem Dorf mit einem namenlosen Unbekannten? Wenn sie das Dorf nie verlassen hatte? Der Gedanke an die Antwort auf all diese Fragen ließ ihn erschaudern und wütend werden zugleich.

Das hartnäckige Klingeln des Telefons führte ihn ins Haus zurück. Anscheinend waren die alten Gartenzangen und Scheren, die er im Schuppen gefunden und zum Schleifen gebracht hatte, schon fertig. Ehe er hier verrückt würde, könnte er sie genauso gut auch abholen. Ein kleiner Fußmarsch würde ihm nicht schaden und vielleicht sogar seinen Gedanken auf die Sprünge helfen.

Er kam gerade aus der Eisenwarenhandlung, die Zangen und Scheren unter den Arm geklemmt, und achtete nicht sonderlich auf den Weg, da wäre er beinahe mit Judy Abbott zusammengestoßen.

»Sie schon wieder!«, begrüßte sie ihn und nahm ihre Einkaufstasche in die andere Hand.

»Äh … hallo.« Sie war wunderhübsch und hatte so eine erfrischend natürliche Art.

»Großeinkauf?«, fragte sie, den Blick auf das Paket unter seinem Arm gerichtet.

»Nein, eigentlich nicht.« Er war im Begriff, alles zu vermasseln und …

»Die Sachen hab ich vom Schleifen abgeholt.« Seine Brust war wie eingeschnürt, und das Atmen tat ihm weh. Mann, das war ein Witz, aber wenn sie lächelte und diese Grübchen sichtbar wurden … Mist, er hätte schwören können, dass er rot wurde.

»Und? Kann man den Laden empfehlen? Ich hab da ein paar Scheren, mit denen Dad Papier geschnitten hat und die jetzt ruiniert sind. Vielleicht sollte ich sie hierherbringen.«

»Er ist sehr gut! Sie können die Scheren guten Gewissens hier abgeben. Die schleifen sie Ihnen zurecht, dass es eine wahre Freude ist. Aber an Ihrer Stelle würde ich das lieber bald machen, denn …« Verdammt! Er laberte rum wie ein Vollidiot.

»Na dann mach ich das doch.« Sie ging einfach neben ihm her, als er seine Schritte die High Street hinab lenkte. »Alles in Ordnung?«, fragte sie nach kurzer Zeit.

Er sollte »bestens« sagen und weitergehen. Hätte er vielleicht auch gemacht, wenn er sie nicht angesehen und bemerkt hätte, dass ihre Augen den gleichen Ton hatten wie die seiner Mutter: ein tiefes, leuchtendes Blau. Ihr Blick war einfühlsam und freundlich, sodass er nicht umhin konnte, sich ihr anzuvertrauen.

»Nein«, antwortete er. »Mein Leben ist ein einziges Chaos.«

Sie nickte verständnisvoll. »Würde ein Drink vielleicht helfen? Ich lade Sie ein. Bis zum *Blue Anchor* ist es nur ein Katzensprung.«

»Nein!« Mist, das war unhöflich, aber … »Ich trinke keinen Alkohol.«

»Gut für Sie! Ich leider schon, und viel zu viel. Wie wär's dann mit dem *Copper Kettle?*«

Sie überquerten die Straße und betraten die kleine, holzgetäfelte und über und über mit Pferdeamuletten verzierte Teestube. Auf die grauhaarige Kellnerin, die sie an einen winzig kleinen Zweiertisch neben der Tür setzen wollte, hörte Jude erst gar nicht und steuerte stattdessen sofort einen großen Tisch in der Ecke an. »Wir brauchen Platz«, erklärte sie. »Für die vielen Einkäufe.«

Sie packte ihre Berge von Tüten auf einen freien Stuhl und schnappte sich die Speisekarte. »Wollen Sie auch etwas essen?«, fragte sie.

Er dachte nach. Seit seinen Cornflakes zum Frühstück war schon eine Ewigkeit vergangen. »Ja, warum nicht?«

»Sie haben die Wahl zwischen pochiertem Ei auf Toast, Bohnen auf Toast oder Käse auf Toast. Oder einem gekochten Ei. Sicher auch mit Toast.«

Wie das Frühstück, das seine Mutter für ihn zu machen pflegte: eine Scheibe Toast, in fingerbreite Streifen geschnitten, zum Eintunken in ein weichgekochtes Ei. Das ertrug er nicht. Jedenfalls nicht jetzt. »Wie wär's mit Käse auf Toast?«

»Ich tendiere eher zu den Bohnen«, sagte Judy. »So'n richtiger Kindergarten- oder Schulfraß, stimmt's?«

Der Tee wurde in einer großen Kanne und mit dem Versprechen serviert, das Essen würde sofort folgen. Judy rührte den Pott um und stellte die Gedecke zusammen. »Milch und Zucker?«

»Beides bitte, ja.«

Sie goss ein und fügte Milch und das eine von ihm gewünschte Stück Zucker hinzu. Sie waren wie zwei Puppen an straff gespannten Fäden, er zumindest fühlte sich so. Sein Denken vollzog sich in ruckartigen Bewegungen, und er fragte sich, warum er überhaupt hier war.

Weil sie lächelte, als sie ihm eine Tasse hinschob. »Bitteschön.« Sie rührte ihren eigenen Tee und sah ihn, als sie die Tasse zum Mund führte, über den Rand hinweg an. »Prost!«

Er wollte sich bedanken, weil sie so freundlich und ausgesprochen nett zu ihm war, brachte aber kein Wort über die Lippen. Stattdessen nahm er nur ein paar Schlucke siedend heißen Tees und stellte die Tasse wieder ab. »Tut mir leid, ich bin Moment kein besonders guter Gesellschafter.« Wenn er denn je einer gewesen war.

»Sie sind völlig fertig und verunsichert, deshalb«, erwiderte sie und nahm wieder einen Schluck, wobei sie ihm leicht zulächelte. »Und das liegt an Bringham. Das weiß ich. Ich bleibe nach Möglichkeit nie länger als ein, zwei Wochen.«

»Oh, nein! Das allein ist es nicht; es ist ...« Er redete sich alles von der Seele. Dass seine Mutter davongelaufen und so früh gestorben war, das Internat, seine jüngsten Zweifel und der schreckliche Fund im Garten von Orchard House. Währenddessen wurde ihr Tee kalt, und auch ihr Essen hatten sie kaum bemerkt.

»Du lieber Gott!«, murmelte Judy. »Kein Wunder, dass Sie mit den Nerven am Ende sind. Wenn ich das durchgemacht hätte, wäre ich reif für die Psychiatrie.«

»Das bin ich auch.«

Sie schüttelte den Kopf. »Ganz und gar nicht. Sie sind völlig klar im Kopf.«

»Ich fühl mich aber nicht so.«

»Kein Wunder, bei dem Stress, und wenn man bedenkt, was Sie alles durchgemacht haben.«

Im Verlauf des Gesprächs hatte sie seine Hände genommen. Er hielt ihre Finger umfasst. »Ich weiß nicht, was ich jetzt machen soll.«

»Rede mit der Polizei.«

Als wäre das so einfach. »Was, wenn ich mich täusche?«

»Was soll schon sein? Wenn dein Verdacht zutrifft, kommt die Polizei der Aufklärung des Falles sehr viel näher, und wenn du dich irrst, weißt du wenigstens, dass die Tote nicht deine Mutter ist. Ob so oder so, du kannst davon nur profitieren.«

»Kann sein …«

Sie wollte nicht zulassen, dass er es weiter aufschob. »Hast du ein Foto von ihr?«

»Zu Hause hab ich einige: Hochzeitsfotos und Fotos von uns beiden mit meinem Onkel.« Sogar ein paar mit dem Vater, an den er sich nicht mehr erinnern konnte.

»Lass uns doch mit einem davon zur Polizei gehen, um zu sehen, was passiert.«

»Das bringt nicht viel. Die Leiche hat doch Jahre dort gelegen.« Er schauderte bei dem Gedanken,

»James, du täuschst dich«, beharrte Judy. »Heutzutage kann man Gesichter anhand des Schädels rekonstruieren. Und es gibt die Möglichkeit eines DNA-Abgleichs und noch viel mehr.«

Natürlich! »Also versuchen wir's!« Sie machte ihm regelrecht Feuer unter dem Hintern. »Lass uns zu diesem Inspector gehen.«

In Judys klapprigem, kleinem Toyota fuhren sie auf die Grange Farm und rannten im Laufschritt hinein.

»Hier wohnst du?«, fragte Judy und ließ ihre Blicke durch die riesige Eingangshalle schweifen.

»Ja, komm rein«, sagte er, nahm sie an der Hand und zog sie in die Bibliothek.

Sie sah sich weiter fasziniert um, während er einige Fotos aus einem Album riss und ein Bild in einem silbernen Rahmen einsteckte. »Das ist dein Haus?«, fragte sie ein wenig ungläubig.

Er nahm es ihr nicht übel. »Nein. Es gehört meinem Onkel. Ich bin sein Treuhänder und Verwalter.«

»Wo ist er denn?«

Ihm stockte der Atem. Da eine Lüge nicht infrage kam, holte er tief Luft. »In Broadmoor.« Sie würde auf dem Absatz kehrtmachen und das Haus verlassen. Das wusste er.

»Großer Gott!«, sagte sie. »Kein Wunder, dass du gestresst bist, wenn du dich um alles hier kümmern musst.«

Zum Glück fragte sie erst gar nicht, wie es dazu gekommen war. Offenbar hatte sie sehr schnell eins und eins zusammengezählt. »Das meiste regelt die Bank. Ich leite die Papiere und Rechnungen weiter und lasse den Rasen regelmäßig mähen.«

»Es ist mir trotzdem ein Rätsel, wie du das alles schaffst. Und arbeiten gehst du obendrein. Komm, lass uns sehen, ob du nicht wenigstens eine Sorge loswirst. Pack die Fotos ein, und dann lass uns fahren.«

Sie fuhren in Richtung Leatherhead.

James beneidete Judy um ihre Selbstsicherheit und Zuversicht. »Was machen wir, wenn er nicht da ist?«, fragte er.

»Dann hinterlassen wir ihm eine Nachricht, dass du wichtige Informationen zum Mordfall Bringham hast.«

Aber traf das wirklich zu? Es gab nur einen Weg, es herauszufinden.

»Es ist sinnlos. Du bist zu nichts zu gebrauchen«, blaffte Dave.

»Was zum Teufel soll ich denn machen?«, fragte John. »Ich kann mich kaum bewegen, und bei diesen verdammten Schmerzmitteln hab ich das Gefühl, mich hat 'ne Dampfwalze platt gemacht.«

»Ja, vor allem dein Hirn!«

Sehr nett! John runzelte die Stirn. »Jetzt mach mal 'nen Punkt. Mit dem Diebstahl bringt uns kein Mensch in Verbindung, und wenn dein Cousin nicht so blöd gewesen wäre, mit Fred Ellis wildern zu gehen, hätten wir alle 'ne weiße Weste. Stell dir vor, die Bullen wollen wissen, wie es zu der Verletzung gekommen ist! Die kann ich nicht so billig abspeisen wie meine Mildred.«

»Sollen sie doch fragen. Wer stellt schon einen Zusammenhang her zwischen Mikes Wilderei auf Gut Bainbridge und einem geknackten Tresor in Leatherhead?«

»So blöd sind die Bullen nicht. Die wissen doch, dass wir zusammen im Kittchen waren.«

»Ach, hör doch auf!«

John gehorchte. Er war hundemüde. Diese verdammten Schmerzmittel! »Mildred wollte wissen, ob du mich schon wieder in was reinziehen willst. Sie hat was gerochen.«

»Soll sie doch. Was kann schon passieren? Sie wird dich schon nicht gleich bei den Bullen verpfeifen, oder?«

Nein, das würde Mildred nie tun – niemals. Wenn da nur nicht dieser Junge im Auto gewesen wäre. Er könnte ihn verpfeifen. Irgendwie wunderte sich John, warum er es nicht schon längst getan hatte.

Er lehnte sich in seinem Sessel zurück. Etwas war faul an der ganzen Sache. Da konnte sich Dave noch so sehr über ihn lustig machen und sagen, er habe sich alles nur eingebildet, aber verdammt noch mal, das war nicht so! Er stand damals nicht unter dem Einfluss von Schmerzmitteln! Diese Frau war auf das Auto gesprungen und hatte ihn herausgeschleudert. Seine Verletzungen waren der Bewies dafür. Wenn er aber weiter darauf bestehen würde, würden sie ihn alle für verrückt erklären.

»So schweigsam plötzlich«, sagte Dave. »Hat es dir die Sprache verschlagen?«

»Ich denke nach, und das solltest du lieber auch tun. Diese Sache hat uns nichts als Ärger gebracht, von meiner kaputten Schulter ganz zu schweigen. Wärst du doch bloß zur vereinbarten Zeit mit dem Auto an Ort und Stelle gewesen ...« Sie hatten diesen Punkt schon x-mal durchgehechelt, aber John könnte sich ewig darüber ereifern, zumindest solange ihm die Schulter wehtat.

»Genau. Wäre sehr geschickt gewesen, sich im absoluten Halteverbot erwischen zu lassen. Wenn du bloß gewartet hättest, bis ich um die Ecke biege, anstatt ein Auto zu klauen und eine Landpartie zu starten.«

Sie hätten den ganzen Nachmittag aufeinander herumhacken können, aber da ging die Tür auf, und Mildred kam mit einem Teetablett herein.

»Bitteschön«, sagte sie mit einem alles andere als gastfreundlichen Seitenblick auf Dave. »Hier hab ich Tee und frische Milchbrötchen. Ich hab mir gedacht, zu den Nachrichten im Fernsehen passt das jetzt ganz gut. Du wolltest doch sicher gerade gehen, Dave, oder?«

Wie sie Dave hasste! Kühn, wenn man bedachte, welchen Ärger sie ihnen allen letztes Jahr durch diesen verdammten Zirkel eingebracht hatte! Nicht einmal eine Tasse für Dave hatte sie gebracht. »Bring noch eine Tasse für Dave«, sagte er. »Er trinkt noch einen mit, bevor er geht.«

Dave war aufgestanden. »Schon gut. Ich gehe. Bis demnächst, alter Freund.«

Diese verdammte Mildred brachte ihn nicht einmal zur Tür.

»Einen Tee hättest du ihm doch anbieten können. Ist wohl nicht zu viel verlangt für meinen Bruder!«

»Die Sorte Bruder, die dich wieder in was reinzieht, wenn du nicht aufpasst«, erwiderte Mildred. »Er bringt nur Unglück.«

»Du kannst ganz still sein! Triffst dich mit diesen zwei Hexen und denkst, ich hätte das nicht mitbekommen.« Da hatte er sie eiskalt erwischt! Ihr wären fast die Augen aus dem Kopf gefallen. »Ich habe es gehört neulich. Außer Emily Reed fährt keiner, den wir kennen, einen Honda. Du brauchst von Unglück reden! Willst du wirklich, dass wir wieder alle in diesen Schlamassel reingezogen werden?«

»Will ich nicht, und es wird auch nicht passieren!« Sie goss viel zu viel Milch in die Tassen und griff nach der Teekanne. »Ich bin nun mal gerne auf dem Laufenden, und am meisten erfährt man, wenn man mit den Leuten redet. Ida hatte Neuigkeiten über die neuen Bewohner von Orchard House. Eine von ihnen, eine Amerikanerin, falls es dich interessiert, ist, wie sie sagt, eine Hexe. Das ist alles.«

Und ob! Na ja, wenn sie Geheimnisse hatte, stand ihm das auch zu. »Du sollst halt aufpassen. Das will ich damit sagen.«

Sie schob ihm seine Tasse zu. »Willst du Gebäck dazu? Ist ein neues Rezept von Emily.«

»Bist du dir sicher, da ist kein Schierling oder Eisenhut drin?«

Sie verzog das Gesicht, butterte aber trotzdem ein Milchbrötchen für ihn und schnitt es in der Mitte durch. Er biss hinein. Gar nicht so übel. Ihm ging es gut hier mit seiner Mildred. Wenn er nur sicher sein könnte, dass dieser verdammte Balg aus dem Auto die Klappe halten würde.

Er saß vor seinem Teller, hielt die Tasse in der Hand und beobachtete Mildred, wie sie den Fernseher anstellte. Es war ihm ein Rätsel, warum sie so großen Wert auf dieses abendliche Ritual legte, aber solange sie ihn gut bekochte, nahm er gerne daran teil.

»Oh, sieh mal!«, rief sie. »Da ist Orchard House.« Es war eine Gruppe von Leuten zu sehen, und in einem Begleitkommentar hieß es, in der Nähe des Leichenfundorts von letzter Woche sei neues, möglicherweise entscheidendes Beweismaterial ausgegraben worden. »Nein, so was!«, fuhr Mildred fort. »Da ist diese Elizabeth Connor, von der ich dir schon erzählt habe. Gab sich als Hexe aus und wollte in unseren Zirkel. Stell dir vor, die ist jetzt im Fernsehen.«

Was scherte es ihn, wenn der Zirkel wieder aktiv werden könnte? Und wenn Mildred sich mit diesen alten Schachteln getroffen hatte? Ihn beschäftigten jetzt ganz andere Dinge.

Neben dieser amerikanischen Hexe stand das Kind aus dem Auto. Der Bursche hielt sich hier auf, in Bringham, und so lange die kleine Kröte hier frei herumlief, könnte er, John Rowan, es nicht wagen, sein Haus zu verlassen.

Da musste was geschehen. Die kleine Kröte konnte alles kaputt machen.

20

Warrington blickte auf das vor ihm am Schreibtisch sitzende Paar.

»Sie glauben also«, sagte er zu dem schmächtigen, unbeholfen wirkenden Mann, »bei dem Mordopfer von Bringham handelt es sich eventuell um Ihre Mutter?«

Er holte tief Luft und sah die Frau an, die ihm ermutigend zulächelte. »Ich halte zumindest die Wahrscheinlichkeit für recht hoch«, erwiderte er. Zögerlicher Bursche, aber wer wäre das nicht bei der Vermutung, seine eigene Mutter wurde ermordet und unverzüglich verscharrt?

»Verstehe.« Warrington überflog das Protokoll, das Jeffers angefertigt hatte. Sie hatte die ganze Zeit über still in der Ecke gesessen und unaufhörlich geschrieben. Er war schon jetzt gespannt, was sie zu der Geschichte sagen würde. »Ihre Mutter ist vor zwanzig Jahren verschwunden – davongelaufen, wie Ihnen gesagt wurde. Der Zeitraum würde passen, und sie wurde als vermisst gemeldet.«

»Später wurde mir gesagt, sie sei verstorben.«

»Aber Sie haben nie eine Sterbeurkunde gefunden? Das überprüfen wir schneller als Sie, verlassen Sie sich drauf.« Warrington hielt inne. »Sie erinnern sich, dass Ihre Mutter öfter in Orchard House war, zu Ausbildungszwecken bei den alten Damen. Was waren das denn für Damen?«

»Die beiden Misses Underwood. Faith und Hope hießen sie.«

Die Namen ließen Jeffers aufhorchen. Offenbar kamen sie ihr bekannt vor. Interessant. »Welche Erinnerungen haben Sie an die zwei?«

Die junge Frau, Judy Abbott, lachte schrill auf. »Entschuldigung. Aber ich konnte nicht anders. Jeder in Bringham kann Ihnen eine Geschichte über sie erzählen, aber mach du weiter, James.«

»Das mag durchaus sein, aber mich würde interessieren, was Sie dazu zu sagen haben, Sir.«

James hielt inne, die Stirn gerunzelt, wie um sich zu konzentrieren. »Wann ich sie zum ersten Mal gesehen habe, kann ich nicht sagen. Sie waren einfach schon immer da. Als Kind fürchtete man sich vor ihnen, mit ihren keifenden Stimmen und den vielen Stoppeln auf der Oberlippe. Faith hatte lange, gelbliche Fingernägel, und ich hatte immer Angst, sie könnte mir wehtun, wenn sie die Hand nach mir ausstreckte, und Hope spuckte beim Reden.« Er schüttelte den Kopf. »Komisch, daran habe ich die ganzen Jahre über nie gedacht. Dabei waren sie noch gar nicht so alt damals. Vielleicht sechzig. Sie waren im ganzen Dorf als Hexen bekannt ...« Wieder eine Pause. »Sie haben Magie betrieben, zumindest erzählte man sich das.«

Interessant. »Und Sie haben das geglaubt, Mr Chadwick?«

Eine lange Pause. Für Warrington nichts Neues: verdächtige Personen überlegten sich genau, was sie sagten. Nur war das kein Verdächtiger, sondern ein rechtschaffener Bürger mit wertvollen Hinweisen.

»Nicht so richtig, aber auf Drängen meines Onkels bin ich dem Zirkel beigetreten.« Das führte etwas ab vom Thema, aber vielleicht auch nicht. »Dieser Onkel war der Bruder meiner Mutter und mein Vormund.«

»Und um wen handelte es sich dabei?«

Es folgte eine weitere Pause, in der sein Adamsapfel genau einmal zuckte und er der jungen Frau einen Blick zuwarf, die ihm aufmunternd zulächelte. Chadwick reckte das Kinn und straffte die Schultern. »Sebastian Caughleigh.«

Bingo! »Verstehe.« Vielleicht nicht ganz, noch nicht, aber er würde der Sache auf den Grund gehen. Im Moment würde ihn das aber nur von der laufenden Befragung ablenken. »Sie haben also, nachdem Ihre Mutter Sie angeblich verlassen hat, nie mehr etwas von ihr gehört?«

»Nie mehr. Ich konnte es gar nicht fassen. Sie hatte versprochen, da zu sein, wenn ich nach der Schule nach Hause käme, aber sie war nicht da. Ich ging zu einem Freund und bat seine Mutter, sie anzurufen. Es antwortete niemand. Schließlich riefen sie bei Onkel Sebastian in der Kanzlei an. Er war außer Haus, aber sie hinterließen eine Nachricht, und als er kam, waren für mein Gefühl viele Stunden vergangen. Er sagte mir, meine Mutter habe mich verlassen. Einfach so. Ich dachte, er macht Spaß, aber dem war nicht so. Ein paar Monate später dann erfuhr ich, sie sei tot. Die genaueren Umstände ihres Todes habe ich nie erfahren, und wenn ich danach fragte, hieß es nur immer, ich solle still sein. Erst kürzlich entdeckte ich dann bei der Durchsicht der Familiendokumente, dass es ja gar keine Sterbeurkunde für sie gab.«

»Sie waren nicht bei ihrer Beerdigung? Und es hat auch niemand davon geredet?«

»Niemals. Kein Wort. Ich weiß, es klingt komisch, aber als Sechsjähriger stellt man Erwachsenen keine Fragen. Ich jedenfalls nicht.«

Armer Kerl, und nun sollte er über kurz oder lang womöglich die Wahrheit erfahren. Warrington sah auf die von Chadwick mitgebrachten Fotos. »Allein aufgrund dieser Bilder kann ich unmöglich was sagen. Sie müssen wissen, nach zwanzig Jahren ist die Verwesung schon ziemlich weit fortgeschritten, aber unser Labor kann anhand des Schädels das Aussehen rekonstruieren.« Chadwick zuckte zusammen. Verständlicherweise. »Absolute Gewissheit liefert nur ein DNA-Abgleich – das dauert aber leider ein paar Wochen –, aber auch ein Mutterschaftstest dürfte die Zweifel ausräumen.«

Sie nickten beide. Dann konnte man zum nächsten Schritt

übergehen. »Ehe wir dem Steuerzahler diese Ausgabe zumuten, wären Sie vielleicht so gut, Mr Chadwick, einen Blick auf das Material zu werfen, das wir heute ausgegraben haben. Ein Teil der Gegenstände befindet sich in einem so schlechten Zustand, dass außer unseren Leuten vom Labor keiner mehr was damit anfangen kann, aber einige würde ich Ihnen doch gerne zeigen.«

James war sich nicht sicher, ob er diese Zuversicht teilen sollte. Bedeutete ein letztgültiger Nachweis auch wirklich Klärung? Oder würden dadurch nicht noch mehr Fragen aufgeworfen? Was, wenn die Tote tatsächlich seine Mutter war? Wer hatte sie dann dorthin gebracht? Und wenn sie es nicht war, wen hatten die alten Hexen dann noch auf dem Gewissen? Denn dass sie es gewesen waren, sie und sein lieber Onkel, daran hatte er keinen Zweifel. »Inspector«, fragte er, »als mein Onkel sein Geständnis ablegte, hat er da irgendwas von meiner Mutter erwähnt? Seiner Schwester?«

Warrington schien über die Frage nachzudenken. »Das weiß ich nicht, Sir. Mit dem Fall hatte ich nichts zu tun, aber das kann man nachschlagen. Meinen Sie, er hatte möglicherweise seine Finger mit drin?«

»Es gab kaum etwas im Dorf, wo er seine Finger nicht drin hatte. Und er war mächtig scharf darauf, Führer des Zirkels zu werden. Nach dem Tod der alten Ladys, sie starben kurz hintereinander, riss er die Führung sofort an sich.«

Die Art und Weise, wie ihn der Inspector daraufhin ansah, ließ James erschaudern. Warum hatte er so viel erzählt? Und, zum Hades, warum sagte Warrington nichts? Wenn Judy nicht direkt neben ihm gesessen hätte – sie glaubte ihm –, wäre er sofort wie ein geölter Blitz von hier verschwunden. Allerdings versperrte die im Raum anwesende Polizistin – Jeffers – nun die Tür.

»Das wären unsere Fundstücke, Sir.« Sie reichte Warrington eine große Plastiktüte.

»Danke«, sagte er, während er die Tüte übernahm und den

Clipverschluss öffnete. Er sah zu James. »Bringt vielleicht nicht viel, Sir. Vielleicht sagt Ihnen das alles nichts, aber ich wäre Ihnen doch sehr verbunden, wenn Sie einfach mal schauen, ob Sie was damit anfangen können.« Er kippte etliche versiegelte Plastiktütchen auf den Tisch. »Die meisten Papiere, wie zum Beispiel der Führerschein und einige andere, werden im Labor entziffert, aber diese hier waren mehr oder weniger intakt.«

James starrte auf den Stapel. War er wirklich dazu bereit? Was ließe sich damit beweisen oder widerlegen?

Judy griff nach dem nächstliegenden Tütchen, hielt sich aber dann zurück, die Hand in der Luft. »Ist es in Ordnung, wenn wir sie anfassen, Inspector?«

»Tun Sie sich keinen Zwang an. Sie sind alle versiegelt.« Er lehnte sich zurück und wartete ab.

Judy breitet die Plastikpäckchen auf dem zerkratzten Schreibtisch aus. »Was meinst du, James?«

Es war eine Schnapsidee, hierherzukommen! Aber als er ihr in die Augen schaute, brachte er den Satz nicht über die Lippen. Eher hätte er sich die Zunge herausgerissen. »Ich weiß nicht.« Er war sich auch nicht sicher, ob er es wissen wollte, aber er war nun einmal hier und …

»Werfen Sie nur mal einen Blick darauf, wenn Sie möchten, Sir«, sagte Warrington. »Höchstwahrscheinlich ist alles schon zu sehr verrottet, aber man kann nie wissen …«

Judy zog das erste Päckchen näher heran. James warf einen vorsichtigen Blick darauf: eine vergammelte Ledergeldbörse. Ja, seine Mutter hatte eine wie diese besessen, mit Schnappverschluss. Er hatte sehr gern damit gespielt, auf und zu, auf und zu, aber wahrscheinlich hatte die Hälfte aller Britinnen ähnliche Börsen besessen, und weder an die Größe noch an die Form konnte er sich genau erinnern.

Das zweite Päckchen enthielt ein Taschentuch, durch die Jahre ausgeblichen und schlissig. Dann kam ein Tütchen mit losen Perlen und einem kleinen zerfressenen Stück Metall, das wahrscheinlich einmal der Verschluss gewesen war. Hatte seine Mutter an dem Tag eine Perlenkette getragen? Er hatte keinerlei Erinnerung, ob in der einen oder der anderen Richtung.

»Ich glaube nicht, dass uns hier irgendwas weiterhilft. Ist alles so alt und dreckig und …«

»Komm schon, James«, insistierte Judy. »Wenn du schon mal da bist, kannst du gleich alles durchsehen. Man kann nie wissen.«

Der zerbrochene Kuli könnte jedem gehört haben. Wie viele Millionen billiger Plastikkugelschreiber gab es denn auf der Welt? Beim letzten fest versiegelten Plastiktütchen jedoch schnürte sich seine Kehle zusammen und sein Herz fing an zu rasen.

»Bedeutet Ihnen das was?«, fragte Warrington.

Alles … unter Umständen. Aber wahrscheinlich bewahrten alle Mütter dieser Welt Haarlocken von ihren Babys in der Handtasche auf. Und vielleicht hielten sie alle das eine Ende mit rotem Siegellack zusammen und das andere mit einem schmalen, bleichen Band, das in der grellen Beleuchtung von Warringtons Büro grau und schmutzig aussah.

Vielleicht. Vielleicht aber auch nicht.

Als spürte sie den ungeheuren Druck, unter dem er stand, umfasste Judy mit einer Hand seinen Unterarm.

»Kommt Ihnen was bekannt vor?«, fragte Warrington.

James nickte abermals. Es dauerte ein, zwei Minuten, bis er, schwer atmend und mit eng gespannter Brust, seine Stimme wiedererlangte. »Meine Mutter hatte immer eine Haarlocke von mir bei sich, angeblich eine der ersten, die man mir abgeschnitten hatte. Sie war sehr hell, fast weiß.« Und nun hatte sie einen schmutzig-grauen Ton angenommen.

Warrington nickte bedächtig. »Vielen Dank, Sir. Seien Sie meiner Anteilnahme versichert, sollte es sich bei Toten wirklich um Ihre Mutter handeln. Wir müssen noch den DNA-

Abgleich machen, aber wir können eine genaue Identifizierung mit Sicherheit bestätigen oder ausschließen.« Er packte die versiegelten Päckchen wieder ein. »Es sei denn, durch einen merkwürdigen Zufall hatte eine andere junge Frau an diesem Tag Ihre Haare bei sich.«

»Unmöglich!« Er war sich sicher. »Sie hat immer gesagt, sie würde die Locke bis zu meiner Heirat sicher verwahren, um sie dann meiner Frau zu geben. Sie hätte sich nie davon getrennt.«

»Guter Punkt, Sir. Aber wie auch immer, der Mutterschaftstest wird die Frage ein für allemal klären.« Er stand auf. »Jeffers wird mit dem Labor einen Termin zur Probenabgabe für Sie ausmachen. Sollte Ihnen noch was einfallen, zögern Sie nicht, mich zu kontaktieren.«

Und das war's dann.

Zum Glück fuhr Judy. James hätte vielleicht gar nicht fahren können.

»Du siehst völlig fertig aus«, sagte sie beim Einsteigen. »Du glaubst wirklich, dass sie es ist?«

Es dauerte eine Weile, bis er antwortete. »Ja!«. Er ließ seinen angestauten Atem entweichen. »Es kann gar nicht anders sein. Ich nehme an, viele Mütter tragen Babylocken bei sich, aber diese war hellblond, wie ich früher war. Meine Mutter verschwand in etwa zum passenden Zeitpunkt. Sie hat ganze Tage in diesem Haus zugebracht, und mir war es immer unverständlich, wie sie mich im Stich lassen konnte, und sie hat nie auch nur angerufen oder wenigstens eine Postkarte geschickt. Und was ist mit den anderen Details: keine Sterbeurkunde – Wahnsinn. Sebastian hat alles für sich behalten.«

Er lehnte sich gegen die Kopfstütze und schloss die Augen. »Wenn sie dort ermordet wurde, konnten es die beiden Alten unmöglich allein getan haben. Das hätten sie nicht geschafft, einen toten Menschen aus dem Haus und quer durch den Garten zu schleifen. Da muss ihnen wer geholfen haben.« Er scheute sich, den Namen auszusprechen, was für ihn fast einer Heraufbeschwörung des Bösen gleichkam, aber … »Es kann nur Sebastian gewesen sein. Darum wollte ich auch wissen, ob er bei seinem Geständnis was erwähnt hat.«

Er fiel in Schwiegen ob dieses schrecklichen Verdachts, der wie Blei auf ihm lastete.

»Was willst du denn jetzt machen?«, fragte Judy.

»Ich will weg, nur weg. Fahr einfach weiter, bis wir an der Küste sind. Ich will am Strand sitzen und nachdenken.«

»Okay. Nur tanken muss ich noch. Ist fast leer.«

Er riss die Augen auf und sah sie fassungslos an. »So war's doch nicht gemeint! Du musst nicht.«

»Doch, du hast es so gemeint, und mir soll's recht sein. Lass mich nur schnell tanken und meine Eltern benachrichtigen, und dann geht's los. Du hast die Wahl – Brighton oder Worthing?«

Gwyltha verstand allmählich, warum Justin seinen sterblichen Sohn so sehr mochte. Sam war wirklich außergewöhnlich. Aber er war ja auch blutsverwandt mit einem Vampir. Auch wenn er sich nicht daran erinnerte, hatte dieser Blutaustausch ihn doch körperlich und geistig beeinflusst. Interessant.

»Sie können Mum wirklich nicht dafür verantwortlich machen«, insistierte Sam. »Das dürfen Sie nicht.«

Machte er ihr etwa Vorschriften? Wunder war es keins. Er hatte sich schon einmal mit ihr angelegt, um Justin zu retten. Jetzt war er im Begriff, seine Mutter zu verteidigen. Stella und Justin waren wirklich zu beneiden. »Mach ich auch nicht, Sam. Ich erklär dir mal unsere Gesetze. Bei uns ist es streng verboten, Sterblichen auch nur ein Haar zu krümmen, und Koloniemitglieder, die einem Unschuldigen ohne Grund Schaden zufügen, werden entsprechend bestraft. Aber wir treten auch für jene ein, die unter unserem Schutz stehen. Du bist einer davon. Deine Mutter hat in dir nicht nur ihren Sohn verteidigt, sondern sie hat auch verhindert, dass ein Übeltäter jemandem Schaden zufügt, der unter dem ausdrücklichen Schutz unserer Kolonie steht.«

»Bin damit ich gemeint?«

»Richtig, Sam.«

»Und ist ein Übeltäter so eine Art Schurke?«

»Ganz gewiss.«

Er nickte zufrieden und erleichtert. Und ein neues Wort hatte er dabei auch noch gelernt. »Gut. Dad macht sich auch so schon genug Sorgen.« Er hielt inne und nagte an seiner Lippe. »Versprechen Sie mir, es niemandem weiterzusagen, dass ich ihnen das gesagt habe? Ich habe zwar Dad versprochen, dass ich es niemandem sage, aber er hat mich nicht ausdrücklich darum gebeten, es ihm zu versprechen. Ich wusste einfach, dass er nicht wollte, dass Mum wusste, was er tat. Und da hab ich es ihm versprochen, damit er wusste, ich würde es ihr nicht sagen, und er sich somit keine Sorgen darüber machen musste, sie könnte es erfahren. Aber ich glaube nicht, dass es ihm was ausmacht, wenn Sie es wissen.« Reichlich kompliziert, aber sie konnte ihm folgen und wartete ab. »Mum weiß nichts davon, aber Dad beobachtet uns nachts. Ich weiß nicht, wo er wohnt, aber er kam letzte Nacht zum Hotel.«

»Wie denn das, Sam?«

»Er hatte sich in eine Eule verwandelt, aber es war eindeutig er. Ich glaube, er macht sich wirklich große Sorgen, und es wäre ihm lieber, wenn wir nach Hause fahren würden.«

Interessant, wie Sam Justin in dieser Gestalt erkennen konnte. Überaus erstaunlich sogar. »Und was wäre dir lieber?«

»Ich will zurück nach Hause! Es hat Spaß gemacht hier mit diesen bösen und unheimlichen Geschichten, aber ich will jetzt zurück zu meinem Dad.« Er unterbrach sich und winkte seiner Mutter. »Mum! Hier sind wir!«

Da kam Stella auch schon angelaufen, in weitgehend menschlichem Tempo, aber offenbar von schlimmsten Befürchtungen getrieben. »Sam?«, rief sie, »ist alles in Ordnung?«

»Aber klar doch«, erwiderte Gwyltha. »Sam hat mir von euren ereignisreichen zwei Wochen erzählt.«

»Verstehe.«

Klar verstand sie. Stella kannte Sam sicher und ohne jeden Zweifel besser als sonst jemand. »Sam, jetzt hab ich dich lange genug aufgehalten. Du wolltest doch zu den Ställen.«

»Sie wollen sich mit Mum unterhalten?«

»Sehr richtig, und ich glaube, sie hat mir auch etwas zu sagen.«

Er dachte kurz über die möglichen Konsequenzen nach. »Okay. Sagen Sie ihr, sie soll sich nicht so viele Sorgen machen. Dad passt schon auf uns auf.« Darauf rannte er blitzschnell weg, ohne dass Stella eine Chance blieb, darauf zu reagieren.

»Na dann«, sagte Gwyltha, indem sie Stella dazu bewegte, neben ihr Platz zu nehmen. »Sam glaubt also, du machst dir zu viele Sorgen.«

»Er weiß ja längst nicht alles! Ich würde ein Magengeschwür bekommen, wenn das noch möglich wäre, bei der Anstrengung, die Sorgen, die ich tatsächlich habe, vor ihm zu verbergen.«

»Hast du je dran gedacht, dass er trotzdem alles mitbekommt?«

»Ja! Und darüber mache ich mir zusätzlich Gedanken!«

»Sorgen und Mutterschaft sind so gut wie eins.«

Stella sah sie fragend an. »Du hattest Kinder?«

»Nein, diesen Schmerz und leider auch die Freuden hab ich verpasst. Dafür wurde ich dazu bestimmt, verwandelt zu werden. Ein Mann und eine Familie waren nie Teil meiner Vergangenheit oder meiner Zukunft.« Warum sich damit aufhalten? Besser, sich den aktuellen Problemen zu widmen.

Sie hatte Stella sowieso schon mehr gesagt, als sie wollte. »Die Situation hier in Bringham bereitet dir Unbehagen?«

»Ja. Es ist einfach zu viel passiert. Rückblickend wünsche ich mir, wir wären sofort nach der Entführung unseres Autos wieder abgereist. Justin wollte das von vornherein, aber ich dachte mir, es ist alles bestens und unser Problem aus der Welt.«

»War es das nicht? Jude hat das Auto ausgetauscht, und die gestohlenen Juwelen befinden sich in den Händen der Polizei.«

»Das stimmt, aber was ist danach passiert? Wir haben eine Leiche im Garten gefunden!«

»Ja, davon hab ich gehört.«

»Sam hat alles gesehen! Nicht unbedingt die ideale Hauptattraktion eines netten kleinen Sommerurlaubs.«

Die arme Stella! »Wahrlich nicht, aber weißt du, meine Liebe, ich glaube, Sam macht sich mehr Sorgen darüber, dass du dir Sorgen machst, als über diesen unschönen Vorfall. Kinder verfügen über ungeahnte Überlebenskräfte und eine unglaubliche Fähigkeit, derlei Dinge gleichsam einzukapseln. Sicher, in der Schule wird er seinen Freunden jedes noch so grausige Detail auftischen und die Geschichte sogar noch weiter ausschmücken, aber dann, sobald wichtigere Dinge im Vordergrund stehen, vergisst er einfach das meiste.«

Stella nickte; sie glaubte Gwyltha. »Kann sein, aber meine Sorge ist trotzdem nicht ganz unberechtigt. Ich will jetzt nach Hause fahren und dort bleib ich dann auch erst einmal. Sam geht im September auf eine neue Schule und er braucht Zeit, um sich darauf vorzubereiten.«

»Er wechselt also auf *Saint Aiden's* über?«

»Als Tagesschüler. Ist zwar eine lange Fahrt jeden Tag bis nach York, aber einer von seinen besten Freunden besucht auch diese Schule. Wenn er elf ist, bleibt er im Internat.«

»Um seinem Leben Stabilität zu geben, wenn du und Justin umziehen müsst, um ein neues aufzubauen.«

»Richtig. Anfangs gefiel mir diese Vorstellung überhaupt nicht, aber Justin hat recht. Auf diese Weise behält Sam wenigstens seine Freunde.«

»Auch eine Vampirin hat es nicht leicht als Mutter.«

»Du sagst es! Aus dem Grund will ich auch weg von hier. Am liebsten wäre ich gleich morgen gefahren, aber jetzt bleiben wir doch wie ursprünglich geplant bis Sonntag. Justin wird übers Wochenende bei uns sein. Er und Tom haben sich in Johns Haus in Epsom einquartiert und bewachen uns von dort aus. Sam weiß nichts davon – er würde sich nur unnötig Sorgen machen, und ich hab's auch nur durch Zufall erfahren –, aber mir geht es doch besser bei dem Gedanken daran, dass sie ganz in der Nähe sind.«

»Wir können das Aufgebot noch verstärken, wenn du willst.«

»Durch weitere Koloniemitglieder?«

»Ja.«

»Nein.« Sie schüttelte den Kopf. »Die zwei Tage schaffen wir jetzt auch noch. Bist du deshalb extra hierhergekommen?«

»Nicht nur. Ich wollte auch sehen, wie es um Antonias neues Geschäft steht.«

»Läuft alles wie geplant, nur der Bau der Cafeteria verzögert sich halt. Wir suchen Personal aus und kümmern uns um die Auswahl der Künstler. Wir haben tolle Musterstücke eingesandt bekommen. Anfragen, bei uns mitzumachen, kommen aus dem ganzen Land. Es kann eigentlich nur ein Riesenerfolg werden.«

»Wie alle von Antonias Projekten bisher.« Und da man schon bei Antonia war, wenn sie sich nicht ganz täuschte, war die Tochter von König Vortax just in dem Moment im Anmarsch. »Ich glaube, sie kommt gerade.«

Stella wäre beinahe die Luft weggeblieben, bis sie sich an die Abstammungslinien unter Vampiren erinnerte. Antonia war ein Abkömmling von Gwyltha. »Sie kommt gerade von …« Nein. Lieber den Mund halten. Es war einzig und allein Antonias Angelegenheit, Gwyltha darüber zu informieren, was Michael für sie bedeutete. Und was er war. »Einem Kunsthandwerker hier in der Gegend, einem Töpfer, der seine Arbeiten an die Galerie liefert.«

»Verstehe.« Ihr Tonfall und das spitze Lächeln ließen Stella vermuten, Gwyltha würde wissen oder zumindest ahnen, was Antonia passiert war. »Lass uns ihnen entgegengehen.«

Ihnen? Stella würde sich hüten, Gwylthas Worte auch nur im Entferntesten anzuzweifeln. Sie hatte eigentlich damit gerechnet, wegen der möglichen Verletzungen zur Rede gestellt zu werden, die sie diesem Autodieb beigebracht haben könnte. Und sie hatte sich auch schon mit den nötigen Argumenten gewappnet, aber wenn Gwyltha die Angelegenheit nicht zur Sprache brachte, würde sie es erst recht nicht tun.

Sie erreichten den Eingang des Hotels, als Antonia und Michael aus dem Van stiegen. Stella hoffte, Antonia wusste, was sie tat.

Allem Anschein nach ja.

Nach einem kurzen Zögern winkte Antonia, drehte sich um, lächelte Michael zu und nahm bewusst seine Hand und ging mit ihm auf sie zu.

»Ich nehme an, das ist der interessante Töpfer, von dem du gesprochen hast«, sagte Gwyltha.

»Ja«, erwiderte Stella. »Das ist Michael Langton.«

»Was ist er gleich wieder?«, fragte Gwyltha. »Weißt du es?«

Bloß schnell reagieren jetzt. »Ja, ich weiß es, aber es ist Antonias Sache, dir das zu sagen.«

»Natürlich.«

Antonia drückte Michaels Hand, um an seiner Kraft teilzuhaben, aber auch um ihm beizustehen. »Das ist Gwyltha, unsere Koloniefführerin«, flüsterte sie, wobei sie genau wusste, dass Gwyltha jedes Wort hören konnte, wenn sie wollte. »Komm doch einfach mit und lern sie kennen.«

»Warum nicht?«, erwiderte er. »Muss ich sie dann auch um Erlaubnis bitten, dir den Hof machen zu dürfen?«

»Benimm dich!« Über dieses Stadium waren sie längst hinaus.

»Gwyltha, willkommen in Bringham«, sagte Antonia, als sie, mit Michael im Schlepptau, herankam. »Darf ich dir Michael Langton vorstellen.«

»Ah!« Zum Teufel mit Gwyltha für dieses wissende Lächeln. »Wunderschönen guten Tag, junger Mann.«

Er nickte knapp und nahm ihre ausgestreckte Hand. »Guten Tag. Antonia hat schon viel von Ihnen erzählt.«

»Kann ich mir denken.«

Was meinte sie damit? »Mit dir haben wir gar nicht gerechnet, Gwyltha.«

»Ich habe gehört, hier im Süden passieren schlimme Dinge.«

»Aber auch angenehme und schöne.« Alle, einschließlich Antonia, starrten auf Michael. Er packte den Stier gleich bei den Hörnern. Wenn sie auch nur halb so entspannt und rosig aussah wie er, konnte sich sowieso jeder denken, wie sie den Nachmittag zugebracht hatten.

»Ja«, erwiderte Gwyltha mit zuckenden Mundwinkeln. »Kann ich mir denken, dass das ein angenehmer Nachmittag war. Stimmt's Antonia?«

Miststück! »Überaus angenehm.« Sie hätte sich diesen treuherzigen Blick und das dümmliche Grinsen in Richtung Michael sparen sollen, aber sei's drum. Einer wie Gwyltha hatte noch nie jemand was vorgemacht, warum es dann probieren? »Bleibst du länger hier?«

»So lange wie erforderlich. Habt ihr, was die unmittelbare Zukunft betrifft, irgendwelche Pläne?«

»Antonia und ich werden heiraten.«

Ach ja? Wirklich? Auf seinem Gesicht lag ein schelmisches

Grinsen. Warum nicht? Die halbe Kolonie schien in diesen Tagen unter die Haube zu kommen. Warum dann nicht auch sie?

»Gratuliere!« Die gute Stella! Sie kam nach vorne und umarmte sie beide. Gwyltha blickte skeptisch drein. Sie hätte sich ruhig mehr Mühe geben können. »Mach dich darauf gefasst, dass Sam dir sofort seine Dienste als Brautführer anbietet. Er ist jetzt schon mächtig stolz darauf, Elizabeth zum Altar führen zu dürfen.«

Gwyltha verdrehte die Augen himmelwärts. »Warum muss so was aber auch ausgerechnet immer im Süden passieren?« Alle entschieden sich dafür, diese Frage als rein rhetorisch zu betrachten. Sie warf einen weiteren Blick in die Runde. »Hat jemand 'ne Ahnung, wo Elizabeth ist?«

»Ich«, sagte Stella. »Sie ist bis zum Abend zurück.«

»Ich bleibe so lange, um sie zu sehen«, erwiderte Gwyltha. »Und was Sie betrifft, Michael«, sagte sie und reckte sich, um ihre ein Meter fünfzig voll zur Geltung zu bringen, »was sind Sie eigentlich?«

»Ein Gestaltwandler, Madam. Ich würde es Ihnen gerne zeigen, aber vielleicht doch nicht hier.«

»Du machst Witze, oder?«, sagte Antonia, wobei sie versuchte, Gwylthas Erhabenheit nachzuahmen.

Er warf ihr einen liebevollen und spitzbübischen Blick zu. »Richtig, Liebling, wie immer.«

»Und welchen Nutzen, bitteschön, soll ein Gestaltwandler für die Kolonie haben?«, fragte Gwyltha.

»Das, Madam, wird sich noch herausstellen müssen«, erwiderte Michael. »Es ist allein eine Frage der Zeit. Und davon haben wir ja alle genug.«

21

Justin beäugte Gwyltha über den Glasrand hinweg. John Littlewood sei bedankt für seinen stets gut gefüllten Keller! Ging doch nichts über einen sanften Port, um eine Konfrontation abzufedern. Konfrontation war vielleicht ein bisschen zu viel gesagt, aber sie verließ ihre Heimat äußerst selten, es sei denn, sie roch Ärger. »Gibt's Probleme?«, fragte er so beiläufig wie möglich, während er im Kopf die Myriaden von Möglichkeiten durchging, die Gwyltha aus dem Norden hierhergelockt haben könnten.

Sie nippte an ihrem Port. »Ja«, antwortete sie nach einer bedeutungsvollen Pause, während sie das Glas auf dem Beistelltisch aus dunkler Eiche abstellte. »Und meine kleine Stippvisite hat es bestätigt.«

»Du warst schon in Bringham?«, fragte Tom?

»Ich habe gerade höchst interessante vierundzwanzig Stunden dort verbracht«, erwiderte sie.

In der Tat! Und sie war im Begriff, ihnen den ganzen Reichtum ihrer Erkenntnisse mitzuteilen, sollte er, Justin, sich nicht völlig täuschen.

»Läuft dort soweit alles glatt?«, wollte Tom wissen. Er tat ebenfalls so, als wäre alles in Butter, was ihm auch gut gelang.

Die hochgeachtete Führerin der Kolonie hob eine Augenbraue. »Ganz so schlimm wie im Dänemark deines Freundes Will ist es nicht, aber es war klug von euch beiden, unten zu bleiben und die Situation im Auge zu behalten. Natürlich kämen eure Frauen beziehungsweise diejenigen in spe auch alleine ganz gut zurecht« – sie hielt inne und präsentierte ein ironisches Lächeln –, »von Sam natürlich ganz zu schweigen.«

»Was ist mit ihm?«, wollte Justin sofort wissen, ungeduldig, aber er war immerhin ein Mann, der sich um seinen Sohn sorgte.

»Sam geht es gut«, erwiderte sie, »aber Stella ist überängstlich und macht sich viel zu viele Sorgen, und« – sie hielt abermals inne und runzelte die Stirn – »ich bin doch neugierig, wie er dich in Eulengestalt überhaupt erkennen konnte.«

»Neugierig? Ich war völlig platt! Ich saß da vor dem Hotel, in einem Baum, und beobachtete ihn durchs Fenster. Er hat mich sofort erkannt, sah mir in die Augen und hat Kontakt zu mir aufgenommen, ohne auch nur ein einziges Wort zu sprechen. Erst nachdem ich ins Zimmer geflogen war und mich auf seinen Arm gesetzt hatte, hat er auch gesprochen. Aber erkannt hat er mich gleich.«

»Es bestehen Blutsbande zwischen dir und ihm«, sagte sie. »Das könnte vielleicht der Grund dafür sein.«

»Du meinst wirklich, das funktioniert auch umgekehrt? Ich war es, der Blut von ihm bekommen hat, nicht er von mir.«

»Stimmt, und über all die vielen Hundert Jahre hinweg, in denen wir uns von Sterblichen ernährt haben, habe ich nie etwas von einem derartigen Band gehört. Zärtliche Zuneigung, das ja, mitunter auch körperliches Verlangen, aber eine Gedankenverbindung? Nie gehört!« Sie überlegte. »Zu berücksichtigen wäre, dass du dich nicht bei ihm bedient hast. Er hat dir, im Wissen um deine wahre Natur, sein Blut angeboten. Er bestand sogar darauf, wenn ich es mir recht überlege. Er hat sich über mich, seine Mutter und Antonia einfach hinweggesetzt. Außerdem warst du damals so geschwächt, dass wir schon fürchteten, du könntest erlöschen. Vielleicht hat das auch was damit zu tun.« Sie zuckte mit den Schultern. »Wie auch immer es dazu kam, ihr seid auf alle Fälle verbunden.«

»Ja.« Sie waren verbunden. Das störte ihn nicht im Geringsten. Wer wusste das schon, vielleicht würden sie beide Abel eines Tages für diese Verbindung danken. »Ich frage mich, ob sich diese besonderen Bande erst im Lauf der Zeit entwickelt haben. Denn bisher sind sie mir nie aufgefallen.«

»Hast du je versucht, dich bei ihm einzuklinken?«, fragte Tom.

»Ist mir nie in den Sinn gekommen.«

»Vielleicht ist das etwas, woran du arbeiten solltest«, schlug Gwyltha vor, »wenn ihr wieder zu Hause seid.«

»Kann gar nicht früh genug sein, was mich betrifft.«

»Mir geht's nicht anders«, sagte Tom. »Elizabeth will unbedingt auch in Zukunft für Antonia arbeiten, aber wenigstens hat sie zugestimmt, ihren Job auf zwei oder drei Tage pro Woche zu reduzieren.« Er schüttelte den Kopf. »Ein merkwürdiger Ort.«

Gwyltha lachte auf. »Aber nicht langweilig, oder?«

»Du findest ihn ja anscheinend sehr faszinierend«, sagte Tom. »Was hast du denn sonst noch herausgefunden, außer der Verbindung zwischen Sam und Justin? Ach ja, wie bist du denn überhaupt darauf gekommen?«

»Sam hat es mir selber erzählt. Gleich nachdem er mir geraten hat, Stella ja nicht wegen möglicher Verletzungen, die dieser Autodieb haben könnte, zur Verantwortung zu ziehen. Und er war äußerst strikt.« Sie lächelte und schüttelte dabei den Kopf. »Ich dachte schon, er nagelt mich darauf fest, aber in dem Moment kam Antonia angewackelt und platzte mit der Nachricht heraus, sie habe sich einen Pelzwechsler angelacht. Und das alles innerhalb der ersten Stunde. Am Morgen darauf wurde es dann richtig interessant. Der Gärtner wollte später kommen und hat Elizabeth eine Voicemail hinterlassen. Ein sehr interessanter Mann übrigens auch. Noch am Morgen hat scheinbar das ganze Dorf geglaubt, er sei mit der Tochter des Pfarrers durchgebrannt, und mittags ist er dann zur Arbeit erschienen. Also doch nicht durchgebrannt, aber eine formellere Art von Beziehung zwischen dem jungen Mann und der Pfarrerstochter scheint doch sehr wahrscheinlich.«

»Himmel!« Tom schüttelte den Kopf. Das alles zu verkraften, strengte ihn sichtlich an. »Der führt was im Schilde, garantiert.«

»Nicht unbedingt«, sagte Gwyltha. »Elizabeth ist der Meinung, man könne ihm vertrauen, und sie ist alles andere als dumm.«

Und wenn er der Pfarrerstochter Avancen machte, würde er wohl doch die Finger von anderen lassen.

»Was nun also?«, fragte er aus Rücksicht auf Gwyltha, obschon er genau wusste, was er vorhatte.

»In Anbetracht der Ängste, die hier allenthalben kursieren, würde ich vorschlagen, ihr kreuzt heute Abend dort auf und begrüßt eure jeweilige Herzdame, als hättet ihr sie seit Wochen vermisst. Stella ist bereit, sofort abzureisen. Elizabeth will womöglich länger bleiben. Sie steckt bis zum Hals in Plänen, würde sich aber vielleicht doch freuen, dich für ein Weilchen bei ihr zu haben.«

»Am besten, wir fahren sofort hin.« Tom war aufgesprungen und schon fast draußen, als Gwyltha den Kopf schüttelte.

»Nein. Haltet euch an den Plan und taucht erst nach dem Abendessen dort auf. Sam weiß, dass ihr nur deshalb hier Stellung bezogen habt, weil ihr euch Sorgen macht. Das macht ihm Angst und die würde nur noch größer, wenn ihr dort aufrauscht wie die Kavallerie in einem Wildwestfilm.«

Sie hatte recht, dachte Justin, aber trotzdem ... »Wir bleiben also einfach die nächsten Stunden hier sitzen und fahren dann los?«

»Und holen sie da raus«, murmelte Tom. »Ich hätte nie zulassen dürfen, dass Elizabeth da überhaupt runterfährt.«

Gwyltha hob den Blick himmelwärts und schüttelte den Kopf. »Tom, kapierst du das denn nicht? Wenn sich Elizabeth was in den Kopf gesetzt hat, wirst du sie nicht davon abhalten. Niemals. Sie ist eine eigenständige Frau, und genau deshalb, mein Freund, liebst du sie.«

Tom brummelte was vor sich hin, widersprach aber nicht. Kluges Bürschchen. Gwyltha lag wie so oft auch hier wieder mal goldrichtig, aber was sprach dagegen? Sie war schließlich alt genug. Sie war die Älteste ihrer Kolonie, die Stärkste und die Führerin. Er hatte sie einmal geliebt, und sie hatte ihm das Herz gebrochen, aber nun wusste er, dass seine damaligen Gefühle nur ein Schatten der Liebe gewesen waren, die er für Elizabeth empfand.

Seltsam, wie gut sich alles entwickelt hatte.

Sie saßen schweigend in der Gesellschaft alter Freunde. Justin überlegte schon, ob er noch eine Flasche von Johns exzellentem Port holen sollte, aber die Mühe schien ihm zu groß. Ein paar Blutbeutel wären eher angebracht, um sich nach den ständigen Verwandlungen der letzten Tage zu stärken.

In der Stille, die sie umgab, hallte ein panischer Schrei durch sein Bewusstsein. Sam! Justin spürte seinen Schrecken und die Angst und war auch schon hochgesprungen, warf die Kleider von sich und rannte los, um sich noch ein paar Beutel einzuverleiben, ehe er sich verwandelte.

»Was ist los, um Himmels willen?«, fragte Tom.

»Ein Zwischenfall! In Bringham. Sam hat nach mir gerufen! Folge mir, so gut du kannst!«

»Ich nehme das Auto«, sagte Gwyltha, »und deine Kleider.« Sie hob die Sachen vom Boden auf. »Macht ihr beide euch auf den Weg. Ich komme sofort nach!«

Wenn jemand Sam gefragt hätte, hätte er geantwortet, er wünschte sich nichts sehnlicher, als dass der Tag vorüber wäre und er seinen Dad in die Arme schließen könnte. Und zwar seinen richtigen Dad, nicht seinen Dad in Gestalt der Eule, die nachts vor seinem Fenster Wache hielt. Aber es fragte ihn niemand.

Alle hatten zu tun. Hatten zu tun damit, was Erwachsene halt so tun.

Alle wollten plötzlich heiraten. Am Abend zuvor hatte Antonia Michael zum Essen mitgebracht. Er und Elizabeth teilten sich die nicht gegessenen Vampirgerichte, und Michael tat so, als wäre das die normalste Sache der Welt. Jedoch konnte er die Teller nicht so schnell hin- und herschieben wie ein Vampir. Aber er war ganz nett. Mrs Gwyltha hatte Michael den ganzen Abend beobachtet, als überlegte sie noch, ob sie ihn mochte oder nicht. Das war typisch Mrs Gwyltha. Echt ein bisschen wie eine Lehrerin. Michael war anders als die anderen, kein Vampir und auch kein Ghul, aber so ganz normal war er auch nicht. Sam hatte die ganze Zeit darüber nachgedacht, bis Antonia dann später am Abend erklärte, dass er ein Gestaltwandler war.

Er fand das cool, zumal Michael ihm sogar versprochen hatte, ihn demnächst mal zuschauen zu lassen, wenn er sich verwandelte.

Demnächst mal.

Nach ihrer Hochzeit, von der kein Mensch wusste, wann sie stattfinden würde. Gwyltha musste wohl ihre Zustimmung geben, und bis jetzt hatte sie das noch nicht getan. Dabei würde man glauben, wenn jemand so alt war wie Antonia, und eine Vampirin noch dazu, dann könnte die doch heiraten, wen sie wollte. Mum hatte ihm letzten Abend erklärt, es sei wegen der Kolonie, die unbedingt geheim bleiben müsse. Als ob Michael sie verraten würde! Erwachsene waren manchmal schwer zu verstehen.

Sam kickte einen Kieselstein über den Weg. Peter war übers Wochenende mit seiner Familie verreist, und er vermisste ihn. Darum fuhr er nicht so gern nach Hause – weil er Peter nicht mehr sehen würde ... Sam seufzte. Er wollte unbedingt zurück nach Havering. Hier unten passierte zu viel.

Als Sam den nächsten Stein über die Einfahrt kickte, fuhr ein Auto vor und James und Judy stiegen aus.

James war okay, ein bisschen fahrig für einen Erwachsenen, als ob er dauernd befürchtete, es könnte was Schlimmes passieren, aber als die beiden ausstiegen, sah er wirklich glücklich aus, als hätte er Geburtstag. »Hi«, sagte er, als sie Hand in Hand auf ihn zugeschritten kamen.

»Hallo!«, sagte Judy. »Ist Antonia da?«

»Im Büro. Mit den anderen. Die Kissen, die Sie dagelassen haben, gefallen ihr sehr gut. Hat sie gesagt.«

Judy lächelte James zu, der noch mehr grinste. »Super!«, sagte sie. »Ich schau gleich mal rein.« Sie drückte James Hand, ehe sie losließ.

James grinste albern verträumt zurück. »Ich mach mich mal lieber an die Arbeit. Ist eh schon spät genug. Die eine Fläche will ich noch vor dem Wochenende sauber kriegen.«

Sam sah, wie James um die Hausecke herum verschwand und wie Judy an der Tür klopfte, öffnete und eintrat. Er langweilte sich und er hätte wetten können, dass sich da drinnen auch nur alles um Brautsträuße und Brautkleider drehte. Warum nicht James fragen, ob er Hilfe gebrauchen könnte.

Von seinem Van aus, den er ein paar Meter vom *Barley Mow* entfernt geparkt hatte, schaute Dave durchs Fernglas. Saublöd aber auch! Der Bengel war da, aber just in dem Moment trottete er los und verschwand ums Haus. Mist! Ganze zehn Minuten war er allein gewesen, aber John war nicht da. Sie hätten sich die Ratte schnappen können, aber nein! Der Trottel musste unbedingt los, um was zum Essen zu besorgen.

Dieser Bursche könnte sie verpfeifen, oder vielmehr John, und wenn John geschnappt würde, könnte der doch nie den Mund halten. Da machte sich Dave nichts vor. John würde sogar die eigene Mutter vor den Polypen denunzieren, nur um sein Strafmaß zu mildern.

Dieser Bursche war aber doch noch ein Kind. Vielleicht sollten sie ihm nur einen gehörigen Schrecken einjagen, damit er sich gar nicht mehr traut, auch nur den Mund aufzumachen. Das wäre die Rettung für sie. Vielleicht. Dave spuckte aus dem Fenster. Wenn sie weiter so viel Pech hatten wie in letzter Zeit, konnten sie einpacken.

»War was?« John öffnete die Fahrertür und reichte ihm ein Sandwich und eine Flasche Bier, zuckte aber sofort wieder zusammen. Diese Schulterzerrung würde er dem Kleinen nie verzeihen.

»Wir sollten lieber vorsichtig sein, oder? Hätte uns gerade noch gefehlt, mit zu viel Promille am Steuer erwischt zu werden.«

»Ein Bier?« Was für ein mieser Typ, dieser Dave. »Verträgst du das etwa nicht?«

Der konnte ganz still sein! »Der Kleine ist nach hinten verschwunden. Wir haben ihn verpasst, weil du ja unbedingt pinkeln musstest.«

»Wir kriegen ihn.«

Und was dann? So weit voraus dachte Dave natürlich nicht. Sie mussten was unternehmen, aber er wagte nicht, daran zu denken, was John mit dem Jungen vorhatte, nachdem sie ihn geschnappt hatten. Danach jedenfalls würde er, Dave, sich einfach aus dem Staub machen. John war ihm nicht ganz geheuer. Schon bei diesem Raub war er in Panik geraten, hatte das Auto geklaut, die Beute verloren und danach diese lächerliche Geschichte von der wild gewordenen Furie erfunden, die angeblich das Auto gestoppt und ihn attackiert haben soll. Absurd! Fast so unglaublich wie die Geschichte von der Frau, die ihm auf dem Parkplatz des *Manor Hotels* das Messer abgenommen haben soll. Am besten, man dachte überhaupt nicht mehr dran. Er stand unter Stress und hat sich alles nur eingebildet. Genauso wie diese verdammte Großkatze! Allmählich wurde es unheimlich hier.

»Wohin ist er denn gegangen?«

»Wer? Der Junge?«, fragte Dave, aus seiner Nachdenklichkeit herausgerissen.

»Nein, der Weihnachtsmann, du Idiot!« – »Nenn mich nicht Idiot! Du Trottel! Wir würden jetzt nicht so in der Patsche sitzen, wenn du diesen Wachmann nicht abgeknallt hättest.«

»Und wenn du an der vereinbarten Stelle auf mich gewartet hättest!«

Daves Miene verfinsterte sich. Letztlich hatten sie keine andere Wahl. Sie mussten sich den einzigen Zeugen vom Leib schaffen. Zudem hatte er noch immer keine Erklärung dafür, wie die Juwelen in den Pfarrhausgarten gelangt waren. Es muss der Junge gewesen sein, der ja nach dem Unfall davongerannt war. Wenn er John nicht kennen würde, würde er sich fragen, ob er nicht alles erfunden hatte.

»Wir kriegen ihn«, sagte John durch einen Bissen von seinem Käse-Gurken-Sandwich hindurch. »Wir haben Zeit.«

»Willst du hier bleiben?«

»Wir fahren näher ran. Der Kleine ist doch hinter dem Haus, nicht wahr? An einem so schönen Tag spielt er wahrscheinlich im Garten. Es gibt doch diesen Lehmweg neben der Mauer und ein oder zwei praktische Seiteneingänge. Genau da stellen wir das Auto ab, und dann heißt es: Holzauge, sei wachsam.« Dave startete den Motor. »Sobald er allein ist, schnappen wir ihn uns.«

»Sie sind einfach wunderschön!« Judy lächelte bei so viel Lob aus Antonias Mund. »Sogar noch schöner als die anderen Stücke, die Sie mir schon gezeigt haben. Ich finde, Sie sollten auch kleinere machen. Die verkaufen sich leichter, weil sie billiger sind, und dann kommt vielleicht der eine oder andere Kunde zurück und kauft eines von den größeren.«

»Toll! Ich mach mich nach dem Wochenende sofort an die Arbeit.«

»Sie haben wohl einiges vor übers Wochenende?«, fragte Stella und blickte vom Faxgerät hoch, das eine Seite nach der anderen ausspuckte.

»Schon. Ich muss meine Eltern mit einer Seelenmassage ruhig stellen.« Sie zögerte, aber verflixt noch mal, sie – und garantiert auch längst das ganze Dorf – wussten doch längst, dass sie und James über Nacht weg gewesen waren, warum also um den heißen Brei herumreden? »Sie waren leicht verstimmt, weil ich gestern Hals über Kopf weggefahren bin, aber das war gar nichts im Vergleich zu ihrer Reaktion darauf, als sie hörten, mit wem ich weg war. James ist von der christlichen Nächstenliebe meines Vaters anscheinend ausgeschlossen.« Sie sah in die Runde bedeutungsvoll schweigender Gesichter. Was wussten sie, das sie nicht wusste? Was war das, worüber ihre Eltern sich nur andeutungsweise geäußert hatten? »Gibt es was, das ich wissen sollte?«

Mehr als genug, danach zu urteilen, wie sie alle dreinschauten.

Antonia brach das bleierne Schweigen. »Seit wann kennen Sie ihn denn?«

Gute Frage. »Ich habe ihn gestern Morgen kennengelernt.«

»Also noch nicht sehr lange«, sagte Elizabeth. »Aber Sie wissen einiges von ihm?«

»Er ist völlig durcheinander, weil er befürchtet, die Tote, die man gefunden hat, könnte seine Mutter sein.«

Wenn das keine Sensation war! Alle drei starrten ins Leere. Elizabeth stieß einen leisen Pfiff aus.

»Ist er sich sicher?«, fragte Antonia. »Und wieso wussten Sie darüber Bescheid?

»Er hat es mir gesagt. Und was das ›sicher‹ betrifft, die Polizei jedenfalls nimmt seine Befürchtungen sehr ernst und lässt einen DNA-Mutterschaftstest durchführen.« Unmöglich, wie diese Weiber sich verhielten. James machte so viel durch, und ihnen schien es wichtiger zu sein, den Rasen pünktlich gemäht zu bekommen. Das war nicht ganz fair, aber ...

»Der Arme!«, sagte Elizabeth. »Er hat mir erzählt, dass er

früher mit seiner Mutter oft hier war. Dass sie früh verstorben war, das wusste ich, aber die Vorstellung, sie könnte ermordet worden sein und die ganzen Jahre über hier gelegen haben …«

Zumindest Elizabeth zeigte einen Hauch von Mitgefühl. »Dass es einen Bezug zu ihrem Verschwinden geben könnte, fiel ihm erst auf, als der Inspector von zwanzig Jahren gesprochen hat. James Mutter ist vor zwanzig Jahren verschwunden.«

Die drei sahen sich abwechselnd an. Stella ignorierte das Faxgerät, das nun allein vor sich hin ratterte.

»Was wissen Sie, das ich nicht weiß?«, fragte Judy. Warum nicht alles auf eine Karte setzen und direkt fragen? Diese verstohlenen, bedeutungsschweren Blicke gingen ihr auf die Nerven.

»Wollen Sie sich nicht setzen?«, fragte Antonia, während sie aufstand und ihren Schreibtischstuhl in Judys Richtung schob. »Es ist ein wenig kompliziert.«

»Ich kann stehen. Was ist es?« Sollten sie auch nur ein Wort gegen James sagen, würde sie …

»Verworren«, sagte Elizabeth.

»Sehr«, fügte Stella hinzu.

Es stand drei gegen eine, oder vielmehr drei gegen James. Hatte er nicht schon genug einstecken müssen? Mussten diese Frauen nun auch noch anfangen? »Ach ja? Kompliziert und verworren?«

Antonia ging um den Schreibtisch herum und lehnte sich dagegen. Sie stand nun auf Augenhöhe. »Ich nehme an, Sie haben gehört, was man sich im Dorf erzählt?«

»Das meiste davon ignoriere ich. Hier wird einfach maßlos viel getratscht. So sind James und ich den Buschtrommeln zufolge angeblich durchgebrannt. Was gar nicht stimmt!« Jedenfalls noch nicht.

Antonia – sie schien die Wortführerin oder die Hauptangreiferin zu sein – fuhr fort. »Sie wissen, dass es eine Verbindung gegeben hat zwischen einem Hexenzirkel hier vor Ort und James' Onkel, Sebastian Caughleigh, der nun in Broadmoor einsitzt?«

»Ja, und diesem Zirkel standen früher mal diese beiden Ladys vor, denen dieses Haus gehörte. Nach ihrem Tod übernahm James Onkel Sebastian das Ruder und brachte James dazu, dem Zirkel ebenfalls beizutreten. Sein Onkel war besessen von Macht und in seinem Bedürfnis nach umfassender Kontrolle hat er vielen Menschen schwer geschadet, bis er schließlich den Barmann aus dem *Barley Mow* umgebracht und am Ende, fertig mit sich und der Welt, ein Geständnis abgelegt hat. Ich weiß, dass James Mutter verschwand, als er noch ein Kind war, und er glaubt, dass sie die Tote ist, die sie hier ausgebuddelt haben. James mag vielleicht nicht der Musterbürger sein, wie man ihn sich hier vorstellt, aber wenn man bedenkt, dass er von seinem Onkel großgezogen und mit sieben auf ein Internat abgeschoben worden ist, hat er sich gar nicht so übel entwickelt, alles in allem.«

Das wenigstens brachte sie einen Moment zum Schweigen.

»Und das haben Sie alles gewusst?«, fragte Antonia.

»Und noch eine ganze Menge mehr, das Sie nicht wirklich was angeht. Nach Brighton und zurück ist man ein hübsches Weilchen unterwegs. Wir haben uns während der Fahrt unterhalten.«

»Antonia« – es war Stella, die bisher am wenigstens gesagt hatte – »ich glaube, Judy hat recht mit dem, was sie sagt, und wir haben, was auch immer in der Vergangenheit passiert oder nicht passiert ist, keinen Grund zu irgendwelchen Vorbehalten gegenüber James.«

»Dann sprich mal mit Dixie; sie erzählt dir vielleicht was anderes.«

»Ich bin Stellas Meinung«, sagte Elizabeth. »Ich habe James als Gärtner eingestellt, und er ist ein großartiger Gärtner. Was in der Vergangenheit passiert ist ...«

Sie wurde vom Klingeln des Telefons auf dem Schreibtisch unterbrochen. Elizabeth nahm ab. »Dixie«, sagte sie lächelnd, worauf die anderen sofort verstummten und nur mehr Augen für Elizabeth hatten.

»Was sagt sie denn?«, fragte Stella.

Elizabeth bedeutete ihnen mit einer Handbewegung, still zu sein. Sie wollte nichts verpassen.

»Sind die Faxe angekommen, die ich gerade geschickt habe?«, fragte Dixie.

»Die waren von dir? Wir waren gerade anderweitig beschäftigt und haben noch nicht nachgesehen.«

»Ich habe neun kopierte Tagebuchseiten geschickt. Ich glaube, darin steht genau das, was ihr erwartet. Manche sind ein bisschen zweideutig, aber wir wissen ja bereits einiges, und von daher könnte es passen. Die Polizei wird wahrscheinlich die Originale haben wollen, nur gebe ich sie ungern aus der Hand, auch wenn es nur vorübergehend wäre. Vielleicht bringe ich sie ja selbst vorbei.«

Elizabeth' Augen suchten Blickkontakt mit Stellas. »Geh ans Faxgerät. Dixie hat uns was geschickt.«

Stella überflog die Seiten, wobei ihre Augen immer größer wurden. »Ja, allerdings! Das ist …«

Antonia nahm das Blatt und reichte es nach einem kurzen Blick und einem merklichen Hochziehen der Augenbraue an Elizabeth weiter. Sie überflog den ersten, in krakeliger Handschrift geschriebenen Absatz. »Dixie!« Ihre Stimme hallte in ihren Ohren wider. »Das ist ja schrecklich! Unglaublich …« Sie las weiter. »Diese alten Hexen …«

»Böse ist gar kein Ausdruck, oder?«, sagte Dixie. »Je mehr ich lese, umso mehr Verständnis habe ich für meine Granny, dass sie fortgerannt ist auf Nimmerwiedersehen.«

Mehr als das! »Dixie, ich ruf zurück. Das müssen wir alle lesen. Bis bald. Grüße an Kit.« Sie legte auf und schaute in die Runde.

Judy hielt es nicht mehr aus. »Was geht hier vor?«

Antonia blickte über das Fax in ihrer Hand zu Judy. »Wird wohl etwas länger dauern. Wollen Sie später wiederkommen?«

Judy wusste genau, wenn sie jemand loswerden wollte. »Nein, wenn es James betrifft oder seine tote Mutter, dann betrifft es auch mich.« Wie man es auch nennen mochte, Intuition oder Instinkt, sie wusste, dass diese Faxe mit James Mutter zu tun hatten. Sie wollte schon hinausrennen und es ihm sagen. Aber das konnte warten. Keine zehn Pferde würden sie hier jetzt wegkriegen. Sie wollte wissen, was gespielt wurde. »Ich bleibe.«

Da sie partout keine Anstalten machte zu gehen, nickte Antonia zustimmend, was Judy etwas milder stimmte. »Na schön«, sagte sie und sah zu Stella, die den Stapel noch in der Hand hielt. »Würdest du die Blätter bitte ordnen. Dann werfen wir einen gründlichen Blick darauf und entscheiden, was wir damit tun.«

»Was gibt es da zu entscheiden? Wenn es sich um Beweismaterial handelt, müssen wir es zur Polizei bringen.«

Elizabeth unterbrach die Lektüre. »Es handelt sich eindeutig um belastendes Material.«

»Was steht da?«, fragte Judy mit erhobener Stimme. Sie hatten doch so gut wie zugegeben, dass diese Sache James betraf, und wehe, sie würden wieder anfangen, über seine Vergangenheit herzuziehen, dann könnte es auf dem schönen Parkett zu einem Blutvergießen kommen.

»Ganz so einfach ist es nicht«, sagte Antonia. »Natürlich«, fügte sie hinzu und kam damit Judys Einwänden entgegen, »wollen wir, dass die Schuldigen genannt werden, auch wenn sie schon lange tot sind. Und um der Lebenden willen wollen wir, dass diese furchtbare Geschichte aufgeklärt wird. Aber wir müssen uns sicher sein und dürfen der Polizei nicht Hals über Kopf vage Vermutungen zuspielen.«

Sie wollten sie abwimmeln. Zweifellos. Diese drei Grazien hockten auf dem Schlüssel zur Lösung des Problems und wollten ihn nicht herausrücken. Aber da hatten sie die Rechnung ohne den Wirt gemacht. »Gute Idee.« Judy ließ nicht locker. »Wir sollten uns alles genau ansehen. Stella hat die Blätter feinsäuberlich geordnet. Warum setzen wir uns nicht und schauen, was drinsteht?« Sie hatte kaum zu Ende gesprochen, als es brenzlig zu werden schien. Was sie gesagt hatte, kam nicht sonderlich gut an. Pech gehabt! Auf keinen Fall würde das Zeug auf Nimmerwiedersehen in einer Schublade landen.

»Ich glaube, du …«, begann Antonia.

Sie wurde von Stella unterbrochen. »Antonia, Judy hat ein berechtigtes Interesse am Ausgang dieser Geschichte. Du kannst ihr nicht vorwerfen, wenn sie wissen will, was da drinsteht.«

Antonia zückte die Augenbrauen. »Wer wirft hier wem was vor?«

»Sie wollen Informationen zurückhalten.« Nach Judys Worten stieg die Spannung im Raum fühlbar an.

»Ich glaube, wir sollten Judy Einblick in das Material gewähren«, sagte Elizabeth, »aber sie muss versprechen, den Inhalt für sich zu behalten, bis Dixie mit den Originalen eintrifft.«

»Sie hat recht«, fügte Stella hinzu. »Eigentlich war Judy sogar äußerst zurückhaltend. Ich hätte mich wie eine Löwin auf das Material gestürzt, wenn Sam oder Justin davon betroffen wären. Aber so sind die Briten nun mal«, fügte sie mit einem Lächeln in Richtung Judy hinzu.

»Stimmt nicht ganz. Vor dem Faxgerät stehen drei Personen wie eine Wand. Hätte ich auch nur die geringste Chance gehabt, einfach zuzugreifen, dann hätte ich das auch getan und wäre schon längst über alle Berge mit dem Material.«

Hier lächelte sogar Antonia. »Verstehe.« Sie nahm den Stapel in die Hand. »Sind sie in der richtigen Reihenfolge?«, fragte sie Stella.

»In der Reihenfolge, in der Dixie sie geschickt hat.«

Antonia überflog die Blätter nacheinander und sah dann zu Judy. »Alles klar. Wir haben davon Kenntnis genommen, und Sie dürfen auch einen Blick drauf werfen, erklären sich aber zu strikter Geheimhaltung bereit, bis wir neue Nachrichten von Dixie bekommen. Ich will nicht, dass jemand mit Halbwahrheiten zur Polizei geht.«

Das war zwar nicht das, was sie sich gewünscht hatte, aber mehr war offensichtlich nicht drin. Wenigstens würde sie sehen, was auf diesen vermaledeiten Papieren stand. »Einverstanden.«

Antonia und Stella mussten einen dieser Schnelllesekurse absolviert haben. Sie verleibten sich die Seiten ein wie nichts. Elizabeth las eher in Judys Tempo, aber es dauerte trotzdem nicht lang, bis alle drei die neun Seiten durchgelesen hatten.

Alles wartete gespannt darauf, dass sie was sagte, aber was da stand, war eine Enttäuschung auf der ganzen Linie. Dabei hatte sie so gehofft, die Blätter würden Klarheit für James bringen. »Nur belangloses Zeug. Geschwätz darüber, wie man wieder neu zu Kräften kommt, aber was, zum Teufel, heißt das denn schon? Viele alte Leute träumen doch davon, die Frische ihrer Jugend zurückzuerlangen. Da braucht man nur ein x-beliebiges Frauenmagazin aufzublättern, und mein Vater sehnt sich auch nach der Zeit zurück, als er noch keine Arthritis hatte.« Ärgerlich. Nun hätte sie sich beinahe für nichts und wieder nichts zum Narren gemacht.

»Dahinter steckt mehr, als Sie denken«, sagte Elizabeth und hielt inne, alle Blicke auf sie gerichtet. »Sie waren immerhin Hexen.«

»Das sagt hier jeder«, warf Judy ein. »Alles nur dummes Geschwätz. Wie das Gerede über James verrückten alten Onkel.«

»Nein«, sagte Elizabeth. »Sie gehörten tatsächlich einem Hexenzirkel an. Sie praktizierten Magie. Das weiß ich. Ich bin selbst eine Hexe, aber ich beschreite einen anderen Pfad. Mein Gebot lautet, niemandem etwas zuleide zu tun. Sie dagegen kannten kaum Skrupel. Wir wissen eine Menge über sie, Judy. Dinge, die man lieber nicht in die Öffentlichkeit hinausposaunt. Einen Teil ihres Wissens haben sie ins Grab mitgenommen, worüber man nur froh sein kann, aber sie sprechen wiederholt vom ›Zauber der Jugend‹.«

»Nur so eine Redensart.«

»Vielleicht, vielleicht aber auch nicht. Wie auch immer, von Dixie habe ich deren Grimoire bekommen. Das werde ich mir jetzt mal gründlich vornehmen, um zu sehen, was ich da finde.«

»Ich muss leider dumm fragen«, sagte Judy, »aber was ist denn ein Grimoire?«

»Das wollte ich auch fragen«, sagte Stella.

Gut zu wissen, dass sie nicht die Einzige war, die keine Ahnung hatte. Anscheinend hatte sie als Mitglied der Anglikanischen Staatskirche doch eine Menge versäumt.

»Ein Grimoire ist eine Art Zauberhandbuch«, erklärte Elizabeth. »Ihres befindet sich oben.«

Sie folgten Elizabeth, aber nicht über die breite Treppe, die von der Eingangshalle nach oben führte, sondern eine dunkle, enge Stiege hinauf, deren Zugang hinter einer Tür in der alten Küche verborgen lag. Sie führte zu zwei Speicherräumen mit schrägen Decken. Sie waren sauber und frisch gestrichen, aber leer, abgesehen von ein paar Umzugskartons, etlichen Tongefäßen und einem Stapel dicker Bücher auf dem großen Tisch.

»Dixie hat ihre Hinterlassenschaft für mich einpacken lassen«, sagte Elizabeth. »Vielleicht lasse ich alles nach London bringen. Ich hatte vor, während meines Aufenthalts hier einen genauen Blick darauf zu werfen, aber wir waren zu beschäftigt.« Sie nahm ein dickes, in Leder gebundenes Buch, das wie eine altmodische Familienbibel aussah, aber als Elizabeth es aufschlug, sah Judy, das die Seiten in einer krakeligen Handschrift beschrieben waren.

Zu dritt standen sie da und warteten, während Elizabeth

Seite für Seite überflog, bis sie innehielt und mit dem Finger auf eine bestimmte Stelle zeigte. »Seht euch das an.«

Sie drängten sich eng heran. Die Tinte war verblichen und die Handschrift abenteuerlich, aber die Überschrift war eindeutig: »Zaubersprüche zur Übernahme von Lebenskraft«. Das Kapitel war untergliedert in »Von einem Sterblichen«, »Von einem Vampir« und »Von einer anderen Hexe«.

»Nein, bitte!«, sagte Judy nun völlig desillusioniert. »Vampire! Die waren ja dümmer als die Polizei erlaubt.« Sie hatte das Gefühl, dass plötzlich eine gespannte und eisige Stimmung im Raum herrschte.

22

Alle drei starrten in die Luft. Antonias Augenbrauen gingen hoch. Elizabeth schüttelte den Kopf. Selbst Stella lächelte sie merkwürdig von der Seite an.

»Wirklich. Es ist einfach lächerlich«, insistierte Judy. »Wer glaubt denn schon an Vampire?«

Antonia zuckte mit den Schultern. »Ob wir daran glauben oder nicht, spielt eigentlich keine Rolle. Entscheidend ist, dass diese alten Ladys daran glaubten. Sie waren der Meinung, sie könnten die Kraft und die Stärke eines Vampirs übernehmen und sich durch die Übernahme der Jugend eines anderen Wesens neues Leben zuführen.«

»Wenn wir damit zur Polizei gehen, glauben die doch, wir sind völlig übergeschnappt«, sagte Judy.

»Ist es denn abwegiger als so manches, was Sebastian Caughleigh in seinem Geständnis von sich gegeben hat?«, fragte Antonia.

Judy seufzte. Das konnte die Frau doch nicht ernst meinen. »Ja, und man sieht ja auch, wo er gelandet ist!«

»Haben Sie ihn gekannt?«, fragte Elizabeth.

»Nein. Seit meine Eltern hier sind, war ich die meiste Zeit auswärts auf der Schule oder der Uni. Mir ist einiges zu Ohren gekommen, aber es klang alles so weit hergeholt und von den Klatschmäulern hier vor Ort ausgeschmückt. Zumindest hatte ich diesen Eindruck, bis James und ich uns gestern unterhalten haben.« Warum hatte sie nur das Gefühl, sie würden alle nur darauf brennen, zu hören, was James ihr erzählt hatte. »Ich glaube, dieser gestörte Onkel war nicht unbedingt am besten dazu geeignet, einen verwaisten kleinen Jungen großzuziehen.«

Damit trafen sie bei Judy offenbar einen wunden Punkt, und Antonia hatte alles Verständnis dafür, aber dieser Versuch, Licht ins Dunkel zu bringen, geriet langsam außer Kontrolle. Ganz zu schweigen davon, dass sich da eine Sterbliche in Belange einmischte, die ausschließlich die Kolonie etwas angingen. Ja, die Frau hatte mit James angebandelt, wobei sich jedoch die Frage aufdrängte, ob sie noch bei Verstand war. Wie auch immer man es betrachtete, sie waren zu weit gegangen. »Ich glaube«, sagte sie, »wir sollten uns darauf einigen, die Angelegenheit unter Verschluss zu halten, bis Dixie mit den Originaltagebüchern hier ankommt beziehungsweise sie an uns schickt.«

Stella und Elizabeth hatten sofort verstanden, nur Judy müsste man noch ein bisschen bearbeiten.

»Judy«, sagte Antonia beherrscht aber nichtsdestoweniger eindringlich, »wir können damit nicht an die Öffentlichkeit gehen, solange der endgültige Nachweis noch aussteht. Wir müssen warten, bis uns die Tagebücher komplett vorliegen, ehe wir zu Polizei gehen.«

Nach einer langen Pause, in deren Verlauf Antonia schon glaubte, Judy sei durch nichts zu überzeugen, nickte Judy. »Ja, das müssen wir.«

»Es hat keinen Sinn, unvollständige Informationen von der Polizei als untauglich abtun zu lassen«, fuhr Antonia fort.

»Stimmt«, pflichtete Judy ihr bei, »das wäre völlig sinnlos.«

Stella und Elizabeth waren erleichtert. Sie selbst umso mehr. »Lasst uns wieder nach unten gehen«, sagte Antonia. »Wir müssen wieder an die Arbeit.«

Unten nahm Judy ihre Musterstücke wieder an sich. »Ihre Idee, Antonia, was kleinere und preiswertere Kissen angeht, gefällt mir. Vielleicht wirklich ganz kleine in der Art früherer Nadelkissen. Ich könnte Stecknadeln mit Glaskopf in den Entwurf integrieren. Ich geh nach Hause und denk drüber nach. Wenn ich James auf Wiedersehen gesagt habe.« Ihr Lächeln hinterließ wenig Zweifel, welchen Platz James mittlerweile in ihrem Herzen einnahm. Sterbliche!

»Lassen Sie sich so bald wie möglich wieder sehen«, sagte Antonia.

»Ganz sicher«, erwiderte Judy. »Und es ist richtig, diese andere Angelegenheit noch unter Verschluss zu behalten. Was wirklich zählt, ist sowieso der DNA-Nachweis.« Sie lächelte und war im nächsten Moment auch schon verschwunden.

»Besser, wir räumen das weg«, sagte Antonia und wies mit einem Nicken auf den Stapel Faxe. »War schwer genug, sie zu überzeugen, und ich will nicht, dass sie bei ihrem nächsten Besuch gleich wieder rückfällig wird, wenn sie sie sieht.«

»Man kann es ihr kaum verübeln, wenn sie diese Sache geklärt haben will«, hob Stella hervor.

»Das versteh ich ja, aber zuerst kommt es mir darauf an, uns zu schützen. Und wozu soll es denn gut sein, nachträglich zu wissen, das seine Mutter in einer Art schwarzem Ritus quasi geopfert wurde.«

Damit waren sie beim Thema. Antonia sah auf die Tür, die hinter Judy zugegangen war, und schüttelte den Kopf. »Ich bin immer wieder erstaunt, wenn ich sehe, wie eine intelligente Frau einem geistig weit unterlegenen Mann verfallen kann.«

»Das ist jetzt aber nicht fair«, sagte Elizabeth. »Okay, eine Leuchte ist er gerade nicht, aber auch nicht der letzte Trottel.«

»Ich frage mich, ob der überhaupt irgendwo einen Abschluss hat«, erwiderte Antonia, »und wir wissen, dass er an Sebastians Machenschaften beteiligt war.«

»Dieser Kerl hatte ihn von klein auf unter seinen Fittichen. Da ist das doch kein Wunder«, sagte Stella. »Die Grenze zwischen Rechtschaffenheit und Kriminalität ist oft sehr schmal. Wir haben ja früher auch in einem Problemviertel gewohnt, und damals habe ich jeden Abend gebetet, Sam möge nie auf die schiefe Bahn geraten. Da gab es Kids, die haben schon im Grundschulalter mit Drogen gehandelt, und ich hatte solche Angst, das könnte auf Sam abfärben.«

»Hat es eindeutig nicht«, sagte Elizabeth.

»Richtig. Aber was wäre gewesen, wenn ich selbst damit zu tun gehabt hätte? Welche Chance hätte Sam denn dann gehabt? James wurde von diesem Irren großgezogen, aber er hat sich merklich gebessert, seit Sebastian weggesperrt wurde. Er hat sich Arbeit gesucht, zwar nicht die anspruchsvollste, aber immerhin ist er sich nicht zu fein, die Ärmel hochzukrempeln und sich die Finger schmutzig zu machen. Und nun mit Judy an seiner Seite, wer weiß? Er könnte sich noch richtig gut entwickeln.«

Stella verfügte noch immer über den Optimismus einer Sterblichen. Antonia hatte James im Verdacht, über die Jahre hinweg so einiges angestellt zu haben. »Hoffentlich hast du recht. Aber jetzt an die Arbeit. Du wirst uns fehlen, Stella, wenn du nicht mehr da bist.«

»Ich bin nur eine E-Mail entfernt«, erwiderte Stella, »und immerhin –«

Sie verstummte, als draußen ein Schrei ertönte.

»Sam!« Stella war durch die Terrassentür nach draußen verschwunden. Alle waren nach draußen verschwunden, rannten nach einem Satz über das blau-weiße Absperrband mit übernatürlicher Geschwindigkeit in Richtung der Schreie.

Judy stand, einige Meter entfernt, in der hinteren Gasse. »Sie sind weg«, klagte sie aus der Tiefe ihres Herzens. »Sie haben James und Sam mitgenommen!«

Es ging alles so schnell. Sams Kopf dröhnte nach dem Aufprall auf dem Wagenboden im Inneren des Vans, und der Schlag, den ihm der erste der Männer übergezogen hatte, machte es auch nicht leichter. Er hätte am liebsten geheult, unterdrückte aber den Schmerz und versuchte nachzudenken. Was ging da vor? Er hatte beim Unkrautjäten geholfen, als ein Mann durch die alte Tür in der Mauer hereinstürzte und ihn packte. Er schrie auf, und James kam angelaufen. Der Mann stieß Sam durch die offene Tür, worauf ein anderer ihn am Arm packte und weiterzerrte. Sam wand sich und sah zu dem Mann hoch, der ihn festhielt. Es war der Mann, der das Auto gestohlen hatte.

»Sie!« Sam trat ihm gegen das Schienbein, so fest er konnte, bis der Mann ihm eine Waffe vor das Gesicht hielt.

»Mach das noch einmal, du Ratte, und dir fehlt ein Ohr.«

Das war schlecht. Wirklich schlecht. Wie konnte er nur nach seiner Mum rufen. Er spürte, dass der Mann es ernst meinte und auch tatsächlich schießen würde, und als er überlegte, wie er fliehen könnte, kam James auf die Gasse herausgerannt.

»Was zum Teufel geht da vor?«, rief er und rannte los. In dem Moment ertönte ein Schuss, und er taumelte nach hinten und fiel von einem Schrei begleitet zu Boden.

»Nein!« Sam wollte sich losreißen, um zu James zu gelangen, aber die Hände hielten ihn zu fest umklammert. »Sie haben ihn erschossen!«

»Wäre nicht der erste, Ratte, und du bist der Nächste, wenn du noch ein Wort sagst.« Er schubste Sam. Als er hinfiel, packte ihn eine Hand. »Wirf ihn hinten rein, Dave.«

Er wurde hochgehoben, alles drehte sich um ihn und Sam schlug auf den Boden des Vans auf. Als er den Kopf schüttelte und sich aufzusetzen versuchte, traf ihn etwas. James lag direkt auf ihm. Die Türen wurden zugeknallt, und sie befanden sich im Dunkeln.

Wenig später, nach etwas, das sich anhörte, als würde jemand brüllen, fuhr der Van los und holperte über die unebene Gasse. James hustete, und als sich Sam unter ihm herauswand, roch er Blut. Alles war voller Blut. Frischem Blut.

»James, sie haben dich angeschossen. Tut es weh?«

James ächzte und hustete. »Nicht sehr, mein Kleiner.« Wieder ein Erwachsener, der nicht die Wahrheit sagte. »Tut mir leid, James. Du wolltest mir doch nur helfen. Fiese Typen sind das. Echt fies.«

»Hör zu, Sam«, flüsterte James. Sam hoffte, dass sie beim Geräusch des Motors keiner hörte. »Du machst die Tür auf, springst raus und läufst, was du nur kannst. Hol Hilfe, wenn du es schaffst. Mit mir ist im Moment wenig anzufangen.« Er hustete abermals.

Sam glaubte nicht, dass er unbemerkt die Tür aufmachen könnte. Sie würden einfach anhalten und ihn wieder einfangen. Das würde nicht hinhauen, zumal sie die Gasse jetzt verlassen hatten und schneller fuhren, und wenn er James zurücklassen würde, würden sie ihn mit Sicherheit töten. »Ich geh nicht weg«, sagte er. »Aber ich rette uns beide.«

Seine Mum konnte er nicht bemühen, und überhaupt war er sich nicht sicher, ob er in Kontakt mit ihr würde treten können. Er hatte es noch nie versucht, aber Dad musste doch in der Nähe sein. Er hatte seine Nähe seit jenem Abend gespürt, als er an sein Fenster gekommen war. Sam setzte sich auf, so gut er konnte, und lehnte sich die Seitenwand des Vans. Indem er versuchte, die Vibrationen und Stöße möglichst zu ignorieren, konzentrierte er sich. *Dad*, dachte er bei sich und tat sein Möglichstes, um seinen Vater gedanklich zu erreichen. *Dad, hilf mir! Bitte, bitte, Dad, hilf mir!*

Dann kam es, schwach, aber klar. *Sam?* Sam grinste und hätte am liebsten in die Hände geklatscht. Er hatte Kontakt zu seinem Dad. Alles würde gut werden. *Wo bist du, Sam? Was ist passiert?*

In einem Van. Einem weißen. In der Seitengasse hinter dem Haus. Sie sind gerade rechts abgebogen. In Richtung Dorfwiese, glaube ich, Dad. Komm bitte schnell!

Ich komme sofort, mein Sohn. Warte! Sein Vater war stärker. Näher. *Okay, mein Sohn. Ich bin unterwegs. Wer sind sie?*

Der Mann, der das Auto geklaut hat. Den anderen kenn ich nicht.

Schon gut, mein Sohn. Ich beeile mich. Trotzdem schien es eine Ewigkeit zu dauern, während derer James ununterbrochen hustete und keuchte. Er atmete röchelnd, und Sam fürchtete, er würde sterben. *Bitte, Dad.*

Ich kann den Van jetzt sehen, Sam! Ich bin direkt hinter dir, und Tom ist auch bei mir!

Nun konnte ihnen nichts mehr passieren!

Stella rannte voran und holte Judy am vorderen Ende der Gasse ein.

»Was ist passiert?«, fragte Stella, spürte aber intuitiv, dass sich Sam in Gefahr befand und große Angst hatte.

»Ein Van! Sie haben James und den Jungen mitgenommen. Einfach hinten reingeworfen und ab!«

»Welche Richtung?«, fragte Antonia.

Judy schnappte ein paar Mal nach Luft, fing sich aber wieder. »Rechts. Zur Dorfwiese!«

Wo es Hunderte von Möglichkeiten gab, sich eines Menschen oder einer Leiche zu entledigen. Stellas Herz erstarrte. »Ich muss Justin erwischen. Dann kümmere ich mich um Sam.«

»Warte!«, sagte Antonia. Stella war außer sich. Sie wusste, sie konnte den Lieferwagen einholen, aber was war mit Judy? »Wir fahren mit unserem Van hinterher. Hol ihn, Elizabeth!« Während sie das sagte, umfasste sie Judys zitternde Schultern und drückte sie. Nicht um die Sterbliche zu trösten, obschon die Geste sie vielleicht schon ein wenig beruhigen würde, sondern um zu verhindern, dass sie die dunkle, feuchte Spur sah, die sich über die Gasse hinzog. »Wir befreien ihn, Stella. Keine Angst. Wenn der Van da ist, nehmen wir die Verfolgung auf. Kannst du Kontakt mit Justin aufnehmen?«

Natürlich konnte sie das! Sie hatte eine Gedankenverbindung mit Justin und hätte sie längst nutzen sollen, anstatt in Panik zu geraten. Stella schloss die Augen und sammelte sich. Sie spürte seine Anwesenheit nach einer Minute, aber ihre Verbindung schwankte und flackerte, bis Justin sich zurückmeldete. *Stella!*

Justin, es geht um Sam, er wurde entführt. Sie fahren zur Dorfwiese.

Ich weiß, Liebling.

Was?! Woher?

Sam hat sich bei mir eingeklinkt, um mich zu Hilfe zu rufen, gleich nachdem es passiert war. Tom ist auch bei mir. Wir sind schon unterwegs.

In dem Moment fuhr Elizabeth vor. Judy sprang hinein, von Stella geschoben, während Antonia den Beifahrersitz nahm. Ehe auch nur eine von ihnen den Gurt angelegt hatte, fuhr Elizabeth schon die Gasse entlang, raste um die Ecke und streifte die Hecke, ohne auf dieses dumme Schlagloch zu achten. Stella legte der Form halber ihren Sicherheitsgurt an – immerhin saß neben ihr eine Sterbliche.

Judy war kreidebleich im Gesicht und zitterte noch immer. Sie sollte ihr Zuspruch anbieten, aber sie musste Justin kontaktieren.

Hast du ihn?

Wir sind fast da. Sobald ich Sam zu Gesicht bekomme, sage ich es dir. Er fürchtet sich schrecklich und sagt immer wieder, James sei verletzt. Angeschossen.

Letzteres behielt sie lieber für sich. Judy sah sowieso schon fix und fertig aus. *Weißt du denn, wo er ist?*

Die Verbindung ist stark und klar. Ich krieg ihn.

Das war ihr zwar alles unerklärlich, aber darüber würde sie sich später Gedanken machen. Musste mit dem Blut zu tun haben, dass Justin von ihm genommen hatte. Was auch immer es war, sie dankte Abel dafür!

Elizabeth fuhr mit Vollgas voran. Der Van schaukelte dermaßen, dass Antonia Mühe hatte, Michaels Nummer einzutippen. Es läutete, und sie wünschte sehnlichst, er möge da sein und sofort rangehen. Wenn er nun draußen im Tonschuppen war und das Telefon ausgeschaltet hatte oder …

»Antonia?« Er war da!

Mit einer Sterblichen auf dem Rücksitz musste sie möglichst verklausuliert sprechen, aber verdammt, darüber würden sie sich später Sorgen machen. Judy war sowieso fast bewusstlos vor Angst. »Ich brauche deine Hilfe. Lass alles stehen und liegen. Jemand – zu aufwendig, das jetzt zu erklären – hat Sam und James entführt. Sie fahren in einem Van in Richtung Dorfwiese. Wir verfolgen sie, aber sie haben einen Vorsprung.«

»Soll ich sie abfangen?« Abel möge ihm danken! Er wusste, was zu tun war, ohne dass sie es sagte. »Bitte. Justin und Tom sind bereits unterwegs.«

»Über welche Straße kommt ihr denn? Die, die zu meinem Haus führt?«

»Nein. Die schmale Straße, die hinter unserem Haus vorbeiführt.« Elizabeth fuhr mitten durch ein Schlagloch. »Die Holperpiste hinter unserem Haus.«

»Lea Lane.«

»Genau.«

»Schlecht. Die wird erst noch zu einer Holperpiste gegen das Ende der Dorfwiese. Da kreuzen viele zerfurchte Reitwege, und es ist sehr waldig. Kein Zuckerspiel auf vier Rädern. Ich komme auf alle Fälle, auf vier Beinen und entsprechend schnell. Tschüs.«

Da war er auch schon weg und vollkommen unerreichbar, da Pumas keine Handys benutzten. Aber er war eine weitere Hoffnung, auf die man zählen konnte.

Judy packte Stella am Arm. »Mit wem telefoniert sie? Wir sollten die Polizei anrufen.«

»Mach du dir keine Gedanken!«, sagte Stella ziemlich schroff, denn Judys Gequassel störte die Gedankenverbindung mit Justin.

»Judy«, meldete sich Antonia von vorne. »Vertrau uns. Wir schalten die Gesetzeshüter beizeiten ein. Mach dir keine Sorgen. Sei einfach still und wart's ab.«

Stella hatte ihre Zweifel, ob sie Judy damit beruhigte, aber es war keine Zeit mehr, sich darüber Gedanken zu machen. Justin war zurück.

Ich kann ihn sehen. Tom und ich folgen ihnen dicht hinterher. Wenn ihr an der Dorfwiese seid, nehmt den Reitpfad rechts. Ich bleibe bei Sam.

»Elizabeth, Justin kann ihn sehen! Nimm den Reitweg rechts, sobald die Straße ausläuft, und versuch mit Gwyltha in Kontakt zu treten.«

»Zu wem in Kontakt treten?«, fragte Judy.

»Wir sind bald da«, sagte Elizabeth, ohne auf Judy im Geringsten einzugehen.

»Ich bin mit einem Haufen Verrückter in einem Van eingesperrt, und mein Freund ist schwer verletzt!«, sagte Judy. »Sofort anhalten! Ich will raus!«

Stella hatte jedes Verständnis für sie, aber ... »Judy«, sagte sie und fasste sie an der Schulter, »du bleibst schön sitzen und hältst brav den Mund.«

Judy sah sie mit großen Augen verwundert an und sagte kein Wort mehr.

»Wie konnte ich nur«, murmelte Stella.

»Egal. Hauptsache, es hat funktioniert!«, sagte Antonia von vorne. »Später wecken wir sie wieder.«

Stella hoffte, es würde ihnen gelingen. Judy wirkte in Ordnung, schwieg aber und gab keinen Mucks mehr von sich. Ihre Sorge um Judy währte nicht lange. Gleich würden sie Sam sehen. Irgendwo da vorne.

Es ist alles in Ordnung mit ihm, wiederholte Justin immer wieder. Sam ist unverletzt, aber James blutet und hustet.

Vielleicht hatte Judy ja doch recht – vielleicht sollten sie die Polizei und den Notarzt rufen.

Elizabeth fuhr langsamer, als sie sich dem Ende der Straße

näherte, von wo aus mehrere Reitwege und Pfade in unterschiedlichen Richtungen über die Dorfwiese abzweigten.

Stella beugte sich nach vorne. »Scharf nach rechts, hat Justin gesagt.«

»Du hast's erfasst!«, sagte Elizabeth, bog rechts ab und steuerte den von Furchen durchzogenen Weg entlang.

Justin befand sich über ihr! Stella spürte seine Nähe. Er flog direkt über dem Van, und weiter vorne sah sie zwei Adler im Tiefflug voraneilen.

Sam hatte Angst. Große Angst. Dad sagte, er würde kommen, und er spürte, dass er sich nährte, aber der Van rumpelte weiter voran und James hustete immer mehr. Dann blieb der Van stehen, und Sams Angst stieg ins Unermessliche. Das konnte nichts Gutes bedeuten. Türen knallten, und er kniff die Augen vor dem Licht zusammen, als die hinteren Türen aufgingen. Davor standen zwei dunkle Gestalten, und er erstarrte.

»Da wären wir, Ratte! Das Ende der Straße für dich und deinen Freund«, sagte eine böse Stimme. Sam konnte nicht sagen, wer von den beiden es gewesen war, da er noch immer zwinkern musste angesichts der hellen Sonne. Da ertönte ein Fauchen wie von einem wilden Tier, ein Aufschrei, panisches Rufen und abermals ein Aufschrei. Als seine Augen sich angepasst hatten, sah Sam, dass eine große goldfarbene Katze einen der Männer zu Boden gerissen hatte. Es war der Mann, der auf James geschossen hatte. Er brüllte vor Schmerz, als die Katze mit den Krallen über seinen Rücken fuhr und mit der Schnauze die Halsschlagader abtastete. Keinesfalls in freundlicher Absicht. Sam konnte sich eines Grinsens nicht erwehren. Dann hielt er Ausschau nach dem anderen. Er rannte hin und her und versuchte, die beiden Adler abzuschütteln, die sich an seinen Schultern festgekrallt hatten. Das versuchte er zumindest, bis er stolperte, stürzte und sich schreiend auf dem Boden wälzte.

»Was geht da vor?«, fragte James schwer atmend und mit matter Stimme, als er sich aufzusetzen versuchte.

»Wir wurden gerettet!«, sagte Sam. »Mein Dad und meine Mum sind hier!« James sah wirklich schlecht aus und er röchelte, aber ... »Ich bin gleich wieder da«, versprach er, als er auch schon aus dem Wagen sprang und auf Antonias herankommenden Van zurannte.

Stella sprang heraus. Zum Teufel mit aller Vorsicht und anwesenden Sterblichen. Sie wollte zu Sam! Sie rannte ihm entgegen. Innerhalb von Sekunden umarmte sie ihn und drückte den fragilen Kinderkörper an sich. Sein sterbliches Herz raste noch immer vor Angst. »Oh, Sam! Mein Kleiner Sam!«

»Mom!« Er drückte sie ebenso fest, klammerte sich an sie wie ein verängstigtes Tier. »Ich hab so große Angst gehabt«, sagte er. »Oh, Mum! Sie haben auf James geschossen, als er mir zu Hilfe kommen wollte. Er ist verletzt, schwer verletzt. Dad muss ihn retten.«

»Sei ganz ruhig, Sam. Alles wird gut.«

Endlich. Mit Sam auf den Armen ging sie zu der Stelle, an der die beiden Schurken noch immer im Heidekraut lagen und sich gegen die Attacken ihrer tierischen Angreifer zu wehren versuchten, und trat den Dreckskerlen mit dem Fuß in die Rippen.

Sam gab ein nervöses Kichern von sich. »Gib's ihm, Mum!«

Gwyltha kam angelaufen und schaute zu, wie sie die zwei malträtierte, und nickte nur. Selber schuld. »Mach dir wegen denen keine Sorgen, Stella. Um die kümmern wir uns später.« Ein Griff an die Schulter der beiden genügte, und sie waren bewusstlos. »Nun denn«, sagte Gwyltha, »die wären fürs Erste versorgt. Was kommt als Nächstes?«

Als Nächstes starrte Sam auf Elizabeth. Er wusste, dass sie es war, aber sie hatte blutrote Augen, Hände wie graue Klauen und ein Gesicht, das die Räuber hätten sehen sollen. Davon hätten sie Albträume ihr ganzes restliches Leben lang bekommen. »Wie machst du denn das?«, fragte er, während sich ihr Gesicht entspannte und ihr vertrautes Aussehen allmählich zurückkehrte.

»Weiß ich nicht so genau«, erwiderte sie. »Es passiert, wenn ich sehr wütend werde.«

»Cool!« Gut, dass James es nicht gesehen hatte. Er hätte sich sonst erschreckt. »Mrs Gwyltha«, sagte Sam, indem er sich auf Stellas Armen umdrehte. »Dad muss sich James mal ansehen. Er ist verletzt. Sie haben auf ihn geschossen.«

»Ach ja?«

»Ja! Tatsache!« Er löste sich aus Stellas Armen, glitt herunter und stellte sich hin ... fast stabil. »Sie haben mich gepackt, und James wollte mir helfen.«

»Verstehe.«

Stella runzelte die Stirn. Sollte Gwyltha es wagen, jetzt James' Vergangenheit aufs Tapet zu bringen ... »Er hatte vor, mein Kind umzuballern, Gwyltha!«

»Ist mir klar, Stella. Und ich werd's auch nicht vergessen.«

»Keiner von uns vergisst das!« Justin war zurück, splitternackt stand er bis zu den Knöcheln im Heidekraut. Sie lächelte ihm zu und versuchte, möglichst nicht zu Tom zu schauen, der nur ein paar Meter entfernt ebenfalls im unvermeidlichen Adamskostüm dastand. »Ich will mal sehen, wie es ihm geht, Sam. Hast du meine Sachen, Gwyltha?«

»Im Auto. Ich habe vorne an der Straße geparkt, um zu viele Spuren zu vermeiden.«

Beide rannten sie los wie der Blitz, um nur wenige Momente später wieder zurückzukommen. Angezogen.

»Wo ist eigentlich Michael?«, fragte Sam. »Er war doch da, oder nicht? Ich hab ihn gesehen. Er war eine große, goldbraune Katze.«

»Er steht da drüben bei den Bäumen«, sagte Stella und wies mit einem Kopfnicken in Michaels Richtung. »Ich glaube, er will sich nicht zurückverwandeln, weil er keine Sachen zum Anziehen hier hat. Er schämt sich.«

»Aber wenigstens bedanken will ich mich bei ihm«, sagte Sam. »Und du, Dad, kümmere dich bitte um James.«

»Musst du mir das zweimal sagen, mein Sohn?« Justin hatte seine Tasche bereits in der Hand.

Sam grinste. »Toll, Dad!«, sagte er und rannte zu Michael.

»Ich hoffe, es ist Michael und kein echter wilder Puma«, sagte Stella.

»Oh, es ist sicher er!«, sagte Antonia. »Das weiß ich. Sam!«, rief sie ihm noch hinterher, »sag ihm, er soll hinten in unseren Van reinspringen. Dann nehmen wir ihn mit nach Hause.«

Sam lachte.

Wie leicht doch Jugendliche so manches wegsteckten! Stella warf einen Blick auf die beiden ausgestreckt daliegenden Gestalten, das Blut im offenen Lieferwagen und auf James, der nun, gestützt von Antonia und Tom, auf der Erde saß, während Justin sich über ihn beugte.

Aber wo war Judy?

23

Judy saß wirklich sehr, sehr still auf dem Rücksitz von Antonias Van, bei vollem Bewusstsein und entspannt und anscheinend ganz unberührt von den gewaltsamen und übernatürlichen Vorgängen der letzten Viertelstunde.

»Deine Ermahnung vorhin war ein ziemlicher Hammer, Stella«, sagte Antonia, während sie auf die entspannte Judy starrten.

»Ich hab sie doch nur gebeten, still zu sein und nicht pausenlos herumzuquengeln.« Stella schnürte es die Kehle zusammen. »Ich hätte nie gedacht …«

»Wie mächtig du bist?« Gwyltha war stillschweigend von hinten an sie herangetreten. »Mir scheint, Justin muss mal ein bisschen mit dir üben, wie du deine Kräfte einsetzt. Starke Emotionen bringen einen außer Kontrolle. Da solltest du beim nächsten Mal lieber aufpassen.«

Bitte! Bloß kein nächstes Mal mehr. Auch eine Vampirmutter war nicht dagegen gefeit, zu leiden wie ein Hund und vor Angst beinahe zu sterben. Auch wenn der Nachwuchs mittlerweile glücklich auf einer grünen Lichtung saß und einem Puma das Fell kraulte. Dabei schien es Sam oder seinen neuen Freund aus dem Reich der Großkatzen gar nicht zu kümmern, dass er über und über voller Blut war. »Wir müssen ihn schleunigst wegbringen«, sagte Stella. Es konnte jederzeit ein Trupp Pfadfinder aus dem Unterholz brechen oder eine Gruppe Wanderer den Trampelpfad heranmarschiert kommen.

»Sehr richtig«, sagte Gwyltha. »Bring Sam aus der Schusslinie. Wir machen inzwischen der Polizei Beine. Und hoffentlich bringt sie die Kanone, die hier rumliegt, auf eine weitere Spur – nämlich die des ermordeten Wachmanns. Damit dürften sie gehörig in die Bredouille kommen.« Sie stand auf dem Pfad und überblickte den Schauplatz wie ein General, der seine Truppen befehligt. »Stella, du übernimmst Sam, machst ihn sauber und nimmst ihm sämtliche Erinnerungen, die weg müssen. Antonia, du steigst zu Stella in den Van; Elizabeth, du auch. Justin, ist dieser Mann transportfähig?«

Ihr knappes Nicken in Richtung James zerrte an Stellas Nerven. »Dieser Mann hat mein Kind gerettet und dafür selbst 'ne Kugel abgekriegt.«

»Ja, Stella«, erwiderte Gwyltha, eine Augenbraue gezückt. »Dessen bin ich mir bewusst. Deshalb versuche ich auch, ihn zu retten.« Okay, Zeit den Mund zu halten. »Wie sieht's aus, Justin?«, fragte Gwyltha.

»Ja, aber nur für eine kurze Strecke. Er muss ins Krankenhaus.«

»Alles klar. Wir bringen ihn in deinem Auto in die nächste Klinik. Wir erzählen denen einfach, wir wollten Stella besuchen und hätten die falsche Abzweigung genommen. Schließlich sind wir hier gelandet und sahen ihn auf uns zustolpern. Er wurde ohnmächtig, worauf du ihm in Erfüllung deiner ärztlichen Pflicht Erste Hilfe geleistet hast, um ihn im Anschluss daran auf schnellstem Weg in die Klinik zu bringen.

Tom, du könntest auch noch mit Elizabeth mitfahren. Dieser Van ist sicher groß genug. Unsere beiden schlafenden Schönheiten lassen wir samt allem belastenden Material einfach liegen.«

»Was ist, wenn man die beiden mit Sam und James in Verbindung bringt?«, fragte Elizabeth.

»Kein Problem. James wird sich nicht daran erinnern, wie oder warum es dazu kam, dass er entführt und angeschossen wurde. Man wird ihm das als Gedächtnisverlust infolge des Schocks auslegen. Und das Blut im Van dürfte reichen, den Zusammenhang mit den beiden Hübschen hier herzustellen.«

»Was ist mit Michael?«, fragte Sam, als er, gefolgt von der Katze, herankam. »Kann er mit uns mitfahren?«

»Ich hab eine bessere Idee«, sagte Antonia mit einem Blick in Richtung Gwyltha, um ihre Zustimmung einzuholen. »Michael« – der Puma spitzte die Ohren – »Stella wird Sam zu dir nach Hause bringen, um ihn sauber zu machen. So wie er jetzt aussieht, können sie unmöglich im Hotel aufkreuzen. Ist das in Ordnung?«

Michael gab einen Ton wie ein lautes Schnurren von sich, streifte zuerst an Sams, dann an Antonias Beinen entlang, um dann in Richtung der Bäume davonzutraben.

»Kluges Kind!« Gwyltha sah in die Runde. »Na, dann weiß ja jeder, was er zu tun hat. Also los.«

Tom übernahm das Steuer, nachdem sie Elizabeth, Antonia und Judy vor Orchard House abgesetzt hatten. Judys Gedächtnis würde sich wieder einpendeln, und irgendwann würde sie von James mysteriösem Unfall hören. Mit Hilfe von Antonias Wegbeschreibung fanden sie Michaels Haus, oder vielmehr seine Siedlung. Als Tom sie aussteigen ließ, starrte Stella auf das Sammelsurium von Nebengebäuden. Michael erwartete sie an der Haustür, zurückverwandelt und angezogen, als hätte er den ganzen Nachmittag gearbeitet.

»Sieht ja super aus hier«, sagte Sam. »Da werd ich gleich mal fragen, ob ich mich umsehen darf.«

»Du wirst gar nichts machen, ehe du nicht sauber bist«, warnte ihn Stella. Da seine Kleider vor getrocknetem Blut starrten, gehorchte er, zog sich aus und ging unter die Dusche.

»Soll ich seine Kleider nicht lieber verbrennen?«, fragte Michael. »Die kriegst du doch nie mehr sauber.«

Gute Idee, nur ... »Was soll er dann anziehen?«

»Frag doch Antonia, ob sie Ersatz aus dem Hotel bringen

könnte. Oder er leiht sich von mir was aus, und wir krempeln die Hosenbeine einfach hoch.«

Ja, es fand sich für alles eine Lösung. »Dann verbrenn sie, bitte.« Michael brachte die Sachen weg.

Nachdem sie sich vergewissert hatte, dass Sam Seife und ein Handtuch hatte, ging Stella zurück in Michaels Wohnzimmer. Als sie auf die Uhr sah, war sie verblüfft. Es war weniger als eine Stunde vergangen, seit sie in der Küche über diesen gefaxten Tagebuchseiten gesessen hatten.

Sie fühlte sich plötzlich unendlich müde und setzte sich. Wie musste sich Sam wohl erst fühlen? Am Ende seiner Kräfte höchstwahrscheinlich, und, verflixt noch mal, sie musste noch diese Erinnerungen von ihm nehmen. Das war immer eine kniffelige Angelegenheit, und nun, da sie Judy halb ins Koma geschickt hatte, graute ihr regelrecht davor, aber seit wann hatte man es schon leicht als Mutter? Ängste und Sorgen waren ein fester Bestandteil der Tätigkeitsbeschreibung.

Sie wollte, Justin wäre hier gewesen. Seine starke Schulter zum Anlehnen hätte ihr gutgetan, aber er war im Auto unterwegs mit einem Schwerletzten und seiner Exgeliebten.

Schluss jetzt! Sie sollte sich mal am Riemen reißen. Einfach lächerlich ihr Verhalten, und sie wusste es auch, aber sobald Gwyltha im Spiel war, fühlte sie sich auf miese Art und Weise verunsichert. Dabei hatte sie keinerlei Grund dazu. Nicht um einen von Sams sterblichen Herzschlägen hätte sie an Justins Loyalität ihr gegenüber gezweifelt oder gar seiner Liebe zu ihr und Sam, und gerade jetzt sollte sie ihre Verunsicherung lieber beiseiteschieben und sich auf Sam konzentrieren. Er brauchte eine Mutter, die im Vollbesitz ihrer geistigen Kräfte war.

Sie versuchte, soweit es ging, sich zu entspannen, bis Sam angetrottet kam. Ihr kleiner Süßer, gesund und wohlbehalten, mit nassen, überall abstehenden Haaren und mit nichts als seiner Unterhose auf dem Leib, das einzige Kleidungsstück, das nicht blutverschmiert war. Da war so viel Blut gewesen. Sie wünschte sich so sehr, sie würden mit James rechtzeitig ins Krankenhaus kommen. Was auch immer er früher verbrochen hatte oder auch nicht, er hatte sich für Sam eingesetzt, und in Stellas Augen war er damit so gut wie rehabilitiert.

»Ich hab Hunger, Mum. Und wo sind überhaupt meine Sachen?«

»Michael verbrennt sie gerade.« Sie verzichtete auf eine Erklärung – Sam runzelte nur kurz die Stirn und wusste sofort Bescheid. »Wir sorgen für Ersatz, und was das Essen angeht ...« Sie ließ ihren Blick durch die Küche schweifen. Zum Glück aßen Gestaltwandler normal. Auf der Arbeitsplatte gab es eine Schale mit Äpfeln, eine Packung Cracker und einen Laib Brot, und sie hätte gewettet, dass der Kühlschrank gut bestückt war. »... bitte ich dich, noch ein wenig zu warten, bis er zurückkommt.«

Michael kam erfreulicherweise schon nach wenigen Minuten wieder, und als Antonia wenig später mit frischen Anziehsachen für Sam ankam – Michael hatte Antonia netterweise angerufen –, verdrückte dieser bereits den Rest seines zweiten Käsebrots, um sich gleich darauf über einen Apfel herzumachen. Die Robustheit der Jugend! Aber Stella wollte ihr Glück nicht überstrapazieren. Heute Abend würden sie ganz bestimmt nach Yorkshire zurückfahren.

»Und nun?«, fragte sie, nachdem sie Sam weggeschickt hatte, damit er sich anzog. »Soweit alles in Ordnung?« Sie bemerkte zu spät, dass Michael direkt neben Antonia stand. Egal. Er gehörte sowieso längst zur Kolonie.

»Soweit ja«, erwiderte Antonia. »Wir haben Judy mit ins Haus genommen und alles gelöscht, was sie nicht unbedingt wissen muss. Danach ist sie nach Hause gefahren, den Kopf voller Pläne für Kissenentwürfe in Form von Nadelkissen.«

»Gut.« Es ließ sich nicht vermeiden.

»Einen Moment«, sagte Michael, »ihr habt ihr einfach die Erinnerung an den Zwischenfall weggenommen?«

Stella bemerkte seine Empörung und Fassungslosigkeit, Antonia offenbar nicht. »Ja. Das ist für alle das Beste. Wozu soll sie sich an etwas erinnern, das ihr nur Albträume bescheren würde. So werde ich sie jetzt, sobald wir von Justin grünes Licht bekommen, einfach anrufen und ihr sagen, James liegt im Krankenhaus von Dorking, es gehe ihm gut und sie könne ihn besuchen und ihm Weintrauben und einen Strauß Blumen mitbringen.«

Michaels schreckgeweitete Augen wurden immer noch größer. »Wie wollt ihr denn so ein Vorgehen moralisch rechtfertigen?«

Antonia würde ihm schon alles erklären. Im Moment beschäftigte Stella nur der Gedanke, Sam möglichst schnell von hier wegzubringen. Sie fragte sich noch, wo Tom und Elizabeth überhaupt abgeblieben waren, konnte es sich aber denken. »Du bist mit dem Van da, Antonia?«

Ein weiter Sprung von der Verteidigung der Kolonie zum Thema Auto, aber sie blickte dennoch auf. »Der Van?«

»Ja, der Van. Das Ding, mit dem du durch die Gegend kurvst. Ich will es mir leihen, um Sam zum Hotel zurückzubringen, und ich denke mal, du musst dich ausgiebig mit Michael unterhalten, ohne dass euch ein Zehnjähriger belauscht.«

»Jetzt hab ich's verstanden«, sagte sie und hielt ihr die Schlüssel hin. »Wir sehen uns später.«

Der Stimmung nach zu urteilen, die zwischen den beiden gerade herrschte, könnte das sehr bald sein … oder Tage später. Das war nicht ihr Bier. Ihre Sorge galt Sam.

»Komm, Sam. Wir verduften.«

»Ja, Mum. Nur noch Schuhe anziehen.«

Sie waren blutverschmiert, aber da konnte man jetzt nichts machen. Sie würde später versuchen, sie abzuwaschen. »Gut, Sam. Sag noch schnell Tschüs, und dann düsen wir ab.«

Er umarmte Antonia und drückte sie fest. »Komm doch

zum Abendessen zurück«, sagte er. »Elizabeth wird die Extraportion brauchen nach ihrem Auftritt als Ghul.«

»Ja«, sagte Michael zögerlich, »was war das eigentlich vorhin mit Elizabeth?«

Sam sah zuerst sie, dann Antonia erstaunt an. »Weiß er nicht Bescheid?«

Nein, wusste er nicht, und sie betrachtete es wahrlich nicht als ihre Aufgabe, es ihm zu erklären. Sie sah zu Antonia.

Antonia nickte, als wollte sie damit sagen, ja, ich mach's. »Ich glaube, er weiß Bescheid, Sam, zumindest ahnt er was, aber er versteht es nicht.«

Sam legte die Stirn in Falten. »Ich dachte, wissen und verstehen wäre das gleiche. Irgendwie.«

»Hab ich auch gedacht, Sam«, sagte Michael. »Aber ich versteh's nicht. Ich hab gesehen, wie sie sich verwandelt hat, zumindest ihr Gesicht und ihre Hände, aber sie hat sich nicht so verwandelt wie dein Vater und dieser andere Mann. Der andere Vampir vielmehr – stimmt doch, oder?«

Antonia sah aus, als wäre ihr danach zumute, ein paar Mal so richtig schön entspannt durchzuatmen. Aber darauf würde sie wohl verzichten müssen. »Ja. Tom ist wie Justin ein Vampir. Was nun Elizabeth angeht, steht es mir eigentlich nicht zu, dir ihr Geheimnis preiszugeben, aber da sie sich selbst vor dir gezeigt hat, hat sie es dir in gewisser Weise auch schon selbst gesagt.« Sie hielt inne. »Elizabeth ist ein Ghul.«

Stella biss sich auf die Lippen. Zu dumm, dass sie Sam nicht schon vor fünf Minuten weggebracht hatte! Michael starrte ins Leere, sein Kinn fiel ihm herunter, während die Augenbrauen hochschossen, und er demonstrierte, dass Gestaltwandler in der Lage waren zu hyperventilieren. »Ein Ghul!« Er wurde sogar laut, so geschockt war er. »Ein Ghul! Diese lebenden Toten? Die verfluchten Sklaven von Vampiren?«

»Überhaupt nicht!« Sam klang regelrecht verärgert. »Wie kannst du so was Dummes sagen? Sie ist nicht verflucht, und sie ist auch kein Sklave. Von niemandem.« Er schüttelte den Kopf, als staunte er darüber, wie dumm Erwachsene sein konnten. »Tom beschwert sich ständig darüber, dass sie nie zuhört und nie tun will, was er sagt. Das klingt nicht besonders nach Sklave, oder?« Er verschränkte die Arme und tippte mit dem Fuß auf den Boden. Michael sollte sich lieber in Acht nehmen, oder er würde es mit Sam zu tun bekommen.

Michael nahm sich die kleine Standpauke letztlich sehr zu Herzen. »Tom? Der zweite Vampir? Der mit deinem Vater ankam?«

»Genau«, sagte Sam. »Du kennst meinen Vater?«

»Ja, Sam. Wir haben uns vor zwei Nächten kennengelernt. Ich war schwer verletzt, und er hat mir womöglich das Leben gerettet. Dafür bin ich ihm ewig dankbar.«

»Musst du gar nicht. Er macht das ständig. Er ist Arzt.« Und wie stolz Sam auf ihn war!

Stella musste einfach lächeln. Sam war stolz darauf, Justins Sohn zu sein, und sie war stolz, Justins Frau zu sein. Es drängte sie, Justin zu sehen, aber im Moment war Sam noch beschäftigt, und er würde die Angelegenheit möglicherweise besser erklären können als sie oder Antonia.

»Aha.« Michael runzelte die Stirn und schüttelte gleichzeitig den Kopf. »Das heißt also, Sam, sowohl dein Vater als auch dieser Tom sind Vampire und können ihre Gestalt wechseln. Und Elizabeth ist ein Ghul. Aber hast du nicht gesagt, dass sie früher mal deine Babysitterin war?«

»Klar, war sie auch, als wir noch in Columbus gewohnt haben und Mum in Dixies Vampirparadies gearbeitet hat. Jetzt brauche ich keinen Babysitter mehr.«

Michael setzte sich. Gut. Sie war nicht allzu erpicht darauf, zu erfahren, ob Gestaltwandler in Ohmacht fielen, wenn sie geschockt waren oder zu viele unglaubliche Informationen auf einmal zu verdauen hatten. »Mit Sicherheit nicht«, sagte er mit einem bemerkenswerten Lächeln. Dann wandte er sich Stella zu, in seinen dunklen Augen lag ein fast vorwurfsvoller Blick. »Welche Mutter heiratet denn einen Vampir und lässt einen Ghul auf ihr Kind aufpassen?«

»He!« Sam erhob seine junge Stimme, ehe sie überhaupt zu antworten versuchen konnte. »Wie kommst du dazu, so mit meiner Mum zu reden! Sie ist die beste Mum auf der ganzen Welt, und ich sage dir, welcher Art Mutter ich einen Vampirvater zu verdanken habe – einer Vampirmutter! Jetzt weißt du's!«

Der letzte Nachsatz klang fast schon ein bisschen unverschämt, aber da er nun ganz nahe herangekommen war und den Arm um sie legte, ließ sie es durchgehen.

»Sie sind auch ein Vampir?«

Stella hatte größtes Verständnis für seine Verwirrung. Immerhin war es noch gar nicht so lange her, da hatte sie selbst noch geglaubt, Vampire kämen nur in Mythen und Märchen vor. Aber verflixt, als Gestaltwandler sollte er das doch verstehen.

»Hast du vielleicht was gegen Vampire?«, fragte Antonia mit ätzend scharfer Stimme.

Wenn Michael auch nur halbwegs bei Verstand war, dann würde er sich seine Antwort jetzt gut überlegen.

»Das ist es nicht, Antonia, und du weißt es. Dich hab ich sofort akzeptiert. Justin verdanke ich mein Leben, aber plötzlich festzustellen, dass das halbe Dorf aus Vampiren besteht, nun …«

»Am Anfang ist es schon ein bisschen komisch«, sagte Sam, indem er vortrat und Michael verständnisvoll, von Mann zu Mann sozusagen, auf die Schulter klopfte. »Ich war ganz verwirrt, als ich es erfahren habe, aber man gewöhnt sich daran, ehrlich. Und du veränderst immerhin auch deine Gestalt, verwandelst dich in eine große, unheimliche Katze. Wo ist da der Unterschied?« Er zuckte leicht mit den Schultern. »Ihr seid alle anders als die anderen Menschen.«

»Und du?«, fragte Michael und nahm Sams freie Hand. »Auf welche Weise bist du anders?«

»Überhaupt nicht. Ich bin nur ein kleiner Junge, der seine Hausaufgaben machen und sich morgens und abends die Zähne putzen muss.«

»Aber dein Vater und deine Mutter sind beide Vampire. Ist das nicht manchmal komisch?«

Er zuckte wieder mit den Schultern. »Ein bisschen. Aber die meisten Kinder finden ihre Eltern ab und zu komisch. Eigentlich sind alle Erwachsenen sowieso komisch. Aber ich habe dafür Eltern, die sind superstark, und einen Dad, der ist so alt, dass er super-super-superstark ist. Sie würden niemals zulassen, dass mir jemand wehtut. Welches Kind kann das schon sagen?«

»Aber heute Nachmittag ...«, begann Michael.

Sam fuhr im regelrecht ins Wort. »Ach das!« Er schüttelte den Kopf. »Ich habe mir Sorgen um James gemacht, weil er verletzt war und so sehr geblutet hat, aber sobald ich nach Dad gerufen habe und er gesagt hat, er würde kommen, wusste ich, dass er uns retten würde, und ich hab ja auch recht gehabt. Alle sind sie gekommen, um mir zu helfen, sogar du. Es ist alles in Ordnung, Michael, wirklich. In der Kolonie hilft jeder jedem, und wenn du erst einmal mit Antonia verheiratet bist, gehörst du auch dazu.«

Michael nickte. Was da aus dem Mund eines Kindes kam, würde er sicher erst einmal verkraften müssen.

»Wer spricht denn von Heiraten?«, fragte Antonia noch immer leicht angesäuert.

Sam wandte sich Antonia zu und rollte mit den Augen. Stella runzelte die Stirn. Darüber würde sie mit ihm ein Wörtchen reden müssen. »Komm, tu nicht so«, sagte Sam mit einem schelmischen Grinsen. »Wenn Mum und ich gegangen sind, habt ihr einen Riesenkrach, und dann beschließt ihr, dass eigentlich doch alles okay ist, und ihr vertragt euch wieder und heiratet. Darauf wette ich einen nagelneuen iPod!«

Das war ein Thema von vielen, über das man endlos debattieren könnte. »Jetzt aber, Sam, hör auf, Koloniegeheimnisse auszuposaunen. Wir müssen deinen Vater ausfindig machen.«

»Alles klar, Mum.« Sam klopfte Michael noch einmal kumpelhaft auf die Schulter. »Sei mal lieber nett zu Antonia. Sie ist echt nicht sonderlich in Stimmung.«

Stella verabschiedete sich mit Rekordgeschwindigkeit und suchte das Weite, ehe sie losgeprustet und damit alles kaputt gemacht hätte.

***

Michael starrte fortwährend auf die Tür. Antonia ballte die Fäuste. Gar nichts war okay zwischen ihnen. »Was für ein Prachtkerl!«, sagte er, wobei sein Lächeln durchaus eine gewisse Gesprächsbereitschaft signalisierte.

»Ja, er ist wirklich süß.« Sam war kein schlechter Anknüpfungspunkt. Besser als die meisten jedenfalls. »Stella hat für ziemlichen Wirbel in der Kolonie gesorgt, als sie erzählte, dass sie ein Kind hat. Bis dahin hatte ich Gwyltha selten sprachlos gesehen, aber in dem Fall war sie es definitiv.«

»Wie können zwei Vampire ein Kind großziehen?« Er sprach leise, wie zu sich selbst, aber sie empfand seine Worte als Affront gegen sich selbst, ihre Kolonie, deren Werte.

»Wie jedes andere Elternpaar auch: mit viel Liebe, Gebeten und zwischendurch ein bisschen Frust und Seelenqual.«

Michael wandte sich mit gespannter Miene an sie und schüttelte den Kopf. »Aber sie sind Vampire.«

»Das bin ich auch, Michael.« Diese Feindseligkeit machte ihr sehr zu schaffen. Es bestand Klärungsbedarf. Wie konnte er so abweisend sein gegenüber ihresgleichen?

Er dachte kurz nach und zuckte dann mit den Schultern. »Gerade wollte ich sagen, da gäbe es doch einen Unterschied, aber ich hab mich wohl getäuscht, oder?«

Bei Abel, warum war er so ablehnend gegenüber ihr und

ihresgleichen? »Stimmt, Michael, es gibt keinen Unterschied. Wir sind alle Blutsauger. Wir sind alle schon mal gestorben. Wir werden alle sehr, sehr lange leben, und eines Tages, in gar nicht so ferner Zukunft, werden Justin und Stella sich um einen greisen Sam kümmern und dabei zusehen, wie er allmählich stirbt. Zunächst einmal sind sie jedoch damit beschäftigt, ein ziemlich außergewöhnliches menschliches Wesen heranzuziehen. Was kann daran falsch sein?«

Danach war er ein Weilchen sprachlos. »Nichts, Antonia, meine Liebe.« Wenigstens war sie immer noch seine Liebe, immerhin. »Ich bin so ein Volltrottel!«

Auf der ganzen Linie. Aber das würde sie für sich behalten. »Es gibt nun mal Vampire auf dieser Erde. Das ist keine einfache Vorstellung, auch für einen Gestaltwandler.« Den Schlenker konnte sie sich nicht verkneifen. Aber verdammt, Michael war doch nicht der ganz normale Durchschnittssterbliche von der Straße.

»Der kleine Sam scheint kein Problem damit zu haben.«

Letztlich kamen sie immer wieder auf Sam zurück. »Sam ist ein Kind. Vampire waren immer ein Teil seiner Welt. Stella war diejenige, die Probleme hatte. Sie musste sich erst einmal einstellen auf die neue Situation. Sam hat sie einfach akzeptiert.«

»Wie wurde Stella überhaupt zum Vampir?«

Wie viel konnte sie ihm erzählen? Er war bereit zuzuhören und zu verstehen. »Mit Nichtvampiren sprechen wir über das Thema Verwandlung normalerweise nicht, aber da du ohnehin schon einiges weißt ... Stella wurde von einem Straßenrowdy erschossen. Daraufhin hat Justin sie verwandelt, weil er die Vorstellung nicht ertrug, dass Sam allein zurückbleiben und bei einer Pflegefamilie landen würde.« Sein Zucken verriet ihr, dass er nicht gänzlich ungerührt war. »Stella war ein Einzelkind, hatte bloß ihre Mutter, und die saß im Knast. Justin hat sie Sam zuliebe verwandelt, und angeblich soll sie Justin danach beinahe den Hals umgedreht haben.«

Er nickte bedächtig. »Verstehe.« Kaum zu glauben, oder doch? Immerhin wusste Michael, was es hieß, anders zu sein. – »Wie war das denn bei dir? Waren deine Eltern Gestaltwandler?«

Bei der Frage zuckte er zusammen. Gut, sie hatte das Thema abrupt gewechselt, aber so abwegig war die Frage nicht. »Nein.« Er schüttelte den Kopf und kräuselte die Stirn. »Um genau zu sein, ich weiß es nicht. Ein Elternteil zumindest musste es gewesen sein, nehme ich an, aber …« Sie wartete ab, wusste, dass noch mehr folgen würde. Dem Ticken der Wanduhr nach zu urteilen, schien eine Ewigkeit vergangen, als er fortfuhr. »Ich wurde, ganz wie in einem viktorianischen Roman, vor einer Klosterpforte abgelegt. Da war ich ungefähr zwei. Ich hab keine Erinnerung daran, aber man hatte mir wohl einen Zettel an die Jacke geheftet, worauf stand: ›Bitte kümmert euch um Michael. Er ist ein guter kleiner Junge.‹

Das war's. Nichts weiter. Die Nonnen holten mich rein und gaben mich, ihrer Gepflogenheit gemäß, zu einer Pflegefamilie.« Er lächelte, als ihre Blicke sich kreuzten. »Nein, keine Horrorgeschichten von Missbrauch oder Verwahrlosung. Die Nonnen gaben mir den Namen Langton nach irgendeinem Wohltäter des Klosters in grauer Vorzeit. Die Marshes, meine Pflegeeltern, waren gute Leute. Mr Marsh, eigentlich Dachdecker von Beruf, war abgestürzt und hatte sich ein Bein gebrochen und es infolge von Wundbrand verloren. Er und Mrs Marsh verdienten sich mit der Annahme von Pflegekindern ihren Lebensunterhalt. Meist waren wir zu dritt oder zu viert. Manche kamen und gingen. Oft hatten sie kleine Babys nur für ein paar Wochen, bis sie jemand adoptierte. Andere wiederum, so auch ich, blieben Jahre.

Ich war nicht anders als die anderen Kinder, dachte ich zumindest. Ich konnte schneller laufen als jeder andere. In der Schule bekam ich dafür Preise, und einmal gewann ich sogar einen Pokal bei einer Kreismeisterschaft. Mit dreizehn war ich der jüngste Läufer gewesen, habe mich aber trotzdem gegen ältere Konkurrenten durchgesetzt. Ich dachte sogar, ich könnte Karriere machen als Läufer. Im selben Sommer ging's dann in ein Pfadfinderlager. Einmal konnte ich nachts nicht schlafen, und ich lief im Pyjama durch die Wälder. Ich fühlte mich rappelig und quicklebendig – nicht ganz ungewöhnlich für einen dreizehnjährigen Jungen –, aber dann juckte es plötzlich überall und tat weh, und ich hatte das Gefühl, meine Haut wurde mir zu eng. Mein Pyjama zerriss, und ich schaute nach unten und sah pelzige Pfoten und Arme. Ich bekam es mit der Angst zu tun und rannte los, rannte und rannte, und kam wie von alleine zu genau derselben Stelle zurück. Es waren Stunden vergangen, und es stellte sich heraus, dass sie nach mir suchten. Ich weiß nicht, wie ich mich zurückverwandelt habe, tat es aber, zog an, was von meinem Pyjama übrig geblieben war und trottete ins Pfadfinderlager zurück.

Ich bekam Ärger, weil jemand eine große, gelbbraune Wildkatze in den Wäldern gesehen hatte, nachdem sie festgestellt hatten, dass ich nicht mehr im Zelt war. Die Anführer hatten natürlich Angst, ich könnte zerrissen oder gefressen worden sein. Zur Strafe wurde ich bis zum Ende der Freizeit zum Kartoffelschälen und Zwiebelschneiden abgestellt. Dadurch hatte ich jede Menge Zeit zum Nachdenken und ich kam zu dem Schluss, dass alles mehr oder weniger bloß ein Traum gewesen war.

So ging es neun Monate, bis ich mich eines Tages in meinem Zimmer bei den Marshes verwandelte. Ich war fast vierzehn, kurz davor, die Schule zu verlassen und mir Arbeit zu suchen – eine höhere Schulbildung kam für Findelkinder in dieser Zeit nicht infrage. Ich erinnere mich noch genau daran, wie ich mich in dem fleckigen Spiegel an der Schranktür gesehen habe. Ich habe mich zu Tode gefürchtet. Dann wurde mir klar, dass das mein Geheimnis war, von dem nie jemand erfahren würde.

Ich ging in die Bibliothek, um etwas über mich zu erfahren. Da gab es einiges über Werwölfe, aber nichts über gestaltwandlerische Katzen. Ich fand heraus, dass ich mich in einen Puma verwandelte, aber das war keine große Hilfe. Ich hab mich oft gefragt – und tu das übrigens noch immer –, ob meine Mutter über meine Natur Bescheid wusste. Wer weiß? Wie auch immer, ich musste die Schule verlassen und mir einen Beruf suchen. Mr Marsh hatte einen Cousin, der Töpfer in Farnham war, gar nicht weit von hier. Komisch, wie es mich wieder hierher zurückverschlagen hat. Ich machte also dort meine Ausbildung, zufälligerweise als der Betrieb seine beste Zeit schon hinter sich hatte. Nach meinem Weggang hielt er sich noch Jahrzehnte über Wasser, produzierte aber am Ende nur noch Blumentöpfe und Gartenware. Zu meiner Zeit gingen die Produkte an die teuersten Luxusläden in London. Ich lernte also das Töpferhandwerk und war die meiste Zeit über der einzige Lehrling. Ich hatte einen großen Speicher ganz für mich alleine, und wenn mich das Bedürfnis überkam, mich zu verwandeln, konnte ich das tun und direkt losrennen. Später, nach Ende meiner Lehrzeit, arbeitete ich bei verschiedenen Töpfereien im ganzen Land, und meine Ferien verbrachte ich in den entlegensten Ecken: in Moor- und Hochlandgebieten und in den Bergen von Schottland und Wales. Hin und wieder lernte ich andere Gestaltwandler kennen. Beim ersten Mal war ich verblüfft, denn wir erkennen uns, in menschlicher Gestalt wohlgemerkt, auf den ersten Blick. Es beginnt schon damit, dass wir anders riechen. Ich kann dir gar nicht sagen, was das für ein Gefühl war, zu entdecken, dass ich nicht allein auf der Welt war. Aber wir halten nicht richtig Kontakt zueinander. Nicht zu vergleichen mit dem Zusammenhalt, den ihr pflegt, aber wir kennen uns und bieten uns auf Reisen gegenseitig Unterkunft.«

An der Stelle unterbrach er und schaute sie eindringlich an, als wollte er sehen, wie sie seine Geschichte aufnahm. In ihrem alten, leidgeprüften Herzen empfand sie ein tiefes Mitgefühl für den Jugendlichen, der einsam und allein seine wahre Natur entdeckte. Und auch an seine arme Mutter musste sie denken. Hatte sie von Michaels wahrer Natur gewusst, als sie ihn weggab? Oder war ihr der Säugling auf die eine oder andere Art einfach nicht geheuer, worauf sie ihn im Stich ließ? Keiner würde das je erfahren. Und welche Geheimnisse diese Sterbliche auch kannte, sie hatte sie mit ins Grab genommen. Sie lächelte ihm zögernd zu. Er hatte ihr viel erzählt, aber sie liebte ihn doch so sehr und wollte, nein musste seine Vorgeschichte kennen, und er hatte das Bedürfnis, sie ihr zu erzählen. Sie kam näher und nahm seine Hand. Seine Finger schlossen sich fest um ihre. »Michael«, flüsterte sie, »ich liebe dich.«

Seine dunklen Augen begannen zu leuchten. »Das hoffe ich.«

»Du darfst nie daran zweifeln.«

»Was dich betrifft, habe ich keine Zweifel, aber was ist mit den anderen? Mit deiner Kolonie. Deine Gwyltha wirkte gestern Abend nicht gerade so, als würde sie mich akzeptieren.«

Männer! Oder vielmehr Gestaltwandler! Am liebsten hätte sie ihn mit dem Ellbogen gehörig gestoßen, begnügte sich aber damit, ihn vielsagend anzugrinsen. »Michael, du hast dich gerade an Sams Rettung beteiligt. Damit sind alle Zweifel beseitigt. Allerdings habe ich niemals welche gehegt«, fügte sie hinzu.

Seine süßen Lippen mit ihrem Geschmack von Abenteuer und Weite senkten sich auf ihre. Sie schlang ihre Arme um seinen Nacken und zog ihn heran. Sie begehrte ihn unendlich. Ihr Körper schmiegte sich eng an ihn an, während seine Zunge ihre fand. Sie waren wie zwei wilde Tiere – okay, er war Gestaltwandler und sie Vampirin –, glühend vor Verlangen. Ihre Liebe schmiedete ihre Körper zusammen. Nie zuvor in ihrem langen, langen Leben war sie so glücklich gewesen.

Er unterbrach den Kuss, um Atem zu holen. Ab und an musste er das immerhin. »Alles in Ordnung?«, fragte sie, während sie darum betete.

»Soweit ja«, erwiderte er. »Durch dich vergesse ich meine Sorgen, Antonia.«

»Ist da noch was, das dich quält?« Sie drückte ihn fest an sich, um ihn und sich selbst zu beruhigen.

»Ja, aber ich werde mich wohl arrangieren müssen, wenn ich den Kontakt zu dir und deiner Mischpoke nicht aufgeben will, nicht wahr?«

»So schlimm sind wir nun auch wieder nicht, und nach diesem Nachmittag wird keiner mehr, weder Gwyltha noch sonst jemand, deinen Nutzen für die Kolonie infrage stellen.«

»Oh je, mich erinnert sie an meine Schuldirektorin, diesen alten Drachen.«

»Glaub mir, es ist sehr viel schwieriger, einen Haufen Vampire auf Linie zu halten als ein paar Schulkinder.«

»Da hast du vielleicht recht.« Er lächelte sogar. Hatte sie ihn nun wieder, oder zögerte er noch? »Du bist also nur im Paket mit der Kolonie zu haben?«

Ja! »So ist es.«

»Damit kann ich leider nicht dienen. Gestaltwandler sind Einzelgänger.«

»Du allein genügst mir, Michael. Mehr will ich gar nicht.« Mehr verlangte sie auch nicht.

»Ich liebe dich, Antonia, aber ich bin mir nicht sicher, ob ich deine Kolonie liebe.«

»Können wir daran nicht arbeiten? Ich lebe doch nicht mit der Kolonie, sondern will mit dir leben.«

»Du meinst, du ziehst aus diesem Luxuslandhotel direkt in meine Hütte auf der Wiese?«

Ihr Herz war eigentlich nicht in der Lage, sich zusammenzuziehen oder zu flattern, brachte aber irgendwie beides zustande. »Warum nicht?«

Er nahm ihre Hand, führte sie an das Sofa und ließ sie neben sich Platz nehmen. »Hier können wir ganze Abende zubringen und uns darüber unterhalten, wie wir nach Einbruch der Dunkelheit auf die Jagd gehen. Und einen zusätzlichen Kühlschrank für deine Blutbeutel werde ich auch anschaffen.«

»Ich seh schon, dieser nagelneue iPod ist wohl fällig. Sieht so aus, als hätte Sam die Wette gewonnen.«

»Ging es bei dieser Wette nicht um unsere Hochzeit?«

»Und?« Sie grinste. »Willst du unser Verhältnis nicht legalisieren?«

»Rein technisch könnte es da gewisse Schwierigkeiten geben, Darling. Meine Existenz ist nämlich ein wenig ... unklar, will ich mal sagen. Meine Steuern laufen über eine Kapitalgesellschaft, und meinen Führerschein habe ich nur bekommen, indem ich, was mein Alter betrifft, geschwindelt habe.«

Da musste er noch einiges lernen. »Keine Sorge, Darling. Tom wird sich um alles kümmern.«

»Tom? Elizabeth' Verlobter?«

»Richtig. Dank ihm haben wir immer gültige Pässe. Sag ihm nur, was du brauchst, und gib ihm ein paar Wochen Zeit.«

»Wie soll das denn gehen?«

»Keine Ahnung. Er klagt zwar ständig, dass es von Jahr zu Jahr schwieriger wird, aber bis jetzt hat er es noch immer geschafft. Ganz legal ist es wahrscheinlich nicht, aber es hilft uns zurechtzukommen. Er bringt sicher auch deine Sachen in Ordnung.«

»Und du meinst, ich soll ihm trauen?«

»Warum nicht? Wir trauen ihm doch auch, und das seit mehreren hundert Jahren.«

Michael lehnte sich in die weichen Kissen zurück und schloss die Augen. Sie sah, wie das Licht auf seinen langen, goldfarbenen Wimpern und den markanten Konturen seines

Gesichts spielte. Ihrer beider Leben aufeinander abzustimmen, wäre sicher kein Leichtes, aber einen Versuch war es allemal wert. Nach langem Schweigen öffnete er die Augen und sah sie an. Auf seinen Lippen lag ein Lächeln. »Gut. Vielleicht sollten wir uns die Kosten für diesen iPod teilen.«

Sie kuschelte sich an seine Schulter und lachte. »Manchmal glaube ich, Sam weiß viel zu viel für sein Alter.«

»Was hättest du denn bei dem Umgang anderes erwartet?« Harsche Worte, aber seine Stimme klang sanft. Da war keine Spur von Verunsicherung oder Angst im Spiel, nur Zustimmung. Abel sei Dank. »Es ist also alles erledigt. Einfach so.« Da war sie wieder. Diese verdammte Skepsis. So ganz hatten sie noch keine gemeinsame Ebene gefunden.

»Wir können ja mal sehen, aber ich denke schon. Justin und Gwyltha kümmern sich um James und darum, dass er sich nur an das erinnert, was nötig ist. Und um Judy haben sich Elizabeth und Tom gekümmert.«

»Und Sam ist auch schon versorgt? Ihr pfuscht einfach in ihren Köpfen herum? Richtet euch alles für euch passend ein?«

Er fing schon wieder an herumzuzicken. »Nein, wir pfuschen keineswegs in anderen Köpfen rum. Wir löschen lediglich das, woran sie sich, zu unser aller Schutz, nicht erinnern sollen. Überleg doch mal. Diese Ganoven sollen gefasst werden und im Knast landen, nicht wahr? Man wird sie da draußen finden. Mit ein bisschen Glück decken sich ihre Fingerabdrücke mit den am Einbruchsort gefundenen. Die Burschen werden sicher mit James Verletzung in Zusammenhang gebracht, und ich wette, bei dieser Kanone handelt es sich genau um dieselbe, mit der dieser Wachmann erschossen wurde. Die Juwelen sind schon bei der Polizei. Es ist alles wunderbar geregelt. Mögliches Gefasel seitens dieser Ganoven über wilde Pumas oder Adlerattacken wird man als Unsinn abtun. Sicher, ihre Verletzungen könnten verdächtig wirken, aber nicht besonders. Man wird einfach glauben, dass sich da ein paar Diebe in die Haare gekriegt haben.

Und was nun Sam angeht: Meinst du wirklich, er muss sich unbedingt daran erinnern, entführt worden zu sein? Oder daran, dass auf James geschossen wurde und er in diesem dunklen Van das ganze Blut abgekriegt hat? Und was ist mit James und Judy? Wenn James etwas von einer Großkatze und zwei Adlern erzählt, könnte das immer noch als Halluzination infolge von Stress und Schmerzen abgetan werden. Aber auch Judy hat vom Rücksitz des Vans aus alles aus nächster Nähe gesehen. Sie würde als Zeugin ernst genommen werden. Da ist es doch sicherer, sie aus dem Spiel zu ziehen. Sie wird beizeiten von James Verletzung hören und ans Krankenlager eilen. Die zwei können ihr Leben in Ruhe weiterführen und wir auch. Und diese beiden unangenehmen Kreaturen sind aus dem Verkehr gezogen.«

Er nickte. Anscheinend hatte er die Erklärung nun doch kapiert. »Eine vorsichtige Bemerkung will ich noch machen, Liebste. Wie du weißt, hat dieser Chadwick einen ziemlich fadenscheinigen Ruf hier in der Gegend, und Judy ist die Tochter des hiesigen Pfarrers und, nach allem, was man hört, ein anständiges Mädchen.«

»Das stimmt, aber sie hat ihren eigenen Kopf und weiß genau, was sie will. Vielleicht braucht er ja genau das, jemanden, der ihm sagt, wo's langgeht. Wer weiß? Aber das geht alleine die beiden was an.«

»Ja.« Er schwieg ein paar Herzschläge lang. Dann wandte er sich ihr zu und legte eine Hand auf ihren Busen. Sie war erleichtert und bekam sofort Lust. »Alles klar«, sagte er, als er nacheinander zwei Knöpfe an ihrer Bluse aufmachte. Seine Finger fühlten sich warm und sanft auf ihrer Haut an.

Es konnte die ganze Nacht dauern, was sie betraf. Die ganze Nacht und die nächsten paar Hundert Jahre.

24

Sam schlief tief und fest, erschöpft von den Ereignissen des Tages, während Stella im Zimmer auf und ab tigerte. Sie wollte endlich hören, dass alles in Ordnung war. Dabei wusste sie das ja eigentlich. Justin und Gwyltha waren bei Gott dazu in der Lage, mit dem Nationalen Gesundheitsdienst und sämtlichen Polizeiwachen Surreys fertig zu werden, wenn Not am Mann war, aber in ihrem Herzen war sie alles andere als beruhigt.

Sie hatte ihren Teil geleistet, indem sie behutsam alle Erinnerungen von Sam an die Entführung und allem, was darauf folgte, entfernt hatte. Am besten war es, wenn er sich wirklich an nichts erinnerte. Tom und Elizabeth hatten in Judys Fall bestimmt dasselbe gemacht. Stella setzte zu einer neuen Runde durch den Raum an. Ein wilder Lauf über die Dorfwiese in Vampirgeschwindigkeit hätte ihr besser getan, aber sie würde Sam unter keinen Umständen allein lassen.

Wo zum Teufel waren eigentlich die anderen?

Es war beinahe elf Uhr. Justin und Gwyltha hatten sich irgendwie in Luft aufgelöst, Tom und Elizabeth ließen auch nichts von sich hören, und auch von Antonia gab es weit und breit keine Spur. Na wunderbar! Das konnte nur bedeuten, dass sie und Michael ihre Angelegenheiten auf die denkbar bequemste Art und Weise regelten und Sam seinen neuen iPod bereits so gut wie sicher in der Tasche hatte. Dieser Schlingel!

Und sie hätte schon fast eine Trittspur auf der Auslegeware hinterlassen, als sie Schritte auf der Treppe hörte. Zwei Personen und keine Herzgeräusche! Sie hatte die Tür in Windeseile geöffnet und raste den Flur entlang. »Justin!« Er erwiderte ihre Umarmung. Am liebsten hätte sie laut aufgeschrieen vor Erleichterung. Sogar Gwyltha umarmte sie, etwas, das sie unter normalen Umständen nie gewagt hätte – ihre Führerin schien immer so unnahbar –, und Gwyltha nahm sie auch in die Arme. »Ist alles in Ordnung?« , fragte Stella. Sie musste einfach Bescheid wissen.

»Lass uns zuerst auf dein Zimmer gehen«, sagte Gwyltha.

Gute Idee. Nebenan schliefen Sterbliche. Kaum war die Tür zu, versicherte sie sich mittels ihres Vampirgehörs noch schnell, dass Sam nach wie vor fest schlief; dann hätte sie sich beinahe ins Bewusstsein der beiden eingeklinkt. »Ich will alles wissen, jedes kleinste Detail. Ist alles in Ordnung?«

»Ich denke, Bringham und die Kolonie werden die Sache überleben«, sagte Gwyltha. Sehr hilfreich!

Justin wurde deutlicher. »James geht es gut. Er hat so gut wie keine Erinnerungen daran, was passiert ist, weiß jedoch, dass er in den Van geworfen wurde, aber nicht warum. Die Ärzte haben sich sofort und hervorragend um ihn gekümmert. Die waren sogar so nett, mich assistieren zu lassen. Wir haben die Kugel entfernt und ihn anschließend mit Antibiotika vollgepumpt, sodass eine Infektion so gut wie ausgeschlossen ist. Die Polizei wird morgen Vormittag mit ihm sprechen, sobald die Narkose abgeklungen ist. Als wir gingen, übernahm eine ziemlich erschütterte, aber rührend besorgte Judy die Krankenwache an seinem Bett. Elizabeth hatte sie angerufen und ihr gesagt, wir hätten James gefunden, als er gerade die Straße von der Dorfwiese entlanggestolpert war, und dass er sich jetzt im Krankenhaus befindet und nach ihr gefragt hat. Letzteres stimmte zwar ganz und gar nicht, aber unter den Umständen war die Lüge gerechtfertigt, und sie hatte immerhin zur Folge, dass Judy schnellstmöglich aufkreuzte. Die Polizei stellte ein paar neugierige Fragen, aber sie gaben sich mit der Erklärung zufrieden, wir seien Touristen, im Begriff, die Schönheiten der Grafschaft

Surrey zu erwandern, und zufällig dort vorbeigekommen. Ich hoffe, dass es das war.«

»Sie erinnert sich wirklich an gar nichts?«, fragte Stella.

»An nichts«, sagte Gwyltha. »Da wurde ganze Arbeit geleistet.«

»Wo sind eigentlich Elizabeth und Tom?« Das hatte sie sich schon den ganzen Abend gefragt.

»In London. Später wollen sie Dixie vom Flughafen abholen. Sie kommt morgen früh in Heathrow an.«

Eine gute Nachricht! »Mit den Tagebüchern.«

»Ja«, sagte Gwyltha. »Sie hat sich doch entschieden, sie persönlich vorbeizubringen. Die schnellste und sicherste Methode. Sie enthalten wohl genügend Beweise, um das von dir ausgebuddelte Geheimnis zu lösen.«

Sie selbst war es nun gerade nicht gewesen, aber wozu widersprechen. »Gut! Das ging schon aus den Faxen ziemlich klar hervor. Oh, verdammt! Judy hat sie alle gelesen!«

»Aber sie erinnert sich nicht daran«, sagte Gwyltha gelassen. »Tom war sehr gründlich.«

»Hoffentlich hat er nicht vergessen, dass sie ja auch Elizabeth' Verwandlung in einen Ghul mitbekommen hat.«

»Darauf kannst du dich verlassen. Elizabeth zu schützen, steht bei ihm an erster Stelle.«

Das war wohl wahr. Stella setzte sich aufs Bett. »Ich freu mich schon auf Dixie und ich hoffe, dass die Sache damit endlich aufgeklärt wird. Ich will nur noch nach Hause. Hier ist alles so was von anstrengend.«

Justin setzte sich neben sie. »Wer wollte denn unbedingt hierherkommen, um auszuhelfen und damit Sam ein paar schöne Ferientage erlebt?« Er lächelte, aber sie verstand schon, was er meinte.

»Schön und gut, ich war diejenige, aber verdammt, ich hab doch einiges geschafft, und wenn wir wieder zurück sind, belege ich in York einen Webdesign-Kurs. So kann ich selbständig arbeiten, unabhängig davon, wo wir hinziehen ...«

»Du willst wohl Tom Konkurrenz machen?«, fragte Gwyltha.

Von wegen! »Nicht in hundert Jahren! Ich habe nicht vor, mich in Datenbanken der Regierung einzuhacken. Ich will Webseiten kreieren.«

»Gute Idee«, sagte Justin. »Der Bursche, der die Klinikseite betreut, macht uns noch arm.«

»Und du meinst du, ich wäre billiger?«

»Billiger nicht, meine Liebe, aber besser. Und über das Honorar verhandeln wir später.«

»Schluss jetzt, ihr zwei«, unterbrach Gwyltha. »Wir sind auch noch da, und nebenan schläft euer Kind.«

»Schon gut.« Stella präsentierte ihm ihr frechstes Grinsen. »Wir sind sowieso bald zu Hause.«

»Nicht so bald wie geplant«, erwiderte Justin. »Ein paar Tage müssen wir doch noch bleiben, falls Dixie unsere Hilfe braucht oder die Polizei einen kleinen Denkanstoß in die richtige Richtung benötigt.«

»Reicht es nicht, wenn die Polizei die beiden aufgreift und ihnen dabei das Blut noch an den Händen klebt?« Bei den Mengen Blut, die James verloren hatte, war das mehr als wahrscheinlich.

»Sie haben sie schon aufgegriffen«, sagte Gwyltha mit einem amüsierten Unterton. »Gerade als sie anfingen sich zu rühren – das Timing kann sich sehen lassen – und anscheinend völlig belämmert in die Gegend glotzten, kamen die Gesetzeshüter angerauscht und packten sie gleich ein. Wahrscheinlich dämmerte ihnen erst, was da eigentlich passiert war, als sie sich schon auf dem Weg in Richtung Knast befanden. Alle beide sind mehrmals vorbestraft, und die Waffe aus dem Van ist dasselbe Modell wie das, mit dem der Wachmann erschossen wurde. Es liegt mehr als genug gegen sie vor, um sie dazubehalten, bis das Ergebnis der ballistischen Untersuchung eintrifft. Und noch etwas – der eine der beiden, ein gewisser Dave, hatte geplant, seinen Komplizen übers Ohr zu hauen. Also ich muss schon sagen, die Moral unter Verbrechern war auch schon mal besser.«

»Woher willst du denn das alles wissen?« Sie konnte es sich denken, aber ...

»Auf dem Rückweg haben wir an der Polizeiwache kurz haltgemacht. Das Dach hat die ideale Form, um es sich darauf bequem zu machen. Sehr praktisch.« Gwyltha klang so, als hätte sie das Dach nach ihren eigenen Bedürfnissen höchstpersönlich entworfen.

Somit schien sich alles in Wohlgefallen aufzulösen. »Ich freu mich schon auf das Wiedersehen mit Dixie. Kommt Kit auch?«

Justin schüttelte den Kopf. »Er bleibt zu Hause. Es geht um ein Stadtteilprojekt, das er unbedingt abschließen will.«

»Das Verbrechen hat's wirklich schwer heutzutage.«

»Er will einer Bande von Garagenknackern eine Falle stellen.«

Sie musste lächeln. »Gut für ihn«. Mit einem Vampir auf Patrouillengängen musste sich die Lage im Viertel merklich gebessert haben.

»Und gut für uns«, sagte Justin, indem er seinen Arm um ihre Taille legte. »Dank uns ist Surrey ein Stück weit sicherer geworden. Und mit ein bisschen Glück haben wir gleich noch dazu beigetragen, einen zwanzig Jahre alten Mordfall aufzuklären.«

»Vorausgesetzt, sie akzeptieren die Beweiskraft von Dixies Tagebüchern.«

»Da bin ich mir sicher.« Na, wenn Gwyltha dermaßen überzeugt war, wer würde es dann wagen, sie anzuzweifeln?

»Gute Nacht, Gwyltha«, sagte Justin, indem er aufstand und zur Tür ging, um sie aufzumachen. »Dein Zimmer ist direkt neben Antonias, stimmt's?«

»Die Wahrscheinlichkeit, dass ich in dieser Nacht eine Zimmernachbarin habe, ist wohl eher gering«, sagte sie mit einem süffisanten Grinsen.

»Davon kannst du mal ausgehen«, sagte Stella. »Wenn sie jetzt noch nicht zurück ist, sehen wir sie vor morgen früh gewiss nicht.«

Gwyltha schüttelte den Kopf. »Ich weiß gar nicht, warum sie für all diese Zimmer bezahlt. Die Hälfte davon steht jede Nacht leer.« Darauf wünschte sie ihnen eine gute Nacht und verschwand den Gang entlang.

»Gut«, sagte Justin und machte die Tür zu. »Die wären wir los. Zeit für eine nette Unterhaltung mit meiner Frau.« Er durchquerte, die Augen glühend vor Verlangen, das Zimmer.

Stella kam ihm entgegen. Es war zwar spät, aber nicht so spät. »Ich liebe dich«, sagte sie.

»Ich weiß«, entgegnete er und zog sie an sich. »Du liebst mich, du hast mich vermisst und du kommst bald mit mir zurück nach Hause, stimmt's?«

»Dann überzeug mich, dass es sich für mich lohnen wird.«

Er lächelte. Sie hatte gelernt, Justins Lächeln niemals anzuzweifeln.

***

Dixies Flugzeug landete pünktlich, aber es war beileibe nicht das einzige, sodass Elizabeth sich schon fragte, ob der gesamte Flugverkehr der Welt an jedem Tag um acht Uhr morgens über Heathrow geleitet wurde. Oder war das nur an Samstagen der Fall?

Durch einen Unfall auf der M5 und durch Bauarbeiten auf der M25 kam es auf dem Rückweg immer wieder zu Verzögerungen, aber dadurch hatten Elizabeth und Tom ausreichend Gelegenheit, Dixie über die jüngsten Ereignisse zu unterrichten. Sie hörte aufmerksam zu, stellte nur zwischendurch mal die eine oder andere Frage oder sagte »Oh, mein Gott!« oder »Was?«, bis sie ihr alles über die verwickelten Verbrechen und Entdeckungen der letzten paar Wochen erzählt hatten.

»Dieses Kaff wird immer unheimlicher«, sagte Dixie. »Demnächst wird es noch zur Mordhauptstadt Großbritanniens, sodass man sich nach Columbus und der dortigen Verbrechensrate zurücksehnt.« Sie lachte kurz auf. »Vielleicht sollten wir in einem der nächsten Jahrzehnte ja wiederkommen, damit Kit hier mal für Recht und Ordnung sorgt.«

»Wie geht's ihm denn?«, fragte Tom. Diese Frage schob er schon seit Heathrow vor sich her.

»Gut. Betätigt sich immer noch als Ein-Mann-Bürgerwehr, und zwischendurch hilft er mir im Vampirparadies. Außerdem hat er wieder zu schreiben begonnen.«

Tom wäre beinahe ins Schlingern geraten. Nachdem er das Auto wieder auf Spur gebracht hatte, drehte er den Kopf nach hinten. »Was? Er hat doch seit Jahrhunderten kein Wort geschrieben!«

»Die Zeiten sind vorbei. Er hat sich so aufgeregt über einen dieser Historienkrimis, die im England der Tudorzeit spielen, dass er beschlossen hat, eine eigene Reihe mit einer von ihm entwickelten Figur als Amateurdetektiv herauszugeben.«

»Da bin ich mal gespannt! Bei ihm stimmen dann wenigstens die historischen Details.«

Dixie nickte. »Genau das sagt er auch. Ab und an recherchiert er ein bisschen nach, um zu sehen, ob sein Gedächtnis noch auf dem Laufenden ist, und er hat einen Heidenspaß dabei. Daneben hat er auch ein paar Einakter geschrieben und bei Dramenwettbewerben eingereicht, hatte aber bis jetzt kein Glück. In einem Fall wurde ihm sogar gesagt, er solle sich ein anderes Pseudonym nehmen, da seine Arbeit sich nie und nimmer mit den Werken seines Namensvetters aus dem sechzehnten Jahrhundert messen könnte.«

»Autsch!«, erwiderte Tom und zuckte zusammen. »Was für ein erbärmlicher Trottel! Ich wette, der Typ war ein gescheiterter Schriftsteller oder einer dieser Möchtegernschreiberlinge, die nie ein Werk zum Abschluss bringen. Wie hat Kit denn darauf reagiert?«

»Er hat gelacht. Hat den Schrieb in den Kamin geworfen und mit einem scharfen Blick in Brand gesetzt. Ich war ziemlich von den Socken, weil ich gar nicht wusste, dass er das kann.«

»Ist mir auch neu. Solche Tricks lernt man wohl erst mit zunehmendem Alter«, sagte Tom.

»Ich hab ihm gesagt, er soll bloß die Finger davon lassen. Am Ende geht er her und fackelt so den nächsten Drogenschuppen ab. Das wäre viel zu riskant.«

»Ich glaube, er hat's unter Kontrolle, Dixie«, erwiderte Tom.

»Wahrscheinlich, und wo wir schon beim Thema Kontrolle sind, ist das ein Verlobungsring an Elizabeth' linker Hand?«

»Ja!« Elizabeth drehte die Hand, um ihn ins Licht zu halten. »Hübsch, nicht wahr?«

»Wann ist es denn so weit?«

»Schon bald!«, sagte Tom, ohne den Blick von der Straße zu nehmen.

Elizabeth rollte mit den Augen. Sie hatten erst letzten Abend darüber gesprochen. »Zur Sonnenwende. Die Zeremonie soll im Zaubergarten von Orchard House stattfinden, aber darin gibt's noch einiges zu tun. Wir müssen zusätzliche Leute einstellen, da sich unser Gärtner erst von dieser Schussverletzung erholen muss.«

Dixie stockte fast der Atem, aber sie war ja Vampirin. Sie glaubte jedenfalls, ihren Ohren nicht zu trauen. »Im Zaubergarten? Wo sie Christopher ermorden wollten?« Wie konnten die beiden nur!

»Dixie, das ist ein heiliger Hain. Einer Kirche oder einem Tempel vergleichbar. Zwar wurde er durch Sebastian entweiht, aber ich habe fast täglich Salbei und Lavendel dort abgebrannt, um ihn zu reinigen. Und wenn wir dort unser

Eheversprechen ablegen, bildet das den Höhepunkt und Abschluss dieses Prozesses der Reinigung und Neueinweihung.«

Vielleicht. Sie dagegen würde diesen Ort immer mit der Erinnerung an Kits nackten, blasenübersäten Körper in Verbindung bringen; trotzdem wollte sie Elizabeth und Tom den Spaß an ihren Hochzeitsplänen nicht verderben. »Ihr hattet also bis jetzt einen guten Sommer?«

»Bestens.« Elizabeth klang so glücklich. »Und wir sind nicht die einzigen, die sich trauen.«

»Wer denn noch?«

»Antonia.«

»Antonia!« Die überzeugte Junggesellin Antonia. Nun würde sie nichts mehr überraschen. »Und wer ist der Glückliche?«

»Lass dich überraschen«, sagte Tom feixend. »Eine legendäre Größe hier in der Gegend.«

Vielen Dank, Tom. Erst ihr Interesse wecken und sie dann eiskalt auflaufen lassen! Sie hätte sich nicht damit zufrieden gegeben, hätte nachgehakt, aber er war gerade vor der Polizeiwache vorgefahren, an die sie sich von ihrem früheren Aufenthalt in Bringham her erinnerte. »Ob es wohl den Detective noch gibt, mit dem Justin und ich zu tun hatten?«

»Kann sein«, erwiderte Elizabeth. »Der für unseren Mordfall zuständige Beamte heißt Warrington.« Nicht derselbe. Gut.

Er war nicht derselbe und er war auch nicht zu sprechen.

»Tut mir leid, Madam», sagte der Sergeant hinter dem Tresen, »aber Inspector Warrington ist beschäftigt. Möchten Sie Ihre Unterlagen vielleicht hierlassen?«

Vergiss es! »Das kommt nicht infrage. Hat er keinen Assistenten, den ich sprechen könnte? Ich bin extra aus Amerika hergeflogen, nachdem ich von dem schrecklichen Fund im Garten von Orchard House gehört habe. Es dürfte ihn interessieren, was ich dabei habe.«

»Aus Amerika!« Der Trick hatte funktioniert, denn der Sergeant zeigte sich entsprechend beeindruckt.

Nur wenig später erschien eine junge Kollegin, stellte sich als Detective Jeffers vor und fragte, was sie für sie tun könne. Auf das Stichwort Orchard House hin, führte sie sie in ein ziemlich chaotisches Bürokabuff. »Inspector Warrington ist gerade bei einer Besprechung. Dürfte nur noch ein paar Minuten dauern. Kann ich Ihnen eine Tasse Tee anbieten?«

Sie lehnten geschlossen ab und warteten, während Jeffers in der offenen Tür stand. Schließlich trudelte Detective Inspector Warrington ein, offenbar nicht allzu erfreut darüber, von einem Häuflein verirrter Amerikaner gestört zu werden.

»Sie haben Informationen für mich, Miss LePage?«

»Ja.« Als sie ihren Bezug zu Orchard House erklärte, nickte er höflich, und als sie zwei schwarz eingebundene Tagebücher auf seinen Schreibtisch knallte, hob er merklich die Brauen. »Die Tagebücher meiner Großtanten aus dem fraglichen Zeitraum. Ich habe die relevanten Seiten markiert. Vielleicht wollen Sie ja mal einen Blick drauf werfen.«

Er schien noch immer nicht überzeugt zu sein. Schrecklich, diese Briten! Sie nahm das obenauf liegende zur Hand, schlug es an der ersten markierten Stelle auf und schob es zu ihm hinüber. Die krakelige Schrift stellte eine ziemliche Herausforderung dar, aber schon nach wenigen Zeilen war er nicht mehr zu bremsen. Er blätterte von einer markierten Stelle zur nächsten, ehe er nach dem zweiten Tagebuch griff und es mit einem an Begeisterung grenzenden Gesichtsausdruck geradezu verschlang.

Als er fertig war, legte er die Folianten mit einer Miene zur Seite, in der sich Fassungslosigkeit, Entsetzen und Genugtuung mischten. »Die Bücher befinden sich in Ihrem Besitz, Miss LePage?«

»Ja.«

»Wie kam es dazu?« Sie erzählte lang und breit, dass sie das Haus im letzten Jahr geerbt und später an Antonia verkauft hatte. Er lehnte sich zurück und lächelte freundlich. »Wenn das alles stimmt, was ich hier lese, Miss LePage, dann danke ich Ihnen. Der Fall scheint so gut wie gelöst ist. Aus den Einträgen geht die Identität des Opfers klar hervor.«

»Darin ist nur von einer ›jungen Rachel‹ die Rede.«

Er nickte. »Ja, aber hier im Ort gibt es einen jungen Mann, dessen Mutter im selben Zeitraum verschwunden ist. Sie hatte Kontakt zu den Underwood-Damen gehabt. Sobald das Ergebnis der DNA-Analyse vorliegt, haben wir hundertprozentige Klarheit.« Er strich mit der Hand über den abgewetzten Ledereinband des zuoberst liegenden Bandes. »Ich bin Ihnen zu großem Dank verpflichtet, Miss LePage, dass Sie diese weite Reise auf sich genommen haben.«

»Ich habe gehört, was geschehen war, und ich bin nun mal der Überzeugung, Verbrecher sollten nicht entkommen, auch wenn sie schon tot sind«, sagte Dixie. Klang furchtbar affektiert und treuherzig, was sie da sagte, aber zur Hölle. Sie war nun mal dieser Meinung.

»Das freut mich, Madam, und ich bin Ihnen sehr verbunden. Aber die Bücher werden wir eine Weile behalten müssen.«

»Verstehe, aber ich will sie zurückhaben.«

»Wir passen sicher gut darauf auf.« Er sah zu seiner Kollegin, die noch immer in der Tür stand. »Jeffers, würden Sie Miss LePage bitte eine Quittung ausstellen? Bleiben Sie länger?«, fragte Warrington, indem er sich wieder Dixie zuwandte.

»Nein. Nur ein paar Tage, aber meine Freundin Antonia Stonewright in Bringham oder auch Mr Kyd, der hier neben mir sitzt, werden sie entgegennehmen, wenn Sie mit dem Fall fertig sind.«

»Sie sehen, Jeffers«, sagte Warrington, nachdem sie gegangen waren, »manche Fälle löst allein Kommissar Zufall. Und der hat es diese Woche gut mit uns gemeint. Erst gestern haben wir die beiden Juwelenräuber geschnappt; sie wurden uns praktisch auf dem Silbertablett präsentiert. Und nun klärt sich auch der Fall Orchard House wie von alleine mit Hilfe einer Besucherin aus den Staaten, die nur zufällig davon gehört hatte.«

»In der Zwischenzeit«, fügte Jeffers hinzu, »habe ich mir auch die Vernehmungsprotokolle aus dem Fall Caughleigh angesehen. Darin spricht er wiederholt von einer gewissen ›Rachel‹ und davon, dass er ›seiner Schwester Unrecht getan hat‹. Bei allem, was er sonst noch gestanden hat und wofür es keinerlei Bestätigung gibt, wurde das übersehen, aber uns dürfte das jetzt die Erklärung liefern.«

Er nickte. »Schade, dass wir keinen mehr dafür einlochen können, aber zwei schauen sich die Radieschen schon lange von unten an und der andere sitzt bereits in Broadmoor. Und was diesen armen Chadwick angeht, wie soll der je über den Tod seiner Mutter hinwegkommen mit dem Wissen, dass der eigene Onkel geholfen hat, sie um die Ecke zu bringen.« Er schüttelte den Kopf. »Manchmal ist diese Welt zum Kotzen!«

***

»Noch ein Vampir?«, fragte Michael, als Antonia ihm den Inhalt eines Telefonats schilderte, das sie mit einer offenbar kurz zuvor aus den USA angekommenen Freundin geführt hatte.

»Dixie. Von ihr habe ich Orchard House gekauft. Sie ist gekommen, um der Polizei ein paar alte Tagebücher zu übergeben. Sie sollen Hinweise auf die Mörder dieser jungen Frau enthalten.«

»Dem Himmel sei Dank.« Das meinte er tatsächlich so. Es war nur gut, wenn diese schreckliche Geschichte endlich zu einem Abschluss kommen würde, was aber nichts an seiner Dauersorge änderte – würde er sich je an die Gesellschaft von Vampiren gewöhnen?

»Wir treffen sie alle im Hotel. Ist das in Ordnung?« Er war sich nicht sicher. »Vorausgesetzt, du willst sie kennenlernen, Michael. Gwyltha und die anderen sind auch da.«

»Verstehe.« Leider.

Antonia, die Frau, die er liebte, sah auf und kam mit offenen Armen auf ihn zu. »Gib endlich Ruhe, Michael! Gwyltha hat das nicht so gemeint. Du nimmst dir diese eine Bemerkung von ihr viel zu sehr zu Herzen. Hör lieber auf mich! Ich liebe dich! Wir werden heiraten. Du kannst es gern wiederholen, wenn du willst, damit es auch in deinen dicken Katzenschädel reingeht. Nach dem gestrigen Tag wird keiner mehr Bedenken wegen dir haben. Und, übrigens, ich liebe dich!«

Was zählte sonst überhaupt? Was brauchte er mehr? Sie konnten ihm gestohlen bleiben, diese Vampire. Er hatte Antonia. »Alles klar. Lass uns den Ofen ausräumen. Dann wasch ich mir noch schnell die Hände, und wir können los.«

»Ich helf dir.«

Das machte sie doch immer. »Also los.«

Als er die Tür des Brennofens weit öffnete, versuchte er nicht daran zu denken, dass er demnächst noch eine Vampirin kennenlernen würde. Sein Einsiedlerdasein konnte er vergessen. Antonia zu heiraten, bedeutete, ihre Kolonie zu heiraten. Im Großen und Ganzen ein gerechter Handel. »Wenn wir dann im *Manor Hotel* sind«, sagte er, während er einen zweihenkeligen Krug herausholte und an sie weiterreichte, »könntest du gleich alle deine Sachen packen und hierherbringen. Warum für ein Zimmer zahlen, in dem du ohnehin nie wieder schläfst?«

»Du bist dir deiner Sache sehr sicher, nicht wahr?«, fragte sie, wobei sie den Kopf schräg legte und lächelte.

»Ja.«

Weltbild Buchverlag
–Originalausgaben–
Deutsche Erstausgabe 2008

Published by Arrangement with
KENSINGTON PUBLISHING CORP., New York, NY, USA
Dieses Werk wurde vermittelt durch die Literarische
Agentur Thomas Schlück GmbH, 30827 Garbsen.

Projektleitung: Gerald Fiebig
Übersetzung: Christian Kennerknecht
Redaktion: Ingola Lammers
Umschlag: Zeichenpool, München
Umschlagabbildung: © Newton, Richard
via Agentur Schlück GmbH
Satz: Dirk Risch, Berlin
Gesetzt aus der Sabon 10,5/12,5 pt
Druck und Bindung: CPI Moravia Books s.r.o., Pohorelice

Gedruckt auf chlorfrei gebleichtem Papier

Printed in the EU

ISBN 978-3-86800-021-4